Real Men Last All Night

by Lora Leigh / Lori Foster
Cheyenne McCray / Heidi Betts

理想の恋の見つけかた

ローラ・リー、ローリ・フォスター
シェイエンヌ・マックレイ、ハイディ・ベッツ
多田桃子=訳

マグノリアロマンス

Japanese translation published by arrangement with
St. Martin's Press, LLC
through The English Agency(Japan)Ltd.

もくじ

秘めやかな隣人／ローラ・リー……7
ルーシーを誘惑して／ローリ・フォスター……139
捜査官との危険な恋／シェイエンヌ・マックレイ……251
初恋の続きを見つけて／ハイディ・ベッツ……365
訳者あとがき……475

理想の恋の見つけかた

秘めやかな隣人／ローラ・リー

Cooper's Fall
by Lora Leigh

主な登場人物

セーラ（セア）・フォックス――ウェブデザイナー兼コンピュータープログラマー。
イーサン・クーパー――セーラの隣人。元陸軍のレンジャー。
バーのオーナー。
ジェイク――バーテンダー。元レンジャー。
マーティン・コレリ――セーラのおじ。

1

イーサン・クーパーは無表情に窓の外を見つめていた。表情はまったくないはずだ。表情すらまったく浮かべられないショックに、顔が凍りついていることを自覚していた。

魅了されて。

強い欲情に襲われて。

この場を去るべきだ。去るんだとおのれに命じつつ、固く握りしめたこぶしを屋根裏部屋の小窓の両わきの壁に押しつけていた。

去るぞ。

あと少ししたら。

この目を完全に奪った眼下の光景によって、ジーンズのなかで果てたらすぐに去る。

自分のせいではない。

ひとりで言い訳して、あほらしいまねをしているとしっかりわかっていた。ただ……砲弾ショックを受けたのだ。そうだ、この言葉がぴったりくる。この砲弾ショックがあまりにも強すぎて、体をぴくりとも動かせない。人目につかないはずの隣家の裏庭を臨める小窓から、どうしても離れられない。

変態が！　自分に向かってののしるが、見るのをやめられなかった。

目は釘づけになっていた。股間は大変な状態だ。ほこりに覆われた屋根裏部屋の床にほとんどよだれを垂らしそうになりながら、見ていた。恥ずかしがりやの、かわいらしい、お上品なミス・セーラ・フォックスが、生まれ落ちたままのあられもない姿でいるのを。

太陽の光のもと、つやめく彼女のほっそりとした両手が動いていた。

クーパーは目を閉じた。ごくりと固唾をのむ。彼女は自分の家で誰にも見られていないと思っている。あのプールのまわりにとんでもない大金を費やして張り巡らした防犯フェンスが高くそびえ立っているから、身の守りは万全だと思っている。誰にも見られない。安全だと。

クーパーは目を開けた。

セーラの両手が胸の上へ滑っていくのを見て、クーパーの額に玉の汗が浮き、顔の横を伝った。彼女の手が乳房を包んだ。乳首を転がした。

「なんだと？」彼はあえいだ。黄金のきらめきに気づいて。

なんてこった。

一物がどうしようもないほど太くなった。睾丸が張りつめてくる。このタマが？　こんちくしょう。息ができなくなってきた。

お上品なミス・フォックスが乳首ピアスをしている。乳首ピアスだと。あのまじめ一辺倒のブラウスと長すぎるスカートの下で、こともあろうに乳首ピアスだと？

窓枠に押しあてていたこぶしに力がこもった。目に汗が入らないようまばたきをする。彼女から目をそらすのは不可能だった。

奔放に巻いている栗色の長い髪がセーラのまわりに広がっていた。思い描いていたよりも、あの髪はずっと長いではないか。それに、カーブを描く体。女性の体のここにはカーブを描いていていてほしいと思う場所は、ちゃんとカーブしている。

そして、セーラの指。

クーパーは喉のつかえをのみこもうとした。乳首を飾る小さなゴールドのピアスを指で引っ張り、彼女は快感に満ちた表情をしている。

オイルでなまめかしく光る肢体。クーパーは乳首から無理やり目を引き離し、もっと下を見た。

「まいったな、ちくしょう」息があがって荒くなる。

どうとでもなれ。とんでもない変態でけっこうだ。ジーンズのジッパーをおろしてものを引っ張り出し、指を巻きつけて手を動かし、撫でた。

セーラが、ふたたび動きだしたからだ。片方の手が腹を滑りおりてゆき、あのすべすべの、さっぱりと脱毛された、光っている……。

クーパーは身を乗り出して円形の小窓に額をあて、懸命に息を継ぎつつ目を凝らした。あそこにも金色に光る物があった。ほんの小さなきらめきだ。それでも、非常に研ぎ澄まされた視力を持つ目は見逃さなかった。セーラ・フォックスが、クリトリスの先にもピアスをつけている事実を。

しかも、それをもてあそんでいる。引っ張っている。濡れてつやめく指で花芯を撫でさすっている。

悶えてはいなかった。背をそらしたり、クーパーにわざとらしく見せつけたりはしていない。ただ、ひとりファンタジーの世界に入りこみ、みずからの愛撫に浸っている女性だ。下唇をきゅっとかみ、肌には玉の汗が浮いている。肌はオイルで照り輝いていた。みずから愛撫しているのだ。ゆっくりと。その感覚を堪能して。じらされるのが好きな女なのか。徐々に興奮を積み重ねていくのが好きらしい。時間をかけて進めていくのが。

クーパーも彼女の太腿のあいだのほっそりした指の動きに合わせて、ペニスをつかむ手を動かした。そうだ、このおれは、町いちばんのお上品でかわいい女が自分にふれている光景を見て興奮しきっている、いやらしい野郎だ。

ちくしょう。いいぞ。こんなにいいとはな。

しごき続けるうちに、彼女の指にそうされている気になってきた。滑る指。オイルでぬめる指。手のひらで太い頂を撫で、その先を貫いているスチールのピアスにふれ、根元まで撫でおろし、股間でふくれあがり放出せんばかりになっている興奮を感じて胸を詰まらせた。

セーラはまだいじっている。

クーパーは目を細めて相手に見入った。苦しそうな顔をしているようにも見える。指の動きはいっそう速くなり、撫でさすっている。彼も自身をさすった。彼女の花芯のピアスを思い浮かべつつ、ペニスの頂の下部にある湾曲したスチールを親指で強くこすった。

ああ、くそ。だめだ。手に負えないぞ。クーパーは見た。彼女の指。顔。生え際へ流れ落ちてゆく汗。そこまできて、彼は爆発した。くぐもったうなり声を喉から響かせ、ものすごい勢いで悪態をついて股間から精を放ち、手のなかに噴き出させた。と同時に、セーラは腰を浮きあがらせ、顔をゆがめた。

落胆の表情で。

セーラが片方の手でわきのコンクリートの地面をたたいた。上体を起こして指で髪をすき、乱暴に立ちあがって小さな家へ入っていく。クーパーはショックにとらわれて、そのうしろ姿を見送った。

自分の放ったものは手のなかで冷えていき、セーラはがっかりして帰ってしまうだと？ ぼうぜんとまばたきしてプールを見おろし、気が抜けたまま古いTシャツをつかんで手をふき、まだ硬いペニスについた名残もぬぐった。

ジーンズの前を閉じて窓の外を見つめ、目を細くした。このあたりに立つ家の多くが平屋で、プライバシーを保つためまわりにフェンスを張っている。偶然にもクーパーの家はほんの少し周囲の家々より背が高く、屋根裏部屋も高い位置にあった。この窓から、ちょうどセーラの家のプールが見おろせるくらい高かった。

理由はわからないが、このテキサス州南部の小さな町には、こんなふうに並んで立っている家は少ない。まさに偶然、クーパーの家は正しい位置に立っていた。

彼はおのれの幸運をかみしめて笑みを浮かべた。それから顔をしかめてジーンズの具合を再度直し、長細い屋根裏部屋を出て金属製の螺旋階段を使い、キッチンにおりた。たったいまミス・フォックスに、間違いなく今年いちばんの射精と言っていい体験をさせてもらった。思い返すと、彼女は――がっかりしていた。濡れて、ピアスをしていた。くそ。ピアスだと？　セーラ・フォックスが。まじめな、かわいらしいバージンだと思っていた、あの女性が。少なくとも、バージンだといううわさだった。バージン？　あんなピアスをしておいて？　ありえない。

彼女は満足していたとは決して言えなかった。だが、クーパーはどんなにそうしたくても、ミス・セーラを絶頂に導くことを人生の目標にするわけにはいかない。

イーサン・クーパーは悪い男だ。自覚している。経営している地元のバーはバイク乗りがたまり場にする場所でもあり、世間から見れば評判の悪い店だ。クーパーはそんなところが気に入っている。

彼自身の評判も悪かった。地元の問題児が、八年以上務めた陸軍から戻ってバーのオーナーになった。膝に銃弾を食らってレンジャーから退かざるをえなかったが、人生から退くはめにはならなかった。少々の傷が残って太い釘で膝の骨をつなぎ合わせるはめになっても、心の奥にある、飼いならされることのない、ときに真っ黒になる芯の部分は消されなかった。それは陸軍で鍛えられ、レンジャーで研ぎ澄まされ、おそらく人生そのものにおいてさらに陰りを深めた。それでも、芯の部分は変わらずあった。クーパーはいまだに危険で、野蛮な男だった。いまだに自由気ままでもある。そして、このままでいる気でいた。

セーラはベッドにタオルを放り、むっと口をとがらせて足取りも荒くシャワーを浴びにいった。降り注ぐ湯で日焼けオイルを体から洗い流し、まだ両脚のつけ根でうずいている欲求にいら立ってため息をつく。

二十四歳。二十四歳で、まだバージン。しかも、引っ越してきたこの小さな町の住民全員にその事実を知られているみたいに、いまだにミス・セーラと呼ばれている。もうそれにはうんざりだ。

すばやくシャワーを浴びてごしごしと髪をふき、もつれをくしでとかして、背中のなかほどまで届く長いゆるやかな巻き毛を垂らした。それから寝室に戻り、乱暴に息を吐いた。

このテキサスの小さな町に溶けこむために、できることはなんでもしてきた。なんでもといっても、バーに行って男の人を引っかけることはできていない。どうしてもできなかった。大学でも、社交クラブの酔っ払った男子学生にのしかかられてうんうんうめかれるのがいやで、どうしてもできなかった。

大学時代に女子社交クラブの仲間に無理やり連れていかれたパーティーを思い出して顔をしかめた。酔っ払っていない男子学生も、何人かいるにはいた。興味を示して口説いてくる人もいた。手軽にセックスするために。

ベッドに腰をおろして寝室の壁をにらみつけた。もっと大きな町に引っ越すべきだった。ウェブデザイナー兼コンピュータープログラマーとして、かなり稼いでいる。すばらしい会社から仕事をもらって、いい収入を得ている。ものすごく幸運に恵まれてきた。九時五時の通勤ラッシュに耐える必要もなく、リラックスして仕事ができている。ヒューストンやダラスに移る余裕はあった。そう考えたとたん、喉で息が詰まった。知らない人であふれる場所。騒音と不安だらけの場所。ここシムズバーグのほうが静かだ。コーパスクリスティのそばにある、ほとんど知られていない小さな町。ここでなら落ち着いて暮らせる。

隠れていられる。

悲しくなって立ちあがり、クロゼットに向かった。袖なしのワンピースを取り出して頭からかぶり、首のすぐ下までボタンを留める。

バスルームに戻って鏡の前に立った。ワンピースのボタンをまたはずし、前を開いてあらわにした胸を見つめた。

うっすらと白い線はまだそこにあった。日焼けは避けなければいけない。指でその細く白い傷跡をなぞり、心のなかでつぶやいた。日焼けをしたら余計に目立ってしまう。目につきやすくなって、隠せなくなる。

指はまだ傷跡をなぞっていた。六本の長細い、本当にかすかな傷。それでも確かにここにある。十六歳のころから、ここにある。十六歳の愚かな少女だったころから。

ワンピースのボタンを留め直し、寝室に戻ってドレッサーから取り出したブロンズ色のレースパンティーを身に着けた。サンダルに足を入れ、髪をねじって頭のうしろですっきりまとめ、キッチンにハンドバッグを取りにいった。

すぐに玄関ポーチに出て、家の鍵を手早くも厳重にかけた。この古風で小さな町にいて、こぢんまりとした家々や親しみやすい住民に囲まれていても、油断はできなかった。玄関にも、窓にも、車にも鍵をかける。

うつむいてハンドバッグからキーを取り出し、顔をあげたちょうどそのとき、すぐ横の私道に隣人が車に乗って帰ってきた。

馬力のありそうな鉄灰色の四輪駆動車がうなりをあげて私道に乗りあげる。停めた車から彼がおりてきて足を止め、こちらを見つめた。

ああ、たくましくて危険な悪い男の看板からそのまま出てきたみたい。一九〇センチを超える長身。ジーンズにブーツ。Tシャツは、上腕の力こぶに巻きついている蛇のタトゥーを少しも隠していない。

そして、彼はじっとこちらを見ていた。自分のピックアップトラックの横で立ち止まり、車の屋根の上で腕を組み、なにも言わずに見つめてくる。濃いまつげに縁取られた陰りを帯びた目は、なかば閉じられている。黒い髪。浅黒い肌。

セーラも見つめ返していた。彼を目にするたびいつもそうなるように、胸がきゅっと締めつけられた。いきなり胸がふくらんで大きくなった気がして、ワンピースの薄い布地に乳首が押しつけられる。全身の肌に熱が走り、相手の視線に射貫かれて、その場から一歩も動けなくなった。

彼の唇のはしがあがった。下唇が上唇より少し豊かだ。セクシーで、欲望をそそる唇。おまえが心の奥に秘めているファンタジーは知り尽くしている。あの危険な笑みはそう言っていた。そのファンタジーの主役が彼であることも知っていると。

動けない。とらわれて。セーラは手のなかのキーを握りしめていた。そよ風に優しく肌を撫でられ、間違いなく彼の視線にも愛撫されていると思った。むき出しの脚を撫で、ワンピースを着た体をたどっている。

息ができなくなった。

「ミス・セーラ、今日の調子はどうだい?」低く響く声が、心地よすぎる欲望のさざ波のように感覚を撫でた。

なんて男なの。

「とてもいいわ、ミスター・クーパー。あなたの膝も、だいぶ調子がいいみたいね」

彼は負傷して戦地から帰ってきた。セーラは一年にわたって隣人らしく振る舞ってきた。彼のためにスープやクッキーを作り、彼に食べさせるために何度か店で新鮮な野菜や軽食を買って帰ったこともあった。

クーパーは感謝してくれた。必ず感じよく礼を言ってくれた。でも、食事に誘ってくれたことは一度もない。彼が元気に健康でいられるよう、セーラはなにからなにまでしてきた。それなのに、まだ彼からミス・セーラなんて呼ばれている。

「この膝はできるかぎりよくやってくれてるよ」クーパーに、あのとっておきの危険な男の笑みを見せられ、まるでじかにふれられたみたいに胸が高鳴った。

「よくなってくれてよかったわ」

彼のそばにいると落ち着かなくなる。かっとほてって熱くなる。

「ああ、よくやってる」クーパーが顔を傾け、あげた手の二本の指を額にあてて別れのあいさつをした。そして玄関の前に行き、ドアの鍵を開けて家のなかへ姿を消した。

行っちゃった。

セーラはぎこちなく息を吸うと、無理やり足を動かして車へ歩いていった。オートロックのボタンを押し、むっと暑い車内に乗りこみ、思い切りキーをまわしてエンジンをかけた。自分の空想をあの人に知られているはずがない。空想はすべて頭のなかに安全にしまいこんでいるのだから。悪夢と一緒に。

セーラが自分にふれているとき、クーパーを思い浮かべているなんて、彼が知るはずがない。セーラが奔放な、いけない女になる空想をするとき、いけないことをする相手はいつもクーパーだ。ここに引っ越してきた理由もクーパーだと、彼が知るはずはなかった。セーラがここに引っ越してきたのは、ダラスの暗いひとけのない通りで彼がとった行動が原因だった。そして、おじが救った男に、セーラが心を奪われたからだった。

不動産業者にこの小さな家を紹介されたとき、まず目にした住民がイーサン・クーパーだった。彼は前庭に出て芝生を刈っていて、不動産業者とともに車で私道に入ってきたセーラを見て庭仕事の手を止めた。

微笑んで片方の手をあげてあいさつし、庭仕事に戻った。上半身裸で。ジーンズとブーツだけの姿で。浅黒い肌を輝かせて。汗が細い流れになって背や肩を伝っていた。黒髪は濡れてうなじに垂れていた。

それから彼はさっと振り返ってセーラに笑いかけ、不動産業者が見ていない隙にウインクをしてみせた。セーラは、じかにふれられたみたいに反応してしまった。

あっという間に興奮してしまった。熱く濡れて。私道を歩いて小さな家に向かうあいだ、ほとんどあえぎそうになるほどだった。まるで神託を受けたみたいに。セーラが彼を巡って創りあげていた夢や幻想が現実になる望みを、与えられたかのようだった。

彼は大きくて、背が高くて、たくましくて、危険な男に見えた。不動産業者から、ミスター・クーパーは軍人だと教えられた。クーパーはその数週間後には姿を消し、隣家には誰もいなくなった。ただ、ときおりバイクに乗ったちんぴら風の人がやってきて、家のようすを確かめては帰っていった。

一年後、イーサン・クーパーは足を引きずって帰ってきた。戦闘中に負傷したという話だった。柵で囲われた裏庭で彼が体を鍛える姿を、セーラは見ていた。ウエイトトレーニング、腕立て伏せ、腹筋運動、ストレッチ。あの年、彼のせいで頭がどうにかなりそうだった。体の奥を締めつける興奮をどうにかやわらげようと、死にそうになった。

あの時期に、クーパーをもっとよく知ることができた。クッキーやスープを持っていくたびに、いつも話をしてくれて、一緒に笑ってくれた。セーラはそのたび、家に帰ってから、ふれてほしくてたまらなくなった。

自分でふれて欲求を満たそうとするのはうんざりだった。ひとりでいるのはうんざりだ。あのセクシーな笑みを浮かべる、筋骨たくましい長身のバー経営者へのひそかな想いに苦しむのはもういやだ。

そろそろ、行動に出るときよ。セーラは自分自身に告げた。やはり、相手をこっそり見つめて、夢見ているだけではどうにもならなかった。行動に移るときだ。イーサン・クーパーをベッドに引きずりこむつもりなら、こちらから手を打たなければいけないのだ。

2

クーパーはあの光景を頭から追い出せなかった。セーラ・フォックスが、プールわきのコンクリートの上で横たわっていた姿を。豊かな長い巻き毛が顔のまわりに広がり、曲線を描く肢体はつやめき、ほてって、それはもう興奮をあらわにしていた。

家に入るなり、彼は手で抜いた。しょうがないだろう、そうせざるをえなかったからだ。あの光景について考えれば考えるほど、自身が硬くなった。ここまでどうしようもなく女に興奮させられるのは久しぶりだ。それどころか、初めて女を知ったとき以来だ。

誰が予想しただろう？　あの内気で、かわいらしいミス・セーラの行動を。

またしても首を横に振り、ビールをつかみ取って裏のテラスに向かった。セーラの家の目隠しフェンスは二メートル以上の高さがあり、住居裏の半エーカー全体を囲っている。クーパーの家の白い柵はセーラのフェンスと一角でつながり、彼女の土地の二倍の広さがある庭を囲っている。

だが、クーパーの家にプールはない。彼は目を細めて裏庭を見渡し、プールを造ったらどうだろうかと考えてみてから、唇をゆがめてビールに口をつけた。面倒なはめになるだけだ。ダチどもを寄りつかせずにおくのが無理になる。いまでさえ、この家に来させないようにするため苦労しているのだから。

口元をゆるめ、ミス・セーラはあのプールを使わせてくれるだろうかと夢想した。たぶん、彼が泳いでいるあいだ、セーラはテキサスの熱い太陽の下で日光浴をするのだろう。熟れきって、濡れきって。

そんな空想に、クーパーは眉をひそめた。あちこちのピアスと、あのそそる甘美な体つきを考えなければ、ミス・セーラ・フォックスは彼などにふさわしい女性ではない。

ビールを飲みきり、バスルームにシャワーを浴びにいって着替えた。地元でもとりわけ粗野な連中が集まるバーを経営していれば、危険な事態が持ちあがることもある。夜が深まってそんな事態への対応が手遅れになる前に、待機しているのが望ましかった。

家を出て鍵をかけたところで、セーラのおもしろみのない見かけの小型セダンが隣家の私道に帰ってきた。

ほんの一瞬、セーラの熱い視線にさっとなめられた気がした。それからドアが閉まる音がして、彼女が車の横を歩きだした。うつむきっぱなしだ。

クーパーは彼女を見つめずにはいられなかった。車のうしろにまわり、トランクを開けている。キャンバスバッグを取り出し——きっと食料品だ——足早に家を目指して私道を歩いていってしまう。

クーパーを無視して。

「やあ、ミス・セーラ」ポーチに足をかけていた彼女は、呼びかけられてぎょっとしたように足を止めた。

目を大きく見開いて顔をあげる。「こ、こんにちは」かすかな笑み。微笑みとも言えないほど小さく、彼女の唇がカーブした。ぽってりとした唇だ。ぽってりとした唇が、彼は好きだ。

クーパーは私道を横切った。互いの家はさほど離れていない。二軒の家は、昔ふたりの姉妹が建てたらしく寄り添っている。建物の裏には庭が広がり、近所のほかの家とは距離があるのに、二軒は並んでくっつき合って立っていた。

なぜわざわざこんなまねをしているのか、自分でも説明できない。すでに今日は、彼女のせいで二回も手で欲望を処理した。それなのに、とっておきのけだるげな笑みをセーラに向けて、相手の頬に広がる愛らしい赤みを堪能していた。

セーラは用心深げにこちらを見つめていた。玄関の鍵を開けようとはせず、警戒もあらわに片方の手でキーを握りしめ、もういっぽうの手にはキャンバスバッグを持っている。クーパーとは二年も前からの知り合いではないかのように、警戒し、用心して息を詰めている。どう見ても、ミス・セーラは簡単に打ち解けるタイプではない。

クーパーはいぶかしげな目つきになりかけた。セーラは慎重に隠してはいるが、防御の構えをとっている。すぐさまキーを突き出せるよう、バッグで攻撃を繰り出せるよう構えている。両足でしっかりバランスを取って立ち、すぐにも逃げ出せる体勢だ。こんなか弱げな、とんでもなく内気な存在が隣人に対してここまで警戒を見せるとは、いったいなにがあったのだろう？

「なにかご用かしら、ミスター・クーパー？」彼女の家の壁に寄りかかるクーパーに、セーラが用心深く尋ねた。

クーパーは笑みを広げた。「ああ、ミス・セーラ、訊きたいことがある」うなずいて続けた。「きみのようなかわいいお嬢さんが、金曜の夜になんだってひとりでいるのか教えてほしい。そんな事態は禁止する法律があったほうがいいな」

「わたしだって、そう思うわ」セーラが彼に向けた目には、かろうじて見て取れる皮肉の色があった。

「このあたりの若い連中も、昔はそこまでぼんくらじゃなかったはずなんだが」頭を横に振って告げた。「きみみたいなかわいい子を退屈させとくとは」

「わたしは大人の男の人が好きなの、ミスター・クーパー、若い連中じゃなくて」セーラが淡々と答えた。「それに、わたしはずいぶん前から女の子じゃなくて大人の女です。ほかに、ご用は？」

セーラに怖じ気づいたところなどなかった。クーパーの目から見ても、恐れはない。警戒、疑い、それにたっぷりの興奮はある。しかし、恐れてはいなかった。

「いいや、ないよ」彼は仕方なく答え、引きさがった。

深追いはするまい。クーパーは心に決めた。ミス・セーラ・フォックスには彼の男の本能を蜂起させるなにかがある。そして、彼はこの繊細な女性が必要としている男ではない。そうだ、ミス・セーラには、永遠に一緒にいようとする男が必要だ。クーパーは確実にそういうタイプではない。「じゃ、ごきげんよう、ミス・セーラ」

「ミスター・クーパー」セーラの声に呼び止められた。

振り返って片方の眉をあげてセーラを見ると、彼女が不意に周囲から思われているよりずっとこの世のなかの多くを知っている、自信に満ちた女の顔になっていた。

「なんだい？」

「わたしの名前はセーラよ。ミス・セーラじゃない。呼びたければミス・フォックスでもいいけど、二年もたって、数えきれないくらいクッキーやスープをおすそ分けしたこともあるし、名前で呼んでくれてもいいはずじゃないかしら」

非難する響きはまったくなく、静かに言い渡しているだけだった。その静かな命令に、クーパーは笑い声をたてそうになった。セーラはやられっぱなしになる人間ではないと、やっと知らせてくれたのだ。

「わかったよ、お嬢さん」クーパーはうなずいた。「じゃあ、また」

「〝お嬢さん〟だってだめよ」不満げなつぶやきが聞こえてすぐ防風ドアがきしんで開く音がし、セーラが家のなかに入っていってしまったのだとわかった。

ドアが大きな音をたてて閉まってから、クーパーはトラックに乗りこみ、低い笑い声をあげて噴き出した。間違いなく、彼女には骨がある。もしかすると、ミス・セーラは引っ越してきてから誰しもに思われていたような、か弱いお嬢ちゃんなどではないのかもしれない。彼女のなかでは、きっとひそかに熱い気性が燃えている。クーパーはそう思った。

くそ、熱い女だとわかっていたさ。まず事前にじっくり考えてから近づかないと、熱すぎてかなわない女だ。クーパーのような男にとっては、事前に考えるだけでは足りない。セーラが熱い気性の女でも、それでいいわけではなかった。

残念で仕方がない。ベッドや、プールや、ほかにもセーラが差し出してくれるものを、喜んで彼女と分かち合っただろうに。少しのあいだだけだったら。

セーラは家のドアを閉めてそこに寄りかかり、重く長いため息をついた。ああ、あの人はセクシーすぎるわ。サイドテーブルにキーを放って食料品の入ったバッグを床におろし、ほてった顔を両手であおいだ。

ぴったりサイズのジーンズが、彼の尻を包んでいた。Tシャツを着ているおかげで際立つ隆起した腹筋に、女性なら誰でも夢中になってしまうだろう。それにあの腕。すごい二の腕。粗削りな、たくましい顔立ち。美青年ではない。危ない感じがして、険しさがあって、顔を合わせると汗をかいてしまうほどセクシーだ。

どうしよう。

彼の声を聞いただけで、パンティーをしっとりさせてしまう。こんな不公平なことはない。まだ彼女は自分でいくこつさえつかんでいないのに。あともう少しのところまではいけるのだけれど、実際に到達できるのは本当にときたまだった。

指南本は読み尽くして、練習もした。なにかこつがあるに違いない。そのこつを知りたくて仕方がなかった。あの隣人に興奮させられて一日に何度も下着を替えなければならなくて、欲求でどうにかなりそうだからだ。

キャンバスバッグを持ちあげてサンダルを脱ぎ、裸足で家の奥にある広々とした風通しのいいキッチンに向かった。キッチンには大きな窓がいくつもあり、裏庭とそのままつながっているように見える。

この家のセールスポイントはプールだった。プールはとても気に入っている。夜明けとともに、キッチンに日の光が射しこんでくるようすも。この家のなかでなら、ぬくぬくと居心地よくいられるのも。

これが、すべて自分ひとりのものなのだ。

牛乳と卵、コーヒーの袋、砂糖とクリームをしまった。クッキーの袋とスイートロールはカウンターに、きちんとラップでくるんだステーキ肉は冷蔵庫に、ワインとジャガイモもカウンターに。

今日のディナー。

ステーキとポテトを一人前に、ワイン一杯。テラスで食べるのもいいだろう。外のテラスに目をやり、カウンターに両腕をついてプールの水面を見つめた。隣の家のイーサン・クーパーについて考え、顔をしかめる。彼からは、引っ越してきた直後に自己紹介をされた。なにか困ったことがあったら、いつでも相談してくれと言われた。ときどき家に遊びにくる彼の友人に煩わされたり、いやなまねをされたりしたら、必ず知らせてくれと言われた。真剣な顔で。

でも、彼の友人はそんな悪い人たちではなかった。見かけは荒っぽいけれど、おもしろい人たちで、いつも冗談を言って楽しませてくれる。たぶん、ここに越してきてから、イーサンよりも彼らのほうがたくさん話しかけてくれているくらいだ。ただ、あの人たちは絶対にセーラに言い寄ったり、色目を使ったりはしない。まるで、みんなの妹みたいに扱われていた。

イーサンの友だちと親しくなりたいわけではない。イーサンを手に入れたかった。それなのに、なによ。セーラはプールをにらみつけた。こんな調子では、自分には異性を惹きつける魅力が全然ないのではと希望を失いそうになっても仕方ない。

カウンターから体を起こしてジャガイモを見おろし、またため息をついた。ひとりきりの夕食。金曜の夜に。ここに住み始めて二年たつのに、まわりの人からどれだけかかわりを避けられているか、いまのいままで気づかなかった。

毎日、外には出かけているのに。夕食の材料を買いにいくためだけでも、必ず出かけるようにしていた。それに、愛想よくしてきたはずなのだけれど。

寂しくなってきた。幅のあるアイランドカウンターを指でなぞり、あてもなく家のなかを歩いて、妙な心地でしかめつらになった。ずいぶん長いあいだ、寂しさなんて感じていなかった。忙しくて、生きていくのに必死で、寂しいかどうかなんて考える余裕がなかった。

リビングルームの真ん中で立ち止まり、胸に手をやって床を見つめた。傷を負わされたときに感じた途方もない恐怖と痛みがよみがえってくる気がして、傷跡をさすった。

セーラは首を横に振った。いけない、あのときのことなど考えないで。あんな記憶は心の奥に押しこめたままにして、表には出さなかった。もう折り合いをつけたはずだ。乗り越えて生き延びた。大事なのはそこだ。そうでしょう？

だけど、本当に乗り越えたと言えるだろうか？　自分はまだ隠れている。この一分一分が成功と失敗を分けるとでもいうように、仕事にのめりこみ続けている。もう、そんなことはないのに。

すでに、自分の力で生活していけるようにはなっていた。ここ二年のうちに、手につけた職で大きな仕事もいくつか任された。食べていけるか心配する必要はない。住む家を失う心配もない——マーティンおじさんが、ちゃんと手配してくれた。もう、住む場所の心配はしなくていい。

それなのに、どうして迷子の子犬みたいにこんなところで立ち尽くしているのだろうか？

どうやって人生を楽しめばいいかわからないからだ。バーにも行ってみたことがあるけれど、ダンスに誘ってくれる人すらいなかった。町でビジネスクラブの会員にもなっているけれど、月に一度集まるだけ。それも、この町は狭いよねとか、税金が高いよねとか、コーパスクリスティまで行けばいい仕事がありそうだよねとか話すくらいで、ほかにはなにもしていなかった。

やっぱり小さい町に来たのが間違いだったのかもしれない。この町なら溶けこみやすそうだと思ったのに、溶けこむのがこんなに難しいなんて思ってもみなかった。
金曜日の夜。ステーキとポテトを食べる予定。とりあえず、読みたい本は何冊かあった。

一週間後、クーパーはバーを歩きまわり、険しい目で紫煙がかかる暗がりを監視していた。なにをおいてもドラッグは見逃さないつもりだ。彼のバーには数は少ないが、決して譲れない厳格なルールがある。殴り合いがしたいなら駐車場でやれ。女を殴るな。相手がレディーでも、そうでなくても。そして絶対に、なにがあっても、このバーでドラッグの取引はするな。

ここのバーテンダーを任せている男もクーパーと同じく元レンジャーで、地元の大学生を雇ってバーを切り盛りしている。あの学生も熱心に仕事を覚えて、よくやっている。ほかに、同じく元レンジャーの用心棒がふたり。どちらも負傷して除隊したが、クーパーが知る誰よりもいかついタフな男たちだ。全員〝傷病退役軍人〟と称されるとしても、現役だったころから、力も腕も衰えていなかった。ちょっとはのろくなったかもしれないがな。クーパーはにやりとして、ひとりごちた。

〈ブロークンバー〉はこのあたりでいちばん人が集まる場所であり、唯一のバーだ。平日でもたいてい繁盛しているが、週末ともなると用心を怠れば大混乱になりかねない。

洞窟めいた店内の奥ではバンドがゆったりとした曲調のカントリーを奏で、男女がフロアでダンスをしていた。いつものようにバイク乗りもいれば、若い大学生もいれば、飲み屋をはしごする常連もいる。

近くにいた用心棒に合図して持ち場をかわってもらい、クーパーはカウンターへ向かおうとした。そのとたん、まさに衝撃を受けて凍りつきそうになった。

なんてこった。よしてくれ。あんな裸と、乱れようと、満たされずに終わった落胆を見せつけておいて、ここに来るのは。

そこに、バーの入り口に、用心深い天使のように立っているのは、恐れを知らない、クーパーの愛らしい隣人だった。しかも、ワンピースを着ていない。スカートでもない。男の欲求を満たす最高の夢に出てきそうな、両脚の線をあらわにしているジーンズ姿だ。腰で浅くはき、袖なしのブラウスの上からベルトをして、裾をブーツに入れている。ブラウスのボタンは首のすぐ下まで留めすぎだ。

そして、髪をおろしている。

彼女に目を留めた男たちを見て、すさまじい嫉妬に襲われた。男たちがセーラにそそられ、あの長い奔放な巻き毛に見とれている。

くそ。今回はどんな手段を使って彼女をこのバーから退避させればいい？　こんな店はミス・セーラにふさわしくない。

クーパーはいら立って片方の手で髪をかきあげ、カウンターを目指して歩きだしたセーラのもとへ向かうべく、斜めに店内を横切った。

こんなけしからんバーに来たら、どんなくず野郎につかまるかわからないぞ。そんなこともわからないのか？　こんな店でなにをするつもりだ？

それにしても、女性がジーンズをはいてあんな動きを見せるのは、断固として法で禁止すべきだ。あんな、一歩ごとにジーンズと愛し合っているかのような動き。ジーンズが、あのかたちのよいかわいらしい尻を、自分のものだと言いたげに両手で包みこんでいるかのように見える動き。

この野郎め。

「こんばんは」セーラに微笑みかけられて、バーテンダーのジェイクのやつは、持っていたウイスキーのボトルを取り落としかけた。「ウイスキーを一杯、ストレートでください」

ジェイクのブラウンの目がセーラの上でささっと泳いだ。確かに、彼女からウイスキーを頼まれれば驚くのも無理はない。

「ワインのカクテルなんかも作れるよ」ジェイクが勧めている。「フルーティーな味の」

ジェイクの困り顔に、クーパーはもう少しで声をあげて笑いそうになった。

「いいえ」答えるセーラの顔がカウンターの向こうの鏡に映って見えた。譲らない、凛とした女性の顔をしていた。「ウイスキーでけっこうよ」銘柄まで指定している。「置いてあるかしら？」

とんでもなく高級なのをご指定だな。もちろん、置いてあるさ。

クーパーはカウンターのはじ、セーラがちょこんと座っているスツールの隣に腰かけた。

カウンターに両腕をついて無言でじっと見つめていると、セーラが振り返って少し目を見開いた。

「ミスター・クーパー」いつもの、あの微笑みのきざし。あのかすかなえくぼ。

「クーパーでいい」セーラを見て彼も笑みを浮かべた。上腕を取り巻くタトゥーを、彼女の視線がさっとかすめる。

セーラがすばやく唇をかんでから、ふたたび目を合わせてきた。ジェイクがこのタイミングで、ウイスキーのショットグラスを彼女の前に置く。

眉をあげて見つめるクーパーの前で、彼女がグラスを取り、淑女がワインを飲むように上品にウイスキーに口をつけた。そして顔をしかめもせず、ショットグラスをカウンターにおろした。

「大繁盛ね」店内を見まわしている。「来るたびに、いつもそうだわ。平日でも」

セーラがうしろに顔を向けて声が途切れた。振り返った彼女の顔には、またあの小さなえくぼが浮かんでいた。ためらいがちな微笑み。かわいらしい唇を、自分でもどうしたらいいかわからずにいるようだ。

クーパーは片方の腕を立てて手のひらにあごをのせ、ひたすら彼女に見入った。

セーラはしばらくショットグラスをもてあそんでから、持ちあげてハーフショットを一息に飲みきり、クーパーを驚かせた。喉を詰まらせも、咳きこみもしなかった。唇をきゅっと引き結んでいる。熱い感覚に打たれているのだろう。焼けつく刺激を堪能する女の恍惚がかすかに浮かぶ、リラックスした表情を見せられて、彼の体に力が入った。

女のそんな表情は初めて見たから、そこが硬くなった。違う。もっと硬くなった。一週間以上前からずっと、彼女のせいで硬くなりっぱなしだ。

「もう一杯注ごうか？」ショットグラスに目をやって尋ねた。

「いいえ、もういいの」セーラは頭を横に振った。バーを見まわす彼女のまなざしに、不安そうな、まわりの目を気にする表情がかすかによぎった。

バンドからダンスをする人たちに視線を移した彼女の横顔が、どこか切なげに見える。

「何度か、このお店に来たことがあるのよ」セーラがクーパーに顔を向け、大きな淡い青の瞳で彼の顔を優しくふれるように見つめた。ほとんどじかに愛撫するように。

「気づいてたよ」うなずいた。

セーラはショットグラスを見おろし、またそれをしばらくもてあそんでから、バンドが思わず踊りだしたくなるダンスナンバーを演奏し始めたダンスフロアに、ふたたびじっと視線を向けた。

なんてこった、この表情は。セーラはダンスフロアに行きたがっている。クーパーは見抜いた。感じた。だったら、なんだって彼女はためらっているんだ？　このバーにやってくるたびに、すみのテーブルにひとりで座っていた。店内のようすを見守って、ソーダやワインのカクテルを一、二杯飲んで、帰っていった。

カウンターに来たのも初めてなら、ここでいちばん上等なウイスキーを飲んで、快感に駆られてきゅっと張りつめた表情を見せたのも初めてだ。これまでにもそんな行動をしていたら、クーパーが気づいたはずだ。ミス・セーラの行動は、つねに見逃さなかった。

「ミス・セーラ……」

「セーラよ」彼女がすばやく振り返った。奔放なカールが肩の上で広がり、またあのかわいいえくぼが現れた。「そんなふうに大げさに呼ばれるほど年は取っていないもの、ミスター・クーパー」

「クーパーでいい」手のひらにあごをのせて彼女を見つめたまま、ささやいた。

「クーパー」彼女の瞳に、ふっとうれしそうな光が宿った。「わたしのことも、セーラって呼んで」

「わかったよ、お嬢さん」にっこり笑って返したが、セーラの瞳にはいら立ちが灯った。彼女はふたたび視線をさげてショットグラスをもてあそんでから、顔をあげてジェイクにもうワンショット注ぐよう合図した。

クーパーは笑いだしそうになった。ジェイクが鋭く非難する目を向けてくる。まるで、クーパーがセーラに酒を飲むのをやめさせて当然だとでも考えているみたいに。

ミス・セーラも、この視線に気づいた。一瞬セーラの目に、希望を打ち砕かれ、傷つき、うんざりした思いがよぎった。それから、彼女は唇をゆがめてこわばった笑みを浮かべた。

「もういいわ」ジーンズのポケットを探って何枚か札を取り出し、それをカウンターにたたきつける。「来るんじゃなかった」

なんだと？

セーラがスツールからおり、あごをあげて走りだす勢いで出口へ向かっていくのを見て、クーパーは体を起こした。どうなっているんだ？

あとを追いながら、腹の底を締めつけられる気がした。困惑しつつも、愛くるしいものを見て喜んでしまう妙な心地だ。くそ。ジェイクがウイスキーを出し渋ったとき、セーラは泣きだしそうだった。なぜか、拒絶されたと感じたようだ。

「おいおい、待てよ、セア。どうした、待ってくれ」砂利を敷いた駐車場で追いつき、あまりにもやわらかく温かい絹みたいな彼女の腕に指をまわした。彼女の名前を勝手に縮めて呼んでいた。ミス・セーラでもセーラでもなく、彼のセアと。

セーラが手を振りほどき、くるりとこちらを向いた。頬を赤らめ、目を潤ませている。涙で。

彼女が懸命にまばたきして涙を押しこめた。

「あなたのメッセージはしっかり受け取ったわ、ミスター・クーパー」鋭い口調で言う。「心配しないで、もうあなたのバーに押しかけたりしないから」

「おいおい。セア」クーパーは相手の真正面に立って見おろした。「いったいどんなメッセージを受け取ったのか教えてくれよ」

セーラが涙をこらえている顔で見返した。「六回目よ、このあんまりなバーに来たのは」腕を振ってバーを指す。「車で来られる距離にあるバーは、ここだけですから。それで来るたびに、ウイスキーを頼んでいたの。そのたびに、ふざけたお子様ドリンクが出てきたわ。

この前来たときなんて、ソーダが出てきた。あそこでウイスキーを飲むには、あなたの許可をもらわないといけないっていうの？　いったいいつから、わたしをこの町で仲間はずれにすることにしたの？」

クーパーは驚いて目をしばたたき、セーラを見おろした。「おれが、いつからなにをすることにしたって？」

彼はとりあえずショックを受けた。セーラを孤立させるつもりなどなかった。守りたかった。それだけだ。

「バーに入っても、誰もダンスに誘ってくれないのよ」セーラが冷ややかに告げた。「誰かが近づいてきそうになっても、あなたのところの用心棒に呼び止められて、それきり誰も話しかけてくれなくなる。その上、今度はバーテンダーにウイスキーの注文までことわられるの？」彼女がはなをすすった。

ああ、まずい。ここで泣かれるわけにはいかない。駐車場のど真ん中で。

クーパーはうなじをさすり、相手の怒りに燃える小さな顔を見おろした。芯が強い女なのだ。認めないわけにいかなかった。

「そういうわけじゃない」顔をしかめて、ようやく答えた。

セーラが胸の前で腕を組み、腰を横に突き出した。こんちくしょう。このまま続けられたら、ボンネットの上に乗せて襲いかかるはめになる。

「じゃあ、なにが問題なの、ミスター・クーパー？　わたしはお酒が飲める年よ。すごく不細工でもないと思う。美人じゃないとウイスキーを飲んじゃいけないなんて法律はなかったと思うし」

「だから、そうじゃないんだよ」クーパーは語気を強めた。こんなところで自分の気持ちを説明するのはまっぴらだ。

「ダンスがしたかっただけなのに」セーラがつぶやいた。瞳に月の光が射し、底知れなく、色濃く見せている。くそ、この女を抱きたい。「お酒を飲んで、大人の女として過ごしたかったのよ、ミスター・クーパー。それが迷惑だったのなら、悪かったわ」

セーラはジーンズのポケットからキーを引っ張り出し、話は終わりだという態度で背を向けてさっさと車へ歩いていった。くそったれ。このまま行かせればいい。そうしないとは本物のばかだ。いかれ野郎だ。

クーパーは追っていき、セーラがドアを開けようとしている車の屋根に両手をたたきつけ、腕のなかに彼女を閉じこめた。びくりとするセーラ。彼はそのままのしかかるように身を寄せて、彼女が鋭く息をのむ音を聞いた。

「ここはきちんとした場所じゃない」穏やかに言って聞かせた。「酒場だ。ここに集まってくるようなやつらは寝る相手を探してるだけだ、セア。いいやつばかりじゃない。一杯飲んで、ダンスして、おとなしくうちに送ってくれるような男は、ここに来てやしないんだよ」

セーラのにおいが漂ってきた。そこはかとなく色気を感じさせる、甘い香り。なんの香水を使っているにせよ、このままかいでいたらすっかりやられてしまいそうだ。

「用心棒には指示を出してた。このバーに来る連中はおれを知ってる。きみが知らないようなことをだ。おれがたちの悪い野郎だってな、ベイビー。だから、きみのまわりではどこまでも行動に気をつけろと指示を出しておけば、そうしなかったらどういう目に遭うか連中はよくわかってくれるってわけだ」

「どうしてそんなことをするの？」息があがっている。ちょっと興奮しているのか。セーラから恐怖は少しも伝わってこない。途方もなくまずい事態だ。セーラはこのバーの誰よりも、クーパーを恐れてしかるべきだというのに。

クーパーはさらに身を屈め、かぐわしい絹に似た髪に鼻をうずめた。「おれがきみを抱きたいからだ、ミス・セア」うなり声で答えた。「とことん奥まで、激しく抱きたいんだよ。そのあと、何時間もぐったりしてふたりとも動けなくなるまで。だが、できないんだ、ベイビー、きみにはもっといいやつがふさわしいに決まってるからな。だから、バーに来るしょうもない野郎どもが、間違いなく価値もわからないすばらしい相手に手を出すところを見るのに耐えられない。うちに帰ってくれ。末永く幸せな家庭を築いて子どもを持ちたがってる、まともな若い男を見つけるんだ。ついでに、今夜はこの悪党が親切な気分でついてたと思ってくれよ」

親切な気分だと？　徹底的に興奮して、やりたい気分だろうが。チタン並みに硬くなっている一物で、枕木に犬釘を打ちこめそうだ。しかも、そいつをセーラの背のくぼみに押しつけていて、彼女の肌とそれを隔てる物はふたりの服しかない。

こんな服は引きむしってしまいたい。

「そうかしら？」セーラの声の響きがなぜか、クーパーのうなじの毛を逆立たせた。「悪人の親切な気分とは思えないわ」彼女がドアを開け、クーパーは身を引いた。「いい、ミスター・クーパー、本物の悪人がそんな気分になることはないの」

セーラがエンジンをかけて車で走り去っていくのを、クーパーは見送った。彼女の物静かな小さな顔に浮かんでいた、どこか途方に暮れ、寂しがっている表情が忘れられなかった。まるで本物の悪人に出会ったことがあるかのような口ぶりだった。そんな悪人は想像も及ばないほど恐ろしい存在だと、知っているかのようだった。

「ちくしょう！」クーパーは両手を腰にあてて遠ざかっていく車を見つめ、悟り始めていた。それどころか、腹の底から確信していた。セーラには、完全に正気を奪われるに違いない。

そうされる前に、突き止めなければならないことがある。彼のセアはあまりにも用心深く、おかしなほど自分について明かそうとしない。クーパーはすみやかにバーに向かって歩きだし、セーラ・フォックスがいかなる人物なのか、ジェイクに調べさせようと心に決めた。

3

セーラは何年も前に泣かないで生きていくことを学んだ。泣いてもなんの役にも立たない。泣いたら、すごくみじめな気分になる。泣いても、ほかの人は少しも気にかけたりしてくれない。そう学んだ。

イーサン・クーパーが、男の人たちにバーで彼女に近づかないよう警告していた。その警告が町に広まっていたのだろうか？　みんなからよそよそしくされていたのは、そのせいだったのか？

翌日の午後、いつもどおり夕食の買い物のために食料品店へ行った。店内をまわっていくつか野菜を選び、熟れたトマトをひとつ手に取ったけれど、夕食になにを作るかはまったく思い浮かばなかった。カットされたスイカに目が向いたが買うのはやめた。リンゴをひとつ取って透明のビニール袋に入れ、買い物かごに収めた。

ふらふらとひとり漂う心地で店内を歩いていった。ビーフもポークも食べたくない。また鶏の胸肉を食べるのもいやだ。それでも、二度と冷凍食品は食べないと何年も前から誓っていた。

だったら、どうしたいの？

ダンスがしたい。抱き寄せられたい。ふれられたい。知らない人からそうされるのはいやだ。気軽なセックスもしたくない。もっと意味があるものを求めている。

イーサン・クーパーを求めている。

ふたたび精肉売り場の前で立ち止まり、眉を寄せて並べられている肉を見おろした。品ぞろえは豊富だ。問題は、彼女を苦しめる欲求が食べ物とはなんの関係もなくて、もっと強い本能からくるものである点だった。

「このナマズは新鮮だな」

背後からクーパーの声がして、セーラは身を硬くした。

頭のうしろでまとめた髪から垂れていたほつれ毛を耳にかけ、鶏肉を見おろしたまま目をあげなかった。

ラップに包まれた鶏の胸肉を取って買い物かごに入れ、歩きだした。リンゴ、小さなセロリ一本、ピーマンひとつ。これでいい。冷蔵庫にはレタスの残りがある。ああ、鶏肉なんて、もう見たくもないのに。

「許してくれる気になったかい、セア?」

「わたしの名前はセーラよ」抑えた声で答えた。「ミス・フォックスでもいいわ」

背後でクーパーが重いため息をついた。「きみをセアって呼ぶやつはいないだろ。ということは、そう呼べばきみの一部をひとりじめできることになる」

クーパーとの距離が近い。背中で彼の熱を感じられるほどだ。胸の先が硬くすぼまって、クリトリスがぴんと立って、体の奥が欲求で締めつけられるほど近い。

「わたしと一緒にいたくなんてないんでしょ？」なんなの。わたしだって、そうしたくてあなたを求めているわけじゃない。そんな気持ちを自分でどうにかできるとでも思っているの？

「これからは、バーできみにソーダを出したりしないよ。約束する」クーパーの声は低く、深みがあってかすれていた。かすかにおもしろがっている響きもある。ほかにもっと野性味を帯びている、隠された響きも。「それに、きみと一緒にいたくないなんて言っていない」

セーラは肩をすくめた。「もうあなたのバーには行きませんから、ミスター・クーパー」

乳製品売り場へと歩きだした。気が向いたときに飲む牛乳の小パックを買っておいたほうがいいかもしれない。牛乳を買い物かごに入れ、家の戸棚にしまってあるクラッカーと一緒に食べるのが好きな、小さめのチーズを選んだ。

「許してくれない気か？　おいおい、セア、お隣さんどうしだろ。根に持ってたらやっていけないぞ」笑う彼の吐息が頭のてっぺんにかかってこそばゆく、胸の奥がぽっと温かくなる。

足を止めて振り返ると、鼻が彼の胸にくっつくところだった。どうしよう、クーパーがこんなに近くにいる。顔をあげて相手の琥珀色の点が散るはしばみ色の目に見入り、全身の血が顔に集まってくる気がした。しかも、彼を迎え入れる気満々で脚のあいだに液状の熱があふれ、パンティーを濡らした。

「ご迷惑をかけてるかしら？」やっとのことで聞き返した。

クーパーの眉が弧を描いてあがる。「ああ、もちろんさ」とささやいてくる。「おれを岩みたいに硬くさせてるんだからな。あと、これ以上きみに腹を立てられているのはいやだ」

「そうですか」セーラはくるりと向きを変え、レジを目指してふたたび歩きだした。「もう腹を立てませんから」

最初から腹を立てたりしていなかった。傷ついただけだ。この小さな町で友だちを作ろうと必死にやってきた。イーサン・クーパーがみんなを自分から遠ざけていたと知って、いままでになく孤立した気分になった。

生まれてからほとんどいつも孤立していた。もう、ひとりでいたくない。

またうしろから大きなため息が聞こえ、振り返ってクーパーを見たくなった。そうしたくて我慢できない。彼を見つめているのが大好きだ。何時間でもそうしていられる。

それでも、見ないほうがいい。見たら、ほしくなるだけ。


クーパーは離れていくセアの姿を見守った。ほっそりした華奢な姿が静かに歩いていく。無意識にかもし出される色気を感じさせる優美な動きだ。股間が張りつめ、ペニスがうずいた。くそ、これ以上手で抜き続けたら、ものごと引っこ抜いてしまう恐れがある。

セアについて飲料売り場を通りすぎるあいだは、おとなしくしていた。はじのクーラーからビールの六本パックをつかみ取り、レジでセアに追いついた。彼女が列に並んでいる子ども連れの主婦たち数人と言葉を交わすのを、静かに見守る。

主婦たちの態度は用心深い。小さな町だ。セアは新入りだから、誰かがなかに入って取り持たなければ、完全に受け入れられるまでに何年もかかるだろう。

しかも、その過程をクーパーが邪魔してしまった。セーラに手を出すなという警告が、狭い町ではよくあることだが、どういうわけか変化して、セーラを避けるようにせよと伝わってしまった。そんな事態を招くつもりはまったくなかった。ただ、この故郷の町がどういうところか、たまにすっかり忘れてしまうのだ。

「マギー、ぼっちゃんが大きくなったな」セアのうしろに立ち、彼女の肩越しに幼い男の子を見やった。ませがきが、セアに向かって両手を振っている。セアも男の子の母親の大荷物を押しのけて進もうとはせずに、顔を向けてその子をあやしている。

クーパーがセアの肩にあごをのせんばかりに近づいているのを見て、マギーの鋭いブラウンの目が光った。セアは彼の前でじっと動かず、黙りこくっている。

「クーパー、また悪さしてるの？」マギーがとがめるような目つきでにらんだ。

マギーとは学校が一緒だった。クーパーより何歳か上で、すでに何人も子どもがいる。兄弟に囲まれて育ち、夫もいて息子たちもいる。マギー・ファロンはとにかく恐ろしい女だ。

「いつだって悪い男さ、マギー」相手に気楽な笑みを返してから、手をセアのヒップに移動させてそこを包みこみ、さらに身を寄せて子どもに変な顔をしてみせた。

マギーが笑い、幼いカイル・ファロンもよだれだらけの笑顔を見せた。とんでもなく愛敬のあるがきだ。セアは、がちがちに硬くなっている。

「ミス・フォックスは、あんたに用心しろって話をもう聞いたかしら？」マギーがセアに向けるまなざしが少し親しげになっていた。「うしろにいる悪党には気をつけなきゃだめよ。女の敵だから」

「そう思ってました」セアの声はほどよく興味をのぞかせてかすれており、慎重な控えめさも感じさせた。

クーパーはセアの顔が見えればいいのにと思った。彼女の目も。マギーがにこやかに彼に視線を戻し、指を振ってみせた。「イーサン・クーパー、この町にやってきた女の子の心を傷つけて逃げ出させるようなまねはやめなさいよ。この町はただでさえ人が少ないんだから」

クーパーは笑って手を遊ばせた。丸みのあるセアのヒップを握り、そこに手のひらを押しつけてさわやかな髪の香りを吸いこむ。この髪をほどいておろしてしまいたい。

「この野蛮人について相談したいことがあったら電話して、ミス・フォックス」クーパーに警告を送るマギーの目を見れば、仕方ないわね、と微笑ましく思っているのがわかる。「こいつが生まれたときから知ってるんだから」

「マギーはおれのおむつを替えたって自慢するのが好きなんだ」セーラの耳にゆったりささやきかけ、マギーをからかった。「おれのパンツに手を入れた最初の女だってな」

「イーサン・クーパー！」マギーは憤慨した声を出したが、楽しくなって笑うしかないようだった。「年を取るごとに悪い男になってるわね」

セーラまで赤くなっている。クーパーは彼女の横顔を見ることができた。頬にさっと赤みが広がっている。

レジ係も大きな笑い声をあげた。マーク・デンプシーはここの店主で、妻や子どもふたりと一緒に、よく店番をしている。

それにしても、マークもマギーもさっきよりだいぶリラックスしたようすだ。セアをぐっと関心のある目で見るようになっている。

マギーが勘定を終え、セアがベルトコンベヤーの先へ進んだ。マークが手早く商品の値段を機械で読み取り、レジを打った。

「どうもありがとう、ミスター・デンプシー」セアがすばやく勘定を払う。

彼女はちょっと手を震わせていないか？　クーパーは気づいた。

「どういたしまして、ミス・フォックス」マークが微笑んだ。「うしろの男にはくれぐれも気をつけたほうがいい。マギーの言うとおり、そいつは悪いやつだからね」

「気をつけるわ」セアが答えた。

普段は隠されている、あのかわいらしいえくぼを見せてやったに違いない。マークがしょんぼりした顔を一瞬ほころばせて釣りを渡した。そして、セーラはさっさと歩きだした。またしても首元までボタンをはめている、袖なしの、やわらかい紺色のサマードレスを腰とふくらはぎのまわりで揺らして、買い物袋を手に店を出ていった。

「いい子みたいじゃないか」いい話を期待するような顔でクーパーを見ながら、マークが言った。「お隣さんなんだろ？」

「ちゃんとした女性だ」クーパーはきっぱりうなずいた。「だが、おれをあんまり気に入ってくれてないみたいだ」笑ってつけ足す。

マークも小さく笑って首を横に振った。「身を落ち着けないからだよ、クーパー。お嬢さんたちは手に負えない遊び人をひと目で見抜くんだ。賢い女性のようだからな。あの子は、おまえの立派な見かけの奥までしっかり見抜いてるさ」

クーパーは片方の眉をあげて笑みを浮かべた。「だろうな、マーク。見抜かれてる」

作戦成功。これで家に帰れる。かわいいセアをもう少しで泣かせてしまうところだったせいで襲ってきた、すさまじい後悔にもう悩まされずにすむ。ちくしょう、いったいいつからこの体に良心が芽生えていたのやら。

セーラが次に立ち寄ったのは郵便局だった。たまたまマギー・ファロンもそこにいた。マギーは近所に住んでいたけれど、ほとんど話したことがなかった。ところが今日は郵便局の私書箱の前で、二十分近くおしゃべりをした。おしゃべりだけで時間が過ぎた。

なんだか心がふっとらくになった。どうしてかはわからない。ただ、マギーが打ち解けてくれたのは、クーパーが軽口をたたいてくれたからにほかならないとわかっていた。しかも、マギーとのおしゃべりを終えたあと、ほかにも何人かの女性から話しかけられた。郵便局長まで調子はどうかと尋ね、セーラの小包の受けつけをしながら、町でもうすぐ開かれる夏祭りについて話してくれた。

セーラは心地よい喜びに包まれて郵便局をあとにした。ここに住み始めて二年。ようやく溶けこめるかもしれないと希望が見えてきた。

家に着いて食料品をしまい、通りに面した部屋に戻ったとき、隣家の私道にクーパーのトラックが帰ってくる音がした。カーテンの陰に隠れてのぞくと、クーパーがトラックから出てきて彼女の家のほうを見た。それから、大股でゆっくり歩いて玄関ポーチから家のなかへ入っていってしまった。

お礼を言わなきゃ。唇をかんで、セーラは思った。思い切って行動しないと、なにも得られない。親切にされたら感謝するのが人情だ。マーティンおじさんだって、いつもそう言っていた。

汗で湿る両手をサマードレスでぬぐい、キーを握って家を出て、私道を横切った。ここと隣家のアスファルトの私道を区切っている、幅二メートルもない帯状の芝生を越える。

玄関ポーチにあがってドアの前に立ち、指の背で思い切ってすばやくノックし、待った。キーをぎゅっと握りしめ、必要なときはいつでも鋭い先端を突き出せるように構える。ドアが開いてクーパーが現れたときは少し跳びあがった。彼が驚いてこちらを見つめている。

「ミス・セア」クーパーがゆったりと言ってドア枠に寄りかかった。「どうしたんだい？」

彼の目に散る鮮やかな琥珀色の点が、火花のように光を放った。

「お礼が言いたくて」セーラはびくびくしたり、言葉に詰まったりしないと心に決めた。

「お店で、あんなふうにしてくれたから」

クーパーが表情を引きしめ、寄りかかっていた戸口から離れて少しさがった。「入ってくれ」

「でも、お礼だけ言えれば……」

クーパーが手を伸ばしてセーラの手首をつかみ、彼女を家のなかに引っ張りこんでドアを閉めた。

身を守らなければなんて考えは、頭に浮かびもしなかった。セーラは狭い玄関のなかに立ち、その事実に気づいて眉を寄せた。たとえ害がなさそうに思えても危険な場合があると、忘れてしまったの？　そうに違いない。目の前でこちらを見おろして立っている、たくましい黒髪の男を怖いと思わないのだから。

「ちょうどひまだったんだ」彼が背を向けて言った。「裏庭に行こう。グリルで昼食の肉を焼こうとしてた。一緒に食べてってくれ」

「そんな、ずうずうしくあがりこむわけには」と言いつつ、本当はずうずうしくあがりこみたくて仕方なかった。

「さっさと来な」相手の声には有無を言わせない響きがあったから、セーラはおずおずとついていった。

クーパーはキッチンの冷蔵庫の前で立ち止まり、なかから分厚い生のステーキ肉を取り出してテーブルの大皿にのせた。そこには串に刺した野菜や海老、ステーキ肉が盛られている。

「お客さんが来るの？」盛りだくさんの食べ物を見て訊いた。

「いいや。ひとりで食べる気だった」いつも決まって着ているTシャツの下で、胸や肩や二の腕の鍛えあげられた筋肉がうねった。それを見てセーラの口のなかが潤い、両脚のあいだがふくらみを帯びてクリトリスの先の小さなピアスの丸い飾りにふれ、こたえられない感覚をもたらした。「自分の分のビールを持って裏に来てくれ。おれはこいつを焼けるように、グリルを温めとかないと」そう言って大皿にラップをかけ、冷蔵庫に戻している。「それか、ウイスキーも戸棚のなかにあるぞ」にやりとして知らせる。「どっちでも好きなのを飲むといい」

セーラはウイスキーのほうが飲みたかったがビールを手に取り、クーパーのあとからテラスに出た。

広々としたウッドテラスは彼女の家と一緒だった。半分には屋根があって、もう半分にはない。クーパーが屋根のないスペースのはじに置いてある大きなグリルの前に行って火をつけ、ふたを閉じてからセーラを振り返った。

セーラは両手でビールを握って彼を見返した。彼がかたわらの木のテーブルからビールを取りあげ、ごくごくと飲んだ。セーラを見つめたまま。まぶたが重たげに閉じかけ、はしばみ色に琥珀の散る目を黒々した濃いまつげが縁取っている。

「小さな町にはルールでもあるのかしら？」ほかに言うことが思いつかなくて、セーラは唐突に尋ねた。「あなたが気を使ってくれるまで、誰も話しかけてくれなかったから」

クーパーが渋い顔になった。「訊いてまわったんだが、バーで出した、きみにふれるなって指示が誤解されて広まってたらしい」肩をすくめている。「たまにあるんだ。みんな、ちょっと警戒して用心してたみたいでな。こういう狭い町だと、ただでさえ新入りをしばらく疑いの目で見がちなんだ。バーでの指示が、誤解されたまま広がるうちに大きくなっちまって、悪かった」

「ということは、あなたはこの町でずいぶん影響力を持ってるのね」セーラは眉根を寄せた。狭い町に権力構造があるなんて知らなかった。なんだか社交クラブみたいだ。みんなに好かれているかどうかは問題じゃない。重要人物に好かれなければ、たちまち仲間はずれにされてしまう。

クーパーがさらに渋い顔になった。「影響力なんか持っちゃいないよ、セア。言っただろ、ここの人間はおれについてきみが知らないことを知ってるんだ。いいやつじゃないってな」

「マギーには好かれてるでしょ。それに、子どもは信じられないくらい鋭いのよ。カイルちゃんは何回もあなたに手を伸ばしてた。店長さんも、あなたを気に入ってたみたいだし」

「こういう町ではそれが当然なんだ」立ったまま見つめ続けるセーラの前で、彼がベンチに腰かけた。「おれは地元の人間で、なめたまねをされたら黙っていない。みんな本音はそうじゃなくても、好いてるふりくらいするさ」

クーパーの率直なまなざしにうそはなかった。セーラはどう答えていいかわからなくなり、唇をなめて彼を見つめた。彼のそばにいるといつもそうなるように、全身がざわざわし始める。欲求で震えだす。どうしてなのかわからなかった。サマードレスの下で胸の先がとがって感じやすくなり、胸がふくらみを増した。

「興奮してる、そうなんだろう?」不意にクーパーの表情が変わり、欲望に満ちた、官能を漂わせる男の顔になった。たとえ興奮していなかったとしても、こう言われた瞬間に濡れていただろう。

セーラは言葉に詰まって咳払いをした。「あなたのそばにいれば、ほとんどの女性は興奮するんじゃないかしら、違う?」

クーパーを驚かせてしまったようだ。彼の唇のはしがあがり、まなざしがいっそう強くなった。

「厄介なものに手を出してるんだぞ、自分でもわかってるんじゃないか、セア?」クーパーの声が低くなり、ざらついた。野性味を帯びて。「きみはきちんとした、かわいいお嬢さんだ。おれはどうかっていうと、とことん悪い男だぞ。本気でそんなきらきらした目で熱い視線を送って、そそる体でおれを誘う気か? きちんとした男を探せよ、セア。人生の優しさなんて全部忘れちまった、こんな男じゃなくてな」

誘われてもいいっていう気になっているの? セーラはゆっくりと身じろぎし、クリトリスの小さなピアスがこすれる感覚に切ない声をあげそうになった。

「ひょっとしたら、わたしも悪い女になりたいのかもしれないわよ」静かな口調で答えた。「クーパー、そんなに悪い男なら、悪い女のやりかたを教えて。そうしてくれたら、人生の優しい部分を思い出させてあげる」

クーパーは混じりけのない欲望そのものに襲われて、セーラを見つめた。このショックは顔にも表れているだろうか。自覚しているすさまじい渇望が、顔に出ているだろうか。

セーラがそこに立って、ほんのりと頬を赤く染め、緊張の面持ちでビールのボトルをぎゅっと握りしめている。が、まなざしは揺らがなかった。彼女の目に表れているのは、かすかな熱情と恥じらい、それにクーパーが煎じつめたくない、なにかほかの感情だった。

セーラを見つめていたら、突然の思いつきに芯から揺さぶられた。

「くそ」思わずののしる。「バージンなんだろう？」

彼女の唇が少し皮肉げに傾いた。「正確には、どんな人をバージンというのかしら。男の人と寝たことがあるかと訊いてるなら、ないわ。でも、処女膜は何年も前に失ったのよ、イーサン」

クーパーと呼ばなかった。ちくしょう。危険な女だ。イーサンと呼ぶことで、彼が自分でも存在を知らなかった感じやすい場所を突いてきた。セーラの唇からこの名前が発せられる響きが気に入った。そう呼ぶとき、彼女の目がやわらぐのも気に入った。

そこでつい、彼女に向かって歩きだしていた。ゆっくりと、彼女を見つめながら。セーラの目が、まっすぐひるまずに見返してきた。どこか静謐な、陰りを帯びた目だ。淡い青の瞳のなかに陰がある。そのせいで、この誇り高い小さな女性のなかに、はた目にはわからないどんな心が隠されているのか、考えずにはいられなかった。

プライドは確かにある。想像もつかないほどの高いプライドが。

「どうしてだ？」セーラの背後にまわり、顔をさげて彼女の耳のうしろの髪に鼻をすり寄せた。彼女の瞳にあふれている熱情に気を散らされずに、彼女の声を聞きたい。「どうして男と寝なかった、セア？」

セーラが固唾をのむように喉を動かした。「ずっと、ほとんど世間を知らずに暮らしてきたの。そのあとも、順応するのに苦労して」声に悲しみがあふれた。「働いてばかりいたから、時間がなかったの」この言葉には、小さなうそが感じられた。

「うそはつくな」クーパーは彼女の耳を軽くかじって、びくりとさせた。「二度とうそをつかないでくれ、セア。そうされると、簡単には許せない」

セーラはだいぶ長いあいだ黙っていた。「一夜だけの関係なんて持ちたくない。女性にどうふれればいいかわかっていない若い人も、自分だけよければいいと思っている男の人もいやよ」彼女が頭をうしろに向けてクーパーを見た。「愛情は探していないの、イーサン。ただ、抱いてほしいだけ。女としての悦びを知りたいし、相手を悦ばせる方法も知りたい。ひと目見たときから、あなたがほしかったの」

ペニスがズボンのジッパーを突き破りそうになった。服を突き抜けて、まっすぐ栄光を目指そうとしている。なんてこった。

セーラの手からビールを取りあげ、手すりにある自分のビールの隣に置いた。この屋根つきのテラスは格子に囲まれているから、誰にも見られる心配はない。誰に見られようが本気で気にしているわけではなかった。セーラは気にするだろうか？

セーラを振り向かせ、彼女のうなじを支えた。喉の血管が激しく脈打っているのに見入る。特別ふっくらとした唇が開いて、彼女の舌がそこをなめるようすに目が釘づけになった。ちくしょう。もう後戻りはできない。セーラは魔法の言葉を言ってしまった。だが、クーパーはその言葉を信じているのか自分でもわからなかった。セーラは、愛情は求めていないと言った。セックスがしたい。いけないセックスを求めていると言った。

「危険なセックスだな」ささやきかけ、顔を寄せて唇を軽くふれ合わせた。「手に負えないやつだ、セア。おれは男だからな。手に負えない男だ。しかもセックスが大好きな男なんだ、ベイビー」

セーラのまつげがほんのわずかにさっとおりた。パンティーを濡らしている。賭けてもいい。この女のかわいいすべすべのプッシーにふれるときには、指が蜜に包まれると確信していた。

「ふれて」ささやき声でねだられて、股間が張りつめた。「好きなようにしてくれていいから、クーパー。ふれて、我慢できなくなって死んでしまいそうなの」

「やわなまねはしないぞ」セーラの腰に腕を巻きつけ、ぐっと引き寄せた。

彼女が目を見開いて淡い青の瞳に白熱光さながらの無垢な輝きを灯らせ、高ぶりで頬を赤く染めた。唇がさらにふくらみを帯び、奪われ、味わわれ、探り求められるのを待ちわびているかに見えた。

ほっそりとした両手が彼の腕を撫であげた。ジーンズのなかでものが脈打ち、サマードレスの向こうのやわらかいプッシーを押した。あそこをなめ尽くしてやろう。この唇にキスをしたらすぐに。この愛らしい唇を味わえと騒ぎ立てる体の奥の炎を鎮めたら、すぐにそうしよう。スカートをめくって、パンティーをわきに寄せて、むさぼり尽くそう。

「優しくしてなんて言ってないわ」セーラが唇をふれ合わせたまま口を開き、炎を思わせる欲情の吐息をかけた。

クーパーも、彼女に対して手を抜くつもりなどなかった。セーラの目から感じ取れた。請うように、かすかに声を詰まらせるようすから。あのピアスを思い出した。どんなふうに彼女がウイスキーを飲んでいたかも。かわいらしいセアは、やわなまねなど絶対に求めていない。そいつはとんでもなく幸運だ。なぜなら、クーパーはとっくの昔に〝やわらかみ〟など失っていたのだから。

4

セーラは興奮にさらわれ、なにも考えられなくなった。硬くたくましい肩に夢中ですがりつき、唇を開いてキスを受けた。熱情と渇望をかき立てる、ああ、なんて心地よいキス。クーパーに軽々と抱えあげられて両足が床から浮き、腿のつけ根に大きくて硬いものが押しあてられている。彼の唇が重ねられたまま動き、斜めに口づけ、舌が舌をとらえた。セーラは足をあげて相手の脚に滑らせ――クーパーの力強さを、ジーンズの下の力に満ちた筋肉を感じて――膝で彼の太腿を締めつけた。クーパーは片方の手を彼女の尻に移動させ、そこを包みこんで支えている。

なんて気持ちがいいのだろう。セーラは流れこんでくる夢のような魅惑の感覚にわれを忘れた。熱い刺激が肌をなめ、両脚のつけ根で燃えあがる。彼女はクーパーの硬いわき腹にしがみついてよじ登り、また体を落とした。ピアスがクリトリスにこすれて強烈な感覚に襲われ、キスをしながら悩ましい声を響かせた。

どうしてこんなに違うの？　どうして自分でふれたときは悦びを得られなかったのだろう？　ひとりのときは、こんなに気持ちが高ぶらなかったからだ。怖くなるほどの勢いで興奮が脈打って全身を流れ、クリトリスや胸の先端をふくらませている。ひとりのときは、どこまでも危険な男性の腕に抱かれているという意識もなかった。危険だが冷酷な男ではない。

きたのだから。

セーラにはその違いがわかった。その違いをまのあたりにしながら、人生の大半を過ごして

彼女を抱いている男が生まれつき備えている陰のある官能の力に、引き寄せられた。同じ力を注ぎこまれた。

「くそ、ダイナマイト並みに熱い女だな」クーパーがうなり、唇を離して顔を引いた。はしばみ色の目に宿る琥珀の光が、炎のように燃えあがっている。

それがセーラの興奮に火をつけた。クーパーは欲望に駆られている。本当に心から欲している。わたしを。

「それなら爆発させて」かすれ声で求めた。「導火線はすごく短いって保証するから」

クーパーは、ほとんどあっけにとられてセーラを見おろした。淡い青の瞳は切に求めて、ほしがって光を放ち、頬は赤く染まっている。彼が尻の丸みを支える手に力をこめると、セーラは彼の腿を膝で締めつけた。

ああ、何回だっていかせてやる。クーパーに熟知している事柄があるとすれば、それは女がいかに悦びを感じるかについてだ。これを人生のテーマにしていた。このテーマに取り組むため、あらゆる実践と研究を積んできた。女の心はわからない。女の感情を理解するのは、すっぱりあきらめている。しかし、快感を与える方法は知り尽くしている。

だから、この爆竹みたいなかわいい女を、今日は七月四日の独立記念日かというくらい派手にはじけさせてやれる絶対の自信を持っていた。

セーラは純真なのに、それでいて恐ろしいほどセクシーだ。クーパーは見抜いた。そして不意に、なぜ彼女がこんなに汚れを知らないままでいたのか、なぜ自分を選んだのか、知りたくてたまらなくなった。

この問題にはあとで取り組もう。いまは、腕のなかで愛らしく燃えているセーラを裸にしたい。身をよじって悶えさせ、いかせてほしいとねだらせたい。

「だったら、セアをいかせるにはどうすればいいか確かめないとな」笑みを浮かべて見おろした。彼女の瞳の色が濃くなっていく。

「イーサンをいかせるにはどうすればいいかも知りたいわ」

また、セーラに驚かされた。

両手で肩を撫でられた。探求心に満ちた小さな顔に、求める女の色香があふれ、彼の視線を釘づけにした。

「おれをいかせる方法を知りたいのか？」顔を近づけて甘くささやき、唇をふれ合わせて、相手の輝きを増す瞳に見入った。

「そうよ」セーラがささやき返す。

「これ以上ないくらい簡単にいくときもある」彼女のぽってりした下唇をかじって答えた。「先週のは、いったなんてものじゃなかった。きみの家のプールが見える屋根裏で、自分にさわっているきみを見てた」

セーラの目がショックに見開かれた。「見てたの？」声にほんのかすかな恥じらいがのぞいた。見られたことよりも、オーガズムを得るのを失敗したことのほうを気にしている。この声は、そんな気持ちを彼に伝えた。

「きみを見ながら手でいった」クーパーは向きを変え、テラスの屋根の下にあるテーブルにセーラを座らせた。

「見ているのを気に入った？」かすかな恥じらいと、その裏でふくらみつつある悦びを感じ取りながら、彼女のサマードレスを脚に沿って押しあげていった。

「見てるのが大好きになった。また見せてもらうつもりだ」

セーラが首を横に振る。「あなたがふれて」

彼女が懸命に息を継いでいるせいで、愛らしい乳首がとがってサマードレスから飛び出さんばかりだ。

「もちろん、ふれるさ」ほんの少しだけ。セーラを熱くさせ、乱れさせるまでだ。「そしたら、ふれ返してくれよ、セア。じゃあ、そのかわいいちっちゃな体をどこまで熱くできるかやってみよう」

クーパーは体を起こしてすばやくTシャツを脱ぐと、歯を食いしばらずにはいられなくなった。セーラの両手がそこにあった。肌をうっすらと覆う胸毛にふれ、彼の体の中心を目指して下っていく。

彼女の唇も続いた。

ああそうか。快感をひとりじめにしたがる女ではないのだ。

クーパーは両手をあげてセーラの美しい巻き毛をまとめているクリップを引き抜き、豊かにうねる絹のようにやわらかな髪が背に流れ落ちるさまに見とれた。あのぽってりした官能をそそる唇にのみこまれながら、このとんでもない巻き毛に脚を撫でられるのが待ちきれない。

「あなたにふれたいわ」彼のベルトに手を伸ばすセーラの声に宿った熱情と欲求の響きを耳にして、クーパーは顔をしかめた。

まだだ。まずい、早すぎる。先にセーラをとろけさせ、乱れさせたい。求めるあまり叫ばせたい。

しかも、こんなピクニックテーブルでバージンを抱くなんてまねをしてたまるか。ろくでなしではあっても、そこまで身を落としてはいない。

「ちょっと待て、ベイビー」驚いて息をのまれてもかまわずセーラを抱えあげた。両手で肩にしがみつかれて、いい気分になる。彼女のつめが肩に食いこんでいる。

山猫みたいに激しい女だ。つめがあって、やわらかな熱に全身を覆われている。クーパーは我慢できそうになかった。

「どこに行くの?」

「おれのベッドだよ、かわいこちゃん」答える声が張りつめた。それどころか、体全体が張りつめていた。「きちんとやるための場所がいる」

明るい寝室に連れていかれ、セーラは緊張して喉のつかえをのみこんだ。ベッドはとても大きくて、濃い色合いでしつらえられていた。窓の薄いカーテンと開いたブラインドから日が射しこんでいる。

「よし、着いた」

クーパーがセーラをベッドに仰向けに横たえてから隣に寝そべり、彼女の髪に指をもぐりこませて頭を支え、また先ほどと同じ深くむさぼるキスをした。

このキスが大好き。クーパーの唇が飢えているかのように深く口づけ、舌でなめ、愛撫し、口のなかに押し入り、セーラも彼の味を感じられるようになるまで舌で舌を探っている。

クーパーにためらいは少しもない。あるのは熱い欲望だけ。荒々しい男の欲望だけだ。

サマードレスの裾を太腿まで押しあげられ、セーラは弓なりになって彼に身を寄せた。大きな硬い手のひらが脚を撫であげ、全身にめくるめく激しい感覚を送りこんでくる。

その手に両脚のあいだをすっぽりと覆われて、彼女は凍りついた。動けなくなった。子宮が締めつけられ、そこへの入り口が脈打ち、快感に襲われた。恐ろしくなるほど。こんな感覚は初めてだ。激しい欲求にさいなまれたもっとも暗い夜にすら、ここまでの感覚には襲われなかった。

クーパーが重ねていた唇を離した。

「気に入ったか？」

彼の目はわかっていると告げていた。彼はじっと動かず、セーラの中心の丘を手で覆ったままでいる。

セーラは息を継ごうと必死になった。目を見開いて彼に視線を注ぐ。この先に飛び出したくてたまらないけれど、怖くて思い切ってそうできない。体がそんな状態だった。

「きみをいかせるときは、おれの名前を叫んでもらうつもりだ」

クーパーが目を細めた。いまでは、はしばみ色より琥珀の色合いが強い。

「やめないで」手を引こうとする彼の手首に、両手ですがった。

「あせるな、ベイビー。まだそこまでいくときじゃないぜ」

「いくときよ。いま」セーラはそうしたくて必死だった。そうしたいと体が求めている。

クーパーの笑い声は余裕に満ちていて、低く響いた。

「その服を脱がそう。スカートをまくりあげて抱く気はないからな」

これは予想外だった。「ブラインドをおろさない?」セーラはあせってささやいた。

返ってきた笑みはセクシーで、野蛮で、彼女をぞくぞくさせた。「外の光を浴びてるきみを見るのが好きだ」クーパーが答える。「かわいい胸が太陽に照らされてるところも見てみたい」

サマードレスのボタンに両手を伸ばされ、セーラは固まった。ボタンをはずし始めたクーパーの顔を見守る。ボタンは首の下から裾までたくさんあった。なにを見られることになるかわかっているから、ひとつ穴からはずれるたびに不安がふくらんだ。

これを見たら、クーパーはその気をなくすかしら? ぞっとする傷跡だ。すごく目立つ。肺で息が詰まった。相手の肩の向こうへ視線をずらし、涙を出すまいとしながら待った。どんなものか経験してみたかっただけなのに。たぶんテラスで抱かれるのだと思っていた。スカートを脚の上に引きあげて。そうしていたら、この事態に直面する前に、少なくとも望みは果たせたのに。

小さなボタンがはずれるたびにセーラの体がこわばって張りつめていくのに気づき、クーパーはいぶかしんだ。腹までボタンをはずし、やわらかなドレスの前を開いてふっくらしたかわいらしい胸をあらわにするころには、彼女は完全に固まっていた。

緊張して、怯えてでもいるようだ。

すぐに、クーパーにも理由がわかった。乳房の上を走る、かなり薄い六本の白い線を指でなぞる。繊細な肌にかろうじて傷跡が残るよう、かみそりの刃で切りつけたかのようだ。ジグザグに曲がってもいないし、盛りあがってもいない。両方の乳房のふくらみに沿って、誰かが細い線を引こうとでもしたかのようだった。

「これについてはあとで聞かせてくれよ」セーラにささやきかけた。

彼女はクーパーの肩の向こうをじっと見つめ、青ざめてしまっていた。恥じ入っているのは、ひと目でわかった。女が自分のどこかに魅力がないと思って不安を感じているときは、見ればわかった。

セーラを見つめてから、彼は顔をさげ、そのかすかな線一本ずつに舌を添わせた。

舌が最初にふれたとき、セーラはたじろいだ。二度目のときは、無理やり反応しないようにしていた。六本目の傷跡にふれるころには、目を閉じ、体の両わきで手を握りしめ、興奮と自制心にしがみつこうとがんばっていた。

「この薄くてちっこい線で、おれのベッドから出ていけると思ってるのか、セア？」クーパーは両膝をついて体を起こした。セーラを抱きあげ、サマードレスを腰までたくしあげて頭から脱がす。

セーラは驚いた顔になって両腕をあげ、クーパーを見つめてベッドにまた押し倒されるままになった。

「くそ。待ってくれよ」クーパーはうめいてベッドをおりた。

セーラの足からサンダルは脱がせたが、小さなトーリングはつけさせたままにしておく。ブーツを蹴って脱ぎ、猛然とジーンズを引きおろした。ジッパーで大事なものを傷つけなかったのが驚きだ。

なんてこった。手が震える。

見たこともないごちそうのように、目の前でセーラが横たわっていた。最高にセクシーで愛らしい女の姿をした、ごちそうだ。乳首を金色のピアスの輪が飾っている。小さな輪が、ぴんと立った蕾を取り巻いている。きゅっと締めつけている。

「おい、こいつは気持ちよさそうだな」クーパーはセーラに覆いかぶさり、目を丸くする彼女の顔を見ながら頭をおろしていき、まずいっぽうのすぼまった蕾に舌を走らせ、続いてもう片方もなめた。

セーラは体を跳ねさせ、悲鳴をあげた。強烈な感覚がまっすぐ子宮に届き、白熱する快感が何度も全身に走り、下腹部を脈打たせた。

　乳首を取り巻く金の輪が、これほど心地よく感じられたことはなかった。硬くすぼまった頂を、ほんのわずかに締めつけている。そこをなめる、ざらつく舌。経験したこともない、すばらしい感覚だった。

　そのとき、クーパーが胸の先を口に含んで吸いこんだ。激しい快感が子宮を襲い、セーラは背を宙に浮かせて体の奥を波打たせた。目を大きく見開き、無意識のうちに両手をあげて、相手の肩につめを食いこませていた。

「いいぞ、セア」クーパーが胸の先に強く息を吹きかける。「おれを好きに味わってくれ、ベイビー。こっちもすっかり味わい尽くしてやるつもりだからな」

　クーパーの声にこもったあからさまな情欲を耳にして、セーラの理性はすっかりだめになった。その声に包みこまれた。情欲に五感を満たされ、おぼろげな世界で恥ずかしさなど忘れた。傷跡も、過去も忘れた。意識にあるのは、この瞬間だけ。この男、ふれ合い、そしてようやく得られた悦びだけになった。

「ああ。そうよ」太腿のあいだにふれる彼の指を感じて、言葉が勝手に口から、心の奥から出ていった。

　いままでにないほど、クリトリスがふくらみを帯びていた。ピアスの先についた小さな金のボールがそこに押しつけられ、信じられないくらい心地いい刺激をもたらしている。

　クーパーは急いでいない。セーラは急いでほしかった。ずっと手の届かないところにあったエクスタシーに、ようやくふれられそうで待ちきれなかった。

「お願い」もういっぽうの乳首に移って口づけ、吸いあげているクーパーに向かって、かすれた声を出した。

肌がとんでもなく感じやすくなっている。クーパーとじかにふれ合うたびに、死にもの狂いになる。どうしても彼がほしかった。

「イーサン、苦しいの」快感にのまれてあえぎ、頭を投げ出した。「もうだめ。あなたがほしくて死にそうよ」

クーパーは動けなくなりかけた。イーサンと呼ばれたことなどない。子どものとき以来だ。いつもクーパーと呼ばれていた。彼はクーパーだった。つき合った女たちにさえ、クーパーと呼ばれていた。セアが現れるまで。

今日まで。

彼は顔をあげた。セアの目が陰りを帯び、顔は濡れている。汗か？　クーパーは手をあげて相手の目の下に親指を滑らせてみた。涙だ。

「どうした？」ささやきかけた。

「だめなの、イーサン、いってみたいの」彼の下でセーラは震えていた。「自分では無理よ。どんなふうにしても、どんなにがんばっても無理。お願い。お願いだから、終わらせて」

「どうしていままで相手を見つけなかったんだ、セア？」クーパーは濡れそぼってなめらかになったプッシーのひだにふれた。熱い。信じられないほど熱く、ふくらみを帯びている。

ここまで欲求が高まっているのだから、ずいぶん長いあいだ我慢してきたのだろう。何年も。セーラはふれ合いを必要としていたのに、ふれられたことがなかった。抱かれたことがなかった。彼はその理由が知りたかった。

セーラが彼を見あげた。「できれば、そうしてたわ」

「なんで、そうできなかった？」

彼女の下唇が震える。「あなたに会ったから」

クーパーの一物がいっそう太くなり、硬さを増した。二年。セーラが隣家を見にきた日に、ふたりは会った。あのとき、彼はセーラの目を見ていた。セーラの目は恥ずかしそうに関心を浮かべていた。ほんのかすかに〝わたしがほしい？〟と問いかけていた。

「どうしておれを？」

クーパーは彼女の太腿のあいだに腰を据えた。セーラは興奮しきって、待ちきれなくなっている。なんでだかわからないが、彼をほしがって。ちくしょう、一物と同じくらい、うぬぼれがふくれあがってきた。クーパーを待っていた女は初めてだ。

「感じさせて」彼を見あげるセーラが不意にささやいた。瞳を悩ませ、陰らせている。「全部よ、イーサン。あなたのすべてを感じたいの」

のしかかられて彼女は身をよじっていた。小さなつめをクーパーの二の腕に食いこませている。いますぐ行動に出なければ、セーラに理性を吹き飛ばされてしまうだろう。

クーパーは彼女の手首をつかまえ、急いでベッドに押しつけた。押さえこまれてセーラは背を弓なりにそらし、悩ましげな声を発する。

「そうか、こうされるのが好きなんだな？」

クーパーも、こうするのが好きだ。だが、セーラのようにしとやかでかわいい女が、こんなにもあっという間に燃えあがるとは思ってもみなかった。抑えつけられる感覚、強烈に燃え立つ欲求が、ふたりを駆り立てていた。

いったいなぜ、またたく間にここまできてしまったんだ？

彼はペニスの頂をプッシーのひだのあいだに押しあてた。なんてこった、もうおしまいだ。熱い。絹、または蜜のようなとろみに先端を包みこまれる。

目に汗が入らないよう、まばたきした。くそ、このおれでさえこんなに早くここまで燃えあがるのは初めてだ。セーラにいったいなにをされたんだ？

腰をさらに押しつけ、ふくれあがったペニスの頂を小さな入り口に突きあてた。するとペニスの先のピアスが引っ張られて、容赦ない快感をもたらす。セーラは小さい。クーパーは異様にでかいわけではないが、小さくはない。いかつい乱暴者だ。ああ、セーラにはもっと優しい男がふさわしい。

ペニスの頂の下につけたピアスが、やわらかい場所に挟まった。セーラとクーパーのそこを刺激し、彼の股間を快感で締めつける。

太い先端だけをプッシーの入り口になかば強引に押しこむと、セーラが息をのみ、乳首を濃く色づかせて信じられないくらいぴんととがらせた。

クーパーは歯を食いしばり、セーラの目に見入った。

「イーサン。もっと」吐息のような声。高ぶりからくる赤みが濃くなった。途切れ途切れに呼吸している。

くそ。導火線は短いとセーラから言われていたのに、まともに受け取っていなかった。彼女にのしかかって、クーパーは笑顔になった。できるだけ、そうしようとした。

「長く持ちそうにないんだろ、ベイビー？」

ペニスの頂を包む場所に力が入って引きしまり、波打った。まずい。彼自身はどこまで持ちこたえられるだろう？

セーラは息を荒くしていた。瞳孔が広がり、そのまわりの淡い青は細い輪にしか見えない。ああ、彼のかわいいセアがどうしてほしがっているかはわかっている。この場で、いますぐいきたがっている。それはクーパーが抱いている、もっとも大きな途方もない夢でもあった。最初の一突きで力強く奥まで押しこむ。そして、彼にふれられて高ぶった恋人が同時に達するのを感じる。

男なら誰でも見る夢だ。クーパーは間違いなく、そんな夢を抱いている。彼を握りしめる手のようにきついプッシーが、波打って搾りあげ、彼を包んだまま達して震える。彼女がクーパーをそこまで求めてくれているからだ。

「セア」うめくように呼びかけた。「痛い思いをさせたくないんだ」

生まれて初めて、自分のものの大きさを呪った。巨大なわけではない。ただ、セーラがあまりにもきつく締まっているのだ。

セーラの唇が開いた。「こんな痛みなら、我慢できるわ」腰をあげた彼女に締めつけられ、クーパーは人生で初めて女を相手に冷静でいられなくなった。自制心を失った。なにもかも失ったが、かぼそい正気の糸が残っていて、注ぎこみそうになる力を引き留めることができた。

けれども、ペニスを引き留めることはできなかった。

押しこんだ。激しい一突きでどこまでもなめらかな、きつく締めつける場所に押し入った。セアの奥に突き進み、セアに名前を叫ばれ、セアが彼のまわりで達するのを感じた。

セアが彼を搾りあげている。彼を包んで波打っている。

ああ、だめだ。根元まで沈めた瞬間、もうだめだ。果てようとしている。セアに注ぎこもうとしている。コンドームに遮られずに猛烈な勢いで放出し、激しく脈打つペニスから発射するごとに終わりに近づいていった。

セアは彼を受け入れたまま打ち震え続け、弓なりにそって身を押しつけていた。クリトリスを彼の根元の骨にこすりつけ、体を震わせ、跳ねあげ、恍惚とした目をしている。

たったいま、かわいいセアがこの腕のなかではじけ飛んだ。こんなまねは、ほかのどんな女もしおおせなかった。クーパーは、この瞬間に心をひとかけ奪われた気がした。正気は、言うまでもなく失っている。コンドームを着け忘れたとしっかり自覚していて、しかも恐ろしいことに、それを後悔しているかどうかもわからなくなっていたのだから。

5

「コンドームを着けなかった」イーサンはごろんと仰向けになった。そうしながらもセーラを一緒に引っ張っていったから、彼女は彼の胸の上に横たわって、彼の顔を見おろさざるをえない。

セーラを隣に寝そべったままにしておけばよかった。なぜなら、長年ずっと心を手放さないようにしてきた男にとって、セーラの表情は危険極まりないからだ。

本当に心を手放したくなかったのか？　くそ。恐ろしい罠にはまった気がし始めているのに、なにやら心地いい。

「避妊しているから大丈夫」彼はふっと眉を寄せ、顔を寄せてキスをしようとするセーラの髪に指をからめて引き戻した。

「おれに病気を移されないってどうしてわかる？」険しい目でセーラをにらみつけた。

また、あのえくぼが現れた。ちょっとの内気さと、とんでもない威力のセクシーさを秘めたえくぼだ。

「あなたの療養中に食べ物を持っていったとき、お友だちがいろいろ話してくれたの」セーラが打ち明けた。「ねえ、イーサン。あなたってコンドーム信者みたいよ」

確かにそのとおりだった。いままでは。

セーラの頭を引き留めるのをやめて、キスさせた。そうせざるをえなかった。

「あそこをなめてやるチャンスがなかったな」うなってセーラの髪を引っ張りつつ、彼女のうなじにまわした手で抱き寄せていた。「この埋め合わせはしてもらうぞ」

口で埋め合わせをしてもらった。セーラの唇と舌にあまりにも深いキスをされ、股間で感じるほどだった。なんてこった！　彼女から逃げたほうがいい。この女はとんでもなく危険だ。クーパーが女がらみで抱いていたファンタジーを、彼女は残らず盗み取っている。まるでクーパーの頭の中身を見通して、望みをそのとおりにかなえるにはどうすればいいか知り尽くしているかのようだ。

セーラの唇には熱がこもっていて、悩ましげな声で彼を揺さぶった。しなやかで、信じられないくらい華奢な体が彼の胸から足首までふれている。そうされて、クーパーのものは数分前に彼女を抱いたときより確実に硬くなっていた。

「あなたにふれたいの」

セーラに顔を引かせた。すると今度はあごから首へとキスをされ、彼は枕に頭を押しつけた。セーラは、あまり経験がないのかもしれない。もちろん、そうに決まっている。先ほどの最初の一突きで、彼は確かに抵抗を感じたのだから。セーラは処女膜について少し思い違いをしていたようだ。抵抗は弱く、突き進むのは簡単だったが、確かにあった。

彼の愛らしくも大胆なバージンは、唇で首から胸へとたどり始めている。平らな乳首それぞれに口づけ、吸ってはなめる。クーパーはなすすべもなく、熱い感覚にあぶられた。

それから、セーラが下に向かいだした。舌を添わせ、キスをしながら。太くたちあがっているペニスに近づくにつれ、彼女の切望が高まっていくのを彼も感じた。彼女の欲求を。セーラは彼を口で愛したがっている。クーパーはそう感じた。もしくは、彼自身がそうしてほしくてたまらないだけかもしれない。

セーラが動きを止め、そそり立っているものの先端に息を吹きかけ、視線をあげて目を合わせてきた。

「どうしたらいいの?」セーラがささやいた。途切れそうな息を荒くし、まなざしにたたえた熱情でクーパーの肌を温かくなぶる。

「ああ、ベイビー」クーパーはうなり声を出し、仰向けのまま枕の上で肘をついて上体を起こした。「口で愛してやるだけでいいんだ。そいつはちょっとしたことですぐ喜ぶぞ。しゃぶって、なめて、大好きだってわからせてやるだけでいい。そうすれば、きみのために一晩じゅうやる気になる」

また、あのかわいいえくぼがセーラの頬に現れた。

「大好きよ」セーラがささやきかけて頭をおろし、太い頂に舌を走らせた。「とってもね、イーサン」

大変だ。セーラがそこをかわいがっている。あれやこれや少しばかり励まされただけで、クーパーから心底悩ましげなうめき声をやすやすと引き出している。クーパーは悶えていた。みずから招いた大変な目に遭っていた。

このかわいらしい、さっきまでバージンだったベイビーにペニスの先から魂を吸い取られていて、その一秒一秒を大いに楽しんでいた。

「そうだ、ベイビー、もっと吸ってくれ」くるくると巻いているセーラの髪に両手をうずめる。「ちくしょう。いいぞ。その調子だ」セーラがくわえこんだものを下から押しあげるようにしてなめ、包皮に刺してあるピアスの玉飾りをクーパーが頼んだとおりにもてあそび、彼を仕留めそうになった。

セーラの両手は、彼を優しく撫で、もんでいた。彼女は基本を押さえている。そして、その知識をどう役立てられるかも学んでいる。彼女にチョコレートを味わうように愛され、クーパーは屈しかけていた。セーラは彼を口に含んで舌を動かし、吸いあげ、声を響かせている。クーパーが彼女のピアスにそうしたいと願っているように、彼の先端の下についているピアスをもてあそび、ひどく悩ましい快感を送りこんでくる。ついにクーパーは、あと一度でも刺激を受けたら一巻の終わりだと思った。セーラの熱くて小さなプッシーにもう一度身を沈めたいと心から願っているのに、このままでは彼女の口のなかに注ぎこんでしまう。

クーパーは自分の上からセーラを抱えあげ、エロティックな抵抗をものともせずベッドに仰向けに押し倒した。セーラはあえぎ、荒く息をついている。そしてクーパーにヒップを持ちあげられて花芯に口づけられると、凍りついた。

セーラは甘くて熱い女の味がする。彼自身の味もした。普段のクーパーは女から自分の味がして喜んだりはしない。しかし、この女が相手なら、彼女のとがった小さな芯に口づけられれば、なにがあっても大喜びしてしまう。

しかも、ふたりの味が合わさっているときている。そんなことに興奮するべきではない。いっそう自身を硬くするべきではない。それなのに、そうなっていた。口づけを通して感じられるセーラの反応にも、五感を翻弄されていた。

セーラは両膝を曲げて恥じらいもなく脚を開き、秘めやかな場所へ口づけるイーサンを受け入れた。彼にそうされて達しそうになっている。イーサンが、クリトリスの先を飾る輪になった金のピアスの先にある小さな玉を舌で転がしてもてあそび、神経の集まる蕾にそれを押しつけた。

セーラは途方もなく熱く渦巻く快感にのまれ、イーサンの下で身をよじって声にならない声をあげることしかできなかった。

なんて心地よいのだろう。夢に見たよりもすばらしい。

イーサンは小さな硬い金のボールを舌で転がしつつ、クリトリスを愛撫していた。どちらも一緒に口のなかに吸いこんで、舌で洗う。セーラの体の奥で興奮が高まっていった。胸が高鳴る。血が勢いよく全身を流れる。想像もつかなかった快感の熱い波に襲われて無意識に――心も体も――悶え、叫び声を発することしかできなくなった。

「落ち着け、ベイビー」硬い手のひらに腰をつかまれ、セーラはベッドに押さえつけられる。

「気持ちよく感じるだけでいいんだ、セア。それでいい」イーサンがキスをした。小さな芯にキスをして、舌ではじいた。「なんてきれいなんだ。ちょっとのあいだここで好きにさせてくれ。そうしたら、おれの目の前で完全にいかせてやれる。ベイビー、あと少しだ」

セーラは少しも待ちたくなかった。快感に襲われて泣き声を出し、両手をイーサンの髪に差し入れて近くに引き寄せようとした。

「どうしたんだ、セア」イーサンが意地悪なふりをしてささやいた。「どうしたいか言ってくれ」

「いきたいの」セーラはベッドに頭を打ちつけた。

「どうやってきみをいかせたらいいか教えてくれ、ベイビー。ほら、どうやったら感じるか、クーパーに言ってごらん」

「イーサン」セーラはあえぎ、欲求に抗って叫んだ。「お願いよ、イーサン、そこにキスして。吸いこんで。いかせて」

イーサンは吸って、なめた。が、セーラの興奮をもっと高め、快感を熱く目もくらむほどにしただけだ。欲求は、ぎざぎざの稲妻のように彼女の肌の上を駆け巡った。イーサンの舌が、クリトリスを貫く小さな輪と金のボールをもてあそんでいる。それを口に含んで愛撫している。

セーラをじらし、悩ませている。彼女が汗をかき、願い求めるばかりになったとき、彼が力をこめて、すばやく吸いつき始めた。クリトリスを飾る小さな金のボールのすぐ上を舌でなぶられて、セーラは勢いよく達した。

はじけ飛んだ。体が溶けていく気がして、それでも圧倒されるほど熱い、虹色に輝く爆発のなかにみずから飛びこんでいった。

激しくイーサンのものに貫かれた。彼がペニスにつけているピアスの輪に体内を愛撫され、こすられ、わなないて背をそらした。叫び声をあげた。そして、新たなオーガズムに押し流された。

「ああっ！」

「くそ、セア」イーサンが両膝をついて彼女を引きあげ、腰を突き出した。

悦びと混ざり合った痛み。押し広げられて、燃えるような感覚。耐えきれず、信じがたいほどのエクスタシーだった。どうしてぐずぐずしていたのだろう？　どうしてあんなに長いあいだイーサンに近づくのをためらっていられたのだろう？　心の奥底の本能では、彼とひとつになるのがどういうものかわかっていたというのに。

イーサンの首に両腕を巻きつけ、彼の肌につめを埋めた。腰を浮かせて彼に寄せ、彼の名を叫んで、またしても達して恍惚となった。

こたえられなかった。この悦びは。内面が一度死にそうになって、新たに生まれ変わるかのようだった。新たに生きる力であふれ返るようだった。

体の上で、体のなかで、イーサンが解き放たれるのを感じた。体の奥で力強く放たれたものに満たされた瞬間、また彼は避妊具を使わなかったと気づいてセーラは胸を詰まらせた。イーサンがつき合った女性は全員、いくら自分が避妊していて安全だと訴えても、彼は必ずコンドームを使うと文句を言っていた。そう、イーサンの友人が笑って話してくれたのではなかっただろうか？

イーサンはセーラにはそうしなかった。

いまはそうしなかった。

「なんてこった！　セアに命を吸い取られたな」イーサンが隣に倒れこみ、もう一度セーラを胸に抱き寄せた。「眠るんだ、かわいいおれの山猫ちゃん。そのあと食事だ。食べてからじゃないと、元気になって続きができない」

イーサンは両手をセーラの背にのせて優しく撫で、落ち着かせるようにしていた。抱いてくれている。セーラはまぶたが閉じるまま、疲れに身を任せた。ほんの少しのあいだだけ。セーラは胸につぶやいた。少ししたら起きよう。イーサンの腕のなかで目覚めたくはない。彼の腕のなかで、苦しんで叫びたくなかった。

ときどき、実際の過去と同じくらい、襲ってくる悪夢は残酷だった。


「なにがわかった？」

クーパーはテラスで携帯電話を持ち、もう片方の手にビールのボトルを握ってキッチンに目を向けていた。家は夕闇に包まれ始め、セーラはまだ眠っている。クーパーは答えを求めていた。

「このとんでもない話には度肝を抜かれるぞ」バーテンダーのジェイクが驚きのにじむ声で言った。「なんてったって、あの子の情報を追って、ようやくでたらめを全部暴いたときは、たまげてかつらが吹っ飛ぶとこだった」

「そうか、だったら早くおれのも吹っ飛ばせよ」クーパーは命じた。

ジェイクがため息をついた。彼がバーの事務室の革張りの椅子に寄りかかり、スキンヘッドに手を滑らせている姿が目に浮かびそうだ。

「イタリアンマフィアの大物の話、覚えてるか？　ほら、八年くらい前の。いきなりイタリア当局に出頭して、マフィアの各ファミリーの情報も、自分がかかわってた証拠も洗いざらい吐いて、マフィアを分裂させたやつ」

「フェデリコとかいう男だったな」クーパーはうなずいた。

「そいつがな、よく聞けよ。ジャーナリストもつかめなかった話を、大使館にいる知り合い数人に連絡を取って突き止めたんだから。懐かしのジョヴァンニ・フェデリコ、別名ジャイアント・ジョーにはかわいい娘がいたんだが、その子は十六歳のときに敵対するファミリーの息子と会うために屋敷を抜け出して誘拐されたんだとさ。ジョーを支持してた大物をイタリアじゅうで消してまわるあいだ、ジョーをおとなしくさせとくために人質にされたんだ。優しいパパのジョーがかわいい娘を取り戻そうとするたびに、ビデオが送られてきた。罪もない小さなティーンエイジャーが縛りつけられ、上半身の服を脱がされて、かみそりで胸を切りつけられてる映像が収められたビデオだ。パパは半狂乱になって当局に駆けこんだ。なにもかも差し出すから、娘だけはいますぐ助けろってな」

クーパーはうなだれて目を閉じた。セアの胸に残る傷跡。くそったれが。

「いいか、それでな、大使館の知り合いの話じゃ、当局の連中はそこそこ手際よくその子を救い出したそうなんだよ。嬢ちゃんをパパのとこに帰して何日か親子で過ごさせてやって、それからパパを逮捕したってわけだ。大がかりな裁判が開かれて、ジョーを刑務所にぶちこんで、どうのこうのだ。そのへんの話はだいたい知ってるだろ。で、半年たって、かわいい嬢ちゃんのセリータ・フェデリコは、パパ・フェデリコの敵三人と一緒に車の爆発事故で死んだ。少なくとも報告書ではそうなってる。ところが突っこんで調べてみると、その半年後に、セーラ・フォックスが親愛なるわれらが同盟国のオーストラリア経由で、イタリアからアメリカに移民してきてるんだ。おじさんのマーティン・コレリと。マーティンはロサンゼルスで警備員の職に就き、セーラ・フォックスちゃんは大学に通い始めた。ふたりは一年後にはまたダラスへ引っ越してる。セーラ・フォックスはコンピュータープログラミングとグラフィックの仕事を始めて、マーティンおじさんはまた警備員だ。二年半前にマーティンおじさんが死ぬまでそうやってた。検死官と話したよ。この一件をよく覚えてたらしい。マーティンの死に不審な点があったからじゃない。遺体を引き取りにきたのがイタリア人だったからだ。英語はちょっとしかしゃべれない喪服姿の小柄な母親と、ひょろっとした沈んだ顔の息子。ふたりには財務省検察局《シークレットサービス》が同行してたって、検死官は言い張ってる。たいそうな身分証を見せてきたんだってよ。で、母親連れの息子は、親父のコレリが誰か友人や家族と一緒にいなかったかと訊いたそうだ。検死官はいなかったと答えて、コレリがここにいるとどうしてわかったんだと息子に尋ねた。知り合いから電話があった。それだけ言って、息子は口をつぐんじまったんだと。話はそれでおしまい。みんな姿を消した。その半年後、おまえの隣に引っ越してきたのが、ミス・セーラ・フォックスだ」

クーパーは相手の話の最後に、無言の〝それだけじゃない〟を聞き取った。続きがあるはずだ。みぞおちを締めつけられる気がした。

「それで?」テラスの床板をにらみつけ、用心深く尋ねた。

「それでだな、おれたちはコレリに会ったことがあるんだ」ジェイクが告げた。「おれも、おまえも。何年か前、休暇中にダラスで、散々酒飲んでバーをはしごした週があったのを覚えてるだろ?」

クーパーは思わず座りこんだ。ちくしょう、覚えている。「マーティンってだけ名乗ってたな」

「そうだ」ジェイクが歯ぎしりしているような声で言った。「マーティンはおれたちと飲んで楽しくやってから、先に席を立った。姪っ子と近くで落ち合って家に送ってくって言ってさ。そのあとすぐおれたちもバーを出たとたん、暴漢に囲まれた。そこに、マーティンが現れた。あの飛び出しナイフさばき、あれはすごかった」

「いつか、この貸しは返してもらうと言われたよな」クーパーは大きく息を吐き出した。「いつか自分が死んだとき、唯一大切にしているものを託すから、必ず守れと」あのときは死ぬほど酔っ払っていた。クーパーは思い出した。彼は笑ってマーティンに請け合った。恩返しに、初めて生まれた息子でも守ってやるよと。マーティンは答えた。守ってほしいのは、初めて生まれた息子より、ずっと大切なものだと。

「あと、もうちょっと耳寄りな情報がある」ジェイクが鼻息を荒くして続けた。「コレリは死ぬ数カ月前に、ここシムズバーグに来てたらしい。セーラにそこの小さな家を売った不動産屋からついさっき聞いたんだ。コレリは姪のセーラ・フォックスと一緒に、この町に二泊してた。不動産屋にどうしてこの町で家を探してるのか訊かれて、ミス・フォックスはこの町に知り合いがいるって答えたそうだ」

「あの夜、女の子を見たんだ」クーパーはつぶやいた。「立ちまわりのあと。バーの壁に寄りかかって笑い転げてたら、角に停まったバスから彼女がおりてきた」

昨日のことのように記憶がよみがえってきた。暗い夜に輝く青い目。華奢な体つき。コートのフードをかぶっていたから顔はよく見えなかったが、手にキーを握りしめていた。キーが光を受けてきらめいていたのを、彼は覚えていた。キーの鋭い先端が飛び出るように握りしめ、ノートパソコンの入ったバッグを肩にかけていた若い女性。

用心し、警戒していた。それなのに、クーパーを食い入るようにじっと見つめていた。その視線を感じた記憶が、クーパーにはあった。

くそったれ。

「コレリはセーラの保護者だったんだ。セーラは、おれがいるからこの町に来た」

「実は、マーティンはわたしのおじよ。それに、そう、あなたが忘れられなかったから、この町に来たの」

セーラの声に驚いて、クーパーは顔をあげた。いったいどうやって、気づかれもせずにキッチンに来ていたんだ？

「おっと。まずいことになってるんじゃないか、ボス？」ジェイクがうめいた。「おれは退散するよ。がんばれ」

クーパーは携帯電話を閉じ、セーラを見つめた。彼女はあごを高くあげていて、サマードレスのボタンは微妙にかけ違えていた。手にはサンダルを持っている。

毅然とした表情をしているのに、目には不安を浮かべていた。

クーパーは長いこと相手を見つめてから胸の前で腕を組み、口を開いた。「なんで言わなかった？」

セーラは目をそらしてしばらくそのままでいたのち、ふたたび目を合わせた。

「誰かのお荷物になるのは、もういやだったからよ。今度ばっかりは、誰かの恋人になりたかったの」やっとのようすで、彼女が言葉を継いだ。「今日はどうもありがとう。でも、もう失礼したほうがいいみたい」

くるりと背を向けてキッチンを出ていこうとするセーラを、クーパーは驚いて見つめた。どうなっているんだ。ファックしてくれて、どうもありがとう？　でも、もう失礼するだと？

セーラを追っていって、六歩も歩かせずにつかまえて振り向かせた。

「おい、そんなに簡単には行かせないぞ、ベイビー」荒っぽい口調で引き留めた。

とことん頭にきて当然だ。暴れたっていいはずだ。クーパーは責任という荷物を負うのにあまり向いていない。責任を負うのはバーだけでたくさんだ。それ以上の荷物はいらない。少なくとも、セーラに仰天させられるまでは、そう思っていた。

「なんで事情をおれに話さなかったんだ?」セーラが逃れようとしても、彼は放さなかった。

「あなたと一緒にいたかったからよ。酔っ払ったときに知らない人とした、いいかげんな約束を守ってもらいたかったわけじゃない。あの夜ふざけてわたしに声をかけて、あなたに恋をさせたからって、責任を感じてほしくもなかった。どうせ、あの夜のことは覚えてもいないんだろうし」セーラが大きな声を出した。「わたしは、あの夜会った人に恋をしたの。すごく強くて、すごくおもしろい人。襲いかかってきた暴漢にもひどく乱暴したりしないで、ちょっと痛めつけるだけにしていた人。その人を好きになったから、おじさんの先が長くないってわかったとき、ふたりで彼のバーに行ってこっそり見てたの。この町に来て、好きになった人が思ってたよりもずっとすてきな男性だってわかったから、恋人になりたいと思った。あなたにも好きになってほしかったのよ、イーサン。仕方なく面倒を見なきゃいけない相手だなんて思ってほしくなかった」

衝撃を受けてぼうぜんと見つめる彼の手を振り払い、セーラが腕を引いた。

「愛は求めてないって言ったじゃないか」クーパーは彼女を責めた。

「愛は探していないって言ったのよ」セーラが刺すような視線でにらみつけた。「もう見つけていたんだもの。わたしはあなたを愛してたの。それで充分だった」

彼女が左右に頭を振り、彼を惹きつけてやまない奔放な巻き毛を広げた。

「あなたは自由よ、イーサン」セーラが両手を広げて身を引いた。「もう迷惑はかけないし、面倒もなし。夢にも思わなかったくらい、すばらしい時間を過ごさせてくれた。しかも、借りがあったからっていう理由もなしに、そうしてくれたんだもの」セーラの目にはプライドが輝いていた。女性の悦びと自信も。そのせいで、クーパーのものは硬くなった。ふたたび彼女を抱きたくなった。この場で、キッチンのど真ん中で。

そのとおりにする気になっていた。

「おれたちは終わっちゃいないぞ」うなり声を出し、乱暴にベルトを引っ張ってバックルをはずし、ジーンズのジッパーをおろしていた。「まったく終わっちゃいない」

セーラの目が大きくなり、唇が開いた。

彼女がやめてと言おうとしていたら大変なので、クーパーはそのぽってりとした唇を自分の唇で奪い、両腕で力強く引き寄せて抱きかかえた。

「脚をおれの腰にまわしてくれ。早く」サマードレスを彼女のヒップまでまくりあげ、なにか言おうとするセーラを遮ってまたキスをした。向きを変えて彼女を壁に押しつけ、パンティーをヒップから引きちぎった。セーラの興奮が、キスのさなかに響く声にならない声に表れていた。彼の髪にもぐりこむセーラの両手にも。彼女の唇がクーパーの唇をむさぼり、舌が彼の舌と競うようにもつれた。

「くそ、いいぞ。これが気に入ったんだな」セーラをさらに抱き寄せ、腰の位置をずらしてペニスを彼女に押しあてた。「そうなんだろ、セア？　こいつを愛してくれてるんだ」

「あなたを愛してるのよ」セーラがにらみつける。

「ファックしてくれって言ってみな」

彼女の目から涙が一筋伝った。「愛して、イーサン。一度だけでいいから。愛して」

彼女のせいで、膝が抜けそうになった。

「ちくしょう」クーパーはうめいた。ペニスの先だけ入れて止まり、セーラを感じた。こたえられないほどやわらかく、熱い。「なんてことをしてくれるんだ、セア」

今回は穏やかにセーラのなかに押し入れた。ゆっくりと。彼をのみこむ熱くて小さなプッシーが生む繊細な愛撫も、吸いつき搾りあげようとするさざ波もすべて余さず感じながら、自身を押し進めた。どこまでも時間をかけて、どこまでもきつく締まっているセーラのなかに入り、目がくらむほどの快感に圧倒された。飽くことなどないかのようだった。いくらセーラを抱いても、彼女への欲求は枯れることがない。

セーラの髪に顔をうずめ、背に巻きつく彼女の両脚に締めつけられつつ、時間をかけて穏やかに抱いた。この快感は、命を賭けて戦って得る価値があるほどのものだったからだ。

いったいどうやってセーラはクーパーの防壁を突破したのだろう？　突破されたのは確実だ。すっと入りこまれて、彼は気づきもしなかった。セーラにふれるまでは。悪い女になる方法を教えてと言われるまでは。とどめに愛してと言われて、自制心は完全に打ち破られた。

「心地よすぎる。きつすぎるぞ」セーラの首筋に唇を押しつけたまま声を絞り出し、彼女を抱きかかえて自分の上で揺らした。「ああ、セア、なにをしてくれたんだ?」

さらにわき出る彼女の愛液を感じて、クーパーは彼女を抱く腕に力をこめた。さらにやすやすと滑り、引き入れられて、腰の動きを速め、強くした。セアがほしい。際限なく求めている。セアにもっときつく、もっと熱く抱きしめられ、叫び声で名前を呼んでもらうために。

「イーサン!」

彼の首元に顔を伏せてプッシーを波打たせたセアのなかで、クーパーは自分を見失った。これで三度目だった。この日、彼自身をセアに注ぎこむのは。うなり、うめきながら、体じゅうを超新星のように焼き尽くしていく快感のなかでわれを忘れた。セアにすべてを注ぎこみ、それをはっきり自覚していた。セアに捧げてしまったのは体だけではなかった。魂を捧げていた。

6

最悪の状況だ。

三日後、クーパーは屋根裏部屋を行ったり来たりしたあげく、小窓をのぞいた。隣の庭には誰もいない。くそったれ。猛烈に腹が立った。

セアに置いていかれた。クーパーは彼女を全力で抱いたあと、キッチンの床の上で溶けそうになっていた。そんな彼を置いて、セアは逃げたも同然だった。

そんなまねをされて、クーパーはなにをしていたか？　ぼうぜんと立っていた。実態どおりのまぬけづらでキッチンのど真ん中に立ち尽くし、セアのうしろ姿を見送った。内心ではふつふつと怒りがわいていた。欲情と同じくらいあっという間に、激しく。

セアがここに越してきて二年。二年だ。クーパーが膝の手術後に療養している間、セアはチキンスープを差し入れてくれた。クッキーなんてものを焼いてきた。クーパーの友人たちとおしゃべりをし、クーパーについて知るべきでない事情にまで精通した。そして今度は、クーパーをぴったり包みこんだ。

セアほど彼にぴったりなじんだ女はいない。セアほど、彼を動揺させる女は初めてだ。セアがいなくて寂しいとさえ感じていた。

特定の女がいなくて寂しいなんて、この前に感じたのはいったいいつだったろう？　女がいなくて寂しいなどと思ったことはない。この女がいなくて寂しいと感じるほど、近い関係を持たないようにしてきた。それなのに、セアがいなくて寂しいとはどういうことだ？

ともかく、こんな状況はたくさんだ。それだけは確実に言える。クーパーは時計に目をやった。あと数時間でバーに行かなければならない。彼はもう服を着ているし、出かける準備は整っている。あとは、彼女に出かける準備をさせればいいだけだ。

町のあほどもがセアに言い寄っているといううわさを、クーパーが耳にしていないとでも思っているのか？　セアが毎日決まって午後に食料品店に買い物にいくと、知らない者はいない。三人ものあほがセアに声をかけようとした事実を確認ずみだ。いまのところ、セアがあのかわいらしい小さなえくぼを誰かに見せていたとの報告はない。見ていた者がいたら、この町で血が流れていたはずだ。あのえくぼは、誰がなんと言おうとクーパーだけのものだ。

そんなふうに考えるとは、頭がおかしくなったとしか思えない。

しかし、だからといってクーパーの足は止まらなかった。決然とした足取りで一階におりて家をあとにし、セアの小さい家へ歩いていった。

力をこめて玄関のドアをたたいた。

セアがドアを開き、胸の前で腕を組むクーパーを用心深い目で見つめた。

「なに？」どうやら温かく迎えてくれる気はないようだ。

押しかけて悪かったな。

クーパーはセアとドア枠の隙間に無理やり体を押しこんでなかに入り、振り返って上からセアをにらみつけた。

セアはまた、お決まりのハイネックのワンピースを着ている。クーパーは、彼女をそうせざるをえない目に遭わせた極悪人どもへの憎しみを感じた。

「服を着替えろ」セアに命じた。「出かけるぞ」

「出かける？」セアはドアを閉め、クーパーと同じように胸の前で腕を組み、まっすぐ彼をにらみ返した。

そうされて、クーパーのものは硬くなった。ジーンズのなかで、それが間違いなくいまだかつてない大きさにまでふくれあがった。

「いったい、どこへ出かけるの？」

「まず、食料品店だ」きっぱりと答えた。「それから、おれのバーだ」ああ、おれはいかれ野郎だ。

「どうして食料品店なの？」いぶかしげに目を細めたセアに見つめられる。

クーパーは屈んで相手の鼻先に顔を突き出し、うなり声で告げた。「あのしょうもない店できみに言い寄ってきたあほどもに、きみがいったい誰のものなのか教えてやるんだよ。今日さっそくな。まったく、いったいいつから食料品店がおひとり様向けの出会いの場になったんだ？」

「最初からじゃない？」セアの微笑みはこわばっている。「いろんな人と会えるもの」

「ばかばかしい！」クーパーはののしった。

「相手を探したら、今週中にすぐ見つかるでしょうね」セアはそう言って肩をすくめ、背を向けて家の奥へ歩いていく。「今日は忙しいの。昨日たくさん買い物したから今日の夕食の分はあるし、食料品店に行く用はないわ」彼女が振り返り、クーパーの目を惹きつける長い巻き毛を背で揺らした。「それに、あなたの相手をする気分でも、あなたのバーに行く気分でもないの」

クーパーはあっけにとられて相手を見つめたのち、足を踏み鳴らして追いかけた。セアのせいで、つい足取りに力が入ってしまう。ばかなまねをしてしまう。

「なにがしたいの、イーサン?」ふたりしてキッチンに入ったところで、セアが振り返った。「深い関係なんて望んでないんでしょ。ほら、誰もあなたを縛りつけようなんてしてないわ」セアが両腕を広げてみせ、淡い青の目に悲しみをのぞかせた。それに、見逃しようのない興奮のきらめきも浮かべている。

クーパーの股間が張りつめた。硬くなっているものの根元がこわばり、痛いほどだ。

「なにがしたいかだって?」ゆったりと低い声を出して、セアに近づいた。「まず、町じゅうの女と見たら手を出さずにいられない発情した野郎どもに、きみはおれのものだと見せつけたい。それから、このささやかなメッセージをさらに印象づけるために、おれのバーのダンスフロアできみに体をこすりつけたい。それをやり遂げたら、きみをバーの事務室に連れていってデスクに寝そべらせて、その熱くて締まってるプッシーをキャンデーみたいになめて、またおれの名前を叫んでもらう。この答えで満足したか?」

セアがいつの間にかあえぐように息をし、上下させた胸でワンピースを押しあげていた。

「深入りなんてしたくないんでしょ？」ささやいている。

「コンドームなしで抱いたんだぞ」クーパーはセアのヒップをつかんで乱暴に引き寄せていた。あっという間にまずい展開になっている。セアのこととなると、極小の自制心しか発揮できない。「これが深入りじゃなかったら、なんだっていうんだ、ベイビー」

セアが両手で彼の腕につかまった。「だけど、わたしは妊娠しないようにしていたもの。そんな心配はないわよ」

「どうかしちまったんじゃないのか、セア？」クーパーは仕返しするつもりで相手の耳をそっとかじった。「おれはコンドーム信者なんだぞ。うっかり忘れるなんてあると思うか？そのままなかでいってしまうほど相手の女を信頼したことが、これまで一度だってあったと思うか？」かんだあとのかすかな赤みをなめて癒やす。「しかも、もう一度そうしたいと思ってるんだ。その小さいプッシーに自分が入っていくところを見たい。きみを押し開いていくところを。きみに吸いこまれて、包まれて、奥まで入る。そいつが深入りじゃないのか」

セーラは膝が抜けそうになった。こんなまねをされて、抗議するべきだとわかってはいた。わめいて、家から追い出して、二度と来るなと言ってやるべきだ。

クーパーは彼女を信頼していなかった。直接彼女に事情を尋ねるかわりに、人を使って彼女の素性を調べた。それも、とんでもなく調査をする能力に長けた人を使ったらしい。その人は、ほぼなにもかも暴き立ててくれたのだから。

「物理的な、ね」セーラは小声で答え、うしろからこわばったものを押しつけられてまぶたを閉じそうになった。「わたしにじかに事情を訊こうともしてくれなかったのね、イーサン？そうしないで、わざわざまわりの人たちに訊いた」

クーパーから離れようとしたけれど、放してもらえなかった。放すどころか、がっしりと抱えこんで勃起したものを尻にこすりつけ、セーラを死ぬほど悩ませる。

三日。クーパーと会わずに三日も過ごした。こんなつらさにどうやって耐えればいいのだろう？ やっていける、なにも問題ないと思おうとした。でも、できなかった。ひどい状態で悩まされていた。クーパーに抱きしめられたいと願い、苦しんで、満たされない思いに駆られて彼の名を叫び、夜中に目を覚ました。そばに彼はいないのに。

クーパーと一緒に過ごした時間が足りなかったからだ。セーラは自分に言い聞かせた。あと数日だけ一緒に過ごせば、満足して欲求に悩まされることもなくなるかもしれない。

「この気持ちはそのうち消えたりしないぞ、ベイビー」彼女の心を読んだかのようなクーパーの言葉に驚いて、振り向いた。「おれもタマが青くなるまで手でやってみたが、役に立たなかった。なにをしたってだめなんだよ。またきみを抱くまではな」

彼がセーラの体の向きを変え、手を長い髪の下にもぐりこませてうなじを支え、動けないようにしてから唇を重ねた。

抵抗するべきなのだろうか？ 体のなかで燃えあがる勢いにまで高まっている快感に、抵抗しなければいけないのだろうか？ その快い感覚に心がかき乱され、クーパーに溶けこんでいってしまいそうだ。

彼に腹を立てて当然のはずなのに、そうではないのだろうか？　三日間、ずっと自分にそう言い張ってきた。クーパーは彼女を信頼していなかった。彼女が胸に秘めていた事情をじかに尋ねるのではなく、彼女に黙って調べさせた。

怒り狂って当然のはずだ。クーパーにしがみついて、両手を彼の髪にうずめて、もっと彼を手に入れようとわれを忘れるのではなく。それなのに、彼とキスをして、ふれられていたくてたまらなかった。クーパーの指がワンピースのボタンを引っ張って穴からはずし、前を開いた。唇を引いた彼に、今度はふくらんだ乳房の上をなぞるような口づけをされて、セーラは息をのんだ。

そうだ。こうしてほしくてたまらなかった。

「きみが恋しかったんだ、セア」クーパーが低い声を響かせてセーラを抱えあげ、キッチン中央の小カウンターに座らせて太腿のあいだに踏みこんだ。彼女の肩からワンピースの袖とブラジャーのストラップを一緒に腕までおろしてしまう。

クーパーの唇が乳房の先端に狙いを定め、口づけた。乳首を飾る小さなピアスの輪を口に含んで引っ張られ、肌のすぐ下を駆け巡る欲求が震えとなって伝わった。クーパーにはこんなことができる。クーパーのふれかたは、セーラがこんなものだろうと自分に言い聞かせてきたものとは、まるで違った。強力で、二度と忘れられなくなる、この上ない悦びだった。

「くそ。きみといるとまともでいられなくなる」クーパーが身を引き、開いたワンピースの前をすばやくかき合わせて彼女を見おろした。まなざしには官能が宿り、けだるげだ。「服を着てこい」

「着てるわ」セーラはとまどって彼を見あげた。

「ジーンズに着替えろ」クーパーの手が彼女の尻に移動した。「ワンピースを着たままバーに行かれたら、ダンスフロアから連れ出す前に抱いてしまうはめになる。ほら行け。待っててやるから」

相手の偉そうな口調に、セーラは唇を引きつらせた。「いばりたがりやなのね、イーサン」

「ついでにやりたがってるから用心したほうがいいぞ。いばりたがっててやりたがってるおれを抱くなんて体験は、きみにはまだ早すぎる」

セーラは唇を開いて微笑んだ。クーパーは、この微笑みを気に入ったらしい。目を細めて、光を放つ琥珀の瞳の色合いを濃くした。「そうかしら、イーサン」セーラはゆったりと誘う口ぶりで言った。「昔から覚えはすごく早いの。後れを取るのはわたしじゃなくて、あなたになるかもしれないわよ」

ああ、完全に負けそうだ。クーパーは自覚していた。後れを取るどころではない――すでにあっという間に完敗していた。あのかわいらしい小さなえくぼに。淡い青の瞳に。ゆるやかに長く伸びる巻き毛に。彼の心を惹きつけてやまない微笑みに。心をとらえて離さない魅力に。こんなふうに彼を負かした女は、ほかにひとりもいなかった。

「どうかな」クーパーは笑顔で返した。これはセックスの話だ。愛の語らいではない。愛の語らいはあとでするつもりだ。愛の語らいの最中にいったいなにを言ったらいいか、突き止めたらすぐに取りかかる。そうはいっても、クーパーは行きあたりばったりでなにかをすることに大いに自信があった。

思い切ったようすで、セーラが首を横に振った。「なにをするにしても、まずは話し合わないといけないわ」ため息をついている。「あなたはわたしを信頼してくれなかったんだもの、イーサン」

見あげてくるセアのまなざしに浮かんでいる傷つきやすさ、傷ついた表情を前にして、クーパーは胸を締めつけられた。

「信頼してなかったわけじゃないんだ、セア」やわらかい手ざわりの巻き毛に指を滑らせて、正直に言った。「あの傷跡を見たとき、きみの目を見て苦しんでるとわかった。きみが誰かに傷つけられたことがあると知って、そいつらを殺してやりたいと思った。だが、そう思ってることを、きみに知られたくなかった。きみをそんな目に遭わせたやつらがまだ生きてたらおれがするつもりだったことを、きみに知られたくなかったんだ」

その男たちはすでに生きていなかった。父親の家からセアをだまして誘い出した敵方の若い息子ですら、数年後に穏やかとは言えない死にかたをしていた。セアの父親に敵対していた男たちは刑務所で死んだ。セアの父親もだ。セーラを傷つける可能性のある者は、ひとり残らずこの世から消えていた。クーパーが復讐を向ける相手は誰もいなくなっていた。

セーラがすっと顔を伏せ、彼から離れてワンピースのボタンを留め直した。

「そうだとしても、あなたが与えたがっている以上のものを、わたしはほしがっているのかもしれない。それは変わらないわ」セーラがもう一度クーパーに顔を向けて告げた。「わたしはあなたのことも、自分のこともだましていたのよ、きっと。あなたのベッドにもぐりこむために」

「だったら、もう一回だましてくれよ、セア。いいから、さっさとジーンズに足を突っこんで戻ってこい」セアにつかみかからずにいるために、両手を握りしめて歯を食いしばらなければならなかった。「ベイビー、頼むからおれを哀れに思ってくれ。がちがちに硬くなってて、そのかわいくそそってくる体に食いつきたくてたまらないんだ。早くここを出て、やらないといけないことを終わらせちまおう」

「どうして？」セアが腰に両手をあて、きゅっと眉根を寄せた。「どうしてそこまでして、あのお店に行かないといけないの？　バーにも？　そんなことをしても、おでこにあなたのものだってスタンプを押されるだけじゃない？」

クーパーは確信をこめてうなずいた。「わかってくれてるじゃないか、かわいいセア。おれのものだっていうスタンプか。ある意味、そんな印をつけちまうってことだ」口にした言葉の響きが気に入り、思わず期待して微笑んだ。「こいつは簡単なほうのやりかたなんだぞ。難しいやりかたでしてもいい。単純に今度きみが食料を買いにいくときにあとをつけていって、そこそこきみにつきまとう例のあほどもを見つけしだい頭をかち割ってやったっていいんだ。おれは、それはそれで楽しいと思ってる。でも、きみはそうは思わないだろうな」

セアが信じられないという顔で目つきを鋭くした。「なんて横暴な人なの」

「横暴の分野では上等な学位を持ってる」クーパーは鼻で笑った。「早く服を着てこい。あと五秒で上に行かないと、こっちが脱ぎ始めるぞ」目を細め、セアの体にさっと視線を走らせる。「頭をかち割るのは明日にしてもいい」

本気だった。

セーラが驚いてあきれた顔で彼を見た。たぶん少し怒ってもいる。そして、かなり興奮している。

「そのいばり散らすくせのことは、あとで話し合わなきゃいけないわ」そう言いつつ、あとずさりしてキッチンを出ていく。

「五、四」クーパーは胸の前で腕を組んだ。

「信じられないくらい態度が大きい人ね」

「三」一呼吸置いて。「二」組んでいた腕をおろし、ベルトに手をかける。かわいいセーラはくるりと背を向け、しっぽを巻いて逃げていった。

間違いなく、この世でもっともかわいらしいしっぽだ。

彼女が階段を駆けあがっていく音を聞いて、クーパーは満足げに笑みを浮かべた。今晩への期待に満ちた笑みだ。夜が深まってからのことを考えて、さらに音もなく口笛を吹いた。

明日の朝までには、セーラとこの町の住民ひとり残らず、セーラがいったい誰のものなのか思い知ることになる。

つけられている。

クーパーは自身のピックアップトラックの運転席にゆったりと座って町に車を走らせ、セアはそのかたわらに寄り添っている。この生意気なかわいこちゃんに、彼は笑われた。トラックで町をひとまわりしてからようやく、狭い町の家とは反対側にある食料品店に行って車を停めたからだ。

「さあ、みんなにはっきり見せつけてやるぞ」クーパーは笑って言い、トラックからおりるセーラに手を貸した。自分の体のすぐ前にセーラを慎重に引き寄せておく。つけてきた黒いセダンが通りすぎた。不自然にスピードを落として。

セーラを急かして店内に入り、バー用の買い物リストを渡した。この食料品店にセーラを連れ出すため、ジェイクとともに頭を絞ってひねり出した買い物リストだ。リストの中身はセロリや胡椒や塩——すでに大量に買い置きしてある、でたらめの口実だ。

「買い忘れがないようにジェイクに確認させてくれ」クーパーは携帯電話を取り出し、ジェイクの番号を押した。発信音を聞く。ジェイクが出た瞬間、電話を切った。ジェイクにトラブル発生を知らせる合図だ。それからセアに微笑みかけた。「忙しいみたいだな」

いまごろジェイクは、それはもう忙しくしているだろう。バーで雇っている全部で十二人の用心棒にひとり残らず電話をかけ、今夜は全員が出勤するよう呼び集めているはずだ。そのうちの三人は、クーパーとセアがいるうちにこの食料品店に現れる。

クーパーはとんでもなく用心にこだわる男だった。雇っている用心棒たちも同様だ。みな一匹狼だ。いまのところ体が必要な働きをしなくなっているせいで、戦う場を失った兵士たち。あの連中がクーパーの家族だった。いまでは、セーラの家族でもある。

セーラの肩あるいはウエストに腕をまわして、店内を歩きまわった。セーラに目を向けてきた男たちをにらみつける。足を止めてセーラに話しかけてきた数人の男たちは、独占欲の塊と化したクーパーを相手にすることになった。こんなクーパーを目にするのは初めてだったのだろう。こっそりとにやにや笑いを浮かべていた。

ろくでなしども。

クーパーはセアの耳にいくつか品のないジョークをささやきかけて彼女が頬を赤く染めるのを見て楽しんでから、足を止めて知り合いの女性何人かと立ち話をした。自分のセアといい友だちになるであろう女性たちだ。すでに身を落ち着けて幸せな結婚生活を送っており、一夫一婦婚がいかにすばらしく価値のあるものであるかを、セアに吹きこんでくれるに違いない女性たち。

クーパーは計画を立てていた。つねに計画を立てて行動している。しかしまずは、あの黒いセダンに乗っていた怪しい危険人物どもをどうにかしなければならない。

セアを連れてレジにいると、ケーシー、アイアン、それにタークが店に入ってきた。三人の元レンジャー。見かけも実態も、とことん手ごわい兵士たちだ。

「よう、ボス、両替を忘れるなってジェイクから伝言だ」レジに近づいてきたタークが危険を感じさせるうなり声を出した。黒のジーンズに黒のシャツを着て、くせのある黒髪を首筋に垂らしている。タークの鋼に似た冷たい青の目が店長のマークを見据えてから、クーパーに向けられた。

「ジェイクはどうして、自分で電話してこなかったのかしら」セーラが小声で言った。

「ジェイクは変わったユーモアの持ち主なんだよ、かわいこちゃん」クーパーは甘い声で答えて、札入れから百ドル札を取り出した。「両替を頼めるかい、マーク？」

「いいとも、クーパー」マークも決してばかではない。この三人がクーパーに同行していたことはこれまでにも何度かあり、それは必ずトラブルが起こったときだった。

二年前、荒くれたバイク乗りの集団がクーパーのバーを襲撃しようとしたときもそうだった。クーパー、ターク、アイアン、ケーシーがバーに向かい、窓ガラス一枚割ることなく、トラブルを解決した。骨を折ったり、脳しんとうを起こしたりした者は何人かいたが、そんな傷を負ったのはクーパーたち四人ではなかった。

マークは二十五セント硬貨の棒金をビニール袋に入れ、クーパーに渡した。「気をつけろよ、クープ」彼にうなずきかけてから、セーラに微笑みかける。「きみもだ、セーラ。この男がまっすぐ道をそれないようにしてやってくれ」

セーラはもうミス・セーラではない。クーパーの女、セーラだ。なんと、クーパーは誇らしさに胸をふくらませそうになった。

「なあ、ボス、さっき町を走ってた新車のハーレーを見たかい？」ケーシーがさりげなくセーラの隣に立ち、アイアンが前、タークがうしろを固めた。「クロムに包まれた美形だったぜ」

クーパーは会話を続けつつ、セダンに意識を向けていた。駐車場をゆっくりと出ていくその車の窓は色つきだったが、三人の男が乗っているのは見えた。前の座席に乗っているふたりは黒いサングラスをかけていた。

トラックの近くまで来ると、クーパーはアイアンに鋭い視線を向けた。アイアンがうなずいた。彼がトラックを調べて、安全を確認ずみだ。

「行こう、ダーリン」クーパーは運転席側のドアからセーラを乗りこませ、あとから自分も隣に乗りこんだ。

「バーに向かうんだよな？」タークが低い声でうなった。冷徹なまなざしや傷跡のある顔は、あまりにも多くの戦いを高すぎる代償を払って切り抜けてきた猛犬に似ている。

「そうだ、ターク」

タークがうなずいた。「じゃあ、バーで」

三人の用心棒は手を振り、自分たちのバイクに向かって歩いていった。三台ともハーレーだ。悪い男の乗るバイク。クーパーは自分のトラックを大事にしていた。

エンジンをかけ、静かに駐車場を出た。タークとケーシーが先を走り、アイアンがうしろにつく。

セーラはやけに静かだ。食料品店からバーまでの道のりはまるで地獄だった。バーの駐車場に乗り入れながら、クーパーはこれからどうしなければならないかわかっていたからだ。

セーラは信頼を求めている。くそ。これは受け入れがたい。

「食料品店まで黒いセダンにつけられてた」ついに低い声でセーラに打ち明けた。

「知ってる」セーラが両手を組み、ぐっと深く息を吸った。「今夜のうちに町を出ていくわ、イーサン」声に涙が交ざっていた。「わたしがいなくなれば、あの男たちもいなくなるから」

「冗談はよせ」クーパーはセアの首をつかんで振り向かせ、驚く相手の目を見つめた。「逃げたりするな、セア。もう逃げなくていい。おれの町、おれのバー、おれの大事な女だ。誰がなんと言おうと、それは変えさせない」

セーラが異論を唱える前に、最初の涙がこぼれ落ちる前に、彼女の唇を奪った。キスがクーパーの体じゅうに熱い感覚を走らせ、全身のすみずみまで張りつめさせ、欲求をさらに燃え立たせた。

彼の女。生まれて初めて、クーパーは女を愛した。決して、この女を奪わせはしない。

7

もう安全だと思っていたのに。マーティンおじさんはセーラの父親の敵がどうなったか、把握していた。全員が死んだはずだった。セーラを追ってくる可能性のある手下たちも、逮捕されていた。そうでなければ、死んで埋められた。それなのに、何者かがセーラの居場所を突き止め、追ってくる。

イーサンのことも知られている。

イーサン――ほかの人たちはみな彼をクーパーと呼ぶけれど、セーラにとってはイーサンだ――に連れられて人でにぎわうバーに入っていきながら、セーラは手を震わせていた。〈ブロークンバー〉は大酒飲みや、パーティーが大好きな人、危険な男に見られたがっている普通の人など、いろいろな人が集まる場所だった。ここには本当に危険な男も何人かいると、セーラは見抜いていた。用心棒は間違いなくそんな男たちだ。今夜は十二人が持ち場についている。

セーラはすぐに彼らの存在に気づいた。なんといっても、少なくとも三人がつねにイーサンとセーラに張りついているのだから。

セーラはカウンターに座って髪をかきあげ、つややかな台の上を指でたたいた。大きな洞窟に似た広い店内では、踊り、酒を飲み、なかば酔って体を揺り動かす人がひしめき合っているように見えた。楽しむための一夜が、これほど不吉に見えたことはなかった。

いいえ、あの夜もそうだった。あのときも、セーラは男性の魅力に負けて隠れ場から誘い出された。今回は、そのせいで彼女が家族以外に愛した、ただひとりの男性の身が危険にさらされている。

「うちの一押しだ」ジェイクが彼女の前にウイスキーのグラスを差し出した。この小さなショットグラスはジョークだ。セーラはグラスを取って一気にあおった。眉を寄せ、全身に行き渡ってゆく、まさに快感そのものの熱を感じた。

「おかわりをお願い、ジェイク」小グラスをカウンターに置き、心ここにあらずでオーダーした。店内を見まわし、父の敵である男たちの顔はどこにも見あたらないと確かめようとする。ひょっとしたら、いるかもしれない。

バーテンダーがショットグラスを差し出した。セーラは顔をしかめて相手を見あげた。

「ダブルで注いでくれない？」

ジェイクは眉をあげたが、グラスにワンショット注ぎ足して彼女に手渡した。また先ほどの一杯目と同じように一気に飲みきると思っているのか、セーラを見ている。

最初の一杯は自分を奮い立たせるために飲んだ。二杯目は時間をかけて味わうつもりだ。あまり急いで飲んだら気分が悪くなるだけ。アルコールにはかなり耐性があったが、不安にはそれほど耐えられない。今夜は、かなり不安を抱えているというのに。

スツールの上で腰をひねってうしろを向くなり、イーサンの胸板に鼻をくっつけそうになった。広々とした胸の上を見ると、イーサンが詮索する目でグラスと彼女を見ていた。

「心配しないで」セーラはため息をついた。「酔っ払ったことなんて、ほとんどないから」

「心配なのはそんなことじゃないよ」はしばみ色と琥珀色の目が楽しげに輝いた。「だが、おれが見たところ、きみが酒を飲むのはこのおれのバーに来たときだけだ」

「どうしてわかるの？」セーラは目をすがめて相手を見あげた。「わたしと一緒に家にいたことなんてめったにないじゃない、イーサン」

「でも、プールのそばにいるときのきみは見られる。飲むとしたら、テラスでだろう」

セーラは思わず唇を引きつらせ、頬を赤らめた。プールの横で自分にふれているところを見られていたからだ。それに、いまいましいことにイーサンの言うとおりだった。

ウイスキーを一口飲み、かすかに焼けつく感覚が喉の奥を刺激し、胃に流れていく心地よさを堪能した。おかげでわずかに不安がやわらぎ、ひしめく人たちに交じってどんな楽しいひとときを過ごせるか想像できた。家にいるときは、日暮れどきに酒を飲めば夜に気が休まることもあった。めったになかったけれど。夜眠るのは嫌いだった。

「人が多いところは苦手で、めったに出かけないの」イーサンに答えた。

「わかってる。じゃあ、そろそろダンスをするか？」

一瞬、不安が消えて興奮で胸がいっぱいになった。「本当に？」ダンスフロアに目をやる。

「わたしとダンスをしてくれるの？」彼はダンスをしたいとは言ってくれていたけれど、心からそう言ってくれているのか疑っていたのだ。

「かわいいセア、きみを見てるだけで心臓が躍りだしそうなんだ」イーサンはため息をついて頭を振っている。「ほら、おれのハートを盗んだかわいい泥棒。一緒に踊ってくれ」

イーサンに引っ張られてダンスフロアに行き、カントリーのステップを教わった。踊ってみると、ついていくのはそれほど難しくない。イーサンにくるりと回転させられ、また引き戻されて、声をあげて笑った。胸を躍らせるカントリーのリズムに合わせて、彼に腰を押しあてられている。次の瞬間イーサンの手を離れて、セーラはフロアにいるほかの女性たちをまね、身を揺らして踊っていた。すると、ふたたびイーサンに手を取られて回転し、髪が舞い広がって肩に巻きつき、イーサンのTシャツにも巻き毛がかかった。

イーサンはこれが気に入ったようだ。

それから曲調がゆったりとした、落ち着いて身を寄せ合うためのものに変わった。イーサンが彼女を胸に抱えこみ、頭のてっぺんにあごをのせる。セーラは目を閉じて、鼓動のたびにイーサンを感じた。

イーサンの両手が、着ているやわらかいブラウス越しに彼女の背を撫であげる。彼はこのブラウスのボタンを胸元まではずし、そこに見入っていた。セーラの髪に片方の手をうずめ、唇で彼女の額、頬、唇を撫でた。

セーラはかすかな吐息をもらし、彼のために唇を開いた。魂の奥にじかに優しくふれられたらこう感じるだろう。イーサンのキスにはそんな心地よさがあった。イーサンはそんなふうにふれた。イーサンを想うだけで、心を愛撫されるように感じた。

「おれのものだ」口づけをしたままイーサンにささやかれ、セーラはまつげを揺らして目を開いた。「忘れないでくれ、セア。おれだけのものだ」

「いつまでもあなたのものよ、イーサン」いつまでも彼のものだ。たとえ彼を守るために姿を消さなければならなくても。すぐに姿を消さなければならないだろう。たぶん、イーサンが眠りについたあとに。一刻も早く。イーサンを傷つける危険を冒すわけにはいかない。

けれどもいまは、イーサンにしがみついて、抱きしめられていられる。夢がかなった瞬間だった。この人が、心から愛する人だ。

クーパーはセーラを抱き寄せ、ともに音楽に身をゆだねる彼女の華奢な体の動きを感じながら、鋭い視線をバーの入り口に向けた。たったいま入ってきた男はライダーでも、酒好きでも、週末のパーティー好きでもない。

ブラックジーンズをはいて、この真夏にジャケットを着こみ、緊迫感を発している。クーパーが見守るなか、三人の用心棒がクーパーたちとその新しくやってきた客とのあいだに立ちふさがった。しまいに、得体の知れない客は顔をゆがめて離れていった。だが、顔は押さえた。顔はばっちりとらえた。ジェイクに目をやると、バーテンダーも視線を受け止めてうなずいた。あの男の姿は監視カメラがとらえた。あとは映像を確認すればいいだけだ。ジェイクが手伝いのバーテンダーにカウンターを任せ、事務室に歩いていった。

「なにしてるの、イーサン?」セーラが顔をあげていた。あっという間に瞳を陰らせ、悲しみに満ちた沈んだ表情になっている。

「きみと踊ってる」彼女の頬にふれ、手のひらで包みこんだ。「きみを守ってる」

セーラが首を左右に振ってから、額を彼の胸に押しあてた。涙をこらえているに違いない。目に涙が光っているのが見えたし、彼女の背筋に伝わる震えにも気づいていた。

「来てくれ」曲が終わり、クーパーは彼女の手を取った。「見せたいものがある」

セーラは手を引かれておとなしくついていった。ダンスフロアからカウンターの裏にまわり、ジェイクが自分の領地と呼んでいる狭いスペースを抜け、突きあたりのドアに向かう。ここまでたどり着くには、ジェイクとカウンターのそばにいる用心棒たちを突破するしかない。

ドアを閉じると音楽は聞こえなくなり、イーサンに手を引かれて短い廊下の奥にある粗削りな木でできた階段を上った。

「どこへ行くの？」イーサンに手を握られている感触がうれしかった。この温かみ、それとなくつながっていると感じられるのが。

こんなにイーサンを愛してはいけない。自分の一部を取っておくべきだ。心の一部を。

「第二のわが家だ」イーサンが階段を上りきった先のドアの鍵を開け、明かりをつけた。やわらかい、落ち着いた光が部屋を照らし出した。

奥にはベッドがあった。枕がいくつものっている、大きなベッドだ。

「言っとくが、ほかの女をここに連れてきたことはないぞ」イーサンはドアを閉め、鍵をかけている。セーラは事務机の上に並んでいるモニターの前に行った。

部屋のいっぽうの壁には色つきガラスの窓があり、ダンスフロアを見おろせる。ダンスフロアの上の壁にかけられている鏡だと思っていたのがこの窓だと、セーラは気づいた。ベッドの隣に色つきガラスの窓がひとつ。厚手の絨毯。テーブルに椅子が二脚。その上につりさげられたランプ。シンプルで、必要最小限。確かに、イーサンがここで仕事をしていそうだ。たぶん、静かに考えごとをするのだろう。ここで考えこんでいるイーサンの姿が、すぐに頭に浮かんだ。

セーラは、ゆっくりと彼を振り返った。

イーサンはTシャツを脱ぎ、ベッドの横の壁際にあるソファにそれを放っていた。ブーツも蹴って脱いでいる。セーラもサンダルを脱いでブラウスのボタンをはずし始めると、見つめる彼の目の琥珀色の輝きが増した。セーラはブラウスを脱ぎ、すばやくブラジャーのホックをはずして肩から落とした。

イーサンを必要としていた。イーサンがほしくて、飢えた獣のかぎづめのような切望に苦しめられていた。彼女はジーンズのボタンをはずし、イーサンは腰のベルトを抜いた。ふたりはともに動き、服を取り去っていた。

イーサンと同時に下着もジーンズも足から抜き、彼に歩み寄った。

「恋しくてたまらなかったんだ、セア」

イーサンの腕に抱かれていた。彼に抱えあげられて口づけられ、唇を熱くむさぼられた。そのままベッドに運ばれる。彼はセーラ以外の女性とこのベッドをともにしたことはない。

このベッドはふたりだけのものだ。

しっかりしたマットレスが、横たえられたセーラとイーサンの重みを受け止めた。イーサンに抱かれてから三日もたっていた。じっと横たわり、ふれられているだけでいいとは思えなかった。彼にふれたい。

ベッドに膝をついているイーサンの前で上体を起こし、足を曲げて座った。両手をあげて彼の胸板を撫で、手のひらを波打つ硬い腹筋に滑らせて、下腹部に唇を押しあてた。

こうしなければ。イーサンを愛さなければいけない。今夜だけは。永遠に胸に刻んでおけるように。

こわばってそそり立っている彼を握り、両手をそっと動かして、先端に現れた小さな真珠色の液体を見つめた。

舌でそれにふれ、味わったとたん、もっとほしくなった。大きな頂を口に含み、下にある小さな棒状のピアスを舌で見つけ、もてあそびつつ、吸いついた。

「ちくしょう、セア」イーサンが彼女の髪に両手をもぐりこませ、引っ張り、房を撫でた。

「なんてきれいなんだ。すごくいい」

見あげたセーラはイーサンのまなざしにとらえられ、動けなくなった。ああ。大変。こんなふうに見つめられるなんて、思ってもみなかった。ひょっとしたら、彼女を大切に思ってくれているのだろうか？

セーラは泣き声をあげ、不意に抑えきれないほど激しい渇望に駆られて、口いっぱいに彼を迎え入れた。イーサンを自分のものにしなければいけない。イーサンのすべてを受け入れ、彼にふれて、彼を知り尽くしたい。指で硬い柱を撫で、張りつめて重くなった袋に手のひらをあて、そこも愛撫した。

下から見あげると、彼の肩がとてもたくましく見えた。両腕の筋肉は盛りあがっている。上腕に巻きつく蛇のタトゥーは波打って姿を変え、うねり、薄暗い室内で赤い目を鋭く光らせていた。

それを見てもセーラは恐ろしくはなく、守られていると感じた。

「ああ。そうだ。吸ってくれ、セア。くそ。その口は心地よすぎる。ちくしょう。きつくて、熱くて、よすぎるんだ」

イーサンのあからさまな言葉がうれしかった。こんな反応を求めてやまなかった。徐々に奥まで吸いこんで愛撫していき、喉に突きあたるまで彼を迎え入れて声を響かせ、根元を支える両手を前後させた。

うまくできているようだ。

「なんてこった。きみの口に抱かれるのは最高だ」途切れる声で言い切る彼のペニスが脈打ち、太くなるのを舌で感じた。

イーサンの両手がセーラの髪を引っ張った。ちょうどよい力をこめて。彼女の頭皮につんとくる快感が走り、背筋を伝いおりた。

「それでいい、そうやって吸ってくれ」深く吸いこまれ、舌でピアスを押しあてるように転がされて、彼がうめいた。「まいったな、セア。ここまで硬くされたら、こいつでガラスだって彫れそうだ」うなるように言う。胸から響く彼の声が、セーラの感覚を満たした。

イーサンを味わいたい。なにもかも。

「こんなに早くいくなんてとんでもないぞ」

セーラは身を引こうとする相手の腰をつかんだ。

「イーサン、待って」

「無理だ」彼に押し倒された。

セーラは気を持ち直す間もなく覆いかぶさられ、キスをされていた。唇を奪われ、深く突き入ってきた舌に貫かれる。なめて、味わってから、イーサンの唇が彼女の胸へ移った。彼は乳房の頂を吸いあげ、小さなピアスを舌ではじいたのち、その輪をまたとがった蕾に押しあてる。胸の先端を取り囲んで締めつける感覚は熱く、セーラを悦びに悶えさせた。

「きみの体が大好きだ。とにかく愛らしくて、優しい線を描いてる。とことんセクシーだ」

イーサンが唇をセーラの腹に滑らせ、キスをして、なめて下を目指していった。セーラは自分がばらばらにほどけていく気がして、イーサンにふれられているということ以外、なにも考えられなくなった。唇と舌でふれられている。

「イーサン！　ああ。そうして、そこをなめて。そこよ」クリトリスを取り巻くように舌で愛撫されてセーラは腰を浮きあがらせ、恋人の髪に指をからめて彼の顔を引き寄せた。イーサンがそこに口づけ、また取り巻くようになめた。決して、そこにまともにふれようとはしない。近づくだけ。間際まで近づくだけだ。

セーラは激しい欲求に駆られ、さらに脚を開いた。したたるほど潤っていく。それによっていっそう温められ、イーサンを受け入れる準備ができた。イーサンだけのために。彼がほしくてたまらなかった。

「どうか、お願いよ。イーサン。心地よすぎて、もうだめ」

「このプッシーを愛してる」イーサンがうなった。「どこまでも甘いんだ、セア。甘くてたまらない」

そう言って彼がクリトリスを口に吸いこみ、セーラの望みをかなえた。彼女の全身を歓喜が駆け巡った。目の前で虹色のエクスタシーがはじけて、色彩を溶かし合わせた。

イーサンは待たなかった。セーラに高みから戻ってくる時間をくれなかった。セーラに覆いかぶさり、両手で彼女の顔を包みこんで、ペニスを彼女の入り口に押しあてた。

「こっちを見てくれ、セア」

セーラは必死に目を開け、両足をあげてイーサンの腰に巻きつけた。

「ベイビー」イーサンが低い声を絞って額を重ね合わせ、彼女を見つめながら静かに身を沈めた。ゆっくりと、優しく。「愛してる、セア」

セーラは固まり、目をしばたたいた。聞き間違いに違いない。

「なんて言ったの？」声が震え、希望がわきあがった。

「愛してる、セア。おれの大切な、かわいいセア。心から愛してるんだ。きみを愛してる」

イーサンが奥に押し入って彼女の息を奪った。快感で目がくらむほど身が熱くなっていき、セーラは両腕を彼の首に投げかけた。

「わたしも愛してるわ、イーサン・クーパー」叫んで答え、さらに突き進んできた彼を受け入れて背をそらした。「ああ、愛してる」

イーサンに深く貫かれた。激しく力のこもった進入にセーラは息をのみ、望んでいたものを与えられた。あまりにも鮮やかで吹き飛ばされてしまいそうな快感のなかで、あるのはふたりだけになった。セーラでも、イーサンでもない。ひとつになったふたりだけになった。

イーサンがセーラに打ちこみ、彼女を抱き寄せ、唇を重ねて口づけでも彼女を満たした。彼のうめき声とセーラの叫び声が合わさり、ふたりのあいだで恍惚がはじけ、セーラはその心地よい、まぶしすぎる勢いにのまれた。イーサンに包まれ、満たされている。体のなかに彼が解き放ったものが流れこんできて彼女のそれと混ざり合い、ふたりをなめらかに結びつけた。

汗にまみれて満たされたふたりは、抱き合ったまま倒れこんだ。

「おれの女だ」イーサンがセーラを固く抱き寄せて上向かせ、想いがこもって険しくなった目で見おろした。「おれを置いていかせたりしないぞ、セア。わかったか?」

セーラはずっと逃げてばかりいた。ほかのことなどできるだろうか?

「信じてくれ、セア」イーサンが親指で彼女の唇を撫で、甘く誘いかける声で命じた。「おれが自分の女を守れると信じてくれ」

信じるしかないと思えた。

「愛してるわ」セーラは小声で答えた。

「信じてくれ、セア」

「信じてる」命を賭けて。もっと大切なのは、心からそうしていることだった。

イーサンがベッドカバーを引っ張りあげてふたりの体にかけた。

「よし。これで、やっと眠れそうだ」ため息をついている。「きみのせいで眠れなかったんだ、セア、きみが恋しくて」

「わたしもあなたが恋しかったわ、イーサン」セーラはささやき、彼にもたれて力を抜いた。

「あなたがいなくて寂しかった」

眠れなかった。

いまは眠れる。深く、夢も見ずに。イーサンの腕に抱かれて守られていた。悪夢からも。

8

クーパーは胸の前で腕を組み、机に並ぶモニターを見つめた。あごに伸びかけたひげを指で撫でる。

今朝はひげをそるのを忘れていて、セーラの繊細な肌に残った赤い跡を見るまでそのことに気づかなかった。このようすでは、ひげをそる時間は取れそうにない。

モニターでは、ふたりの男がカウンターにゆっくり近づいてきていた。わざと顔をそらし、カメラに顔がはっきり映らないようにしている。ふたりの男のうしろに三人目の男がいた。大柄な男で、野球帽を目深にかぶっている。

怪しい。

男たちは酒を注ぐジェイクに話しかけていた。クーパーが見守るなか、ジェイクは前にいるふたりの男に向かって頭を横に振り、カウンターにいる別の客数人の相手をしにいった。

男のひとりが上目遣いにカメラを見、クーパーは目つきを鋭くした。いまの表情にはどことなく見覚えがあった。この男の顔にではない。この男に会ったことはない。表情だ。なぜかはわからないが、いまの表情をよく知っている気がした。

クーパーは顔をしかめて向きを変え、足早にベッドに近づいた。

「セア」屈んで眠っている恋人の頬にキスをした。彼女が寝ぼけたまま彼の首に腕をまわす。

「うーん。ベッドに戻って」セーラがはっきりしない声で言い、ベッドカバーのなかにもぐりこもうとした。

「セア、困ったことになってるんだ、ベイビー」

彼女の目がすぐに開いた。クーパーの首からすっと腕を引き、急いでベッドから出る。セーラの反応はあまりにもすばやく、身に深く染みついたものだった。セーラは若いうちから何度もこうして逃げなければならなかったのだ。クーパーは胸が締めつけられた。

ゆるやかな巻き毛を無造作に垂らし、セーラは脱いだ服を探して部屋を歩きまわり始めた。

「なにがあったの？」急いでブラジャーとパンティーを身に着けながら尋ねる。

セーラがジーンズを拾いあげているあいだに、クーパーはTシャツを着てモニターに目をやった。ちょうどそのとき、赤いライトが点灯し、室内に低いブザー音が響いた。

「どうしたの？」セアが不安でいっぱいの顔になりながらも、手早くブラウスを身に着けた。

「トラブルだ」クーパーは一瞬で警戒態勢に入った。靴下をはいた足をブーツに突っこみ、大股で部屋のはじのクロゼットに向かう。

そこから軍支給の自動小銃を取り出し、慣れた手つきで弾倉を入れ、予備もふたつジーンズの腰に押しこんだ。

たったいま、カウンターの奥のドアを突破された。ジェイクや用心棒が、おとなしくそこを通したわけがない。クーパーはモニターの前に戻った。

「この男たちに見覚えはあるか？」階段へ続く短い廊下を歩いている男たちを指した。

セアがサンダルをはいてモニターの前に来た。カメラからわざと顔を隠している三人の男たちを、じっと見つめる。

彼女は首を横に振った。「うしろの大柄な人には見覚えがある気がするけど、野球帽のせいで顔が見えないの」

クーパーはセアの声から怯えを聞き、感じ取った。

「どうやってここから逃げるの?」セアがかすれる声を出した。

クーパーは三人の男をにらみつけた。ジェイクは先に立って歩き、通りしなに隠しカメラにちらりと目をやって、憤慨した表情を浮かべている。

しかし、バーテンダーはなんの警告も送ってこない。襲撃をほのめかす動きはなにもない。男たちを引き連れて階段を上り始めたジェイクの顔つきに、クーパーは目を凝らした。なにもなしだ。まつげをかすかに動かすことも、口元を引きしめていることもない。

「こっちだ」セアの腕を取って部屋の奥へ向かった。羽目板に手刀をたたきつけて一歩さがると、ゆっくりと隠し扉が開き、階下へ続く狭い階段が現れた。

その階段からケーシー、アイアン、タークが姿を見せた。三人とも重武装して、硬い顔つきだ。

室内に入ってくる三人のうしろにセーラを引っ張ったところで、ドアを強くノックする音が響いた。

「ジェイクはなにも言わなかった。トラブルの合図もなしだ」タークがほとんど聞き取れないほど低い声でうなった。「気づかない間に顔をあげたら、ジェイクがカウンターから奥に行っちまってた」

「よう、クープ、話がある」ふたたびジェイクがノックする音がして、クーパーはいぶかしげに目を細めた。

「イーサン?」どうしていいかわからず怯えている顔つきのセーラに見つめられた。「このままジェイクをあの人たちと一緒にいさせたら危ないわ」彼女が手を胸にあて、そこが痛むかのようにさすった。クーパーは人を殺しかねない激しい怒りに襲われた。

「こっちにいろ」羽目板のうしろの狭い踊り場にセーラを押し出した。

「だめよ」セーラは恐怖で目を光らせてクーパーの腕にしがみつき、一緒に踊り場にさがらせようとした。「あなたも一緒でないといや。ここに残してなんて行けないわ」

「聞けよ、セア」

「いや。あなたが前に出てわたしを狙った銃の弾に撃たれようっていうのに、隠れてなんていられないわ。そんなことできない」

「セリータ」

その声を聞いて、ドアの向こうからその名前を呼ばれて、セーラは凍りついた。

「友人にドアを開けさせてくれ、セリータ。約束する、危ないことはない。頼むから、スイートハート。パパにかわいい顔を見せておくれ」

視線をドアに向ける。感情——不安、期待、切望——が押し寄せた。その声を聞いて涙がこみあげ、セーラは頭を左右に振った。

パパではない。そんなはずがない。パパは死んでしまったのだから。マーティンおじさんも、パパが死んだと知って涙を流していた。

「うそ」セーラは否定し、今度は恐怖に駆られてイーサンを見あげた。「だまそうとしてる。パパは死んだんだもの。マーティンおじさんがそう言ってた。パパのはずがないわ」

「クープ、問題ないよ。この男たちは武器も持ってない」ジェイクが呼びかけた。「さっさとこんなやり取りは終わらせようぜ。そうすれば、こっちは仕事に戻れるだろ?」

「いつでも逃げられるようにしてるんだ!」イーサンがセーラに指を突きつけ、ケーシーと呼ばれていた用心棒のほうへ押した。「ケーシー、もし彼女になにかあったら……」

「おれは死んでソーセージにされる」ケーシーがぼさぼさ頭を揺らしてうなずき、セーラの腕を取って踊り場に引き戻した。

苦しみと不安で、セーラは胸がつぶれそうだった。両手でイーサンの腕にしがみついて離さず、不安に襲われて震え、内側からすっかりだめになりそうだった。

「かわいいセリータ。パパはかわいい天使ちゃんに会いたいだけだ。それさえさせてくれないのか?」ドアの向こうの声が訴えた。

セーラの目から涙がこぼれ落ちた。パパの声にそっくりだ。息が詰まり、両刃の剣に刺されるような痛みが胸に広がった。

「うそよ。パパはもういない」かすれる声を出し、恋人を見あげて必死に頼んだ。「逃げなきゃ、イーサン。お願い」

イーサンが指の先で彼女の頬にふれた。「愛してるよ。ケーシーと一緒に待ってるんだ。どうなってるか確かめてみよう」

「だめ」離れていくイーサンに手を伸ばして懸命についていこうとしたが、ウエストにすばやく腕をまわされて引き戻された。

「クーパーの命を危険にさらすのはやめな、お嬢ちゃん」ケーシーが抑えた声で指示した。「任せておくんだ。クーパーは逃げない。おれたち全員もだ。守って戦う。それができなければ死んだほうがましだ」

いや。だめよ。こんなことはさせられない。父親の敵がどんな人間か、セーラにはよくわかっている。残酷で、情けなんてかけらも持っていない。胸の傷跡が押されたばかりの焼き印のように痛みだした。あの男たちがパパを言うなりにさせるために子どもをどんな目に遭わせたか思い出させて、彼女を苦しめた。ついにパパはひそかに当局に自首して、取引をした。敵対するマフィアを壊滅させるために、自分の身もなげうった。

セーラはパパに救われた。それでも、彼が犯罪にかかわっていたために苦しめられたのだ。父親が生前してきた行いを憎みつつも、自分のよく知る父親が恋しくてたまらなかった。愛情深くて、強くて、とても優しかった。

少なくとも、愛している者に対しては。愛していない者に対しては、セーラをさらった男たちと変わらない、恐ろしい人だった。

「クーパーの気を散らすなよ」ケーシーが耳元でうなり、セーラを自身とイーサンのうしろにかばった。タークとアイアンはドアの両わきに立つ。

イーサンがドアの横に向かい、タークとアイアンはそれぞれドアの両わきの壁にぴたりと身を寄せた。

「クーパー。なあ。おれが戻らないとバーがまわらないぞ」ジェイクが言った。

クーパーは顔をしかめた。ジェイクの言動はすべて明確な合図にほかならなかった。訪問者は武器を持っておらず、危険はない。

クーパーはテーブルに近づいて電子コードを打ちこみ、ロックを解除してドアの錠をはずした。さがって肩で銃を構え、引き金を指で撫でる。

「ジェイク?」

「なんだい、クープ?」

「カウンターに戻れ。そこにいるのがそんなに安全で気さくな客なら、もうおまえはいる必要がないだろう?」

モニターに目をやると、ジェイクは肩をまわしている。

階段の踊り場で、バーテンダーは三人の男たちの前に立っていた。

「大丈夫だって言ってるだろ、クーパー」ジェイクの声にいら立ちが表れた。ドアの向こうにいる危険人物たちになんと言われたにせよ、明らかにその言い分を信じているようだ。

「客を通せ、ジェイク」間を取って告げるクーパーの前で、タークとアイアンが身構えた。

ドアが慎重に開けられ、誰よりも先にジェイクが入ってきた。そのうしろから、両手を用心深く体のわきに垂らした三人の男たちが続く。

捜査官だ。先に入ってきたふたりはFBI捜査官。それから、最後のひとりに目を向けた瞬間、クーパーは誰を相手にしているか気づいた。ジョヴァンニ・フェデリコ。

「セリータ」フェデリコが野球帽を脱ぎ、セアを見つめた。セアは非常階段の入り口で、じっと黙ったまま立っていた。

ジョヴァンニ・フェデリコは、クーパーが知る実際の年齢より若く見えた。五十歳のはずだが四十歳に見える。髪はこめかみに少し白いものが交じるくらいで、黒々としている。セアと同じ淡青色の目。浅黒い肌。そして彼は娘を、人が天使を見るかのようなまなざしで見つめていた。

セーラは目の前の男に駆け寄りたくなる気持ちを抑えなければならなかった。ジャイアント・ジョーと彼は呼ばれていた。彼女のパパ。少なくとも、彼が何者で、どんな人間かをセーラが知るまでは、パパだった。彼がセーラをさらった男たちと同じく凶悪で、非情な男なのだと知るまでは。

イーサンが銃をおろすと、セーラはためらいながらケーシーのそばを離れた。隠し扉に集まっている男たちのわきを通り、ゆっくりとイーサンのもとへ行った。どうしてイーサンにしがみついていなければならないと思ったのか説明はできなかったけれど、そうせずにはいられなかった。足元の床がぐらぐらと揺れて、世界がまわっているようだ。

イーサンが腕をまわしてすぐそばに引き寄せてくれたので、ほっとした。それから、セーラはジャイアント・ジョーを見つめ返した。自分が幼いころ、腕のなかで優しく揺すって眠りにつかせてくれた父、おかしな歌を歌って聞かせてくれた父、ダンスや石蹴り遊びを教えてくれた父を、この男のなかに見つけようとした。

「セリータ」ジョーが悲しげに顔をゆがめ、娘を抱き留めようと伸ばしていた両腕を体のわきに力なく落とした。「おまえがダラスを出ていったころから捜していたんだ。おまえの従兄弟とおばさんにマーティンが帰らぬ人となったと知らせがきてから、二年半も捜していた。おまえを家に連れて帰るために」

「ここが家よ」セーラはまるで命綱であるかのように、イーサンにしがみついていた。心が真っぷたつに割れてしまいそうだ。たくましくて強いパパが大好きだった。心の底から愛していたから、怒りを抱いていたのに、亡くなったと聞かされたときは悲しみに押しつぶされそうになった。いまになって、それすらもうそだったと知らされるなんて……。

ジョーが大きく音をたてて息を吸い、スラックスのポケットに両手を突き入れた。父らしくて、たまらないしぐさ。セーラを見つめる彼の顔には昔よりしわが増え、目には悲しみが影を落としていた。

「兄さんはカリフォルニアでおまえを捜している。あいつは、おまえがあっちに戻ったのかもしれないと思ったようだ」

セーラは聞くまいとした。兄の話も聞きたくなかった。アメリカの友人にちなんでボーレガードと名づけられたその男は、目の前にいるこのジョーの息子だ。セーラが思い描いていたような兄ではなかった。

「帰って」かすれた声を出すセーラを、イーサンが力強く抱きしめた。

「セア」彼女の髪に口づけてささやきかける。「この人の話を聞いてみよう」

セーラは拒否して声をあげた。「この人は許してほしいだけよ。罪滅ぼしがしたいだけ。そうでしょう、ジョー?」相手の顔にあふれる苦悩を見て、セーラはまばたきして涙を押しこめた。「ボーの望みも同じよ」

「かわいいセリータ、パパの天使、おまえが無事で幸せに暮らしているか知りたかったんだ」ジョーが重苦しく沈んだ声で答えた。「許しや罪滅ぼしを望んでいるわけじゃない」

「ここに来る前に知ってたんでしょう」セーラは胸に容赦なく食いこんでくる、耐えられない悲しみに襲われた。「わたしのことを調べて、つけてきた。ボーはわざとカリフォルニアに行かせたんでしょう。どうしてか、わけも言ったほうがいい?」

「セリータ」ジョーが悲嘆に暮れた男のようにささやいた。

「どうしてなの、ジョー?」セーラは両手でこぶしを握りしめ、相手を正面から問いつめた。何年も前からためこんできた怒りと悲しみが爆発し、激しい雪崩さながらに襲ってきた。

「ボーが人殺しをしないようにカリフォルニアに追い払ったんでしょう? わたしが十六歳のとき、妹に手を出した男はひとり残らず殺してやるってボーが誓ったから。そのとおりにさせないためでしょう? だけど、わたしはもう十六歳じゃないの。セリータでもない」

ているんだ」

「おまえはまだパパの娘だ」ジョーが静かに言った。「パパは大切なひとり娘のために生き

セーラは鼻であしらおうとしたのに、できなかった。ひどく胸が痛んだ。

「人を殺したでしょう」かすれる声を出した。「麻薬、レイプ、人殺し。なんてひどいの」

両手で顔を覆って震えた。父が逮捕されてから知らされた恐ろしい事実を思って、震えを抑えられなかった。「あなたも、マーティンおじさんも、ボーも、みんな犯罪者だった。マルコがわたしをさらってしたことなんて、あなたたちの犯罪に比べれば生やさしいものだったのよ」

「子どもを傷つけたことなどない」突然ジョーが声をとどろかせ、スラックスから両手を出して髪にうずめた。「決して罪もない人間を傷つけたりはしなかったし、わたしもボーもレイプなどしなかった。掟があったんだ。マルコはおまえをさらったときに、その掟を破った」

「わたしにうそなんてつかなければよかったのよ」頭に血が上って、セーラは大声で返した。「どうして、パパは凶悪なマフィアの大物だって教えてくれなかったの？　だから、おまえは敷地の塀の外に出てはいけないって、どうして言わなかったの？　どうしてよ、そう教えていてくれさえすれば、なぜあんなふうに傷つけられたか理解できたかもしれないのに」

ジョーが震えているように見えた。パパが。この男をパパと思わずにはいられなかった。どんなにそうしないでいようとがんばっても。

「ボーはあの稼業にかかわっていなかった」ようやくジョーが重い口を開いた。「あいつがほとんど家にいなかったのはそのせいだ――父親が変えられなかった生きざまにならうのが耐えられなかったんだろう」悲しげに力なく首を左右に振っている。「おまえをさらわれたときは、心が死んだ」

「さらわれていたのは六週間」セーラは冷たくあざける口ぶりで告げた。「切り傷は六本よ、ジョー。覚えている？」

「やめてくれ、セリータ！　悪夢を見ない日は一日もないんだ」

イーサンが合図してほかの者を部屋から出ていかせていることに、かろうじて気づいた。父親についてきた護衛さえ静かに出ていき、ドアが閉まり、セーラとジョーとイーサンだけが残った。

「ボーはわが家の事業を合法化しようとしていた」ジョーがどっと息を吐いた。「ボーのために、稼業はおまえたちのおじさんのルチアンに引き継がせようと決めていたんだ。ルチアンとそれについて話し合っていた夜に、おまえが連れ去られた」力を失って悲しげに続ける。「言い訳をしているんじゃないんだ、セリータ。自分がしてきたことや、自分がどんな人間だったかを弁解しているんじゃない。ただ、おまえはいつだってパパの光だった。なによりも大切な娘だ。息子よりも大事な。わかっているだろう」

セリータは甘やかされた箱入り娘だった。かわいい末っ子。父からも兄からも愛されて、母が亡くなってからは、いっそう大事にされた。

「わたしはセーラよ」小さな声で告げた。

なにを言って、どう感じたらいいかわからなかった。わかるのは、イーサンに腕を離されたら、苦しさに押しつぶされて床に倒れこんでしまうということだけだった。

「その男は〝セア〟と呼んでいるんだな？」パパがセーラのうしろにいるイーサンを、あごで示す。

セーラは目つきを険しくした。「〝セア〟と呼ぶのはイーサンだけよ」

「そうか。そして、その男を〝イーサン〟と呼ぶのはおまえだけだ。ほかはみな〝クーパー〟と呼ぶのに」ジョーはうなずいている。「わかってる。愛ってのはそういうものだ、そうだろう？」

セーラが黙って見ている前で彼は壁際に並んでいる大きな椅子のひとつに近づき、腰をおろした。

身を屈める父の大柄でたくましい体には、イーサンの家具でさえ小さく見えた。父は両肘を膝にのせて脚のあいだで手を組み、セーラを見つめた。

「セーラ」小さな声で、その名前を口にする。「自分がどんな人間だったか言い訳はしない。おまえがマルコにあんな恐ろしい目に遭わされたのは、すべてわたしのせいだった」ジョーが苦悩をあらわにして目をあげたとき、そこには涙が光っていた。「おまえのためなら、パパは死んでもよかった。ボーもおまえを捜したんだ。おまえを救うために、あいつが死ぬんじゃないかとパパは心配になった。ボーは怒りで見境がなくなっていたからな。だから、出頭したんだ。それから」——彼が両腕を広げる——「おまえを行かせた。パパの人生のなかで、きれいなものはおまえだけだった。なによりも愛する娘だ。おまえを自由にはばたかせてやれると思っていた。そうするのがいちばんだと思っていた。父親がどんな人間で、なにをしてきたか。そんな汚さからは離れているのが」そこで、彼の顔つきが荒々しくなった。「だが、できない」ジョーが立ちあがり、歩きまわり、ふたたびセーラを振り返った。「おまえはパパの子どもだ。娘だ。この男の子どもを産むんだろう。パパの血を引く子どもを」力をこめて自分の胸をたたき、その前で腕を組む。「好きなだけ刃向かっていい。それしか方法がないなら、この町に引っ越す。おまえがいるところにパパも住む。みんなに知らせるぞ。おまえはわたしの娘だとな。パパの愛する宝物だ。望みどおり、ひとりで行かせるわけにはいかない」イーサンをにらみつけてから、セーラに視線を戻す。「それから、パパの名前はジョーじゃない。ロナルドだ」誇らしげに顔をあげている。「ひいじいさんからもらった名前だ。堅気だった。おまえが心底嫌っている稼業に、ひいじいさんは手を出していなかった。わたしはロナルド・カスパーリ。移民だ」声を低めて言い足す。「おまえの父親だ」

セーラは驚いて相手を見つめた。

「それで、そんなに簡単にいくと思っているの？　わたしがすぐに許すって？」

父がかぶりを振った。視線をまた、娘を抱くイーサンの腕に向けている。

「簡単にはいかない」穏やかに答えた。「それでも、心から願っている。いつか、大事なセリータを愛するパパがいたということを、おまえが思い出す気になってくれるかもしれないと。セリータはパパの大切な天使だ」

彼の目にたまっていた最初の涙がこぼれ落ちた。パパは泣いたことなどないはずだ。男らしくて、強いパパは。

「やめて」セーラは自分の目にも涙がわきあがってくるのを感じて、必死に振り払おうとした。パパを思い出していたからだ。覚えているだけでなく、ひどくパパを恋しがっていた。

「ロナルド・カスパーリはなんの罪も犯していないよ、セア」イーサンがささやいた。

「この人の弁解なんてしないで」セーラは大声を出した。

「弁解なんてしてないさ、ベイビー」イーサンが彼女の頭にあごをすり寄せる。「どうするかはきみが決めていいんだ、セア。ふたつにひとつってわけでもない。だいたい、おれだって聖人みたいな男とは言えない。知ってるだろ」

「人の命を奪ったのよ」

「法律に従っていたとは言えないかもしれないが、それでも自分のものに違いないものをパパは守ってきたんだ」父親が息巻いた。「だが、カルロスやその仲間どもとは違うぞ、セリータ。パパは罪もない相手に手を出したことはない。女や子どもをさらって、痛めつけたことなどない。そんなまねは絶対に許さなかった。許せたはずがないさ。おまえがパパを導いてくれたからだ」力をこめて訴える。「おまえは生まれたその日から、パパを導いてくれた。おまえの愛らしさと輝きにふれた以上、この手で子どもを傷つけられるわけがなかった」

「ジョヴァンニ・フェデリコの通り名はジャイアント・ジョー、優しい巨人《ジェントル・ジャイアント》だったな」イーサンが耳元で言い添えた。

「どうして、この人の肩を持つの？」

「娘にはどこにも行かない父親が必要だからだよ、セア」イーサンが答えた。「きみは父さんを失ったら、いつまでも悲しんでいるだろう。胸が張り裂けてしまうはずだ。父さんに刃向かっていったほうがいい。これからは、そうやってきみが望む生きかたに父さんを誘導してやればいいんだ。そうしておいたほうが、そこの父さんに厄介なまねをされずに、おれたちも心穏やかに暮らせる。あと、結婚式のときに花嫁を引き渡す役が必要だろ。ケーシーやタークじゃ、タキシードは似合わないからな」

セーラはくるりと振り向き、目を丸くした。

「おれから逃げられるとでも思ってたのか？」イーサンの笑みには混じりけのない男の自信が表れていて、かすかに悪ぶる感じもあった。なんといっても、セーラの父親が目の前に立っているのだ。

「プロポーズもしてくれなかったわ」セーラは口をとがらせた。「わたしがきちんと段取りを踏んでほしいと思っていたらどうするの？」

イーサンは鼻で笑った。「まさか。思ってないだろ。思ってたら、わざわざ町でいちばんいかがわしい男を選んで、その音もなく忍び寄るハートでそいつの足をすくってやろうとしたはずがない。おれはばったり倒されたんだ、セア。きみの足元に。きみに結婚してくれなんて頼んでない。結婚しろとはっきり要求してるんだ」彼がセーラの頬にふれ、手のひらで包みこんだ。「きみの父さんも許しを求めてるんじゃない。チャンスがほしいと言ってるだけだ」

セーラは父を振り返った。両手で顔をこすり、やつれた顔でこちらを見つめている。

ジャイアント・ジョーは、この世から消えた。ロナルド・カスパーリも完璧ではないかもしれないけれど、セーラはまだ与えられた愛情を覚えていた。パパは彼女を抱いて、守り、一緒に笑ってくれた。

「パパ」セーラは身を震わせて、小さな声を出した。イーサンが抱いていた腕をそっと離す。父が唇を震わせた。セーラは一歩踏み出し、父親に受け止められた。彼はあっという間に距離を埋め、たくましい両腕で娘を抱えあげた。セーラの脳裏に、幼いころにかいだ香りと聞いた音が一気によみがえった。

大好きでたまらなかった父親。彼が犯した罪を忘れることができるだろうか？　忘れるのは無理だ。いっぽう、父親に救われたことも忘れられなかった。父は自分の身も、自分の持てるものもすべて捨てて守ってくれた。完璧ではなくても、彼女のパパだ。

イーサンは父娘を見守って胸の前で腕を組み、ジョーをにらみつけた。決意に燃える、おのれの意思をはっきり伝える視線だった。セーラの父親がまた娘を傷つけるようなことがあったら、彼が原因でまたセーラが傷つけられるようなことがあったら、ジャイアント・ジョーは作り話ではなく現実に死ぬことになる。相手もこの視線の意味をしっかり理解したらしく、娘の頭越しにうなずいた。

「娘をきみに引き渡そう」ジョーがしゃがれる声で言い、ようやくセーラも父親の腕のなかから身を引いた。父親が娘の手を取り、イーサンの手にのせる。「この子はわたしの心の光だ」ジョーが続けた。「かけがえのない宝だ」

イーサンは微笑み、愛する女をふたたび抱き寄せた。

「セアはここに引っ越してきた瞬間から、おれが彼女を目にした瞬間から、おれの女だ、ミスター・カスパーリ。おれは自分の足に蹴つまずいて、落っことした心を盗まれた」

「うそでしょ？」セーラが驚いた顔で見つめている。「うそだわ。そんなことをしてたら、わたしも気づいたはずだもの」

「必死で隠してたんだよ」イーサンはにやりとした。「だが間違いなく、きみはおれを落とした最初の女だ、スイートハート。真っ逆さまに、きみと恋に落ちた」

ジョー・フェデリコは恋人たちを見守っていた。ボー、あいつは喜ばないだろう。とはいえ、あの息子はときたま自分が正しいと思いこみ、生きかたを決めつけすぎるのだ。ボーは父親とふたりでセリータを守りたがっていた。このどこまでも荒くれた男、どう見ても男のなかの男が大事な妹を抱いているところを見たら、ボーのプライドはずたずたになってしまうだろう。

しかし、大事なセリータはもう安全だ。セリータは愛されている。クーパーが自分のものとみなしている者に手を出した人間は、おそらく地獄の門をくぐることになるだろう。確かに、イーサン・クーパーは怒らせないほうがいい男だ。それでいて、セリータにこれほどふさわしい男はいない。

セリータ、わが娘。だがいまや、セリータはクーパーの女だ。そして、守られている。おまけに、とジョーは心を浮き立たせた。おそらく間もなく、赤ん坊が誕生するだろう。すばらしい。ジョーは思い描いた。小さな孫たち。これから、途方もなく幸福な人生が訪れる予感がした。

ルーシーを誘惑して／ローリ・フォスター

Luring Lucy
by Lori Foster

主な登場人物

ルーシー・ヴォーン――――――――――――シングルマザー。
ブラム・ジャイルズ――――――――――――スポーツジムのオーナー。
デイヴィッド・ヴォーン――――――――――ルーシーの亡夫。ブラムの親友。

1

うだるように暑い夏の湿気で濃くなった風に髪を引っ張られ、むき出しの肌をなぶられながら、彼は時速一二〇キロで車を飛ばした。マスタングの屋根は開け放している。激して爆発寸前になっていくばかりの気分を静めるために、熱い風と色あせた空に身をさらしたほうがいいと思った。

白く燃える丸い太陽の日差しが、走る車のボンネットやフロントガラスに反射し、熱でアスファルトが水のなかで揺らいでいるかのように見せている。果てなく続く州間道75号線のまわりは見渡すかぎり雲ひとつなく、どこまで行っても待ち受けているのは酷暑としか思えなかった。しかし暑い天気も、肌の下で脈打って外に飛び出そうと燃えている激情に比べればなんでもなかった。怒り。緊迫感。欲望。

ブラム・ジャイルズは歯を食いしばり、指が白くなるまでハンドルを強く握りしめた。今夜の成りゆきを頭に思い浮かべる。今夜、一日をどのように終わらせるか。入り乱れる想像に駆られて欲情がふくれあがった。なにがあっても、今夜は彼女を逃しはしない。ブラムはあまりにも長いあいだ辛抱強く耐えすぎた。そのせいで彼女はとっぴな考えを抱き、夏の火遊びにふけってみようなどとしだした。このブラム以外の男と。

タイヤをきしませて左折をし、幹線道路を出て湖沿いの町を目指した。男が耐えるべきではないほど長いあいだ彼を悩ませてきた女性を目指して、車を走らせた。彼女の目に浮かんでいた欲望、しなやかで華奢な肢体の微妙なしぐさをようやく理解し、相手がなにをするつもりか悟ったときには、すでに二時間も後れを取っていた。急いで服をかき集め、予定と計画を立て直して出発するまでに、いら立ちを募らせる一時間がさらに過ぎていた。一時間が一生のように感じられた。

いまこのときにも、彼女は通りかかった最初のボート乗りの気を引き、誘いをかけようとしているのか？　湖に向かう途中に町で誰かと出会ってしまったのだろうか？　確実に火遊びを成功させるために、最初から誰かを一緒に連れていったのかもしれない。

その男が誰であれ、すぐに退散してもらうことになる。

さらにアクセルを踏みこんで車のスピードをあげ、彼女の夏の別荘に続く細い砂利道にたどり着いた。彼女がこの別荘に来るのは四年ぶりのはずだ。夫のデイヴィッドが別の女とここにいる場面を目撃したとき以来、初めてだ。ブラムの胸が痛んで締めつけられた。デイヴィッドは愚かだった。死んでしまった、愚か者だ。

やりきれないことに、ブラムはいまだにデイヴィッドの死を悼んでいた。いちばんの親友で、互いを兄弟のように思っていた。

だが友人を悼む気持ち以上に、この世のなによりも、デイヴィッドが残していった妻を想う気持ちのほうが強かった。ブラムはずっと前から彼女に想いを抱いていた。そんな激しい渇望は抑えて生きていくすべを学んでいた。誰にも知られないよう、心の奥底に欲望を押しこめてきた。しかし、彼女は自由の身になり、どうやら悲しみを乗り越えたようだ。彼を受け入れてくれる。

今夜、彼女を手に入れる。

曲がりくねる昔ながらの田舎道のせいでマスタングの速度は落とさざるをえなかったが、先走る思考の勢いは止まらなかった。胸の中心を汗が伝い、うなじに髪が張りついた。いまも、どこかの男を誘う目で品定めしているのか？　計画を立てているのか？　実際に誘いかけてしまったのか？

額の汗をぬぐい、ののしった。別荘に着いたら、きんと冷たい湖に飛びこんで熱を冷まそう——ふたりがこれからどんなふうにやっていくか、ルーシーにはっきりとわからせたあとで。

ルーシーは気に入らないだろう。

彼女にいやだと言わせるつもりはなかった。

別荘の裏にある丘の斜面を上る私道にマスタングを乗り入れるころには、なんとか自制心を保てそうになっていた。この私道がルーシーの別荘の地所のなかで、いちばん高い地点だ。ここから湖に向かって地面が下りになっていて、そのあいだに家がある。別荘には湖に面したテラスドアがあり、そこを出ると長い広々としたテラスになっている。建物の裏側は丘の斜面に寄り添い、成木に囲まれている。私道が高い位置にあるおかげで、すぐにルーシーの姿を見つけることができた。

感情が過熱状態に陥ると同時に、欲情で見境がなくなりそうになった。

ルーシーに近寄ると、必ず欲情がわきあがってくる。彼女の頭からつま先まで目でたどり、声を殺して悪態をついた。三十九歳のルーシーは罪作りなほどセクシーな女性だ。どこもかしこもみずみずしい豊かな肉体が、成熟した線を描いている。彼女がすばらしい体をここまであらわにした姿を見るのは、初めてだった。

今日のルーシーは、恵まれた体を間違いなく見せびらかしている。ブラムではない別の男に。

ブラムは深く息を吸い、野蛮なまねはするなとひたすら自分を抑えた。かっとなって丘の下へ突進していき、ルーシーや彼女をいやらしい目で見ている男を恐怖に陥れるまねをしてはだめだ。あんな格好のルーシーを前にして耐えるのは容易ではなかった。

普段ルーシーが家でよくはいている、もっと丈の長い地味なウォーキング用ショートパンツとは違う、色気をにおわせる小さなカットオフジーンズが恋人の手のように丸い尻を包みこみ、うっすらと日焼けした太腿の大部分が、不用意に近づく者の目にさらされている。絹さながらにやわらかい黒髪は肩に垂れ、熱を帯びたそよ風に軽くもてあそばれている。素足は生い茂る夏の草に埋もれていた。

さらに悪いことに――考えようによっては、よいことに――ルーシーはクリーム色のホールターネックを着ていた。そのため背中はむき出しで、彼女が雇って言葉を交わしている若い男が、わいせつな興味を示してそわそわしている。ルーシーの胸元にばかり目を向けている男を見て、ブラムは恐ろしい疑念に駆られた。やわらかい素材の下の乳首が、浮き出て見えているのではないだろうか。

怒りに視界が真っ赤に染まり、ブラムは車のドアを力任せに閉め、わざと自分の存在をふたりに知らせていた。それまでブラムに気づいていなかったふたりが、そろって丘の上を振り返る。ルーシーはほっそりした手で日差しを遮り、目を凝らした。いっぽう、男は二歩あとずさりした。ミラーサングラスをかけているにもかかわらず激しい怒りを放っているブラムの表情に気づいたのだろう。

それでいい。

あの男に少しでもまともな分別があったなら、すでに芝刈り機を放り出して自分の作業用トラックに逃げ戻っていて当然だ。

ルーシーが心配そうに眉を寄せて丘を上ってきた。そこで、確かに服を押しあげ見逃しようのない状態になっている乳首が、ブラムの目に飛びこんできた。全身の筋肉が反応してこわばった。

「ブラム？　どうしたの？」ルーシーの声にパニックが表れた。「子どもたちになにかあったの？　ふたりは大丈夫？」

ルーシーの見せた不安にがつんと打ちのめされた気がした。怯えさせるつもりなどなかったのに、まずいことをした。ルーシーはまずいちばんに子どもたちのことを考える――彼女のそういうところに、なによりも惹かれていた。ブラムはおろおろしている若い男を無視して、まっすぐルーシーのもとへ向かい、低い声ですばやく伝えた。「子どもたちはなにも問題ないよ、ルーシー。マーシーの家にいる」

ルーシーの視線が彼の体をたどった。スニーカー。むき出しの脚。しわだらけの短パン。汗で濡れている、袖を切り落としたTシャツ。「ふたりをキャンプに連れていってくれるんだと思ってたんだけど」

ブラムもそう思っていた。デイヴィッドとルーシーの子どもであるティーンエイジャーふたりの名誉あるおじとして、またデイヴィッドの親友として、かなりがんばって甘いおじの役割を果たしてきた。子どもたちから愛され、彼も子どもたちを愛していた――自分の子どものように。大切な用事ができてどうしても行かなければならないと告げたとき、子どもたちはこれから一週間マーシーに面倒を見てもらうことを快く受け入れてくれた。十四歳と十六歳になるふたりにベビーシッターは必要ない。それでも、なにかあったときのために大人が一緒にいてやらなければいけない。そうルーシーは考えていた。

ブラムも子どもたちへの責任を真剣に受け止めている。ふたりを無事にマーシーの手にゆだねてから、出発した。

キャリンとケントには、キャンプ旅行に連れていく約束を破ったわけを話さなかった。だが、マーシーはあの顔からして、どういう理由かわかっていたようだ。マーシーはルーシーの親友だ。ルーシーが離婚しようとし、デイヴィッドがひどい醜態をさらしたときも、陰でうわさをしたりしなかった唯一の人物だった。マーシーなら、ブラムがルーシーに心を奪われているに知っているに決まっている。勘の鋭い女性だ。

ブラムも知られてかまわないと思っている。間もなくルーシーの近所の人々も、ブラムのまわりの人々も全員、彼が権利を主張したと知ることになる。どんなうわさを立てられようが、どうだってよかった。

いきなり現れたブラムの前で、ルーシーは若い男を気にして目をやっている。ブラムの登場に困惑し、許されるべきでない逢引の邪魔をされてがっかりしているのだろう。ブラムのいとしいスイートハートは張りきって愛人を募集し、すでに獲物を捕まえていたらしい。

ブラムは若い男をばらばらにしてやりたかった。だが、実のところルーシーの魅力に引っかかったからといって、この男を責められはしない。この男は二十代なかばくらいだろう。その年ごろの人間なら、引っかかって当然だ。ルーシーに目を留めた男をひとり残らず消てまわるわけにはいかない。ルーシーから誘いをかけたのだったら、特にそうだ。ブラムがしなければならないのは、エロティックな好奇心を向ける新たな標的をルーシーに与えることだ。ブラム自身を。

ブラムは足取りをゆるめず、ルーシーの目の前に立った。ほんの数センチしか離れていない。ルーシーの黒々とした長いまつげが、日焼けしたなめらかな頬に羽毛に似た影を落とし、豊かな唇がわずかに開いた。彼女の瞳。空をも恥じ入らせるような、どこまでも澄んで明るく輝く青の瞳が、彼を用心深く見つめた。

彼女の温かい肌と髪から、かすかな潮の香りをかぎ取れた。汗が本当にうっすらと胸の上

ている。やわらかい太腿も。彼女が大いに見せびらかしている胸の谷間も。蜂蜜色の両肩も輝いている。やわらかい太腿も。

ブラムの肌もほてって汗がにじんだ。容赦なく照りつける太陽の日差しよりも、近くに立つ、彼の心を奪う女性から強烈な影響を受けていた。

「ブラム？」ルーシーの声は、かすれるささやきだった。とまどい、ほんの少し怯えてもいる。そして、ブラムの思い違いでなければ、不意に彼を男としてほのかに意識し始めている。

「どうしてここへ？　どうしたの？」

脅しの表情ではなく笑顔に見えているよう願いつつ、ブラムは歯を見せて低い声で答えた。

「もちろん、きみが恋しくなったからだ」そこで、完全に不意を突いて相手の両肘の上をつかみ、つま先立ちになるまで引っ張りあげ——キスをした。途方もなく長いあいだ、そうしたいと思っていたやりかたで。

ルーシーが唇を開いてくれたおかげで舌を滑りこませるのは簡単だった。甘く熱い口の奥を味わい、舌と舌を寄り添わせてゆったり愛撫した。欲情が抑えきれないほど激しくわき立った——キスだけで。

ルーシーのやわらかい体のなかに滑りこませるのがペニスとなったら、どんな激情に翻弄されるかと想像するしかなかった。彼女の両脚に腰を締めつけられながら、この両手いっぱいに彼女の乳房を、ふくよかな尻を包むことができる。想像してうめき声をあげかけた。熱く濡れているルーシーを思い浮かべて。四年の禁欲をへて、彼女はどんなにきつく締まっていることだろう……。股間が張りつめ、彼は低い声で本能をむき出しにしてうなった。

どうやらルーシーはブラムの本能の発露にショックを受けて固まっている。いっぽう、若い男はメッセージをはっきり受け取ったようだ――狙いどおりに。


ルーシーはあぜんとしてまごつき、息をのんだ。つむじ風にさらわれたみたいだった。無防備で、人目にさらされて。わけがわからなかった。

ブラムは友人だ。家族の一員と言ってもいい。彼に女としてふれられたことなどなかった。それなのに、なんてこと――いま、そうされている！

このブラムのキスを無視できるわけがなかった。ブラムにキスをされたのが初めてというわけではない。ただ、これまでのキスはすべて兄弟がするような軽いしぐさか、ふざけて友情を示すものだった。こんなのは初めてだ。こんな……欲望を感じさせるキスは。

奪い取るキスだった。途方もない熱情がこめられたキス。ルーシーは十五年続いた結婚生活のあいだも、こんなキスをした経験はなかった。おかげで、心臓が二回も派手な宙返りをしてから激しいリズムを刻みだした。パニックと興奮に駆られ、驚くことに熱情を返そうとして。

ブラムの胸を押し返すためそこに片方の手を置いて、結局もたれかかるだけに終わった。彼の着る湿った綿のシャツは、男を感じさせる熱い肉体をまったく隠していない。手のひらで感じる彼はやけどしそうに熱く、夢中になってしまうくらい硬かった。ブラムの体は硬く張りつめている。筋肉を鉄のように揺るぎなく緊張させ、鼓動は彼女と同じく音高く駆けていた。

誘いをかけてきたからという理由で雇った青年が、ふたりに聞こえるよう咳払いをした。ブラムが無視しているので、ルーシーもそうするしかなかった。

ブラムの熱を帯びた口。欲望を誘う味。たくましい肉体の圧倒的な力強さ。そういったものに意識を占領されつつも、ルーシーは抵抗をこころみた。ところが、出てきたのはかろうじて聞こえる小さな声だけだった。どんなふうにも受け取られかねない、かすかで悩ましげな声。

いきなりブラムに放された。ルーシーの唇は腫れて潤いを帯び、体は張りつめると同時にとろけそうに感じた。倒れて丘を転がり、そのまま湖に落ちていきそうだったけれど、ブラムが筋肉に覆われた太いむき出しの腕を彼女の肩にまわし、しっかりと引き寄せて支えてくれた。相手の腕のなかに閉じこめられ、ルーシーは小さくなって身を守るすべがなくなった気がした。その上、奇妙なことに、この感覚がほかの感情を呼び覚ました。あまりにも長いあいだ経験していなかった感情がわきあがった。女が男に、か弱い者が力強い者に対して抱く感情だ。

見知らぬ人に誘いをかけるという考えには、女心をくすぐられた。でも、ブラムとのキスは、そんなものとは比べものにならなかった。体に火をつけられたかのようだった。脳はとろとろに溶けてしまったような気がするのに、体は鋭敏に反応した。

ルーシーは頭を振り、理性を取り戻そうとした。そうすれば、ブラムがいったいどういうつもりかわかるかもしれない。どうしてキスをしてきたの？　ありもしない関係をほのめかして、ルーシーが雇った青年を追い返そうと考えているのだろうか？　彼女の貞節を守るために？

まさか。見境のない情事の相手を求めていると、ブラムに知られているはずがない。ルーシーはもう一度、感じてみたかった。女として、セクシーな異性として見られて――それからこの別荘を売り払い、過去を清算し、これっきり傷ついた思い出をすべて埋めてしまいたかった。

雇った青年が不安そうにこちらを見ている。どうしたらいいか問いかけているみたいだ。ブラムとこの青年は、堂々とそびえる樫の木と若木のように違った。若い男は手足が長く、しなやかな筋肉をつけている。いっぽうブラムは揺るぎない安定感があり、長年鍛えあげてきた筋肉を維持している体はがっしりとしていて男盛りだ。抗しがたいほど。本物の男らしさと、強い意志をかもし出していた。

ルーシーはいまのキスの動揺から抜け出せず、顔をあおぎたくなった。悪名が高いブラム・ジャイルズからキスをされたらどんな心地かと、思い描いたものだった。結婚後間もなくして、デイヴィッドが誘いにも愛情表現にも前戯にも関心を持たなくなったとき、彼女はブラムについて知っていることをすべて思い描いた。女性たちは彼をほめそやし、彼もみずから――言葉でも行動でも――セックスと女性を愛していることを証明していた。ブラムと愛し合うのは刺激が強すぎて、こたえられないくらいすばらしいのだろうと、いつも思っていた。

彼のキスの味を知ってしまった以上、これから穏やかに眠れる夜が来るとは思えなかった。彼のキスはそれだけで、ルーシーがここ五年間に経験したなによりも興奮を呼び覚ました。

いまのキスはどういうことだったの？

ブラムはこちらに顔を向けているけれど、ミラーサングラスをかけているから表情は少しも読み取れなかった。ルーシーはなんだかきまりが悪く、反応してしまったことを気づかれていませんようにと願っていた。彼は見当はずれにルーシーを守ろうとして、男を追い払う作戦に出たのだろう。そうされて実際に興奮してしまったことを知られたくなかった。ブラムは男女の愛情表現に対してとてもあっけらかんとした考えを持っていて、それを自然で健全な人生の一部ととらえている。結婚の経験があるルーシーも同じ考えかただと思ったのかもしれない。

そんな思いこみはまったく見当はずれだった。

ブラムがふたたび目をそらし、ルーシーはようやく詰めていた息を吐いた。彼が空いているほうの手をポケットに入れて二十ドル札を二枚取り出し、それを庭の手入れ――うまくいけばもっとほかのことも――をしてもらうために雇った若い色男に手渡した。

「消えろ」ブラムの低いうなり声を聞くと、若い男はすばやく金をつかみ取って逃げていった。

「ブラム」ルーシーはまだ半分しか手入れがすんでいない庭を見まわして、文句を言った。

「まだ終わっていなかったのに」

「やつの仕事は完全に終わったんだよ」ブラムの目を見ることはできなかったけれど、迫力のある表情は充分に伝わってきた。

ルーシーはかっとなった。確かに、あのキスには動揺させられた。でも、もうしっかり立ち直っている。たったいまブラムに、いちばん期待できそうだった候補を追い払われたのだ。ブラムが彼女を守ってやる、清らかなままにしておくなんてマッチョな考えを抱いているのなら、考え直してもらわなければならない。これからの一週間、人生のうちで今回だけ、ルーシーは清らかでいたくなかった。もう一度だけ欲望が満たされる、燃えあがるような体験を求め――必要としていた。

「頭をどうかしたの？」ルーシーは怒りのこもった声で問いつめた。「いったいどういうつもりよ、ブラム？」

ブラムはまぶしく輝く湖面を見つめた。明るい日差しと、ときたま跳ねる魚が立てるさざ波できらめいている。幸い平日のあいだはツアー客が少なく、このあたりの湖畔に家を持つ人たちは静かで平穏に暮らせる。しかし週末になると、いたるところにボートやウォータースキーやジェットスキーが現れて、一気に騒がしくなる。

いまのところ、ルーシーは彼だけのものだ。若い男が砂利とほこりを巻きあげてトラックで走り去っていくのを見送りながら、ブラムは思った。怒りに燃えるルーシーに好きなだけわめかせておけばいい。誰も聞く者はいない。

わざわざここに来た理由を説明することなく、ルーシーを抱えあげて家へ向かった。全身で彼女の体のさわり心地と、わずかな重みを楽しむ。ようやく彼女をこの腕に抱けて幸せだ。ようやく、彼女をあるべき場所に収められた。

ルーシーが驚きすぎて息を詰まらせ、やっと音をたてて息を吸えたころには、すでにテラスへの階段を上っていた。ルーシーが彼の側頭部を思い切り引っぱたいた。「いったい……なにを……する……つもりかって……訊いてる……でしょ？」

ブラムはまた彼女にキスをした。ずっとキスをしていたかった。そこらじゅう、欲望をそそるルーシーの体のどこへでも。だが、きちんと足の踏み場に気をつけていないと、ふたりして丘を転がり落ちるはめになる。「説明したいことはある、ルーシー。説明は家のなかでしたほうがいいんだ。湖で釣りをしてる人がいて、きみの怒鳴り声を聞かれたらいけないからな」

「どうして」ルーシーが大声で聞き返した。「わたしが怒鳴るっていうの？」

「もう怒鳴ってるじゃないか」完全に筋の通ったことを言っているつもりで、指摘した。ところが相手がふたたび殴り始めたので、ブラムは彼女を抱く腕に力をこめた。普段のルーシーは暴力を振るう女性ではない。もちろん、普段のルーシーは積極的に愛人を捕まえにいったりもしないが。「暴力はだめだ」満足を表に出さないようにして、ブラムは言った。「殴られてもうろうとさせられたら、ちゃんと説明できなくなる」

「どっちにしろ説明してちょうだい、いますぐ！」

彼女のやわらかい太腿がじかに、彼の硬い腕にのっている。ブラムにとって苦しいほどの誘惑だった。ルーシーとひとつになるときには、この内腿のなめらかな肌をあごで、口で、腰で感じたい。

胸板に押しあてられている乳房は見えている部分のほうが多く、あまりにもふくよかで豊かに感じられた。この谷間に顔をうずめて、つんと立った乳首を服越しに口に含んで彼女を悶えさせてみようかとも思った。

それに、ルーシーの唇――この唇ときたら、どういうことだ。怒りに引き結ばれ、強情な線を描く唇を見つめていると、自分のしていることに集中できなくなりそうだった。

広いテラスを横切り、色つきガラスのテラスドアから家に入った瞬間、ルーシーが身をよじって腕のなかから抜け出ようとした。ブラムは彼女をおろしたが、遠くには行かせなかった。堅木張りの床にかろうじて足をつけさせはしたが、いまだにぴたりと抱き寄せていた。ルーシーがいるべき場所に。彼は口を開いてずばりと言った。「きみがほしい」

ルーシーが身を引いた。澄んだ青い目を大きくし、唇を開いている。青くなったかと思うと、赤くなった。

もう一度、彼女にキスをしたくて苦しいほどだ。

ブラムはふれ合いを求めて相手の頬にふれたが、さっとあとずさりされた。「きみがほしいんだ、ルーシー」今度は聞き間違いや誤解がないよう、力をこめて繰り返した。「ものすごく長いあいだ、きみがほしいと思っていた」

ルーシーが頭を左右に振った。ブラムを拒否しているか、信じていないかのどちらかだ。ブラムにとってはどちらでも関係なかった。どちらも受け入れるつもりはないからだ。なんとしても、望みを遂げるつもりでいた。「本当だ。だから、きみがわけのわからない色気づいた行動に走ろうとしているのを、黙って見ているわけにはいかない」

ルーシーがショックを受けて表情をなくし、それから恥ずかしがって顔をさらに真っ赤にした。「なんなの」愕然として、かすれた声を出す。「な……なにを言ってるの？」

ブラムは肩をそびやかした。一九三センチの長身で、優に三十センチ上からルーシーを見おろせる。しかし、相手には少しも恐れをなしたようすはなかった。

ブラムは顔をしかめた。「ごまかしても無駄だ、ルーシー。ここには抱かれるために来たんだろう」

ルーシーは一瞬、罪の意識を顔に浮かべてから、興奮もあらわに否定した。「そんなばかな話、聞いたこともないわ」

体を屈めて、ブラムは相手の鼻先に顔を突き出した。「よしてくれ、スイートハート。普通に考えて、おれは女をよく知ってるからだまされたりしない。特に、きみのことは自分と同じくらいよく知ってる。湖に行くって言われた瞬間、きみがなにをする気かぴんときた」

ルーシーは信じたくないようだ。「そんなはずな――」

「そうに決まってる。デイヴィッドがきみを裏切ったのはここだ。ここで仕返しをしようとしたんだろう」

華奢な腕を自分の体にまわし、ルーシーが背を向けた。「デイヴィッドはもういないのよ。〝仕返し〟なんてできるわけない」

「心のなかで、そうしようとしたんだ」ブラムは相手の背中に寄り添い、彼女の腕の上からそっと両腕で抱いた。ルーシーを慰め、元気づけたかった。理性を吹き飛ばすオーガズムに導いているさなかに、背中につめを食いこませてしがみついてほしかった。手でも、口でも、股間のものを使ってでも、やりかたはなんでもよかった。彼女を悦ばせられればなんでもいい。

「デイヴィッドは、この家族の別荘で隠れて浮気をして、きみとの結婚生活を台なしにした。きみが子どもたちを連れて過ごした場所。きみが大好きだった場所で」

小さな声で答えが返った。「いまだって、好きだわ」

「四年間、ここへは来ていなかっただろう。それなのに急にここへ来た。信じられないくらいセクシーな格好をして――」

「なんですって？」ルーシーが体をひねって振り返ろうとしたが、抱きしめて動けないようにした。

「――男を引っかけた。おれの目に間違いがなければ、ここできみが浮気の現場を押さえたとき、デイヴィッドと一緒にベッドにいた女と同じ年ごろの男だ。おれには仕返しだと思える」

ルーシーが自分を恥じる笑い声をあげた。「おもしろいわね。わたしには、必死なくらいむらむらした女の行動に思えるわ」

その返答が生んだ期待に打ち震えつつ、ブラムは抱く力をゆるめて相手の両腕をさすり、豊かな尻に自分の腰を寄せた。確信を持てる予想はついていたが、それでも尋ねた。「いつからそんな状態だったんだ、ベイビー？」

ルーシーが身を硬くした。ブラムは彼女をしっかり抱いたまま、どこへも逃がすまいとした。

「おれの前で恥ずかしがったりしないでくれ、ルーシー」穏やかにうながした。「長いつき合いなんだから、恥ずかしがったりする仲じゃない。友だちだろう」そう言いつつ、彼は恋人になりたかった。ルーシーのすべてを手に入れたかった。できるかぎりの方法で、ルーシーを自分のものにしたい。

「いつから男の人とつき合わずにいるのかって訊いてるなら」ルーシーが硬い口調で答えた。「そんなの、まったくあなたには関係ないわ」

ブラムは彼女をそっと揺すった。「四年以上前からなんだろう。デイヴィッドがぶち壊す前から、きみたちの関係は少し行きづまってた」ルーシーの額のわきに、安心させるようにキスをする。「そうだろう？」

ルーシーの震えを感じ、途切れそうな息を吸う音が聞こえた。「ブラム、やめて」

ブラムは心を鬼にして相手の声のすがる響きを無視した。自分のしょうもない同情、見当違いな気遣いが、今日ルーシーをここに来させて、別の男に体を許そうとなどさせてしまった。二度と同じ過ちは繰り返さない。「四年だ、ルーシー。男を誰も寄りつかせずにいるには、短い一生と言っていいくらい長い時間だ」

ルーシーが無理やりブラムの腕を振りほどき、勢いよく彼のほうを向いた。「だったらどうすればよかったの、ブラム？　食料品店で男の人に声をかければよかった？　それとも、学校で？　ふたりの子どもの母親で、ＰＴＡ会長で、もうとっくにスキャンダルのねたになってる人間は、セックスする相手を見つけるのも大変なのよ、そう思わない？」

デイヴィッドが死ぬ前に、徹底的にぶん殴っておくべきだった。ブラムはこれで百度くらい同じことを考えていた。「誰もきみを責めたりはしていないよ、ルーシー」

「うそ言わないで！」

「デイヴィッドがああなったのは自分の責任だ」胸に悲しみがわきあがったが、ブラムはそれを振り払った。「デイヴィッドの死に責任があるのは、あいつ本人だけだ」

「近所の人が陰でなんて言ってるか、聞いたことがないみたいね。みんな、わたしを冷たい女だと思ってる。デイヴィッドが何回も押しかけてきて泣きわめいていたとき、許して家に入れてやるべきだったって」

ブラムはきっぱり否定した。「あいつは遊び歩くのが大好きだったんだ。ああなる前にも、同じようなことをやりかけてた」デイヴィッドはだんだんと結婚生活に適応できなくなり、ほかの女の気を引いて、妻にばれずにどこまでできるか、ようすを見始めていた。浮気をするずいぶん前から遊び歩いていて、最後にあたりを引いた。ブラムに言わせればはずれだ。友人はすべてを失ったのだから。

「わかってるわ」ルーシーがささやいた。「一緒に出かけたって、いつもほかの女に色目を使っていたもの」彼女が目をすがめてブラムを見た。「デイヴィッドは、あなたをうらやましがってたのよ」

ブラムは彼女を優しく揺さぶった。自分とデイヴィッドを比較させたり、夫が浮気をしたのはブラムのせいだと思わせたりするわけにはいかないし、そうさせるつもりもなかった。想いを寄せている女に別の男と結婚された男がどこまでするか、ルーシーには想像もつかないはずだ。

「浮気をする男は一生、浮気者なんだ」せめてルーシーが抱えているに違いない、ばかげた罪悪感だけはやわらげようと、決意して告げた。「一度そういうまねをしたやつが、もう一度そうしないという保証はどこにもない。そんな不安を抱えながら結婚生活を続けられないと判断したからといって、自分を責めることはない」

だいたい、ルーシーを裏切ったやつは二度目のチャンスに値しない。ブラムは心のなかで荒々しく言い放った。デイヴィッドを友人として愛していた。が、デイヴィッドではルーシーを幸せにはできないと、最初からわかっていた。結婚の束縛には耐えられないという言葉を、デイヴィッドからいやになるほど聞かされていた。

そしてブラムは何度となく、おまえはとんでもなく幸せ者なんだからと友人に言い聞かせていた。

疲れた口調で、まるで何度もこの話を頭のなかで蒸し返してきたかのように、ルーシーが言った。「わたしはあの人を追い出した。それからあの人は二年間もお酒におぼれて、そのせいでひどい自動車事故を起こして亡くなった。自分を責めて当然でしょう」

ブラムはまたしても彼女を揺さぶりたくなった。「ルーシー」厳しくたしなめる声を出した。「そんなふうに考えるほどきみはばかじゃないだろう、ハニー。デイヴィッドの行動をどうにかできたはずだと考えるほど、非現実的でもないはずだ。あいつは自分で行動を選んで、あとになってそれを悔やんだんだ。誰かがあいつに浮気をさせたわけでも、きみや子どもたちをなおざりにさせたわけでもない。あいつに酒を大量に飲ませて、車を飛ばさせたりもしていないんだ」

ルーシーの両肩を強く握って、静かに言い聞かせた。「ここ数年、ひどいことばかりだったのはわかってる」

ルーシーが青い目をあげて彼を見た。「あなたには助けられたわ。子どものことでも、ほかのことでも、すごく」

ブラムは肩をすくめた。「子どもたちは、おれにだって大事だ。わかってるだろ。あの子たちと一緒にいるのが好きだ」

「あの子たちも、あなたと一緒に過ごすのが好きよ」

そのことに、ブラムは痛みを感じてもいた。あの子たちがデイヴィッドの子どもではなく、自分の子だったらいいと考えていたからだ。自分の子どものように、あの子たちを愛していた。そんな考えは退けて、口を開いた。「そろそろ、人生を前向きに進もうとしたっていいころだ、ルーシー」

彼女が髪をかきあげ、切りそろえた前髪がふわりと元に戻った。少し乱れて、すごくセクシーだ。きれいに掃除をして空気を入れ替えたばかりの別荘を指して、彼女が言った。「そうしようとしてたのよ」

この場面で股間を硬くしているのは完全に場違いだと思った。とはいえ、ブラムはずっと昔からルーシー・ヴォーンの近くでは自制心を失っている。そして、ルーシーとひとつになる瞬間が訪れるのも時間の問題となったいま、全身で欲求が荒れ狂っていた。

ブラムは相手の視線をとらえて、ささやきかけた。「そいつはよかった。その計画におれも手を貸すと、あてにしてくれていいからな」

2

テラスのドアが開いているせいで、エアコンが急に動きだした。室内が暑くなっていたことにブラムは気づかなかった。そうはいっても体がやけにほてっているので、大量の外気が入ってこなければ、この体温には追いつかなかっただろう。ルーシーが顔をしかめ、テラスへ出ていった。

それを見てブラムは二度深呼吸を繰り返し、意識を集中してこわばっていた体の力を抜き、あとを追った。ルーシーはウエストの両わきで手すりをつかんで立ち、湖を見つめていた。日の光が黒髪の毛筋を青くつやめかせている。汗で湿った髪が、こめかみに張りついていた。ショートパンツのほつれた裾が、丸みを帯びたかたちのよい尻のすぐ下をくすぐっており、ブラムはそこにふれたくなって指がうずうずした。ルーシーは誰にも負けないきれいなかたちの尻をしていると、彼はずっと昔から思っていた。知り合いのほとんどの女性がやせた小さな尻をしているのに対して、ルーシーの尻は豊かでやわらかみがある。あの尻に寄り添って、キスをして、手ざわりを楽しんでいるだけで何時間でも過ごせるだろう。

年齢を重ねてふたりの子どもを産むうちに、ルーシーの下半身の肉づきはよくなった。彼女が笑いながらそれについてぐちをこぼすたびに、そんな心配をする必要はまったくないと、ブラムは答えていた。彼がどんなに真剣か、ルーシーはまったく気づいていなかった。

ブラムにとって、ルーシーは見ているだけで胸が苦しくなるほどセクシーだ。

この状況にルーシーがとまどうのも無理はない。が、どこまでも正直にあからさまに想いを告げる以外に、どうやって状況をわかってもらえばいいか、ブラムには思いつかなかった。

彼はガラスのスライドドアを閉じた。

「デイヴィッドの友だちだったじゃない」ブラムのほうを見ていないのにテラスについてきているとわかっていて、ルーシーが言葉を発した。「親友だったでしょう」

ブラムは静かに答えた。「デイヴィッドとは兄弟同然だった。だからといって、あいつがしたことが正しいわけじゃない」

「デイヴィッドが、言っていたことがあるの……」声がかすれ、ルーシーはためらってから咳払いをして続けた。「あなたに、気の毒なやつだと思われてるって」

ブラムは相手の横に行って手すりにもたれた。ここからならルーシーの顔が見えるが、まともに見て気づまりな思いをさせたりはしないようにした。デイヴィッドはブラムの発言の意味をゆがめて、友人がルーシーを責めている印象を持たせたのかもしれない。それでも、ブラムは正直に認めた。「そう思ってた」

ルーシーが殴られたように体をびくりと震わせ、明るさのない笑い声をたてた。「そう思ってたのは、あなただけじゃないわよね。みんなデイヴィッドを気の毒がってた。だけど、わたしのことはどう？　夫が別の女と一緒にベッドにいるところを見てしまったのは、わたしよ。どんな気持ちがしたか想像できる？」

「ああ」彼女がどんな気持ちだったか、ブラムはつらいほど、はっきりわかっていた。あの一件のあと、ルーシーに会うたびにじっと見守ってきた。彼女の繊細な顔立ちのはしばしから、張りつめ、恥じ、傷ついた心が伝わってきた。ルーシーを守るために復讐したいという思いで苦しくなるほどだった。しかし、そうしなかった。夫婦の関係が修復するかもしれないと考え、精いっぱい中立でいようとした。デイヴィッドもルーシーも、ふたりとも大切な存在だった。そのふたりの仲を裂くようなまねを、できるわけがなかった。

だが、どのみち夫婦の関係はだめになった。なにを台なしにしたかデイヴィッドが気づいたころには、救いようがなくなっていた。デイヴィッドが命を落とした自動車事故で誰も巻き添えにしなかったのは、せめてもの救いだった。

ブラムは深く悲しんで罪の意識に苦しみ、ルーシーと子どもたちに手を貸すため、できることはなんでもした。

ようやく、自分の望む行動をとっていいときだ。

「打ちのめされた気がしただろう」ブラムは言った。「裏切られて、だまされた。傷ついて当然だ。結婚生活を続けるのをあきらめて、デイヴィッドを追い出した。勇気がいる行動だよ、ルーシー。それができたきみを、おれはとても誇りに思ってる」

顔をあげた相手の困惑した表情を見て取って、ブラムは続けた。「デイヴィッドを気の毒に思ってたのは、あのばか野郎がこの世でいちばん価値のあるものを手に入れておいて、それを投げ捨てたからだ。そんな代償を払うかいもない女と一回さっと寝るだけのために」

ルーシーが震え、目をまっすぐ彼の顔に向けた。「あの女の子を知ってたの?」

ブラムは穏やかに、心をこめて告げた。「彼女がきみじゃないってことは知ってた」

ルーシーがまた背を向けてテラスを歩いていき、たっぷりブラムから距離を置いて、新たな安心できる場所に立った。ブラムはかすかに頬をゆるめた。逃げまわらせておこう。しかし、このふたりきりの別荘では、逃げ場もあそこまでだ。どこに逃げようが、手の届くところにいる。

「ほんとにどうしてここへ来たの、ブラム?」

ホールターネックを着ているおかげであらわになっているルーシーの華奢な背を見つめて、彼は胸を高鳴らせていた。全身の筋肉が期待にこわばり、股間は張りつめてはじけんばかりだ。「ここに来たのは」抑えた声で正直に明かした。「きみが男に抱かれたがっているからだ。なんとしてでも、きみを抱く唯一の男になるつもりだからだ」

ほんの少しだけルーシーの肩に力が入った。鋭く息をのみ、両肩をあげている。彼女が振り返らずに尋ねた。「なぜ?」

「なぜって?」

「なぜ、あなたがそんなこと……」ルーシーはあいまいに右手を動かしたが、思っていることを口にする言葉は出てこなかった。

「なぜ、おれがきみと愛し合いたいか聞きたいのか?」ブラムは相手に歩み寄った。ゆっくりと、ふたりの距離が狭まる感覚をルーシーに味わわせる。彼に対する意識が、かみそりの刃さながらに鋭くなるのを感じさせた。息づまる熱に包まれて、ブラムの額の横を汗が伝った。鼓動が激しくなり、大きく耳に響く。

太陽の熱と混ざり合った彼の体の熱でルーシーを包みこみ、彼のにおいでくるんでしまえるほど近くに立った。「なぜ、裸にしたきみに覆いかぶさりたいか？」うなり声になっていた。「四年という信じられないくらい長いあいだきみが得ようとしなかったものを捧げる男に、なぜなりたいか、知りたいのか？」

「ええ」ルーシーがこぶしを握った両手に、どんどん力をこめていった。いきなりブラムを振り返り、叫び声で答える。「そのとおりよ！」

欲求に悩まされ、切望する表情を浮かべていた。

「ルーシー――」まだ彼女に本心をすべて打ち明けるわけにはいかなかった。まずは、ずっと昔から夫の親友だった男とともに過ごすことに対して彼女が感じている、心の抵抗を乗り越えさせなければならない。ルーシーがどんな人間かはわかっている。そんなことをしてはだめだと、とっさに考えているはずだ。親密すぎる、事態を複雑にしすぎると考えている。ずっと昔から知っている男に抱かれて複雑な思いを抱える危険を冒すよりは、でたらめに選んだ見知らぬ男を相手にしたほうがいいと思ったのだろう。

「どうしてよ、ブラム？　あなたなら相手はより取り見取りじゃない。誰でも好きな女を抱いてきたんでしょう」

「きみは抱いていない。だから、誰でもってのは間違いだ」

ルーシーは胸を大きく波打たせたが、ブラムが差し挟んだ発言は無視して続けた。「若くて、セクシーで、おなかの出ていない、とんでもなく胸の大きな、やたらに脚の長い子ばっかり。疲れた三十九歳の離婚経験のある子持ちの女とは全然違う――」

「正式には離婚していないだろう」まくし立てるルーシーを止めるためだけに指摘した。湖では沖まで声がよく届く。近くに聞いている人がいるとは思えないが、あとからルーシーに恥ずかしい思いをしてほしくなかった。「離婚が成立する前に、デイヴィッドは逝ってしまったじゃないか」

「だったら、未亡人ね！　あなたのお相手の子たちとは全然違う」

「ああ、違ってよかった」心から、そう思っていた。ブラムがいつもつき合う女性たちと違っているからこそ、ルーシーはどこまでも特別だった。

「あなたが一緒にいる女の子たちは二十代で、あなたを心の底から崇拝してて、一晩じゅうでも毎日でも、相手をしてくれるんじゃないの――」

ブラムは笑い声をあげた。そうするつもりはなかったのだが、ついおかしくなって止められなかった。ルーシーの口ぶりはやきもちでもやいているようで――それがうれしくてたまらなかったのだ。ルーシーは、そんなにセックスをしたがる人間がいるなんて信じられない、とあきれているようでもあった。そうしたようすの彼女を見て、ブラムの胸は温かい気持ちでいっぱいになった。

ルーシーに教えてやろう。今週が終わるまでに、ルーシーも彼と同じくらいセックスが好きになるに違いない。

「おれは四十一歳なんだ、ルーシー。二十四時間休まず女を抱くなんて、元気があり余ってる若いやつに任せておけばいい」にやりとしてつけ足す。「でも、きみと一晩に一回、日中に何回かなら、かなり楽しめるペースだと思う」

どうやら、にやりとしたのがまずかった。

ルーシーが目に涙をいっぱいため、ふたたび離れていった。ブラムは深く反省し、サングラスをはずしてあとを追った。今回は彼女がぴしゃりと閉めていったスライドドアに、もう少しで思い切り挟まれそうになる——きっと、閉め出そうとしたのだろう。

もう充分長いあいだ、締め出されてきた。

「いつまでも家を出たり入ったりしてるつもりか?」からかって軽い気分にさせようと声をかけた。これを諍いにはしたくなかった。ルーシーにふさわしく、優しく誘惑したかった。せめて、最初だけでも優しく入りたい。最後には激しく求め合うという展開なら望むところだ。

ルーシーが平家建ての別荘の短い廊下を寝室に向かって歩きだした。「湖に出てみるつもりなの。あなたは帰って」

ブラムは寝室のなかまでしっかりついていった。「絶対におことわりだ、ベイブ。きみがまだあんなまねをするつもりでいるかぎり——」

「出ていって、ブラム」ルーシーの声がはっきりわかるほど震えた。自分の置かれた状況に困惑しきっているように見える。彼女が毅然とした態度を見せようとして、ドアを指した。ブラムは動じずに胸の前で腕を組み、壁に背を預けた。

「どうしてだ?」尋ねかける。「そうすれば、あの若い男を呼び戻せるから?」

ルーシーが挑戦を受けて立つようにあごをあげた。「たぶんね」

嫉妬が胸に鋭く突き刺さったが、ブラムはこらえた。ルーシーはいままでしたこともない行動に出て、どうしていいかわからなくなっている。四十歳を目前にすると、女性はおかしなあせりにとらわれるらしい。もうすぐ誕生日を迎えるルーシーがどんな考えを抱いているか、ブラムにも想像はできた。今週が終わるまでには、自分が信じられないくらい欲望をそそるセクシーな女であることに、ルーシーは一片の疑いも抱かなくなるだろう。ブラムは百とおりもの違った方法で、それを証明してみせる気でいた。

楽しみでたまらないくらいだ。

「あんなのがタイプなのか、ハニー? 二十代なかばの若造が? 頭になにも詰まっていなくて、女の悦ばせかたなんざまったくわかってないようなのがいいのか?」

彼の遠慮のなさに、ルーシーが一瞬ショックを受けた顔になった。「驚かせてくれるかもしれないわ」

無理やり微笑もうとしたら顔が痛くなったが、ブラムはやり遂げた。「そうかな」首をかしげてみせる。「で、あいつをどこで捕まえたんだ?」

「あなたにはまったく関係ないと思うけど、食料を買うために町に寄ったときに会ったの。

喜んで引き受けてくれたのよ……庭仕事を」

「ああ、大喜びで引き受けてくれただろうさ。だが、あいつが取り組もうとしてたのは芝刈りじゃないってわかってるんだろ」

「そう？」うれしそうな顔をしているルーシーを見て、ブラムはふたたび微笑みそうになった。

「ちゃんと目の見える健康な男なら、誰でもきみをほしがるよ、ルーシー。誰よりもセクシーなんだから」

ルーシーがしかめつらを向けてきた。「あなたみたいな評判のある人に言われても信じられないせりふね」

「おい、いつだって本当のことしか言わないぞ」わざとルーシーの頭の先から丸まったつま先までじっくりと見て、低く口笛を吹いた。「みんながきみを振り返ってるのに、気づいてないとは信じられない」〝特に、おれはきみを見ずにはいられない〟そうつけ足したいのをこらえた。

「まあ、だから少しも驚かないよ」ルーシーがしょっちゅう言われてしかるべきだったほめ言葉に飢えているのを見て取って、ブラムは続けた。「きみに微笑みかけられた最初の男が、いちかばちかやってみようとチャンスに飛びついたのも。まったく、あの年ごろの男ときたらあるのは男性ホルモン《テストステロン》ばかりで、セクシーな女を見たら我慢できないからな」

ルーシーはおだてられつつ、いら立っている顔をしていた。

「そうはいっても、あいつはおれのようにはきみを知らないんだ、ルーシー」ブラムは声を落とし、じっと彼女の目を見据えた。「きみがどんな状況を乗り越えてきたかも、きみの望みも、きみになにがふさわしいかもわかっていない。あいつはきみにさわりまくったらすぐにそのショートパンツをおろして、二分後には帰ってるだろうな。丘の上に喜んで相手をしてくれる女がいたと、大急ぎで仲間に自慢するために」

「やめて、ブラム」

「そんなふうになりたいのか？　楽しみたいだけで、責任は果たしたくない男の相手をしてくれる女だって、評判を立てられたいのか？」

ルーシーは表情をこわばらせながらも、肩をすくめた。「どうだっていいわ。どうせ、ここは売るつもりだもの」

ブラムは相手の答えに虚を突かれ、そう決めた理由は金の問題か心の問題かと悩んだ。どちらの問題であっても心配だ。「評判は不思議なくらい人についてまわるぞ」

ルーシーが腕組みをした。「あなたは評判なんてまったく気にしていないみたいだけど」

「そうか？　だったらなんでぐずぐずして、おれに賛成しようとしないんだ？　どうしてふたりで服を脱いで、さっそくきみがこのバケーションを楽しめるよう協力させてくれないんだ？」

ルーシーがうかつにも視線で彼の体をたどり、股間を見てから慌てて顔に目を戻した。彼女の頬がほんのりと赤く染まり、瞳が陰った。恥じらっているわけではなささそうだ。

「わけがわからないわ」かすれ気味な声を出す。「いったい、なんのつもりなの、ブラム。動揺させようとしてるの？」

「正直になろうとしてるんだ」ブラムはまなざしを鋭くし、ふざけるのをいっさいやめた。「抱かれたいなら抱かれたいでいい、ベイブ。さっそく取りかかろう。だが、相手はおれだ。おれ以外ではだめだ」

ルーシーが唇をなめ、探るように彼の目を見つめた。「くだらないゲームをして遊ぶような年じゃないのよ、ブラム」

「きみがしたこともないゲームを教えてやれる」ブラムはルーシーの口元に視線を据え、彼女が下唇をかむしぐさに魅せられた。神経を高ぶらせているしるしだ。「服を全部脱いで遊ぶのがいちばんだ」

ルーシーのあごがあがった。「セックスだけが目的であなたに追いかけられてると思うようなばかでもないのよ。あなたには、電話の前で待ってる女の子がたくさんいるんですものね。だから、本当の目的はなんなの？」

ルーシーは彼の言い分を信じていないのか？　ブラムは肩をすくめ、相手の視線をとらえて離さず告げた。「ほかの女性など求めていないんだ。きみがほしい。裸で。仰向けになってくれてもまたがってくれても、好きにしてくれてかまわない。ただ、きみに抱かれたくてどうしようもないんだ。きみにきつく抱きしめてもらって、どんなことをしてでも、きみがいく声を聞きたい」

ルーシーの平静な見せかけが揺らぎ、口が開いて小さなO《オー》のかたちになった。一秒だけ。すぐに彼女は理性を持ち直した。ルーシーのとりわけセクシーな点のひとつは、精神力が強いところだ。人生の困難な局面をたくさん乗り越えてきて、うまく切り抜けただけでなく、ものすごいパワーのある子どもをふたりも育ててきた。

まるで戦いに備えるように太腿に力を入れ、足を開いて立っている。しかも、やけに疑っている声を出した。「いつからの話、ブラム？　確か、あなたが自分のジムに通ってるディディなんとかさんって人と熱い仲だったのは、つい数週間前じゃなかったかしら？　ケントが十代の男の子らしい興味で目を真ん丸にして家に帰ってきて、尊敬する〝ブラムおじさん〟の武勇伝をそれはもう誇らしげに話してくれたわよ。そのディディって人のレオタードに包まれた体の寸法を細かく聞かされたの。ケントの話では、あなた手ずからジムの器具ひとつひとつの使いかたを彼女に個人教授していたそうね」

ブラムは片方の眉をあげた。ケントが告げ口したらしい。今度会ったら、あの腕白にがつんと言ってやろう。そのとき、ふと別の考えが頭に浮かび、彼はなかば疑いかけた。自分のほめたたえられた――そして、確実に誇張された――武勇伝と、ルーシーが今回いきなり大胆なまねをしようと決意したのには関連があるのだろうか。ブラム本人の行動が、ルーシーをこんな行動に走らせてしまったのかもしれない。

「別に意味はない」

ルーシーが小ばかにしたように笑い、軽蔑する口調で続けた。「わたしはなにも知らないから、ジムのオーナーであるあなたは、個人指導みたいな面倒な仕事は雇っているインストラクターに任せるものだと思ってたの」

「ディディとは寝てない」

「まあ、そう。だったら、わたしも白髪染めなんか使ったことないわよ」

ブラムは笑みをかみ殺した。ルーシーがまだ三十五歳のころから、見事な漆黒の髪に白いものが交ざり始めた。三十九歳のいまは、それがまったく見あたらない。非難の内容にふさわしくまじめな態度を保とうとしながら、ブラムは告げた。「混乱しないでくれ、ベイブ。おれはデイヴィッドじゃない。きみにうそをついたことはないし、これからもつかない」

ルーシーはいっとき面食らったが、すぐにまた反撃に出た。「いまさら禁欲する男を気取るつもり？」

「そんなつもりはまったくない」ブラムは次の言葉を慎重に選んだ。「十五年も夫婦でいて、デイヴィッドがときどきおれの話を持ち出してしまったってこともあっただろ？」

返答を待った。ルーシーに自分のことをどこまで知られているのか確かめたくて待ち構えた。ブラム自身がそうだったように、ルーシーも強烈な好奇心を抱いていてくれたのか、どうしても知りたかった。ルーシーがブラムについて聞きたがってくれていたのであったらいいと願っていた。どうか、ルーシーも一度や二度、空想をはばたかせていたのであったらいい。ブラム自身は良心に正直に述べれば、確かに一度や二度と言わず、何度もルーシーを夢見ていたからだ。

ルーシーが肩をすくめた。「まあね、だったらなに？」

ブラムは体の芯まで満足感に浸った。「だったら、おれが禁欲からはかぎりなく遠い男だとわかってるはずだ。女は好きだ。女を抱くのも大好きだ」ルーシーの近くへ身を屈めて繰り返した。「それでも、ディディとは寝てない」

「全部ケントの作り話だっていうの？」

「もちろん、そうじゃない。ケントが母親にそんなあからさまなうそをつくとは思えないからな。単に見たままを伝えただけじゃないか。ちょっといちゃついてたって。正直な話、ディディと寝ようかと考えてたのは事実だ。なんでだか聞きたいか？」

「そうね、ブラのサイズもDDだったからじゃない？」

今日のルーシーはちょっぴり意地悪だ。ブラムは楽しい気分になって思った。ルーシーともめたのは初めてだった。ルーシーがデイヴィッドとつき合いだしたころから、三人はうまくやっていた。ルーシーからは兄に対するように接されることも多く、ブラムは立派に振舞って、悪い考えは自分だけの胸にしまっていた。デイヴィッドを大切に思っていたし、そこから始まってルーシーも愛するようになった。その思いには、悪いところなどなかった。

悪いのは欲望だ。さらに悪いのは、欲望を抱いたために罪の意識を感じたことだった。

しかし、ブラムは罪悪感など捨てた。ルーシーたち夫婦の問題を引き起こす原因にはなっていないし、たったいまルーシーに想いを打ち明けるまでは、彼女に心を奪われていた事実を誰にも知られてはいなかった。ルーシーはなにも責められる行為をしていないし、ブラムもそうだ。

これからは、自分の望みを追って生きていく。つまり、ルーシーを追うということだ。

ブラムは寄りかかっていた壁を離れ、ふたりの距離を詰めた。右手をあげて、ルーシーの絹に似た黒髪を撫でる。赤ん坊の髪のように細く、まっすぐなこの髪が大好きだ。「ディディの髪に、きみの髪ほどじゃないが似たつやがあったからだ」

ルーシーがはっと息をのんだ。

「それと、彼女の目も――」ルーシーの顔を見つめ、目を合わすほかないようあごをあげさせた。「青かったんだ、ルーシー。必死に思いこもうとしたら、その目もきみに似て見えた」

強い視線を送り続ける彼の前で、ルーシーが体を震わせた。「じゃあ」かすれ声を出す。「DDのブラはなんの関係もなかったのね?」

ブラムは一歩身を引いて相手から離れた。そうしなければ、ふたたびキスをしてしまいそうだった。ルーシーのすぐうしろにベッドがあるから、そんなことになったら抑えが利かなくなる。ルーシーはすでに驚いて駆けだしていく寸前だ。無理に追いつめるのはまずい。

「これだけははっきり言わせてくれ、ルーシー。夜ベッドにひとりでいて、もうこれ以上は耐えられないと思ったとき、思い浮かべるのはディディの体じゃないんだ」じっとルーシーの顔に目を凝らし、興奮を示して瞳孔が大きくなるのを見て、低くしゃがれる声で打ち明けた。「きみだ」

ルーシーは凍りつき、この話に心を奪われた顔つきになっていた。「なにそれ。まさか、あなたはつまり……？」

「そうだ、悪いか？」ブラムは自分の体がどう反応し、その欲求をどう処理するか認めて恥ずかしがる年ではないと考えていた。「禁欲する男じゃないってことは、もうわかってくれたはずだ。そしていまは、ほかの女には興味を引かれない。きみがほしいんだ、ルーシー。デイヴィッドが死ぬ前から、きみを手に入れたいと思っていた」ずっと前から手に入れたいと思っていたとは、まだ言わなくていい。それでは少し気持ちを押しつけすぎだ。

ブラムがここへ来て初めて、ルーシーが態度をやわらげた。ベッドでひとり自分を慰めていると聞かされて、哀れに思ったのかもしれない。この愉快な考えに顔をゆがめつつ、あることを思いついてブラムは胸を高鳴らせた。

声を低めて尋ねた。「きみはどうなんだ？」

ルーシーの目に用心が戻った。「どうって？」

「離婚を申し立てたのはずいぶん前だろう。あれ以来、誰ともつき合っていない」ルーシーのような生き生きとした、愛情に満ちあふれた女性が毎晩ひとりでベッドに入ると思いつめて、ブラムはときどき汗びっしょりになることがあった。

「寂しくはならないのか、ルーシー？　体がほてって、男にふれてほしいと思うときがないか？　息抜きがしたくならないか？　どうしても耐えられないと思うときは？」

ブラムと同じく静かな口調で、ルーシーがささやいた。「あるから、ここへ来たのよ」視線をそらし、また目を合わせる。「あなたが言うように、ひとりでいるのと……誰かと過ごすのは違うから」

ブラムの心臓が激しい勢いで打ちだした。「ああ、違う。まったく比べものにならない」

「デイヴィッドとは、浮気をされるしばらく前から……いろいろとうまくいかなくなっていたの。だけどそのころでさえ、もうデイヴィッドの心はわたしから離れてるってわかっていても、そばにいるというだけで慰められるときがあったのよ。夜ベッドに一緒に入っている、温かい体があるっていうだけで」ルーシーが喉のつかえをのんで、なんとか説明しようと続けた。「ひとりじゃないってわかっているだけで、ある程度は慰められるものよ。人のぬくもりを感じて、人が息をする音を聞いているだけで」

生々しい痛みを感じて、ブラムの肺が締めつけられた。ルーシーが妻であった何年ものあいだ、デイヴィッドが彼女と愛し合い、自分は決してそうできないとわかっているのは、ほかと比べようのない苦しみだった。ようやくそうできるチャンスを手に入れたのだから、絶対にこの機会を失うつもりはない。

指を曲げた手でルーシーのあごを支えた。「これからは、おれがきみにふれる男になりたい」

ルーシーがすぐさまかぶりを振った。「ブラム、わたしはあなたがつき合うような若くてきれいな女の子たちとは比べものにならないわ」

「くそ」ルーシーはどうしてわからない？　どうして理解してくれないんだ？　ブラムが考えていたより、デイヴィッドは最低な男だったらしい。「きみをほかの女と比べる必要なんてないんだ。きみは完全に違うリーグにいる」

「わたしはマイナーリーグなの？」ルーシーは茶化したが、不安がっているとブラムにはわかっていた。女としての自分に思い違いをしている。

なんとか納得させようと必死でルーシーの髪に指をからませ、彼女を胸に引き寄せた。「ありのままのきみを求めているんだ、ルーシー。きみの賢さと誠実さをいつだって尊敬していた。ユーモアのセンスも大好きだし、責任感があるところも好きだ」

「ブラム」知り合って何年もたつから、抱擁し合ったことは何度もあった。いまもルーシーから家族にするように、兄にするように抱かれている。ブラムはそれが気に入らなかった。「服を脱いだ女にユーモアのセンスがあるかなんて、男の人は気にしたりしないでしょ」

ブラムは想像で頭をいっぱいにして、身を震わせた。「服を脱いだきみを見たら」相手の耳元でうなり声をあげた。「ズボンをはいたままいってしまいそうだ」

ルーシーが笑い声をあげた。「ブラムったら」

彼はルーシーの手を取り、盛りあがっている短パンの前にあてた。そこに温かい手のひらが押しあてられた瞬間、彼は鋭く息をのんだ。

「きみがなにをするつもりか気づいたときから」あえいで言葉を発する。「硬いままだ。きみがほかの男を求めていると考えてかっとなったのに、それでもまだ硬い。おれのところに来るかわりに、こんな一週間を過ごす計画を立てていた。そう知らされて、叫びだしたくなった——それでもまだ硬いんだ。ほかの女を抱いてもむなしいだけだ、ベイブ。ひとりで抜くより悪い。ほしいのはきみだけだからだ」

「どうして……」ルーシーは手を引かなかった。それどころか、ためらいがちに指を巻きつけている。ルーシーはこの状況を受け入れ始めている。ブラムは確信し、歓喜の雄叫びをあげそうになった。「どうして、わたしの考えていることがわかったの?」

ブラムはたじろいだ。こんなふうにルーシーを抱いて、こんなに近くで話している。こんな状況は、これまで夢でしかなかった。実現したこの状況はあまりにも心地よく、鮮烈に感じられ、これをぶち壊す危険は冒したくなかった。とはいえ、ルーシーにうそはつかないと約束したのだから、正直に話そう。

ルーシーの頭のてっぺんにキスをして、話しだした。「いますぐ抱かれたくないなら——まだ、そこまでする心の準備はできていないだろう——このあたりで、いったんやめておいたほうがいい」

ルーシーが息をのむ音がした。「ええ。準備はできていないわ」彼女が見あげて答えた。指はまだジーンズの短パン越しに、しっかり彼を包んだままだ。ブラムは、ほんの少しその指に力が入るのを感じた。「あなた……」ルーシーが口ごもり、二度、深く息を吸った。「かなり大きいのね」

十八歳のころから、そこの大きさについて女性たちに評価されてきて、そのたびに喜びをかみしめていた。今回は、ルーシーが関心を持ってくれただけでうれしかった。この大きさでルーシーの興味を引けるのなら、持って生まれたものに重ねて感謝するしかない。

両手でそっとルーシーの肩を撫でて告げた。「絶対にきみを傷つけたりはしないよ、ルーシー」

ルーシーは小さくあえぎ始めていた。小さくあえいで興奮している。「どうかしら。その、ずいぶん久しぶりだから。すごく久しぶりよ——あなたが言っていたとおり」彼女が無意識に手のひらを前後させてふたたび彼の大きさを確かめ、ブラムはその快さに歯を食いしばった。

欲情でふぬけになりかけながら、低い声を振り絞った。「慎重にしよう、ベイビー。できるだけゆっくり進めて、まずきみがとても濡れて、ほしがって、滑りこんでも快感でしかないようにする。約束だ」

ルーシーが身を震わせ、もう一度だけ撫でてブラムをその場で仕留めかけてから、手を引いた。ルーシーの大きな目には、条件つきの信頼がたたえられている。ブラムの言うとおりにしてみてもいいと思い始めている。しかし、約束はしようとしない。

ずいぶん時間をかけてブラムは息をすることだけに集中し、自制心を失うまいとした。撫でられただけで短パンのなかで果ててしまったら、なにもかも吹き飛ばすセックスでルーシーを口説き落とすのはとても無理だ。

充分に自制を取り戻したと感じたところで、ルーシーの手を取って寝室をあとにした。

「今後の予定はこうだ」声はしゃがれ、低くなり、途切れそうだ。「まず泳ぐ——どうしても冷たい水に飛びこまないといられない——それから、さっとボートに乗って気をまぎらわそう。ボートに乗ってるあいだに、いろいろと説明するよ。そこなら……話せる」ふたたびルーシーを連れてテラスに出た。波のような太陽の熱気に襲われ、ふたりは欲情と熱望に包みこまれた。いまだに欲求からくる震えの残る声で、ブラムは尋ねた。「靴を取ってきたいか？」

ルーシーも、むっとする夏の午後の日差しの下に出たにもかかわらず震えていた。「いいえ」見あげてくるルーシーの目は熱情でけだるさを帯び、わずかにまぶたが重くなっているようだ。ブラムは彼女を抱えあげて家のなかへ戻らずにいるために、膝に力を入れて踏ん張った。「今週はなにもかもから自由になりたいの。靴も、ブラもなし。洗濯も、電話も、煩わしい近所づき合いも、うわさ話も、なにもないところで」

ブラムの敏感になりすぎた神経には、ルーシーの言葉が官能をにおわせる約束として伝わった。あるいは単に興奮しすぎていて、ルーシーになにか言われたらそれだけで欲情が盛りあがるのかもしれない。

うなずいてルーシーとともにテラスをおり、石畳を歩いて丘を下り、湖を目指した。足元では蜂が羽音をたて、クローバーの花から蜜を集めて飛びまわっている。ルーシーが蜂に刺されないよう、ブラムは足の踏み場に気をつけた。どこか離れたところで蝉が空気を割るように大音声で鳴きだした。ムクドリモドキが驚いて飛び立つ。

「キーは持ってるかい？」

不安が残っているらしく、ルーシーの声は静かだ。「ボートに差したままよ。ライフジャケットはボート小屋のなか」

「もうボートに乗ったのか？」ルーシーがブラムより先にこの別荘に着いて、ひとりでいたのは数時間だけのはずだ。彼女がなにをするつもりか気づいてすぐ、ブラムは予定を変更して旅支度をすませた。だが、ルーシーにはすぐに取りかかれば、このあたりで行楽を楽しんでいる男を物色する時間があったのだ。

「いいえ、エンジンをかけてみて、ちゃんと問題なく動くかどうか確かめただけ」

ブラムはでこぼこの湖岸で足を止めてから、ボートが係留してある長い木の桟橋にたどり着いた。ルーシーは小屋からボートを出し、防水シートを取っていた。

湖岸を支える岩の擁壁に緑色がかった湖のさざ波が打ち寄せ、静かな音をたてている。湖面に日差しが反射してまぶしく、ブラムはサングラスをかけ直した。空気は濃密で、空は鮮やかに青く、目がくらむほどだった。

ルーシーが雇った若い男は逃げていく前に伸びた草は切っていたが、刈り整えてはいなかった。湿った空気と焼けつく太陽によって濃くなった、みずみずしいさわやかな香りがあたりに満ち、希望を感じさせた。ブラムは優しくルーシーに口づけた。「戻ったら庭仕事をすませるよ。バーベキューの材料の用意は？」

「サンドイッチを食べようと思ってたの。バーベキューは手がかかりすぎる気がして」

ブラムは湖のそばにある唯一の食料品店に寄ろうと決めた。ルーシーと話し、ルーシーにバーベキューを食べさせて、夜になったら、これから一緒にどんな体験をしていけるか感じさせる。それが終わるまでには、ルーシーは彼から捧げられる悦びがもっとほしくてたまらなくなっているだろう。彼を手に入れたくてたまらなくなっているはずだ。

「おれに任せてくれ。料理は得意だ」

ルーシーが鼻を鳴らして先に桟橋を歩いていき、ボートに乗りこんだ。「あなたはなんでも得意で、自信を持ってるんでしょ」

白い革張りのシートに腰をおろす彼女を、ブラムは見守った。このままでいると欲望に耐えきれなくなることはわかっているので、急いで桟橋のはしに行って冷たい湖に飛びこんだ。シャツが浮きあがり、腹がむき出しになった。スニーカーに水が入って足が重くなる。頭まで水につかると冷たさがほてった体にきんと染みたが、欲望はほとんど冷めなかった。

角氷でマッサージしたところで、この欲望は冷めないだろう。なによりもほしかったものに、ここまで近づけたいまは無理だ。

湖面に顔を出すと、ルーシーが体をひねってこちらを見ていた。ブラムは髪をうしろに払って笑いかけ、湖面をたたいて水を跳ねかけた。ルーシーも笑って、ボートのなかに身を隠す。

ブラムはゆったりと水をかいてボート小屋にあがるはしごまで泳ぎ、ふたり分のライフジャケットを取りにいった。小屋のなかは涼しく、暗かった。四すみに蜘蛛の巣が垂れさがっていて、ずいぶん長いあいだボートを動かしていなかったのだとわかる。今回は水中に戻るのではなくドアから桟橋に出て、流線形のボートに向かった。歩くたびにスニーカーが湿った音をたて、シャツが上半身に張りついた。ルーシーはこちらを見ていない。彼はライフジャケットをボートのうしろに投げこんでから、ルーシーがいるいちばん前の席に座った。彼女は助手席に乗っているので、ブラムに操舵を任せるつもりなのだろう。

この高価なボートをデイヴィッドが買ってから間もなくして、ルーシーは夫が別の女性と一緒にいるところを見つけた。ブラムが知るかぎり、それからルーシーがこのボートに乗るのは初めてだ。

ブラムはわざとルーシーに水を跳ねかけつつ、舵輪の前に乗りこんだ。ルーシーは黒いサングラスをかけ、たらりとつばの垂れた白い帽子をかぶって日差し——とブラムの視線——を避けていた。すらりとした脚を伸ばし、計器盤に足をのせている。

ブラムは無視させておくものかと、濡れた指先で相手の脚をなぞった。足首から腿の外側まで。ルーシーがおののき、口のはしにかすかな笑みを浮かべた。

彼女の肢体で目を楽しませ、一糸まとわぬ姿の彼女を想像しながら、ブラムは思った。今夜、ルーシーは微笑むどころではなくなる。今夜、ルーシーは彼の名前を叫ぶことになる。

3

ルーシーは黒いサングラスと、風に吹かれてひるがえる長い髪越しにブラムを盗み見た。彼がボートのスピードを出しているから、片方の手で帽子を押さえていなければいけない。けれども風に吹かれ、ボートが波紋を残して進む音を聞いているのは心地よかった。湖上にはほかに数台のボートしかなく、そこかしこで何度か三角波にぶつかっただけで、比較的なめらかに進めた。

これまでどおり、どうしようもないほどブラムを意識してしまった。しかし、今回はこれまでとは違う。いつもブラムを外見、男らしさ、笑顔と人あたりのよさで女性を惹きつけるセクシーな存在だと思っていた。その上今度は、ぼうぜんとしてしまうほど巧みな彼のキスをじかに経験してしまった。ブラムは口づけるだけで女にわれを忘れさせてしまう。それに、ルーシーを求めていると驚くほど率直に示した。恥じも慎みもせず。

ブラムはベッドで感じる不安や物怖じとは無縁の人なのだろうという気がした。きっと悦びを与え、与えられることしか頭にないのだ。

それが現実味を帯びて感じられ、ルーシーの胸の先端がすぼまり、みぞおちの奥が激しく揺れ動いた。彼女が考えていたよりもずっと、ブラムは驚くべき男性だった。

高所得者向けの小規模なスポーツジムを所有しているため、ブラムは理想の体形を維持している。体を鍛えるのが日常になっていて、それがそのまま体形に表れている。無駄な脂肪はまったくついていない体。長身の体のどこを見ても、確かな力強さがあった。

ごまかすのはよそう。ブラムはジムを構えるようになる前から、変わらぬ外見だった。デイヴィッドと会ったばかりのころから、ルーシーはブラムの体に心を乱されていた。そのころのブラムは、まだほんの若者だった。デイヴィッドと結婚したのは、ルーシーが二十歳のときだった。

ブラムを言い表す言葉は〝完璧〟しかない。しかも、いっそう心をかき乱すことに、彼は年を重ねるにつれ、ますます魅力を増していった。

四十一歳のブラムの胸板は広くてたくましく、くっきりと浮き出た筋肉には、どんな年代の女性でもうっとりしてしまうだろう。筋の入ったブロンドはいつもどことなく乱れているのにすてきで、体のほかのところに生えているダークブラウンの毛より明るい色合いだ。彼がボートの舵輪を操って大きめの波を突っ切るたびに、濡れている着古したTシャツの下の胸筋がうねって動くのが見えた。胸の上部からうっすらと広がり、矢のかたちになって腹に続くやわらかい毛の流れも見える。ルーシーは自分が心のなかで彼の服を脱がせているのに気づき、慌ててそんな考えから抜け出そうとした。

デイヴィッドにも胸毛は生えていたけれど、ブラムとは違った。

強い罪の意識を感じてルーシーは目をそらし、ブラムの立派な体つき以外のことを考えようとした。

ところが、その心を読んだかのようにブラムがボートの速度を落とし、濡れたTシャツを頭から脱ぎ、息をのませる光景でルーシーの気を散らした。彼はルーシーより濃く日焼けしており、二倍は肩幅があって、色あせたジーンズの短パンを浅くはき、引きしまった腰をかろうじて覆っている。短パンも濡れて腰のところがまくれ、肌が見えていた。黒っぽい色のぴったりしたボクサーショーツのウエストも少し見えている。

体の奥で渦巻く欲望をこんなに抱えていては、息をするのも難しかった。

ルーシーが見ていると、ブラムは大きなごつい手をおろし、筋肉が隆起する腹をなにげなくかいた。もういっぽうの手は舵輪を握ってボートを進めている。

ルーシーの舌が口のなかで張りついて動かなくなった。

彼女もブラムの腹にふれてみたくなった。また欲望をそそるうなり声を引き出して、彼が興奮していることを確かめたい。あのへそを舌でくすぐって、ほかのどんな男性にも――夫にも――できなかったことをブラムにしてみたくなった。

そんな想像を締め出すために目を閉じた。二度と顔を合わせなくてもいい赤の他人と関係を持つ空想をするのと、ブラムと奔放でみだらなときを過ごすのを思い描くのとでは、まったく違う。ブラムのことはよく知っていて、彼からはきちんとした女性だと思われている。自分のいちばんうしろ暗い秘密、もっとも隠しておきたい幻想を、どうやったらブラムに打ち明けられるだろう?

「なあ」ブラムがうなりをあげるエンジンに負けない大きな声を出した。「説明する気になってくれたか？」

ルーシーはボートの外に飛び出しそうになった。

冷たい水に飛びこめば落ち着くかもしれない。けれどもブラムの短パンの前を見て、水に飛びこんでも情熱はまったく冷めなかったのだと気づいた。短パンの前はひと目でわかるほど盛りあがっている。大きくて硬そうなそれがなんなのかは間違えようがなかった。

ルーシーはとまどいながらも高ぶっていた。ブラムに求められていると、確信しきれていない。彼のあそこを見たからといって、少しも心は落ち着かなかった。ブラムについて耳にした話はすべて本当だった。ブラムはとても恵まれていて、持って生まれたものの使いかたを心得ているらしい。体内ではじけた熱が全身にゆっくりと広がっていき、ルーシーは息を詰まらせそうになった。

ブラムをすっかり受け入れられるか不安はあったが、確かめてみたくてたまらなかった。確かめたくて、体の奥がきゅっと締めつけられた。

「説明するって？」いまだにブラムの大きな手と、むき出しの肌と、短パンの下からくっきりと浮き出る男性のしるしに夢中で、ぼうっとしたまま尋ねた。ブラムのものはしばらく硬いままだと言っていた。本当に、いまも硬いままだ。ルーシーの心臓が、高鳴る鼓動についていけなくなりそうになった。

ブラムがこちらにさっと目をやり、手を伸ばして風に吹かれた髪を彼女の耳にかけた。

「きみが高ぶってるのは声でわかる、ルーシー」頬と下唇を優しく撫でる。「いまも――いつだって」

いまについては否定できなかった。否定したくなかった、、、、、。ブラムがいま目の前にいる。ブラムに対して赤の他人にするように自由気ままに振る舞えないにしても、彼を拒むこともできはしなかった。

そうはいっても、子どもたちをキャンプに連れていくというブラムに任せ、自分は一週間ひとりで過ごすと告げたとき、ルーシーはとりわけ慎重に振る舞ったつもりだった。本来の目的は一言も、誰にも打ち明けなかった。母親の立場を真剣にとらえているから、言葉でも行動でも、決して子どもたちに気まずい思いはさせられないと考えていた。

赤の他人と短い情事を楽しもうとするなんて、間違いなく〝気まずい〟行動だった。

それでも寂しくて、体の欲求をどうしようもなかったのだ。誰かにふれ、ふれられたいと願いながら眠りにつくのにうんざりして、おかしくなりそうだった。この熱を鎮めるためには、一夜だけの相手を探すしかないと思った。人間なのだから、少しの満足くらい得てもいいのではないだろうか？　体だけの満足だとしても。

ブラムは岸沿いにボートをゆっくり造作なく進めていた。船底を傷つける恐れのある水中の丸太や大きな岩に接触しないよう、岸から適度な距離を取る。背の高い木の枝が湖面に垂れている水際は、蛇やカエルやカメの隠れ場だ。鮮やかなオレンジ色のオニユリ、オオハンゴンソウ、ニンジンの花が豊かに咲き乱れ、飛びまわるハチドリを誘っていた。

岸から離れたところでは、熱い日差しに引かれてバスが跳びはねた。

無骨な指の先だけを使って、ブラムは彼女の頬を撫で続けていた。ルーシーは震えた。ブラムのふれかたはさりげないと言ってもいい。まるで自分にはルーシーにふれる権利があって、誰にも異は唱えさせないと決心しているようだ。

「きみの話しかたやしぐさで、なにをするつもりかわかった。体のすみずみから、目の輝かせかたから、期待が伝わってきた」

相手の言葉を、ルーシーは鼻で笑い飛ばした。「詩みたいだけど信じられないわ、ブラム。人が色気づいてるのがそんなに簡単にわかるなら、わたしだってデイヴィッドが浮気しようとしてるとわかったはずだもの」

ブラムが手を引き、しばらくのあいだ黙りこんだ。「たぶん」ようやく、また口を開いた。「きみはデイヴィッドをよくわかっていなかったんだ。おれがきみについてわかっているほどには。おれのほうが、きみをよく見ていたのかもしれない」

侮辱されたように感じて、ルーシーは身をこわばらせた。夫を大事にしていないと、デイヴィッドに何度も責められていた。ブラムにまで、そんなふうに責められたくない。「どうしてよ?」

「きみがデイヴィッドと結婚するのを見ていた」ブラムがあまりにも声を低くしたので、耳を澄まさなければ聞こえなかった。まだ湿っている金髪が風に吹かれて、額があらわになっている。ミラーサングラスに太陽が反射して光った。今朝はひげをそっていないらしく、引きしまったあごと唇の上がうっすらと黒くなっていた。

ルーシーが目にしたなかで、いちばんセクシーな口元だ。きれいな白い歯。力強いあご。高い頬骨。しかし、たいていの女性たちが振り返って何度も見てしまうのは、ブラムの目や身のこなしのはしばしに宿る天性の色気だった。

このときのブラムが整った顔に浮かべた表情を見て、ルーシーは名づけようのない感情で胸を締めつけられた。

「あのころのきみの気持ちだってわかっていた」ブラムが続けた。「結婚式のあいだも、そのあとも。きみの気持ちなら、いつも読み取れた」かすかな笑みを見せてルーシーの筋肉をスープみたいにとろかして、つけ足す。「きみが子どもを身ごもったときは、こんなに美しい女性は見たことがないと思った」

あのころ、強い興味を示していたブラムのようすが頭によみがえった。ブラムはいろいろなことを訊き、ルーシーがどうしてもと言って腹を蹴る赤ん坊の動きを確かめさせると、初めての体験に畏敬の念に打たれた顔をしていた。彼からできるかぎり避けられていたことも思い出した。二度の妊娠のあいだ、ほかのときと比べて彼はあまり顔を見せなかった。けれども、ふたり目の妊娠の終わりごろ、デイヴィッドがオフィスでの仕事と家の手伝いを両立できなくなっていると知ると、ブラムは急に訪ねてくれるようになった。本当に頼りになる友人であることを証明して、芝生を刈り、ルーシーのかわりに洗濯物を運んで上と下の階を行ったり来たりした。デイヴィッドが家にいるときにだけやってきて、ふたりで残った家事をこなしてくれた。デイヴィッドがいないとき、ブラムは一度も訪ねてはこなかった。

この記憶になぜか心がうずいたが、ルーシーはそんな考えを頭から追いやった。「子どもを身ごもったとき」冗談半分だけれど、事実でもあることを言った。「わたしは太ってたでしょ」

ブラムの口元に笑みがよぎった。「色っぽかった」

「えっ？」

「太ってたんじゃないよ、ベイブ、色っぽかったんだ」ボートが桟橋に近づいた。そこでは避暑に訪れた人たちが釣りの餌、ひととおりの食料品や日用品などを買える。「身ごもって出産が近づくにつれて、きみはなんてセクシーになっていくんだろうと思ってたよ。きみの胸は信じられないくらいすばらしくて、瞳はすごく輝いていた。ケントが生まれてお乳をやっているきみを見たときは……そのたびに言葉を失うくらい感動した」

ルーシーは相手の言葉に驚いて、思わず彼の顔をのぞきこんだ。「うそ」

「うそなもんか、本当だ」

ブラムの口調があまりにも真剣だったので、胸が締めつけられた。考える間もなく、ルーシーは彼にふれていた。こわい毛の生えている、硬くて熱い腿に。そこに力が入り、こわばった。「どうして、ブラム？」

ブラムがボートを巧みに桟橋に着け、係員がワイヤーをつかんで索環に結びつけた。ブラムは両手で舵輪を軽く握って座ったまま、前を見つめている。周囲では、はしけの上にいる人々が楽しそうに笑っておしゃべりをしていた。モーターボートのへりに座り、リールで水上スキーの索具を巻いている男性もいる。

ブラムがずいぶん長いあいだ答えずにいるので、ルーシーは問いかけた声が聞こえなかったのだろうかと考え始めていた。

不意に彼が自分の太腿の上にあるルーシーの手に手を重ね、サングラスをはずした。金色がかった琥珀色の目を、いっそう輝かせている。強い感情と、熱望で。

彼がルーシーの手を取って指のつけ根のやわらかい場所にキスをした。「感動したんだ」手首の内側の敏感な肌に口づけたまま、説明を続ける。「きみがしている体験を、自分は絶対にできないとわかっていたから。とてつもなく特別なことだと思ったからだ」

ルーシーは懸命にまばたきした。ブラムをずっと昔から好きだった。いまになってこれまでになく、その理由が胸に迫った。ブラムは単に罪なくらいセクシーで、マッチョな、もてる男というだけではない。感情豊かな思いやりのある男性でもあり、子どもたちのためを考え、あの子たちを家族として気にかけてくれていた。いっぽうで自分はよそ者だと感じていたとしたら、ブラムはどんな気持ちだっただろうかと、ルーシーはこのとき初めて思いいたった。

立ちあがって小さな笑みを浮かべ、ルーシーは自由なほうの手で彼の淡い色の髪に指をくぐらせた。熱い風で乱れた髪は豊かで、やわらかかった。「あなただって、そういう体験を自分のものにできたはずよ、ブラム。たくさんの女の人を追いかけるのをやめて、ひとりの人と家庭を持てばよかったの」

からかう口調で言おうと思ったのに、かすれた声になってしまった。ブラムから求める気持ちを伝えられたせいで、なにげなくふれたつもりでいたとはいえ、彼にふれるとやはり動揺してしまった。

ブラムは一瞬ためらい、彼女の手首に唇を押しあててから、かぶりを振った。「ここ最近は新しくつき合う相手を探したりしていないんだ、ルーシー。いまは、ほしいのはきみだけだ。今夜、どれだけきみを求めているか証明してみせる」

官能をかき立てる警告を突きつけられて、ルーシーは期待に息を詰まらせそうになった。膝が折れかけ、必死で足に力を入れて倒れこまずにいようとした。ブラムがすばやくボートをおり、手を差し出した。ルーシーはあんなことを言われたあとで、彼にふれられるかどうかわからなかった。ブラムにとって、これは単なる戯れではないと気づき始めていた。彼は軽い火遊びを忘れさせるためにルーシーをからかっているわけではない。四十歳を迎えるルーシーの気持ちをやわらげるために、おだて半分に口説いているわけでもない。手早く、らくに新鮮なセックスを楽しもうとしているわけでもない。

心から求めてくれている。恋人になってほしいとたくさんの女性から熱烈に求められていて、どう考えても独身の人生を謳歌しているはずのブラム・ジャイルズが。征服したい女のひとりとしてでもなく、彼女が手ごろで必死だからという理由でもない。ルーシーを、ひとりの女として求めてくれている。異性の魅力を感じる相手として。

「手を取って、ルーシー」

ブラムを見つめた。彼の目に抗えない命令をされて、エロティックな約束をされた。ブラムに対してはなすすべがなく、抵抗できないと感じた。彼の手を取った。ブラム・ジャイルズとの奔放な情事。

まさに想像もつかない夢！

連れ立ってセメントの歩道を五歩も歩かないうちに、肌を露出するストリングビキニ姿の女性がふたり店から出てきて、こちらに向かって歩いてきた。二十代後半くらいの彼女たちは完璧なスタイルで、完璧に日焼けしていて、バービー人形のように長い髪はバービーと同じくブロンドだった。ひとりはビールの六本パックを、もうひとりはいろんな味のポテトチップスが入った茶色の紙袋を抱えている。

ブラムを見ると、ふたりはおしゃべりをやめた。身ぶりまで変わり、普段の動作をやめてしなを作り、気を引こうとしている。もう歩くというより腰をくねらせている。

ルーシーは目立たないようブラムの手を離そうとした。これからなにが起こるかわかっていた。女性たちがブラムに目を留めるといつも起こることだ。とっておきの笑顔でこびて話しかけてこようとする。そんな場面が展開されるときに、そばにいたくなかった。四十近くのルーシーはその一年一年を身に染みて感じていて、モデルみたいな女の子たちの横に並びたいとは思わなかった。

ところが、ルーシーは手を離そうとしたのに、ブラムは離そうとしないのでうまくいかなかった。彼は女性たちには目もくれず、かろうじて失礼にならないようようなずいただけだった。そのまま、ためらうルーシーを引っ張っていく。女の子たちに不満げな顔でにらまれて、ルーシーは思わずほくそ笑んだ。「あの子たちをびっくりさせちゃったわよ」

ブラムが片方の眉をあげてこちらを見た。「ええ？　なんの話だ？」

ルーシーは面食らった。ブラムは本当にあの女性たちに気づいてもいなかったのだ。ルーシーは頭を動かして、ふたりを指した。「あなたのファンクラブの新入りを逃がしちゃったじゃない」

ブラムはうしろをさっと振り返って女性たちに目をやり、微笑んだ。「すまない。ほかのことを考えてたんだ」

「ほんとに？」彼が女の子たちに関心を示されてまったく気づいていないというのが、ちょっと信じられなかった。

ブラムがルーシーにからかうような笑みを向けた。「今夜。今夜はどうしようかって考えててね。こんなに長く待ったんだから、どんなすばらしい夜が過ごせるかと想像してた」

息をのむことしかできないまま、ルーシーは彼とふたりして小さな食料品店に入った。入り口で音をたててフル稼働しているエアコンの冷風が吹きつけた。ブラムに手を引かれて奥の精肉売り場に向かう。官能の予感に浸って夢うつつになり、魂の抜けた人みたいに歩いていた。

「ブラム」ルーシーは自分の体に腕を巻きつけ、熱を閉じこめようとした。「本当にわたしのことを考えていてくれたの？」

ステーキ肉のパックを品定めしながら、ブラムがなにげなく答えた。「ああ。きみのことを。なにも着てなかった」ルーシーに目を向ける。「きみで頭がいっぱいなんだ」

ルーシーはとたんにエアコンの冷たすぎる風をしのぐ熱に包まれた。すばやくあたりを見まわし、誰にも聞かれなかったかどうか確かめる。店員を除いて、店にはルーシーたちのほかにふたりしかいなかった。そのふたりも、いちばん遠くの売り場に並ぶ釣り用のルアーを選ぶのに夢中だ。

「ブラム」実際になにも着ていない彼女を見たらブラムがどう思うか考えるのも怖くて、ルーシーは相手をたしなめた。自分はもうすぐ四十歳だ。子どももふたり産んだ。ブラムのように体を鍛える時間なんてなかった。

ブラムがステーキ肉から目を離し、ルーシーの慌てた表情を見てにっこりした。大きな手で彼女のうなじを包みこんで引き寄せ、唇がふれ合うほど近くでささやいた。「きみのすべてを見せてもらうのが待ちきれないんだ、ハニー。満足がいくまで見るにはだいぶ時間がかかるだろうな。だから、きみも心の準備をしておいてくれ」

ルーシーは口を閉じてと言おうとしたが、キスで唇を奪われた。先ほどのような強烈なキスではなく、心地よくそっと唇を押しあてるだけの、どこまでも温かく優しいキス。いつしか彼の胸にもたれかかり、もっとずっと多くを求めて口づけを返していた。

ブラムが彼女の頬を撫で、微笑みかけた。「だめだ、こんなところで始めるわけにはいかない」

「ええ、だめよ」なんとか口を開き、たいして説得力のない言葉で応じた。

「ここは冷えてるから乳首が立ってる」彼が潜めた声で告げ、指の背を好きなだけ大胆にルーシーの左胸に滑らせ、張りつめた先端をくすぐった。

電気に似た刺激がふれられた部分に走り、ルーシーは鋭く息を吸った。快く広がって期待をふくらませる欲求を全身で感じた。特に両脚のつけ根で。体の向きを変えて離れようとしたが、ブラムに肩をつかまれた。「待て、置き去りにしないでくれ。あそこが硬くなってて、ちょっと目立ってる」

ルーシーは視線をさげて、とたんに目を閉じた。〝ちょっと〟どころではない。

ブラムがほがらかな顔で言った。「きみのすぐうしろに立って隠しておく」

ほかにしようもなくルーシーはうなずきかけたけれど、ブラムが調子に乗って耳のすぐ近くでささやいてきた。「どっちみち、その体勢がいちばん好きなんだ」

ルーシーはくるりと向きを変えて歩きだした。そうしたければブラムもついてくるだろう。このまま一秒でも長くここに立っていたら、表情で店のなかにいる人にも外にいる人にも、頭に浮かんでいる考えを知られてしまいそうだ。

レジカウンターに着いたところで、うなじにブラムの温かい息がかかり、ちゃんとついてきていたのだとわかった。彼を別荘に連れて帰ったら……。

そう考えて、たじろいだ。帰ったらどうしたいかはっきりわからず、ブラムになにを期待されているかも、はっきりとはわからなかった。

ブラムが背後から手を伸ばして、カウンターの上にステーキ肉のパックだけでなく、大きなジャガイモふたつとトウモロコシ二本を置いた。いったいどこから取ってきたのか見当もつかなかったが、訊くつもりもなかった。きっとまともな声が出せなくて、ばかみたいなうわずった声になりそうだからだ。

そして、屈みこんだブラムにすっかり硬くなったものをうしろから押しつけられて、やっぱり甲高い声をあげてしまった。ブラムが壁にかかっているTシャツを指して言った。「XLを一枚」

シャツには〈WET AND WILD〉とプリントされていて、有名な水上スキーブランドのロゴが入っている。ブラムの短パンの前が隠れるほど丈がありそうだ。ルーシーは、ほっとしてため息をついた。これで視界から消える。頭のなかからは消えない。それでも、じっとそこばかり見ずにすむ。

ルーシーたちが戻ってみると、店に来るときにすれ違った女性ふたり組が桟橋のはしに腰かけていた。わざとあそこで待っていたんだわ、と思って反感を持ちかけたけれど、ブラムに目を向けて、あのふたりがそうするのも仕方ないと思い直した。彼をもう一回見るためなら、ルーシーも待ち伏せしていただろう。

「何年か前」片方の手で買い物袋を持ち、もういっぽうの腕でルーシーの肩を抱き寄せ、ブラムが低い声で話しだした。「右側の子によく似た知り合いがいたんだ」

ぎょっとしてルーシーは尋ねた。「本人じゃないの？」

「違う、だが尋常でないくらい似てる」

ルーシーは、ほんの少しむっときて言った。「ずいぶん、その子が印象に残ってたようね？」

「そうなんだよ」ルーシーを抱いたまま歩道の向こうからやってくるカップルをよけて、ふたたびボートへ歩きだす。「その子がジムに通うようになって一カ月くらいたってから声をかけた。話しかけたらすぐ、彼氏と別れたばかりだから家に来ないかと誘われた」

「もちろん、誘いをことわらなかったんでしょ」

ブラムは肩をすくめた。「きみと子どもたちは旅行に出かけてて、退屈してたんだ。だから、誘いに乗った」

桟橋に着くと、女性たちがそろって振り返り、ブラムに笑顔を向けた。彼が別の女性と一緒にいても、少しもやる気をそがれないようだ。ルーシーはそこまで完全に無視されたのが気に入らなくて、ふたりを湖に突き落としたくなった。

そうするかわりに、にっこりしてあいさつをした。「ハイ」

無視された。

ブラムもふたりを無視している。

彼がルーシーにしか関心を向けていないと気づいて落ちこんだ顔をしているふたり組を見て、少しだけ心が慰められた。見せかけだけでない男らしさを発揮して、ブラムはルーシーがボートに乗るのを助け、買い物袋を手渡した。索環からロープをほどいてから乗りこむ彼に、女性のひとりが声をかけた。「ボートを押しましょうか?」

ブラムは舵輪の前に腰をおろしながら、一瞬だけ女性に目をやって答えた。「いや、いいよ。こっちでやる」そう言って長い腕で桟橋からボートを押し出し、エンジンをかけて後進させた。

給油桟橋からだいぶ離れたあと、ルーシーは口を開いた。「オーケー、それで、どうしてその子がそんなに記憶に残ってるの?」

ブラムが彼女にちらりと目を向けた。「別荘に着いたら教えるよ」

「いま教えて」

「だめだ」彼がスロットルを倒すとエンジンがうなりをあげ、ボートが勢いよく進みだした。

「この音じゃ、話すのはきついだろう」大声で言う。

ルーシーはそっぽを向いた。どのみち本気で知りたかったわけでもない。ブラムが完璧なスタイルの女性とベッドをともにしているところを想像しても、心中穏やかでいられなくなるだけだ。自分が彼と愛し合うところを想像したかった。

我慢できなくなって振り返り、ボートを巧みに操って、ほとんどぐらつかせずに波を切って進めるブラムを見つめた。聞かされた話が本当かどうか、今夜ようやく確かめられる。

ブラムががっかりして帰ってしまいませんように。それだけを願っていた。

「腹は減ってきたかい?」一緒に買ってきたわずかな食料品をL字形のダイニングキッチン

に運びこんで、ブラムはルーシーの顔を見つめた。

ルーシーはかすかに肩をこわばらせて答えた。「あなたが好きなときに食べましょう」

「ってことは、まだそれほど腹はすかせてないんだな？」トウモロコシとステーキ肉を冷蔵庫にしまいつつ、ルーシーから目を離さなかった。彼女はありがたいことに興奮していて、食べ物には興味が向いていない。しかし、自分からことを進めるほどには、積極的になれずにいる。すぐにそんな遠慮は忘れさせてやろう、とブラムは思った。

ルーシーはさかんに買い物袋を折ったり伸ばしたりを繰り返してから、ようやく引き出しにしまった。背を向けている彼女の顔は見えなくても、どんな気持ちでいるかブラムにはわかった。間違いなく、彼と同じ気持ちでいる。

「ええ」と、ルーシー。「そんなにすいていないわ」

「よし」ブラムは冷蔵庫を閉め、相手が振り返る前にうしろから近づいた。彼女の腰の両わきでカウンターに手をつき、腕のなかに閉じこめる。彼女の尻に自分を押しつけ、首筋に顔を寄せた。「なんだか記憶に残ってる知り合いの話をするんだったか？」

「そうだった？ その人がどうしたの？」

相手のむっとした口調に気分をくすぐられ、ブラムはかすかに頬をゆるめて彼女のうなじに寄り添い、低くした声で言った。「その子にお尻をぶってくれって頼まれたんだ」

ルーシーが驚いて背筋を伸ばし、顔をあげた。「なんですって？」

まじめな女教師みたいな声になっている。あきれて眉をひそめつつも、興味を引かれて。

ブラムはうなじに顔をすり寄せるのをやめずに続けた。「ああ、少し変わった子だったんだよ。おれも不意を突かれたというか。いきなりそうくるかってな。一緒に過ごすのはそのときが初めてだったし」

「それで……あなた……」ルーシーが身じろぎし、落ち着かないようすで目の前のカウンターの上で指を動かした。

「頼みを聞いてやったかって？」

うなずくルーシー。

「どんなときでも女性の願いはかなえるさ」低い声をそっと響かせた。「女といるときは、相手に幸せになってほしいと思ってる。できるだけ満足させてから別れたい。赤い尻で彼女が満足するなら、じゃあ、そうしようという気になる」笑わずに話すのは難しかった。ルーシーは憤りを感じているのか、がちがちになっている。

羽根のように軽く、ルーシーの首筋にかじりついた。急に速くなりだした脈の真上に。「きみはどうなんだ、スイートハート？　きみにも人とは違う願望があるのか？」

「お尻をぶたれたくなんてないわよ！　まさか、そんなことを疑ってるなら言っておくけど」

ブラムは笑った。「おれだって、あれが特に気に入ったわけじゃない」ルーシーにキスをし、ふれるのをやめられなかった。「きみが居心地悪く感じるようなことをしてくれと頼むつもりもない。だから、その点はまったく心配しないでくれないか？　といっても、たいていの人間が好みの空想を持ってるだろう。ちょっと人前では言えない、興奮をかき立てる空想を」

「あなたにもあるの？」

「もちろん」ブラムの空想はほぼすべて、ルーシーを巡るものだ。「ただ、なんでも打ち明けてくれていい、頼んでくれていい、と伝えたかっただけだ。オーケー？」

また、ルーシーが身じろぎした。このかすかにそわそわするしぐさから、たくさんの気持ちが伝わってくる。ブラムは彼女を胸にぐっと抱きしめたくなったが、そうせずに待った。

「その子とはよくデートしてたの？」

「デートというとどこかに出かけるって意味になるから、そういう意味では違うな。一カ月くらい、たまにベッドをともにする仲だった」ブラムは右手の指先でルーシーの腕をたどり、むき出しの肩にふれた。指が撫でたところに、鳥肌ができていく。「よく知らない人間どうしでベッドをともにしても、むなしいだけだ。しばらくのあいだ、若くて頭が空っぽのころは、それが刺激的だと思える。それで充分だと思える。だが年を取っていくにつれて、ほしくなるんだ……もっと意味のあるものを」

自然にルーシーが首を傾け、肩にのっているブラムの手の甲に頬をすり寄せた。優しい、愛情のこもったしぐさに、彼は胸を締めつけられた。

「デイヴィッドとわたし」ルーシーが小さな声を出した。「だいぶ……気持ちの通わない関係になっていたの。長く一緒にいすぎて、安心しすぎてしまっていたのかしら。なにか際どいことや、変わったことをするなんてばかみたいに思えたわ。わたしもふたりで過ごすときに新しい刺激を加えようとはしてみたんだけど、そのたびにばかばかしい気分になってしまって」

ののしりの言葉を吐かないようこらえながら、ブラムは一言だけ口にした。「ばかはデイヴィッドだ」

ルーシーが首を横に振った。「そうでもないかもしれないわ。うまくいかなかったのは、なにもかもデイヴィッドのせいというわけじゃなかった。わたしたちはお互い長く一緒にいすぎて、日常をロマンティックに変えることができなくなっていたのかも」自分を恥じるように笑って続ける。「離婚の申し立てをする数年前から、デイヴィッドはわたしにまったく関心を示してくれなくなっていたの。彼にとってセックスは愛情や情熱に駆られてするものではなくて、どちらかというと退屈しのぎになってた。寄り添ったり、抱きしめたり、キスしたりはしてくれなくなった。〝やるならさっさとやろうぜ〟って。それでわたし……どうしてもやっていけなくなって」

ルーシーとデイヴィッドの話をするのは、ブラムにとって何重もの苦しみだった。ルーシーがほかの男といるところを思い浮かべるのは耐えられない。相手が彼女の夫でも同じだった。そしてそれ以上に、ルーシーの心と体、特に体が、どんなに満たされずに苦しんでいたかと思うと耐えられなかった。ルーシーはまさに女性として愛されるために生まれてきた存在だ。それなのに、彼女本来の女性らしい反応は花開かされるどころか抑えこまれていた。

話しかたも、しぐさも、外見も、ルーシーは本当に官能にあふれた女性だ。彼女が抱く欲求をすべて、あらゆる方法でかなえられてこそふさわしい。ブラムは彼女が内に秘めている本質に火をつけ、燃えあがらせたかった。ルーシーが男に与えずにはいられないものを、すべて受け入れたかった。

「そろそろ」彼女の耳にささやきかけた。「今週の第一ステージに取りかかったほうがよさそうだ」

ルーシーが警戒もあらわに尋ねた。「第一ステージ?」

「そうだ」ブラムの鼓動が高鳴り、体が熱くなった。「第一ステージでは、そのシャツを脱がせて、きれいな胸にキスをする。たぶん、きみもおれの半分くらいは夢中になるはずだ」

「い……いますぐ?」

「あたり前だ。これ以上長く待てるとは思えない」ブラムは指先を彼女の肩から腕へ滑らせ、腹からもっと下って下腹部を愛撫した。ルーシーはやわらかで、惜しみなく悦びを与えてくれる。彼女をじらして、楽しみを引き延ばしたかった。指を今度は上に滑らせ、左の乳房に下からかすめるようにふれた。「時間をかけて進めたいんだ、お互いのために。あまりにも長いあいだきみをほしがってきたから、きみを完全に裸にしてしまったら、あせるあまりしたいことをなにもかもやり遂げられなくなる。それに、きみにはまだ少しいろいろためらっている部分があるんじゃないか?」

「なんだか……おかしな気分なの、あなたとこんなふうに」ルーシーが誤解を恐れ、慌てて説明した。「だって、ずいぶん前から兄妹みたいな仲でしょう?」

ブラムは手のひらで乳房をすくいあげ、高鳴りだした彼女の鼓動を感じた。乳首が突き出てきゅっとすぼまり、興奮をあらわにしている。「これが兄妹ですることか？」この瞬間の熱情を少しだけ表に出して、彼はうめいた。「頼むよ、ルーシー、気が遠くなるほど昔からこうしたかったんだ」

「ブラム……」ルーシーがうしろに立つブラムの肩に頭を預け、かすかに震えた。

ブラムは乳首をつまんでほんの少しだけ引っ張り、ふくらんだ頂を転がしてはじいた。

「あ、あっ」ルーシーが背をそらし、両足をぴんと伸ばした。

彼女があえぎだし、その反応の激しさでブラムを高ぶらせた。そっと問いただすように、彼女にささやきかけた。「おれと同じくらい、こうしたがっているんだろう、ベイビー？」左手を使ってふたたびルーシーの腹を撫で、さらに下を目指した。ショートパンツ越しに伝わってくる彼女の熱が手に焼きつくようだった。着古されてやわらかくなったデニムは、彼女の中心をまったく隠していない。ふくらんだ優美なひだと、そのあいだに秘められた柔軟な場所にふれて確かめられた。

はやる心を抑え、ブラムはゆっくりと細心の注意を払って動いた。デニムの上からルーシーにふれつつ、乳首をいじってもみ続けた。

「じかにきみの肌にふれたい」低い声で訴えた。「それなのに、もう限界寸前だから、一度でもふれたらおしまいになりそうなんだ」

ブラムが魅せられ、わきあがる満足感に包まれて見守る前で、クライマックスの最初の波が生まれてルーシーの全身が赤く染まった。彼女の両脚がわなないてさらに開く。ブラムは彼女の乱れた息遣いと大きく上下する胸の動きに励まされ、招かれるまま応えた。「指と一緒に動いてくれ、スイートハート」彼はうながし、ルーシーが言われたとおりヒップを浮かせて愛撫に合わせると、うなり声を出した。「そうだ」

ルーシーがうしろに手を伸ばし、ブラムのむき出しの腿につめを埋めた。ブラムは悦びを感じて鋭い息を吐いた。ルーシーの絶頂はもうすぐだ。こんなにもたやすく、そこまできている。彼は乳房を放して彼女のホールターネックのなかに手をもぐりこませ、服を押しさげた。豊かな胸の重みの下に服が挟まった。ルーシーの肩越しに、濃く色づいた大きな乳首が欲望ですぼまっているのが見えた。

視界が熱で揺らぎ、股間のものがルーシーの美しい姿に反応して動いた。ブラムは歯を食いしばって自分を抑えなければならなかった。ルーシーをカウンターに座らせ、ショートパンツをはぎ取ってしまわずにいるために。ルーシーの濡れている場所にふれ、ルーシーを味わい、彼女のすみずみまで知り尽くしたかった。

荒々しくうなって開いた口でルーシーの喉をとらえると同時に、あらわになって感じやすくなっている胸の先端をざらつく指先でつまんだ。両方をもてあそび、ルーシーの悦びを限界まで押しあげるだけの力をこめてつねる。それから優しくそっと転がして彼女の興奮をなだめ、また次に荒々しくふれたとき、いっそう強烈に感じられるようにした。そうしているあいだも、両脚のつけ根を熱心に撫でる手は止まらなかった。一定のリズムで押すように愛撫していると、ルーシーが不意に叫び声をあげた。ブラムがこれまで耳にしたなかで、もっとも美しい声だ。

脈打ち始めたルーシーに応えて股間が張りつめ、ブラムはつられて達しないよう闘わなければならなかった。そんな粗相は少年のころ以来していない。それなのに、ルーシーのオーガズムに引き出されて押し寄せる感情と、欲望に満ちた興奮を押しこめるのは不可能に思えた。

ルーシーはわれを失うまいと懸命に唇をかみ、クライマックスが過ぎるあいだ、じっと動かないようにしていた。彼女がそうしていることにブラムも気づいたが、いまはそれでいいと思っていた。いまは見逃してもいい。なにしろここはキッチンだし、ふたりで官能のひとときを過ごすのはこれが初めてなのだから。

あとで、ルーシーをベッドで一糸まとわぬ姿にしたときには、完全にわれを忘れさせてみせる。そのときには、遠慮は少しも許さない。

ルーシーが大きく息をのみ、彼にもたれかかった。彼女の両手の力が抜けてブラムの腿から離れた。かすかな痛みの残る、半月形の小さなつめ跡が残っていた。ブラムはそっと彼女を撫で続けた。ルーシーはいま過敏になっていて、特に優しくふれないと驚かせてしまう。だが、彼女から完全に手を離すのは無理だった。

「すごく濡れてる」ささやく声が、手と同じくらい震えた。「ショートパンツの上からでも、どれだけ濡れてるかわかる」

「ブ、ブ、ブラム」

「うん？」非常に恥ずかしがって、あっけにとられたようなルーシーの声が楽しかった。ブラムは彼女の喉に顔を寄せ、キスをして、肌を味わった。ルーシーのなかに引きこまれてしまいたい。

ルーシーが喉をごくりと鳴らした。緊張しているしるしだ。「その……ちょっと恥ずかしいんだけど」

「きみはすばらしい」彼女の耳にキスをした。「それに、セクシーだ」ぎゅっと抱きしめ、優しく揺する。「だから、もっとほしい。もっと、ずっとたくさん」最後に訊いた。「どうして恥ずかしがるんだ？」

ルーシーがとても慎重に体をまっすぐに起こし、もたれかかっていた彼の胸から離れた。両足を震わせているが、ブラムは無理にまた引き寄せようとはしなかった。ただうしろに立って、必要とされたときは支えようと思った。

ルーシーが震える手でホールターネックを引っ張りあげた。ブラムは文句を言いたくなる。ルーシーの胸を見ているのが好きだ。こちらを向いて、心ゆくまで見せてほしい。乳首を見つめて、口づけて吸いつきたい。気もそぞろにさせて、悩ましげな声を引き出したい。ルーシーも、彼もこらえられなくなるまで、舌を使って味わうのだ。

何年もルーシーの姿を思い描いてきた。ルーシーの乳首は薄紫色なのか、桃色なのか、茶色なのか。大きいのか小さいのか？　彼女の胸を見るのは空想の一端だった。そこから徐々に、最後の目的へと近づいていく。

ルーシーがとまどいを見せた。「こんなことしてるのよ」かすれる声で言う。「よりによってキッチンの真ん中で、服を脱ぎかけて。あなたはちゃんと服を着てるのに――」

ブラムは彼女のうしろで微笑んだ。「どうしてもと言うなら短パンを脱ぐよ」

ルーシーはそんなことをしなくていいとは言わない。用心深くブラムを振り返り、視線で彼の全身をたどった。とりわけ脚のつけ根あたりを。熱い視線にさらされて、ものがうずいた。ルーシーにさわられているも同然だ。ルーシーのまなざしにはあまりにも色気が漂っていて、彼の興奮はいっそう盛りあがり、解放を求めて痛むほどだった。

深く息を吸って、ルーシーが訊いた。「本当？　本気なの？　恥ずかしくないのって思ってしまうわ」

ブラムが短パンの前を開けようとすると、ルーシーが彼の手を押さえた。高ぶりつつも信じられないようすで小さな笑い声をたてている。「こんなことをするなら腰をおろさなきゃ」

ブラムの体を熱い興奮が駆け巡った。深く息を吸うのもやっとだったが、どうにか気力を振り絞ってルーシーの手を取り、キッチンから連れ出した。

テラスに面した部屋に向かっていると気づき、ルーシーがたじろいだ。「ブラム？　寝室に行くんじゃないの？」

「まだだ」ブラムの声はしゃがれ、聞き取りにくいほどに欲望をにじませていた。「先に第二ステージに取りかかろう。このステージを無事にやり遂げられたら、明日の朝が来るまでに寝室にたどり着けるかもしれない」

ルーシーも欲望で声をハスキーにして聞き返した。「第二ステージ?」

テラスに続くスライドドアの前に置かれた革張りのソファにたどり着き、ブラムはルーシーを抱えてクリーム色のふかふかのクッションに倒れこんだ。飢えたように彼女の唇を奪い、むさぼると、キスを返され天にも昇る心地になった。少なからぬ努力をし、なんとかキスをやめて顔を引いた。「ここで」低く響く声で告げる。「きみにいかせてもらう。ハニー、なにがなんでもそうしてほしいんだ」

あまりにもそうしてもらいたくて、体がすでにオーガズムの最初の段階に入っているかのように、解き放たれる予感に脈打っていた。

ルーシーが彼の脚のつけ根を見おろした。きれいな青の瞳はけだるげで、キスで熟れた唇はわずかに開いている。その唇をなめ、信じられない影響を及ぼす女の力で彼を悩ませる。

ブラムはうめいた。湖でひと泳ぎしたせいで濡れたのが乾き、ごわついている短パンの留め金を引っ張って前を開いた。彼のものはこれ以上ないほど硬くなっているため慎重にジッパーをおろし、ルーシーの華奢な手を取ってなかに導いた。のんだ息が胸で詰まり、頭がくらくらした。

「まあ」

この一言にこめられた、高ぶる悦び。彼にやわらかい手を巻きつけるルーシーの、かぎりなく優しい欲求の表れ。この場で一瞬たりとも持ちこたえられそうにないと、ブラムは悟った。

4

ルーシーはブラムの大きさに目を見張った。確かに話には聞いていたけれど、よくある男の人の大げさな言いかたと割り引いて考えていたのだ。先ほど短パンの上からさわっていたにもかかわらず、現実に接する心の準備はできていなかった。

かろうじて握れる太さだ。巻きつけた指が届くか届かないかくらい。ルーシーの体の奥で鋭い感覚が花開いて広がっていき、息を継げるかどうかもさだかではなくなった。大人の女として、大きさなんてなにも意味がないとわかっている。とはいえ、大人かどうかは空想とエロティシズムにはなんの関係もなかった。そそり立っている彼のものはとても熱くて、それ自体が一個の生命でもあるかのように脈打っていた。

親指を使って、硬い毛に覆われた睾丸のビロードに似たさわり心地を確かめた。それは張りつめて、太いなめらかな頂の近くに引き寄せられている。ブラムがとても低い声で悪態をついた。

「ブラム?」

彼はソファに頭を押しつけて目を固く閉じ、歯を食いしばっていた。苦しんでいるか、途方もない悦びを感じているように見える。両腕の筋肉を波打たせて盛りあがらせ、体のわきでこぶしを握りしめている。「締めつけてくれ」かみしめた歯のあいだから言葉を押し出した。「強く」

ふれられて反応を隠そうともしないブラムに魅せられ、ルーシーは求められたとおりにした。デイヴィッドがこんなふうに興奮し、乱れたところは見たことがなかった。いっぽうブラムはルーシーに個人的な場所をさらし、ソファの上でなすがままの状態で横たわっていても気にしていない。ふれられて、まさしく身をよじっている。

ルーシーが巻きつけた指に力を入れると、ブラムは低くうめき、しゃがれた笑い声を発した。「ああ、こうやってふれてもらう夢がかなうなんて思ってなかった」

ゆっくりと撫でおろし、また撫であげる。ブラムは息を途切れさせそうになりながらあえぎ、彼女の手首をつかんだ。目を開けて溶けるほど熱く、突き刺さるほどまっすぐな視線でルーシーをとらえる。

「こうだ、ベイビー」みずからルーシーの手を取って根元まで導き、ふたたびそそり立つ先端まで撫でさせる。彼女の親指が頂をかすめると、ブラムは快感に凍りついた。

ルーシーは彼の顔に見入り、表情に心を奪われた。さらけ出されている体や、彼に教えられてしていることにも。何年もデイヴィッドの体をぎこちなく手探りし、どうやったら喜んでもらえるか突き止めようとして、結局うまくいかず自信を失っていた。ブラムは、こちらがなにをしようと喜んでいるみたいだった。それに、喜んで教えてくれる。ためらいも、惜しみもせずに。彼のまったく隠し立てのない自由さが、ルーシーを高ぶらせた。

手のなかで脈打つこわばりにも心をつかまれたけれど、ブラムの顔からも目を離せなかった。

「どうした？」色気をたたえる目をとろりとさせ、際立つ頬骨を高ぶる気持ちで赤く染めて、ブラムが問いかけた。「言ってくれ、ルーシー。なんでもきみがしたいことを」

ルーシーは唇をなめ、勇気を奮い起こした。なんといっても、この夏の別荘へ来たのは空想をすべて満たすためだった。普段かかわっている人たちと暮らすなかで、耐えざるをえなかった窮屈さから解放されるために。いまさら臆病ではいられない。

咳払いをして思い切った。「じゃあ……シャツを脱いでみてくれない？　あなたを見られるように」

ブラムはなにも言わず、Tシャツをつかんで頭から勢いよく脱いだ。ソファの向こうにそれを放り投げ、背もたれに広げた両腕をかけてくつろいだポーズをとってみせる。小さな褐色の乳首がしこって、汗で湿った胸毛の下からのぞいていた。筋張った腕は長く、わきの下には明るい色のやわらかそうな体毛がふさふさと生えている。まぶたをなかば閉じ、体をこわばらせて、ルーシーに身を捧げていた。

ルーシーは勃起した彼を放したくなかったので、無理せず右手で彼を包んだまま左手で彼の胸板をさわれるように、わずかに体をずらした。こちらを見つめるブラムのまなざしに悦びが表れているのを確かめつつ、そうできる。おかげで、なにもかもがいっそうエロティックに感じられた。

「もう一度、あなたにキスがしたいわ」

ブラムが微笑んだ。「いつだって、どこへでもしてくれ」

彼の首に左腕を投げかけて、ルーシーは唇を重ねた。ブラムはキスをコントロールしようとはしなかったけれど、さりげなく誘って導いた。かすかに首をかしげてふたりの口がぴったりと重なり合うようにし、自分の舌でルーシーの舌をくすぐって口のなかへ誘いこんだ。ルーシーの下唇をかじって彼の下唇にも同じことをさせ、ジャングルに住む野生の猫を思わせる満足げな声で喉を鳴らした。

信じられないことに、手のなかの彼がさらに硬く、長くなった。

ブラムの体に好きにふれられるのは、贅沢な悦びだった。彼の肌は熱を帯びた絹のような感触で、筋肉と骨と腱をぴったりと覆っている。ルーシーは口を開いて彼の喉に口づけ、肌の塩気のある味を堪能した。屈んで胸板にキスをし、やわらかな胸毛に顔をすり寄せてブラムの香りを吸いこむ。小さな乳首を見つけてそこをなめ、こわばる体と息をのむ音という反応を得た。

ルーシーは顔をあげて尋ねた。「気に入った?」

ブラムに髪を撫でられた。「ルーシー」優しく呼んで、微笑んでいる。「きみにそこをつかまれて、体にじかにキスをされてるんだ。気に入らないわけがない」

ぽっと頬が熱くなったけれど、ルーシーはかまわず告げた。「訊きたかったのは、これのこと」――また乳首をなめる――「これはどう?」

ブラムの鼻の穴が広がった。「そのかわいい舌でどこをなめられても、おれはうれしい。

でもそこは特に、おれがきみのをなめたときと同じように感じてると思う」

ルーシーがこの発見に対する驚きから抜け出す前に、彼がうながした。「きみも上を脱いだらどうだ？」目を陰らせている。「そうしたら、お返しができる」

ルーシーは考えただけで固まってしまった。加齢と妊娠と授乳でくたびれた三十九歳の体を見られたくない。彼がいつもつき合うほかの女性たちと比べられるなんて耐えられない。

この場の主導権を手放さないでいるために、からかう口調で告げた。「あら、それはだめよ。第二ステージに取りかかろうって言ったでしょ。わたしも上半身裸になるなんて予定になかったわ」

「どんなときでも上半身裸になってくれたほうがいい」ペニスを包んでいる彼女の手をブラムが上から握り、また撫でさせた。一オクターブ低くなった、ハスキーで温かみのある声を出す。「朝食を作りながら、洗濯をしながら……おれを悦ばせながら。きみが胸を見せてくれたら、なにをしていても気分が盛りあがる」

ルーシーは笑い飛ばした。「まだだめ。していることに集中させて」

まったく揺らがない視線で彼女の目を見つめて、ブラムが訊いた。「おれがいくところを見たいのか？」

その見こみに惹かれてルーシーは硬くなっているものに視線を落とし、先端のしずくを見た。「ええ」高まっていく興奮で、彼女の体もふたたび潤いを帯びた。「いままで一度も……わかるでしょ。見たことがないから」

「それで、興味があるんだな？」ルーシーが親指で頂の精液をかすめて塗りこむようにすると、ブラムはうっと息をのんだ。足を動かし、堅木張りの床に踵を押しつけている。

ルーシーは身を屈めて相手のみぞおちにキスをした。うっすらと毛で覆われた腹をついばむように口づけていく。「そう。とても興味があるの」ブラムの男性のしるしに近づいているため彼のすばらしい香りを強く感じ、そのまま引き寄せられた。ブラムが胸を大きく波打たせ、かすかに背をそらした。「今週してみたいのは」彼女は打ち明けた。「いままで一度もしたことがないことよ。若くて自由気ままな子がみんなしているように、奔放で、堅苦しくない、気取らないことがしたいの」

「いいぞ」

ルーシーは微笑みそうになった。ブラムはなにを言っているかわからない声で同意した――それとも、励ましていたのだろうか？　よくわからない。この場の欲求に夢中になりすぎていたから、微笑んでいるひまはなかった。

彼女の漆黒の髪がブラムの鍛えあげられた腹に広がり、勃起したものが脈打って動いた。ルーシーはこれなら達成できると思った。少なくとも、この欲望は満たせる。警告のつもりで彼を握った手に少し力を入れ、巻きつけた指のすぐ上にキスをした。ビロードに似た感触、激しく脈打って流れる血潮を唇でじかに感じる。ペニスの先端を取り巻くように濡れた唇で細かいキスを降らせ、落ちかかる髪でくすぐった。香りも味もすばらしい彼の頂にぴったりと舌を添わせ、味わった。

ブラムがソファから飛び出しそうになった。

いきなりルーシーの髪に両手をもぐりこませ、抱えて引き寄せ、快感と欲求と懇願の言葉を低い声で発している。ルーシーが何度も繰り返しなめると、ブラムは意味をなさない悦びの声を出し、体を震わせた。ふたりのまわりの空気が熱を帯び、ルーシーは口を開いて彼を迎え入れた。

ブラムはとても大きくて、受け入れるのが難しいほどだった。彼を味わい、すでに彼が抑制を失う寸前だと確かめて途方もなく高ぶり、興奮し、夢中になった。すっかり根元まで迎え入れることはできず、先端だけ口に含んだ。そこで、受け入れられた部分だけ口で愛撫し、ほかは両手でじらすようにふれた。

不意にブラムがルーシーの髪に差し入れた指に力をこめ、低くかすれる声を出した。「ル、ルーシー……」

舌を優しくそっとまわし、吸いついた。

ふたたび、即座に反応が返ってきた。「ここまでだ、ルーシー。こらえられない。ベイビー、やめてくれ」

ルーシーはやめずにすがりつき、ブラムをできるだけ奥まで迎え入れた。ブラムも彼女の意思を受け入れたかのように彼女のうなじを撫で、頭を手で包みこみ——別荘に叫び声を響かせて達した。

何度も腰を突きあげて大きな体をわななかせて揺すり、だいぶたってからようやくおとなしくなって、部屋に響くのは彼の激しい息遣いだけになった。ルーシーは満足してゆっくりと舌を走らせ、相手の体がやまない快感にたじろぐのを見て微笑んだ。

ブラムがルーシーを抱えこんで膝にのせ、彼女の肩に顔を押しつけた。両腕も全身も、まだ震わせている。

ルーシーは微笑みを浮かべて思った。〝第二ステージ、無事に完了〟

ブラムはステーキを切るルーシーを見つめた。ふたりとももうすぐ食べ終わるところだ。食事は上出来だったが、ルーシーを見つめているほうが大きな満足を得られた。ソファで信じられないくらいすばらしいひとときを過ごしてから、ふたりのあいだには心地よい沈黙が流れていた。しかし、ルーシーのセクシーな口元には絶えず秘密めいた笑みが浮かんでいる。ブラムに抑制を失わせることができて、うれしかったのだろう。

もちろん、ブラムもうれしかった。

さらに先へ進みたくなっていた。ルーシーの服を脱がせたい。自分の体をルーシーに好きにさせたように、彼女にも体を捧げてほしい。

ルーシーがしてくれた行為が、いまだに信じられないほどだった。口で愛されたのが初めてだったわけではないが、あそこまで激しく心を圧倒されたのは間違いなく初めてだった。ルーシーの口に迎え入れられた経験は確実に、とりわけエロティックで満足させられた経験の首位に入る。

「だいぶ腹をすかせてたみたいだな?」

食べ物で口をいっぱいにしていたルーシーは、彼を見て、とたんに喉を詰まらせた。テーブルの向かいから手を伸ばして背中をたたいてやると、苦しそうな声が笑い声に変わった。とても満足げなルーシーを見て、彼も微笑まずにはいられなかった。

彼女の頬を染める薔薇色の赤みが、木々の隙間からテラスに射す夕日を受けて鮮やかに浮かびあがった。この時間になるとテラスの大部分は日陰になり、外での食事を快適に楽しめる。ときおりボートがそばを通りすぎ、避暑に訪れた人たちの笑い声が丘を越えて漂ってきて、鳥のさえずりや虫の羽音と混ざり合った。

ブラムは初め、なかなかソファから起きあがる気がしなかった。足はゴムのようで鼓動は少しも落ち着く気配がなかったので、起きあがれるとも思えなかった。それに、すぐさま第三ステージに突入したくてたまらなかった——力を取り戻したらすぐに。

しかしルーシーが腕のなかから抜け出していってしまい、あとを追うしかなかった。

ブラムは庭仕事をすませ、車から自分の二、三の荷物をおろして荷ほどきし、ルーシーが使っているドレッサーに服などをしまいこんだ。これにどれほど大切な意味があるか、ルーシーはわかっているのだろうか。さだかではなかったが、ルーシーはなにも言わなかったし、ブラムも口を閉じていた。

ルーシーがベッドに新しいシーツを敷いているあいだに、彼はもうひと泳ぎした。このときはリラックスしたけだるい気分で、温かい満足感に包まれていた。

熱情は肌のすぐ下に隠れ、次のステージに移る準備ができたことを伝えるルーシーのまなざしや微笑みを待ち望んでいた。たとえルーシーからそんな合図がなかったとしても、あと数時間で日は沈む。そのあとの計画を、すでに彼女には伝えていた。

ふたりで心ゆくまで過ごせる一夜が待っているのだ。

夕食の前にふたりは順番にシャワーを浴び、ルーシーは淡い緑色のコットンのサンドレスに着替えていた。いつの間にか髪もとかしたようで、絹さながらのなめらかさで肩に流れ落ちている。ブラムはその髪が好きで、彼女が白髪を染めていようがまったく気にならなかった。どちらにしろ、その髪の手ざわりは変わらず、ルーシーの一部だった。

ルーシーにようやく食欲がわいてきたと言われ、彼女がポテトを調理するあいだに、ブラムはステーキを焼くのを引き受けた。ルーシーにふれずにいるのは非常に難しかった。もうそうしてもいいのだとやっと実感したのに、打ち解けた振る舞いをしないようにするのは。

だが、ルーシーは微笑んで、ひそかな満足をたたえた表情をしているにもかかわらず、〝さわるな〟という信号を全身から発していて、ブラムに先走った振る舞いをさせなかった。

ルーシーが目をあげ、とがめるように首を横に振った。「もうよして」

ブラムはにっこりした。キッチンで彼女をオーガズムに導いてからというもの、ずっと笑いっぱなしだ。こんなに幸せな気分になったのは初めてだった。

のんびりとソーダを飲んでから尋ねた。「なにを？」

「そうやってじっと見るのを。そんなふうにされると、なんだか……」ルーシーが口ごもって唇をなめ、肩をすくめた。「落ち着かないわ」

「〝裸にされてるみたい〟と言いたかったんだろ？」ブラムはからかうのが楽しくてたまらなかった。彼女をいとおしむのが。「見つめられてると、おれに裸にされている気がする。そうだろう？」

つんとした顔でルーシーが答えた。「あなたの頭に余計な考えを吹きこみたくないわ」飛んできた鳥が手すりに止まり、ふたりを眺めた。ルーシーがパンくずを投げてやると、そのアオカケスはごちそうをくちばしに挟んで、ふたたび飛んでいった。

大きな声で笑って、ブラムは告げた。「手遅れだよ、スイートハート。きみについての考えは、はるかずっと昔からおれの頭のなかにあるんだから！」

「うそばっかり」ルーシーにとってはあまりにも現実離れしていて、うそみたいな話らしい。

「うそなもんか。美しいきみのことを考えずにはいられなかったんだ」

ルーシーが慎重に、やけにきちょうめんに皿の横にフォークを置いた。「本気で言っているの、ブラム？」

「神に誓って本気だ。スイートハート、きみに青臭い空想をすべて吹き飛ばされた。かわりにきみを巡るかなり強烈な空想で頭がいっぱいになった」

「わたしがデイヴィッドの妻だったときから？」

相手の深刻な口調に気づき、ブラムも皿を押しやった。欲求がいったん解けたおかげで落ち着いて、やや満足し、すませておく必要のある話を喜んでする気になっていた。「きみはとても魅力のある女性だ、ルーシー。セクシーで、賢くて、優しい。当然、前からきみのことを考えてたさ。普通の男だから、もちろん世間並みに欲求が頭に浮かんでしまうことだってある。とはいえ、本当に苦労してそれが表に出ないようにしてきたんだ」

ルーシーは彼の答えをよく吟味してから、ぽつりと言った。「もうすぐ四十の女よ」

「知ってる」ブラムは肩をいっぽうだけすくめてみせた。「おれはとっくに四十一だが?」

「わたしはゴージャスな四十歳じゃないもの。いろんなところが……出てきてる」

彼は相手の胸を見て眉をあげさげした。「いい出っ張りだ」

「そういうことを言ってるんじゃないわ」

ブラムはため息をついた。「ときとともに起こる自然な変化のことを言ってるんだろう、ハニー。信じてくれ、おれにはそのままのきみで充分なんだ。充分どころじゃない。きみの体にとんでもなくむらむらしてる。きみを見れば、男は誰でもそうなると思うよ」

ルーシーが頑として否定した。「確かに、昔はわたしも見られたわ。だから、デイヴィッドだって初めは気を引かれたんでしょう。だけどいまは……くたびれてしまったし、ウエストのラインもたるんだし……よく言って十人並みよ」

ブラムはテラスに置かれたテーブルの席を立ち、向かいのルーシーの隣に座った。遠慮がちに手を引こうとする彼女にかまわず、両手を包みこむ。「きみを見て、おれがどんな気分になるかわかる?」

澄みきった青い目を好奇心で大きくして、ルーシーが首を横に振った。

ブラムは彼女にすばやく、そっとキスをした。「きみがそばにいると、必ずみぞおちのあたりが騒ぐんだ。十五歳のとき、セックスするってだけでこの世でいちばん重要な目的を達成できる気がしていたころみたいに。あのころは女の子に目配せをされて、そのあとの展開を想像するだけで胃が騒いでた。きみは、いまでもおれの胃をそんなふうに騒がせるんだ」

手のひらをルーシーの頭にあて、太陽に暖められて熱いそよ風にかき乱された、赤ん坊の髪のように繊細な髪のさわり心地を楽しんだ。「きみが髪をさっと払えば、おれは腹にパンチを食らったように感じる。きみが笑えば、おれのものは硬くなる。外が寒くてきみの乳首が立っていれば、おれは怯えたバージンみたいに震えてしまう」

ルーシーが恥ずかしそうに笑った。

「議論の余地なんてないんだ、ベイブ。きみは昔から誰にも負けない尻をしてる。きみが通りを歩けば、はいてるのがスカートだろうが、ジーンズだろうが、だぶだぶのスラックスだろうが関係ない、男はみんな振り返る」

ルーシーが笑うまいと唇に力を入れたが、結局微笑んでたしなめた。「ブラム」

「ルーシー」ブラムはすぐにからかって返した。「自分は美しくないと思ってるのかもしれないが、おれの股間は全力で反対してる」

ルーシーはブラムの顔を見ずに、彼とつないだ両手を見ていた。「服を脱いだときと、着ているときとではだいぶ違うのよ。服はいろんな欠点を隠してくれるでしょう」

ブラムは手で彼女のうなじを包みこんだ。「おれの前になにも着ないで横たわってくれたら、この目は絶対に欠点へは向かないはずだ」

微笑みが、はっきりした笑い声に変わった。「目は向かないかもしれないけど、見えてるんでしょ」

「ルーシー、まともな頭の男は女に完璧なんて求めていない。男だって完璧じゃないんだから」

「あなたは完璧よ」ルーシーが発した言葉は、彼を有頂天にさせた。

混じりけのない喜びがこみあげ、にやけそうになるのをこらえて、ブラムは茶化した。「服を脱いで、その意見が正しいか確かめさせようか？　ずいぶんじっくり見てくれないとわからないだろうが、完璧じゃないところがいくつか見つかるに決まってる」

「ええ。そうさせてもらおうかしら」

「汚いぞ、ルーシー！」ルーシーの言葉に高ぶらされ、あらためて体が張りつめた。「いまのうちに言っておく。また勃起させるつもりなら、面倒を見てもらうからな」

ルーシーが一本の指で彼のあごをなぞった。「いいわよ」

相手のハスキーな言いかたに打たれ、ブラムは悩ましい声をもらした。「これ以上はやめてくれ、ルーシー。次になにか始めるときは――きみに少しでも思いやりがあるなら、できるだけ早くしてほしいんだが――いくところまでいくつもりだ。どちらも生まれたままの姿になって」

ルーシーが湖に目を向けた。ゆっくりと日が沈み、水面の色を移ろわせてゆく。不意に彼女が口を開いた。「胸の美容整形を受けようかと思ってたの」

ブラムはあっけにとられて相手を見た。「なんだって！　なんのために？」

ルーシーがしかめつらで胸を見おろした。「妊娠して子どもにお乳を飲ませるのは大変な仕事なの」

ブラムは両手で両方の乳房をすくいあげた。恥ずかしがっているルーシーに目をそらされないよう、間近に顔を寄せる。「やわらかみがあって、セクシーだ。文句なしに女らしい。絶対に、見せかけに手を加える必要なんてない」

「だって……もう、張りがないでしょう」

目を合わせたままルーシーの体に腕をまわし、さりげなくそっとサンドレスの肩ひもをはずした。そうしたければルーシーが拒めるよう、ゆっくりと肩ひもを両肘に落とし、胸からウエストまでサンドレスを引きおろす。

木の葉をこすれ合わせ、湿った空気をかきまわすそよ風に揺られて、まだらの木漏れ日が白い肌の上を躍った。不安に身をこわばらせ、背筋をまっすぐ伸ばして座っているルーシーは、ブラムが目にしてきたなによりも、息をのむほど美しかった。ブラムは彼女から目を離せなくなった。

「なにを言うんだ、ベイブ。きみに必要な足りないものなんてなにもない。本当だ」

ルーシーの乳房はやわらかく体になじんでいた。変わらず豊かだが、本人が言うように、もう張ってはいない。子どもに乳をやるために大きくふくらんだ名残で、かすかな線が何本か見て取れる。ブラムはそのうっすらと残る線を小指の先でなぞり、胸の先に行き着いた。ふっくらとやわらかかった乳首が、いまは硬くすぼまってとがっている。

ブラムは感情で胸を詰まらせそうになって懸命に喉のつかえをのみこみ、顔をさげてルーシーの胸の頂をかぎりなく優しく口に含んだ。甘く感じる乳首を舌で愛撫し、唇で穏やかに引っ張った。

ルーシーが鋭く息を吸った。両手をブラムの髪に差し入れ、撫でながら引き寄せる。頭をうしろに倒し、悩ましげな低い声を発した。「ブラム、すごくいいわ」

「うーん。おれも同じくらい楽しませてもらってる」

ルーシーが熱くなって息も絶え絶えに反対した。「そんなはずない」

ブラムは濡れた乳首を見つめてそっと息を吹きかけ、彼女をおののかせた。なんて感じやすいのだろう。ルーシーにふれると、驚くほど喜びを得られる。「ソファでおれのものにキスをしてくれたとき」彼女に尋ねた。「楽しんでいたかい？」

乱れる息を吸うルーシーの乳房が揺れた。「もちろんよ」

「きみもいい気分になったから？」

ルーシーは少し頬を赤らめたが認めた。「あんなあなたを見るだけで……あなたがあんなに興奮しているのを見て、わたしも興奮したの」喉をごくりといわせて言い終える。「すばらしかったわ」

「そうだな」ルーシーの言葉が心に焼きついた。「きみが興奮すると、おれも興奮する。興奮してるんだろう、ルーシー？」

うなずいている。

「それに、濡れてるのか？」

ルーシーが少し身をよじって肩をすくめた。

「うそはつくなよ、スイートハート。濡れてるのはわかってる」ブラムは乳首を撫で、ほんの少し指に力を入れて締めつけた。「素直に認めるんだ」

ルーシーの唇が開いた。「そうよ」

「また指でふれてほしいか？　今度はなかまで？　奥まできつく？」ルーシーがうなずくとすぐに、ブラムは自身の欲望で震えつつ鋭く命じた。「ベンチをまたぐんだ」

手を貸してルーシーの右脚を持ちあげ、ベンチの反対側におろした。相手と自分の両方をじらし、彼女の脚に両手をあてて膝から脚のつけ根までかすめるように滑らせた。手とともにサンドレスが押しあげられる。ブラムはルーシーの胸に視線を留めたまま、ゆっくり、長く時間をかけて太腿のつけ根に指を近づけた。たとえ下着越しにでも、潤いを帯びてふくらんだひだを感じられる。

ルーシーがびくっとして、まぶたを閉じかけた。

ブラムは彼女の開いた唇に温かいキスをした。「パンティーがびしょ濡れだ」ささやきかける。

ルーシーが腕を伸ばしたが、ブラムはその両腕をつかまえて彼女のうしろにまわした。

「うしろに手をついていてくれ、ベイブ。さあ、おれに任せて」

ためらいつつも、ルーシーは言われたとおりにした。こうすると胸が前に突き出され、両足の力が抜けてもっと開いた。ブラムは邪魔なサンドレスを頭からすっぽり脱がせてしまいたくなった。けれども、ルーシーは期待と興奮と不安の入り交じった表情をしている。

彼はパンティーのわきから指を滑りこませ、濡れてなめらかになっている場所にふれた。熟れてやわらかくなっている。「どれだけきついか確かめてみたい」かすれる声で告げ、中指を根元まで押しこんだ。乱暴に突き入れはせず、ゆっくりと最後まで沈めていった。ルーシーの内側の締めつける力に強く押し包まれた。ルーシーがはっと息をのんで腰を浮かせる。

「大丈夫だ。力を抜いて」指をきつく締めつけられ、ルーシーのなかに入るのが太い彼自身だったらと考えただけで、あらためて汗が噴き出した。どんなに締めつけられることだろう。どんなに途方もなくきつくとらえられてしまうことか。

我慢できなかった。「ルーシー、ハニー」ブラムは手を引いてサンドレスをさげた。ルーシーが驚いて目を開いたが、ブラムは立ちあがって彼女を抱えあげた。「待てないんだ。いますぐ抱きたい。頼む」わななく腕で彼女を胸に抱き寄せ、強く求めた。「頼むから、もうそうしてもいいと言ってくれ」

「いいわ」

ブラムはテラスドアを突き破りそうなほど急いでいた。ここまで自制心が揺らぐとは、先ほどの解放などなかったかのようだった。

またたく間に寝室にたどり着いていた。ルーシーを抱えたままベッドに倒れこむと、彼女が両手で彼の全身にふれ始めた。かまわない、とブラムは思った。オーケーだ。オーケーでなければ困る――これ以上ルーシーなしではいられなかった。

ルーシーは両方の手首をブラムにがっしりとつかまれ、仰向けに押し倒されて組み敷かれていた。あらわになっている乳房と谷間のくぼみにキスをされる。彼は口を開き、甘がみし、熱をこめている。「見せてくれ、ルーシー、きみのすべてを」彼がうめいた。

このとき、慎み深さはどこかへ追いやられていた。じっと横たわって、サンドレスのなかに手を入れたブラムにパンティーをおろされても、ほんのかすかに心の片すみを刺す不安しか感じなかった。ブラムが彼女の脚のあいだで膝立ちになり、湿ったパンティーを取りあげて頬にすり寄せ、彼女の香りを吸いこんだ。そうするあいだも横たわる彼女の体から目を離さない。彼の発した声はあまりにも低く響き、はっきり聞き取れないほどだった。

「信じられない」うなっている。「ベッドで、熱く濡れて横たわっているきみを見ている。これが夢の一場面じゃなく現実だとは」

「ブラム」ルーシーはこんなにも男性を求めたことなどなかった。自分もデイヴィッドも若くて、精力にあふれていたころでさえ。

「腰をあげて」

ルーシーが言われたとおりにすると、サンドレスの裾がまくれた。ふたりとも動いて、ようやくサンドレスが彼女の頭から抜け、下着と一緒に部屋の向こうへ放り投げられた。

ブラムがぴたりと動きを止め、熱い視線をルーシーの体に据えて、両手を彼女の太腿にふれるかふれないかのところで浮かせた。喉をごくりと鳴らし、鼻孔をふくらませている。

「ああ」

驚くほど優しく、うやうやしいとさえ言える手つきで、彼がルーシーの脚を押し開いた。ルーシーはこんなふうに無防備に身をさらすのは初めてだった。文字どおり、見られるために。それでも、すばらしい体験だった。自分の太腿がいまではたっぷりと肉がついてやわらかくなっていても、腹が昔のようにへこんでいなくても心配なんてしていなかった。ブラムの顔に浮かんだ表情が、十二分に不安を取り去ってくれた。

彼の両手が脚のつけ根にふれ、広げた指が柔毛にもぐりこんだ。深い息を吸うブラムの唇が開く。親指でそこを開かれてルーシーは悩ましげにうめき、屈んだ彼に口づけられて悲鳴をあげた。

激しい欲望もあらわにブラムが彼女を味わい、舌を深くうずめ、なめ、悶えさせ、歯でもてあそんだ。クリトリスを口のなかに吸いあげられ、ルーシーは叫んだ。じっとしていられず、押し寄せるオーガズムをとどめられなかった。

快感があまりにも激しく、衝撃を受けるほどだったので、脈打って続々と走る興奮の波に翻弄されて気を失いそうになった。

ようやく重いまぶたをふたたび開けてみると、ブラムがベッドのかたわらに立っていた。

目を見張らせる生まれたままの姿で、コンドームをつけている。彫りこまれたかのような硬い筋肉と丈夫な骨を備えた体で足を開いて立ち、広い肩を汗で光らせている。表情は張りつめ、目は荒々しい光を宿していた。彼の自制心は過去のものになってしまったようだ。

彼の長い指が屹立したものにコンドームをかぶせていくのを見て、ルーシーは喉から声をもらした。長くて太くて脈打っている。知らぬ間に生まれた感覚が彼女のなかで広がっていった。これが期待なのか不安なのかはわからない。ブラムを見つめて打ち明けた。「うまくいくかわからないわ、ブラム」

優しく誘いこむのは終わりにしたらしく、ブラムは彼女に考え直す時間をくれなかった。ルーシーのわきの下に手を入れて抱えあげ、ベッドにまっすぐ横たわらせる。彼にかかると、力を失い生気が抜けたようになっている彼女の体は人形同然だった。横たえられた次の瞬間、ブラムの二本の指に奥まで貫かれ、愛撫されていた。感じやすくなっていた入り口が侵入に驚き、全身が震えて引きつった。

「闘おうとしないでくれ、ルーシー。力を抜いて。きみならおれを受け入れてくれる」ブラムが食いしばった歯のあいだから言葉を押し出した。額にも、こめかみにも玉になった汗が浮いている。「とんでもなくきつくておれは死にそうだが、きみのことは傷つけない」

返す言葉は見つからなかったけれど、どのみちブラムに唇を奪われて話せなかった。ブラムの体に包まれ、口で息を奪われ、ついに彼女の入り口を押す、燃えるように熱い彼を感じた。

身をよじって、彼を受け入れやすくしようとした。ブラムが彼女の膝の裏に手を入れて持ちあげ、脚を大きく開かせる。ルーシーは思わず身構え、体を硬くしてしまった。

「大丈夫だ、ルーシー。リラックスしてくれ、ベイビー。身構えたりしなくていい」あえぎながら言葉を継ぐ彼が、全身を硬く張りつめさせていた。それでも、ルーシーのなかへ果てしないほどに時間をかけてゆっくり押し進み、徐々に前へ奥へと沈みこんでいった。ブラムの言葉どおり、身構えるほどの痛みなどなかった。ふたたび男性に満たされていく、鮮やかな悦びしかなかった。

しかも、それだけではなかった。ブラムはただの男性などではないのだから。ルーシーにとってなにより特別な、こんな男らしい人はいないと思える存在。すべてにおいて彼女の心をとらえて離さないブラム。

彼が動きを止めて目を固く閉じた。ルーシーはためらいがちに彼の胸と首を撫で、指を滑らせて乳首をはじき、もてあそんだ。ブラムが背をそらした拍子にぐっと奥へ突き入り、ルーシーは息をのんだ。

「もう充分よ、ブラム」激しく高鳴る鼓動でマットレスが揺れるようだ。彼女の言葉を聞いたとしても、ブラムはまったくそんなそぶりを見せなかった。じっと動かずにいるけれど、身を引こうともしない。

ルーシーは浅くしか息を吸えなくなった。ブラムは本当に大きすぎる。そう思ってパニックになりかけていた。「ブラム……」

「あとほんの少しだ、ベイビー」ブラムが目を開け、熱い視線をルーシーの不安げなまなざしにぶつけた。「あと少し」

優しく、容赦なく、彼が押した。静かな部屋にふたりの息遣いだけが響く。ブラムの胸が波打ち、腕が震えた。高い頰骨に濃い赤みが差し、唇は固い意志と色気を感じさせる。低く響く声で、彼が励ました。「おれのすべてを受け入れてくれ、ルーシー。おれのすべてがほしいと言ってくれ」

ルーシーはそのとおりに答えたかったけれど、声を出せるとは思えなかった。こんなに大きな男性を空想するのと実際に体験するのでは、はるかにかけ離れていた。いくら力を抜いて受け入れようとしても、貫かれていまにも引き裂かれてしまいそうな気がする。

ブラムが彼女の両脚を自分の肩にかけ、ベッドに片方の肘をついて体を支えた。もういっぽうの手で、ルーシーの顔から優しく髪をのけている。彼女の唇に視線を落としてキスをし、そうしながら手を胸に滑らせ、無骨な指の先で乳首をもてあそび始めた。愛撫に応えて彼を包みこむ場所に力が入り、ふたりとも声にならない声を発する。

ルーシーはこれ以上受け入れられないと思ったのに、その考えは間違いだとブラムが証明した。彼女の体は熱い感覚になぶられて燃え、胸はうずき、乳首は痛いほどすぼまった。そのさなかにブラムは優しく唇を重ねたままふたりの体の隙間に手を伸ばし、彼を抱きしめているルーシーのふくらみを帯びた花びらを愛撫した。ルーシーの息が詰まった。

「そうだ」ブラムが甘い声で励まし、感じやすいひだを軽くなぶってから手を動かして、ぴんとなったクリトリスに親指でふれた。ルーシーは大きく体を跳ねあげ、高い声を発した。「やめて、ブラム」必死にすがるような泣き声になった。あまりにも感じやすくなりすぎていて、与えられる刺激が強すぎた。

軽くふれるのをやめないブラムにうなり声で「やめない」と返され、止めるすべはなかった。ルーシーは彼を受け入れ、ふたたび体の奥でふくれあがっていく激しい感覚に圧倒されて、叫ばずにいようとすることしかできなかった。

快感があまりにも鮮烈で大きすぎて、思わず体をくねらせ、気づかないうちにブラムが身を沈めるのを助けていた。体のどこもかしこもブラムの影響を受けていた。覆いかぶさる彼の胸毛で乳首をこすられ、唇を奪われ、硬い彼自身はルーシーを満たしているどころではない。彼に親指で半狂乱に追いこまれ、驚くことにルーシーはまたクライマックスを迎え始めた。普段のありふれたオーガズムとは違う。熱情で燃えあがり、全身がこわばって苦しくなると同時に、快感に襲われた。

ブラムが機を逃さず最後まで身をうずめ、ルーシーはついに叫び声をあげた。痛みからではなく、途方もない悦びを感じて。ブラムが動きだし、腰を繰り返し波打たせ、なめらかに深く、さらに深くへと打ちこんだ。がくりとのけぞって腰を打ちつけた彼がうめき声を発するのを聞き、ルーシーは懸命に目を開いて彼を見た。すばらしかった。美しかった。

こうしているのがブラムだからこそ、すばらしかった。

一週間があっという間に過ぎていった。ふたりは湖で、夜遅くに愛し合った。静かにしなければいけない状況で、互いにいじめ合って。相手がブラムだと苦労した。彼はルーシーを叫ばせ、単なるクライマックスを越えていかせることに喜びを見いだしているようだった。テラスで、暑い日差しのもとで愛し合った。誰かに見られるかもしれないからと急いで求め合い、それが興奮をつけ加えた。初めは正直にブラムは大きすぎると思いこんでいたけれど、いくとおりもの方法で彼を受け入れられることを教わった――ベッドでも、キッチンのカウンターの上でも、ソファでも。

ブラムにすっかり満たされ、惜しみなく欲求を聞き届けられ、すべての望みをかなえてもらった。彼は尋ねなくてもルーシーの空想をすべて知り尽くしているかのようだった。それに、自分の空想もためらうことなく残らず教えてくれた。

ブラムに説得されてルーシーは丸一日なにも身に着けないで過ごし、ふたりは別荘を一歩も出なかった。ベッドからもほとんど出なかった。官能の悦びに溶けこんでしまいそうだった。あふれる感情にも。贅沢で甘い、情熱に満ちた一週間だった。

この非日常の最後の一日がやってきたとき、ルーシーは不安で少し気分が悪くなるほどだった。

ブラムは愛を交わしたあと、太陽の光が降り注ぐテラスに寝そべり眠っていた。黒い短パンをはいただけの姿でいる彼がたまらなくかけがえのない存在に見えて、ルーシーの目に涙がにじんだ。彼には飲み物を取ってくると告げて、腕のなかから抜け出したのだった。

ルーシーは恐れと向き合うときだと決心し、ブラムの胸の上にグラスを差し出して冷たい水滴がしたたるようにした。ブラムが悪態をついて跳び起き、ルーシーを見て笑い声をあげた。グラスを受け取りつつ、まなざしにみだらな考えを浮かべている。「仕返しされて大変なことになるぞ、スイートハート。角氷を使っておれがどんな仕返しをできるか想像つかないだろう」

ええ、だけど知りたくてたまらないわ。心のなかでルーシーは答えた。「夏休みは今日で終わり。いつ仕返しするつもり？」

ブラムが動きを止め、ルーシーの鼓動も止めた。それから、わざと無頓着なそぶりで肩をすくめたが、目には熱い決意をたたえていた。「それを言ってしまったら」静かに返す。「どうやってきみの不意を突けばいいんだ？」

ルーシーは椅子を引き寄せて彼の隣に座り、相手を見ずにグラスに目を落とした。「この別荘、やっぱり売らないことにしようかと思って」

ブラムにじっと見つめられる。「そうなのか？」

もっとなにか言ってくれればいいのに。ルーシーは思った。もう少し、話をらくに進められるようにしてほしい。どう思っているか少しは教えてくれるとか。ほかのことにはなんでも、とにかく開けっ広げなくせに。「わ……わたしたち、ここでとてもうまくいったでしょ、だから――」

「どう、うまくいった？」

ブラムの表情が読めなくて、ルーシーは落ち着かなくなった。なんにせよ、あごをあげて答えた。「こんなセックスが存在することすら知らなかったの」

「それで、もっとしたくなった?」

胸のなかで心臓が激しく打ちすぎて、考える邪魔をした。「ええ」

「じゃあ、この点ではおれたちは同意見ってことだ」

「まじめに話しているのよ、ブラム!」思い切って言って終わりにしてしまおうと決め、ルーシーは告げた。「別荘を手放さなければ、そうしたいときにふたりだけで息抜きにこられるでしょう。近所の人たちには、わたしたちの関係は知られない」

ブラムがいきなりラウンジチェアから立ちあがり、勢いでそれを倒しかけた。ルーシーも今度は彼の表情をはっきり読めて——読まなければよかったと思った。彼はすさまじく怒っている。

「こっそりうしろ暗い関係を続けたいって言うんだな?」

ルーシーはのろのろと立ちあがった。「ブラム……わたしがどれだけうわさ話に悩まされてきたか、わかってくれているでしょう。友だちがみんな——」

「きみのじゃなく、デイヴィッドの友だちだろう。うわさをするような人間は、最初から友人じゃなかった。友人だったら、きみの気持ちを考えたはずだ」

ありのままの事実だった。マーシーのような本当の友人は、いつだって支えてくれた。ルーシーは咳払いした。「あんなことがあって、子どもたちだって傷ついた」

肩からこぶしまで力が入って、ブラムのたくましい腕の筋肉が張りつめた。「あの件に、おれは少しもかかわっていなかった。ルーシー、わかってるはずだ」

「わかってるわ」ルーシーは慌てて答えた。「だけど、考えたくもないの。今度はわたしたちが一緒にいるところを見て、近所の人たちがなんて言い出すか」

「近所の連中がなんだっていうんだ」

ブラムの怒りに驚いて、ひるんだ。

彼が詰め寄ってきた。「おれの気持ちはどうでもいいのか？　そういうことなのか？」

尋ねるのが怖い気がしながら、ルーシーは訊いた。「あなたはどうしたいと思ってるの？」

「きみがほしいと思ってる。子どもたちも。末永く幸せに暮らす生活も。なにもかも。全部ほしい」ブラムに顔をつかまれて、あとずさりできなくなった。「きみと結婚したい。家族になりたい。毎晩必ず、一日じゅう、きみにふれる権利がほしい。人目を盗んで抜け出したときだけではなくて」

「ブラム」ルーシーの胸は高鳴っていた。恐れではなく、わきあがる別の感情で。「む……無理よ。考えてもみて」

あまりにもあっという間にブラムに手を引かれたので、ルーシーはよろめきかけた。彼が自分の顔を手で撫でおろし、湖を向いた。冷たく、遠く響く声で、彼が告げた。「無理なわけがない、ルーシー。きみにそうする気がないだけだ」

ブラムにふれたいと思ったけれど、勇気が出なかった。押しのけられるのではないかと怖かった。「ブラム、どうしてこうするだけではだめなの？　ここだけでも充分——」

ブラムはこちらを振り返らなかった。「うしろ暗い関係を続ける気はないからだ。中途半端はない、ルーシー。決めるのはきみだ」

ぼうぜんとして、目に涙がにじみ、ルーシーはかすれる声を出した。「どういうこと？」

「気軽な友だちでいるのは無理だってことだ。これからは。なにもなかったふりをして、きみを愛していない顔をするのは無理だ」

ブラムが答えを待つように口を閉ざしたが、ルーシーはなんと答えればいいのか見当もつかなかった。ブラムが彼女を愛している？　そこでいきなりルーシーの怒りにも火がついて、彼女は大声を出していた。「いったい、いつからの話をしてるの？」

ブラムが首をまわしてこちらを見た。金色の髪が太陽の光を受けて輝き、背中は磨きあげたブロンズのようだ。ルーシーをまなざしで射すくめて、彼はかぎりなく低い声で言った。

「知り合ったころから、ずっと愛してた」

ルーシーはあぜんとした。「でも——」

「別の男と結婚してたのに、なんでかって？」ブラムが湖に背を向けて手すりに寄りかかり、胸の前で腕を組んで険しい目をした。「そのことに、毎日死ぬほど苦しんでたさ。きみが子どもたちを身ごもったときがいちばんつらかった。デイヴィッドの子どもを身ごもったきみを見るのは、耐えられなかった」

「し……親友だったでしょう」

「デイヴィッドが死ぬまで親友だった。デイヴィッドやきみを傷つけるまねは、一度もしなかったはずだ。そうだとしても、おれが心でどう感じていたかはなにも変わらない」

ルーシーはよろめいて椅子に脚を引っかけ、倒れこむように腰をおろした。「だけど……若くてきれいな女の子たちと寝てたじゃない。いつも……もてもてで」

「そうか？　だからどうした。おれは四十一歳で、父親がわりの男や、楽しい時間を過ごす金を出せるくらい安定してる男を求める相手と一夜だけのつき合いを続けていくよりも、もっと意味のある人生を送りたいと思ってる。彼女たちにとっておれは、自分たちとはまったく違う、責任感のある大人なんだ。ベッドにいるときは楽しめる。だが、それで意味のある人生と言えるか？」

「わからないわ」このとき、ルーシーにわかることはなにひとつないように思えた。急になにもかも変わってしまって、どうすればいいかわからなかった。

「じゃあ、教えてやる」ブラムが声を張りあげた。「それでは意味がないんだ」

ルーシーがびくりとすると、ブラムはすぐさま声を落とし、落ち着こうと深呼吸をした。

「きみといることに意味があるんだ」彼がルーシーの前で膝をつき、彼女の両手を握った。

「今週はいままで生きてきたなかでいちばん幸せだった。セックスだけの話じゃない。ベッドでも確かに天にも昇る心地にさせられた。それでも、大事なのはきみだ、スイートハート。きみと話して、笑い合って、きみを愛せることだ」

彼の告白をふたたび耳にして、ルーシーの頬に涙が伝った。はなをすすって微笑んだ。微笑まずにはいられなかった。ブラムに愛されている。しかも本人によれば、ずっと昔から。

彼がルーシーの両頬を撫で、親指で唇をなぞった。「おれがどれだけきみを思い描いていたか、きみには想像もつかないだろう。こんなふうに自分の気持ちを打ち明けられたらと、どれだけ夢に見ていたか。きみがおれの人生を意味のあるものにするんだ、ルーシー。一瞬の興奮のために若い子とつき合うのではなくて、きみだけがほしい」

ルーシーは笑い声をあげそうになって、彼の唇にふれた。〝一瞬の興奮のために若い子とつき合う〟のを、よくないことのように言うなんて。ブラムのかわりにそうできるならなんでもするという男性が、ほとんどだと思えるのに。

ルーシーの指に彼が口づけた。「自分と同じく年を重ねた女性を求めているんだ。知性を身に着けていて、安定していて、尊敬できて――その上セクシーな女性だ。こうして泣きながら座って、おれを置いていなくなるかもしれないと話しているのに、それでもおれを興奮させる女性を」

ルーシーは彼に両腕を投げかけ、うれしさに笑いながらすすり泣いた。

ブラムに抱き留められ、大きな両手で背を撫でられた。とても優しくて、不安そうな手つきだ。ルーシーは胸がいっぱいになった。

それから、ブラムがかろうじて聞こえるくらいの小さな声で尋ねた。「おれを愛してるかい、ルーシー？」

「ずっと前からね」迷わず認められる事実だった。

「そうじゃない、友人としてではなくだ」ブラムが彼女を押し戻して動かないようにさせ、食い入るようなまなざしで彼女の目と心の奥をのぞきこんだ。「結婚していたときも、おれを想ってくれたことがあったか？」

それは罪深いことに思えた。行動したのではなく、想っただけでも。ルーシーはどうしても、答えを発せなかった。

「ルーシー？」ブラムの声は険しく、心がはやっていら立ちかけているようだった。「正直に言ってくれ――おれを想っていてくれただろう？　思い違いのはずはないんだ」

「デ……デイヴィッドの妻だったのよ」息が継げず、罪の意識を感じ、とまどって、はぐらかした。

ブラムに体を揺さぶられた。「やめてくれ、本当のことを言ってくれ！　おれを想ってくれていたんだと」

「うまくいっていたとは言えなかったけど、それでも――」

「ブラム……」

「あのころから求めていてくれたんじゃないのか？」

「そうよ！」ブラムの傷つきやすさと不安に気づいて、ほかのなにもかもがどうでもよくなった。愛情で胸をいっぱいにして、両手でそっと彼の顔を包みこんだ。「そのとおりよ、ブラム。結婚したばかりのころは、あなたをすごく魅力的な男性としか見ていなかった。とても興味を引かれたけれど、あなたはいつもガールフレンドと一緒にいて、彼女たちはしょっちゅう自慢していたから、訊くまでもなく、あなたはすてきな恋人だってわかってたわ。だから、もちろん……想像してた」

ブラムが首を傾けて彼女の手のひらにキスをした。ほっとしたように目を閉じる彼の肩から、いくぶん緊張が抜けていた。

「デイヴィッドとの関係がいろいろうまくいかなくなって」ブラムは彼女の気持ちを聞かずにはいられないのだと悟り、ルーシーはなにもかも話す決意をして続けた。「そ……それからは、夫があなただったらと想像するときもあったわ」

ブラムがさっと顔を起こして彼女を見つめた。ルーシーは彼にキスをして、尋ねられる前に打ち明けた。「そうしても、少しもうまくいかなかったのよ。デイヴィッドはわたしがどうしたいかも、なにを求めているかも気にしなくなっていたから。一緒にベッドに入っても……。あのね、そうなってもデイヴィッドを子どもたちの父親として、何年も一緒に暮らした人として愛していたのよ。だけど、男性としては求めなくなっていた。想像してもだめだったの。あなたと愛し合うのは想像できないくらいすばらしいんだろうって、心のなかでわかってた」

ルーシーは震える息を吸った。罪悪感は、晴れた夏の熱気とブラムの温かいまなざしに解かされて消えていた。「だから、あなたの言うとおりよ」ほんのかすかに笑みを浮かべて告げた。「夜にひとりで寂しくベッドに入っていたとき、あなたのことを想ってた」笑い声を発して、目ににじんだ涙をぬぐった。「現実のあなたは、夢のなかよりすばらしかったわ」

ブラムが彼女の両腕を取り、引っ張って一緒に立たせた。「愛してる」時間をかけて、想いのこもったキスをする。「きみも、子どもたちも。家族になろう、ルーシー」

ルーシーは彼の胸毛に指をからめた。なんだか体が浮かんでいるような心地がして、気づくとブラムに抱えあげられていた。「わたしも愛してる。きっとずっと前からあなたを愛していたのね。でも、想像もできなかった……」

「きみは自信をなくしていたんだ」ブラムが彼女を前後に揺すって、優しく諭した。「ひどい別れを経験して、心に傷を負っていた」不意に、にっこり笑って続ける。「マーシーはずっとおれの気持ちに気づいていたみたいだ。今週どうしてもしなければならない用ができたと言ったとき、きみを追っていくとわかってたらしい。あんなにすばやく代役を引き受けてくれたところをみると、賛成してくれているんだろうな」

「ほかの人たちはそんなに親切ではないわよ」ルーシーはあらかじめ言っておいた。「わたしたちはいまに始まった仲じゃない、とか言われるに決まってる。わたしが結婚していたころからの仲だって。離婚にもあなたがかかわっていたのかもしれない、なんて話をでっちあげられる可能性も――」

ブラムが彼女を放して、そっぽを向こうとした。「だから、またうわさのたねになる危険は冒したくないって言いたいのか?」

ルーシーは彼が完全に背を向ける前にうしろから抱きついて驚かせた。「違うわ、あなたに心の準備をしておいてもらいたいだけ」

体をひねって振り返った彼の目は陰って、ほとんど黒く見えた。「じゃあ、結婚してくれるのか？」

ルーシーは微笑んで彼の腕のなかに飛びこんだ。「ひとつ条件があるの」息ができないくらいきつく、ブラムに抱きしめられる。「言ってくれ」

「少なくとも一年に一回はここに戻ってくるって約束して。ふたりきりで」

ブラムが彼女の顔を支えて熱いキスをした。このキスは心から同意してくれているあかしだろう。数秒後、ブラムが彼女を肩に担ぎあげて家のなかへ歩きだした。

ルーシーは逆さまにされて甲高い声を出した。「ブラム！　なにするの？」

「氷を取りにいく」

「氷？」ルーシーは抑えきれずに笑いだし、尻をぴしゃりとたたかれるまでやめられなかった。

「そのとおりだ、奥さん。仕返しをすると言っただろ」ブラムは彼女の腰にキスをしてから、胸の前に移動させて優しく抱きかかえた。「いつだって約束は守る」

ルーシーは愛情で張り裂けそうなほど胸をいっぱいにして、また涙ぐんだ。

ブラムが冷凍庫を開けて製氷皿を取り出し、ルーシーは駆けだした。笑って、愛して――かけがえのない幸せに包まれて。

捜査官との危険な恋／シェイエンヌ・マックレイ

The Edge of Sin
by Cheyenne McCray

主な登場人物

ウィロー・ランドルフ――――――――大学院生。

ゼイン・スティール――――――――秘密政府機関ＲＥＤの捜査官。

レクシー・スティール――――――――ゼインの妹。ＲＥＤの捜査官。

ステイシー・ランドルフ――――――――ウィローの従姉妹。ＲＥＤの捜査官。潜入調査中に死亡。

1

彼の人生はうそで成り立っている。

ゼイン・スティールはボストンコモンの公園ベンチに座っているブロンドを見つめていた。腹の底をぐっと締めつけられる気がして、あごを撫でた。

きらめく木漏れ日が女性の軽く日焼けした手足の上で揺れている。太陽の光で色の薄くなった筋の入っている髪が、夏のそよ風に吹かれて彼女の肩から舞いあがった。

この午前のボストンはやや湿気が多いのに、アイスクリームを食べている女性を見つめるゼインの喉はからからに渇いていた。舌が上品に伸びてアイスクリームをなめ取った。あの唇と舌にどこをどうしてもらいたいかをはっきり頭に思い浮かべると、彼のものは硬くなった。

木に肩を寄りかからせ、いつしかあの女性から視線をそらせなくなっていた。自己紹介しようか、などと考えることすら間違っているというのに。

あそこにいるのは一夜のつき合いをするような女性ではない。長い一日を終えた男が自宅で帰りを待っていてほしいと願うような女性だ。毎晩、ベッドを彼のために暖めてほしい。

しかしゼインにとって、知る人すべてを守るために極秘の捜査を続ける日々を送りながら誰かと深い関係を築こうとするのは、完全に常軌を逸した行動としか思えなかった。それでも、見つめるのをやめられない。

ほかの更生執行部《Recovery Enforcement Division》――REDの捜査官の多くは、一般市民と深い関係になり、恋人に自分の本当の職業を秘密にしても気がとがめたりはしないらしい。

ゼインはそうした捜査官たちとは違った。愛する女性になにもかも打ち明けられない状態で、深い関係を築くことなどできない。

深いつき合いを巡る考えはわきに置いて、アイスクリームをゆっくりまわしながらなめていく女性を眺めた。はいているスカートは、座る前はちょうど膝まで届く長さがあったと思われる。くつろいで腰かけているいま、スカートはちょうど彼の欲望をくすぐるくらい太腿の上までずりあがっている。そのとき彼女が足を組み、スカートがさらにずれあがり、ゼインの心臓は止まりかけた。

ああ、あの長い脚は、彼女の奥まで完全に身を沈めた彼の腰に巻きつくために存在しているのではないだろうか。あのかわいらしい口からは悩ましげな泣き声が発され、ふたりでひとつになって揺れ動くさなかに、もっと激しく抱いてほしいとねだるのだろう。胸は手で包むのに完璧なサイズで、吸ったりかじったりできるきれいな乳首がついているに違いない。

彼女はベッドでたくさん声をあげるに決まっている。何度もオーガズムへと導く彼の名前を呼び、もうやめてとお願いする。

彼はやめない。さらに抱くだけだ。何度でも。

小道を踏むシューズの音を聞きつけ、ゼインはそちらに顔を向けた。くせで、グロックのそばに手をやる。

ジョギング中の男だった。通りすぎる男に彼女が微笑みかけた。ジョギング男も応えてうなずき、さらにウインクをした。

わきあがる嫉妬の勢いに驚き、ゼインは平常心を失いそうになった。

いっ、いっ、いっ、いっ、いっ、
いったいどうしたんだ？

なぜか、あの女性には欲望を感じてしまう。ほかの女性に対しては、こんなふうになったことなどない。彼女を自分のものにしたかった。あらゆる方法で自分のものにしたい。一晩だけではなく、彼女が迎えてくれる家に帰りたい。眠りにつく彼女を抱き、朝は彼女の腕のなかで目覚めたい。まだ彼女にふれたことすらないというのに。

これまで、誰とも深い関係を築くまいとしてきた。セックスして友だち程度の関係にとどまる――順序はまさにこのとおり。互いに了承ずみだった。それなら、彼の生活について女性から疑問を持たれることもない。ベッドをともにするときは、楽しめればよかった。本能むき出しの、純粋で、熱烈な楽しみを得られれば。

ピンクの服を着た女性が解け始めたアイスのコーンにゆったりと舌を滑らせるのを見て、ゼインはふたたび固唾をのんだ。

くそ。あの女性には、もっと多くを求めてしまう。

だが、誰かを自分の人生に巻きこみたいとは思わなかった。相手に毎日うそをつき続けなければならないのだ。いつとも知れない先まで。もしかすると一生。

家族のなかでも、ゼインの本当の職業を知っているのは妹のレクシーだけだ。レクシーも兄と同じ人生を歩み、同じ秘密政府機関REDで働いている。REDは国家安全保障局《NSA》に属する機関で、公には存在しないことになっている。アイルランド系大家族の親やきょうだいたちでさえ、レクシーとゼインが本当はなにをしているか、どんな仕事をしているか知らない。

知っているのはRED長官、副長官、連邦判事、連邦検事、NSA長官、ジャネット・シエルトン上院議員、それに大統領だけだ。副大統領も閣僚もREDが存在しているとは知らない。

REDには四つの課があり、ゼインは麻薬・武器取引捜査課で働いている。シークレットサービスにいたころは少なくとも正体を知られようがかまわなかったし、仕事については話せないと理解してもらえてあたり前だった。陸軍特殊作戦部隊にいたころのレクシーも同じだ。

木に寄りかかったまま姿勢をずらし、グロックを隠すためにはおっているシャツ越しにざらつく樹皮を感じた。こんなふうに、あの女性を見ていてはいけない。こんなふうに、あの女性をほしがってはいけない。

と思いつつ、あのハート形の顔から髪を払いのけ、非の打ちどころのない豊かな唇を味わう場面を想像せずにはいられなかった。あの胸をすくいあげ、乳首に吸いつく場面も。彼女の太腿のあいだの甘さを味わう場面も。あの美しい唇がペニスの上を滑り、日に焼けた筋のある長い髪が彼の肌をくすぐる場面も。

やめろ!

もう一度あごをこすった。三十分後には情報提供者がやってくる。捜査中の事件に集中しなければ。見も知らぬ女性に心を奪われている場合ではなかった。


ウィロー・ランドルフは、熱烈な視線を向けてくる男性を直接見つめ返さないよう我慢していた。

捜査官。見るからにそんな感じだった。十メートルくらい離れたところに立っていてもはっきりわかる、その筋の雰囲気を放っている。ふれられそうなほどだ。手を伸ばせば、あの人の強烈な空気にすっかりくるまれてしまいそう。

まつげの下から相手のようすをうかがっていると、彼女がアイスクリームをなめ、唇をすぼめて吸いついたときに、彼が喉をごくりと動かした。苦しげな表情をしている相手のジーンズの前がかなり盛りあがっているのを見て、ウィローは笑みを浮かべそうになるのを懸命に抑えた。

危険そのものの男。女性の心には危なくて仕方ない男だ。

〝悪い男〟と顔に書いてある。

あの人は警官ではないけれど、なんらかの法執行機関の捜査官だ。〈メイシーズ(アメリカの百貨店)〉のひと月――ううん、やっぱり一週間――の給料を賭けてもいい。絶対に事務の仕事はしていない。

男の首をへし折る力がありそうな手をしている。それでも、あの手が女性の肌を優しく愛撫するところを思い描くことができた。

実際に、あの指先に体を撫でられている気がしてきそうだった。考えただけでピンク色のブラウスの下で胸の先がすぼまり、熱い欲望のかけらが生まれて太腿のつけ根に走った。

相手は見知らぬ男性だ。それなのに、あのたくましい胸板を両手で撫で、彼の黒髪に指をうずめたくてたまらなくなった。削り出されたかのような力こぶのある強そうな腕で、抱きしめてくれるだろう。奥まで彼女を満たして。

アイスクリームをなめながら、ウィローは悩ましい声をあげそうになった。相手の首に両腕を巻きつけ、体を押しつけつつ引き寄せてキスをするところを思い描いた。彼は広い肩から引きしまった腰まで、アメリカンフットボールのクォーターバックのような体形だ。やわらかい女の体で感じる彼は、硬くて揺るぎないに違いない。

ウィローはまたコーンをなめ、これが彼の硬いものだったらと想像した。とても硬いのに、指や口のなかで包みこんだ感触はやわらかい。

セックスをしないで長く過ごしすぎたのかもしれない。あそこに立っている男性に見つめられているだけでこんな感覚に襲われ、あの人についてあれこれ想像してしまうなんて、どう考えてもおかしい。

見つめられながらコーンをぱりぱりと食べ、わざと念入りに指を一本ずつきれいになめていった。

彼は家に帰ってから、せめてあの子に声をかけて自己紹介すればよかったと後悔すればいい。あの子とどんなふうに過ごせただろうと想像して、自分にもっと度胸があればと後悔すればいいんだわ。

意気地なし。

とはいえ、あの男性から臆病さはかけらも感じられなかった。ただ、充分に選択肢を検討してからでないと行動に移らないのだろう。

彼が寄りかかっていた木から離れた。

ウィローは我慢しきれず、視線をあげて目を合わせた。緑。彼の目は、はっとするほど美しい色合いの緑だ。

高鳴る鼓動が胸から喉へせりあがってくる気がした。いまそれをのみこむなんてできるはずがない。どうしても、彼の目から視線をそらせなかった。

相手からいっそうあからさまに見つめられて、全身に熱が走った。熱い視線がウィローの足首、大半がむき出しになった太腿、腹をたどって胸で止まった。胸の先端があまりにも硬くとがってしまったから、彼も自分が及ぼした影響をしっかり確認したに違いなかった。

相手がそうくるなら負けてはいられない。

そよ風に髪をもてあそばれながら、ウィローは唇を開いた。下唇に舌を走らせ、甘いアイスクリームの味を感じる。けれども、味わいたかったのはアイスクリームではなかった。彼の前に膝をつき、口の奥まで迎え入れる。頭にくっきりと浮かぶのは、そんな光景だった。

彼はどんな味がするのだろう？

相手の力強い体のすみずみを、物怖じせずに見つめた。なんて見事な太腿と、鍛えあげた体つきをしているのだろう。彼を限界まで追いつめるためだけに、両脚のあいだのすてきな場所に視線を留めてから、また目を合わせた。

腰の両わきで公園ベンチに手をついて体を支え、誘う笑みを浮かべた。

〝受けて立つ？〟表情で挑んだ。

彼は受けて立った。

2

たとえそうしようとしても、ゼインは自分を抑えられなかっただろう。あの女性に挑むような微笑みを向けられた。それで終わりだった。

挑まれて引きさがったことなどない。

そちらに向かって歩きだしたゼインを見て、彼女は驚いた表情を浮かべてから、おもしろがっているかのような顔になった。ゼインがベンチの前まで来ると、女性は彼を見あげ、また微笑んだ。

「さっきから、きみのおかげでどうにかなりそうだ」口を開いてまず、この言葉が飛び出した。

相手の微笑みが満足げなものになった。「わかってるわ」

ゼインは微笑み返したくなったがそうせずに、相手から数十センチ離れてベンチに座った。両膝に腕をのせて前屈みになり、彼女にじっと目を向ける。

驚くことに、近くで見るとさらにかわいかった。そよ風に運ばれて漂ってきた彼女の香りをかいで、晴れた日の海を思い出した。非の打ちどころのないふくらみを描く唇に、視線が引き寄せられる。それから、目を見た。美しい青い海の色だ。ボートでこぎ出したら、その光り輝く美しさに魅せられて数日は漂流してしまいたくなるカリブ海のようだ。

「ゼイン・スティールだ」潜入捜査で使う偽名ではなく本当の名前を告げ、手を差し出していた。本名を使うのは私生活においてのみだ。

この女性とは完全に私的なつき合いをすることになる。

「ウィロー・ランドルフよ」差し出した手を握られ、温かくふれられた瞬間、腹の底が締めつけられるどころではなくなった。これ以上そこが大きくなったら、ジーンズに絞め殺される。

互いに静かに手を引くとき、どちらも離れがたく感じているように思えた。ウィローにふれられた手のひらがくすぐったく、あの指で体じゅうにふれられたらと考えずにはいられなかった。

「ランドルフ……」ウィローの感触に大いに感動しながらも、ランドルフの名を持っていた別の人物を思い出し、怒りと悲しみの混ざり合った気持ちに駆られて体が熱くなった。「妹のレクシーが、ステイシー・ランドルフという名の友人を亡くしたばかりなんだ」ＲＥＤの潜入調査中に。心のなかで言い終えた。ＲＥＤの人間以外、ステイシーが犠牲者としてではなく、英雄として命を落とした事実は知らない。彼女がＲＥＤの特別捜査官だったと、知っていた人はいないからだ。

ウィローの微笑みが、かすかに陰った。「ステイシーはわたしの従姉妹。親友だったわ」ため息をつく彼女の顔に悲しみがよぎった。「しばらく、おばとおじの家に滞在しているところなの。ステイシーがいなくなった家で、ふたりが寂しくならないように。ステイシーはひとりっ子だったから」

少しのあいだふたりともなにも言わなかったが、どちらも視線はそらさなかった。この青い海の色の瞳には、たやすく引きこまれてしまう。

「ニューイングランドの訛りではないね」ようやく声を発した。「ニューヨーク州北部の出身かい？」

「耳がいいのね」ウィローがにっこりし、また瞳に楽しげな光を浮かべた。「だけど訓練を積んだお巡りさんなら、なんでも見抜いてしまうのかしら」

ゼインはちょっとしたショックに見舞われた。際どいところまで職業を見抜かれて驚いていることを、顔に出さないようにする。「どうしてお巡りさんだって思うんだ？」

「といっても警察官じゃないでしょ」ウィローが首をかしげて、まじまじと見た。「でも絶対、どこかの捜査官だわ」

なんだって？　こんなに簡単に正体を見破られてしまうとは、自分はこれまでどうやってあんなにたくさんの潜入捜査を切り抜けてこられたのだろう？

「シークレットサービスだよ」ゼインは告げた。シークレットサービスにいたのは確かだし、周囲からはまだそうだと思われている。「正体を見破られたな。どうやったのか教えてほしい」

「ふうん。シークレットサービスなの」ウィローは足首を交差させた。「休憩中？」

「そんなところだ」おかしなことに、ウィローはこちらの質問に答えなかった。ゼインは腕時計に目をやった。情報提供者がもうすぐやってくる。こんなところに座っておしゃべりしている場合ではなかった。

「ディナーに誘ってくれるつもり？」ウィローはひと目でわかる好奇心を顔に浮かべていた。デートに誘ってくれないかと期待している女性の顔ではなく、男が自分に惹かれていると見抜く観察力のある女性の顔だった。

ゼインは膝に手をついて体を起こした。「僕とデートしたいと思ってくれるか、わからなくてね」

ウィローはさらに興味を持ったようだ。「どうして？」

ゼインはため息をついて足元の芝生を見おろしてから、また相手に視線を向けた。「深いつき合いに興味があるほうじゃないんだ」

ウィローが肩をすくめた。「わたしが深いつき合いをしたがってるって、どうしてわかるの？」

「ひと目でわかるよ、ハニー」ベンチの背もたれに腕をかけて答えた。「きみは一夜のつき合いをするタイプじゃない。少なくとも何回か相手と会ってから、そいつともっとデートするか決めるタイプだ」

「鋭いわね、ゼイン」彼女に名前を呼ばれて、ゼインの頭は空想でいっぱいになった。彼に抱かれながら、何度も何度も〝ゼイン〟と呼んでくれるウィロー。「でも、言いかたを変えれば、あなたは怖がりでもある」彼女がつけ足した。

「怖がったことなんてないよ、ウィロー」ゼインはベンチから立ちあがった。さっさとここから逃げ出したほうがいい。

ウィローが首をかしげて目を合わせた。「いまは怖がってる」

またしても挑まれていた。やめてくれ。これまで引きさがったことなどないといっても、今回は引きさがるのが賢い。いやになるほど賢明な選択だ。

これまで賢明に振る舞ったからといって責められた経験はなかった。

腕時計を見た。ヘンリーがいつ小道を歩いてきてもおかしくない。「もうすぐ昼だ」ウィローを見て言った。「プロヴィンス・ストリートのアイリッシュパブで一時にランチはどうかな？」

ああ。いったいなにをやっているんだ？

ウィローに愛らしいえくぼつきの笑顔を向けられ、腹の奥がおかしなことになった。「いまお昼休み中だから、もうすぐ仕事に戻らないといけないの。スタンホープ・ストリートとクラレンドン・ストリートの交差点にある、現代アメリカ料理レストランはどう？　ラウンジもあるから、そこで会いましょう」

ゼインは立ったまま長いあいだ相手を見つめた。気取りのない美しさと大胆さに見とれた。自分らしさにも自分の生きかたにも満足している女性だからこそ、発揮できる大胆さ。ウィローは彼にとって想像もつかないくらい、あらゆる面で危険な女性だ。

ゼインはいつの間にかゆっくりとうなずいていた。「七時でいいかい？」

「いいわ」ウィローが立ちあがり、スカートが膝のすぐ上までおりた。もったいない。あの太腿は見られるためにある。「ラウンジに来てね」

ふたりの視線がふたたびしっかり結びつけられた。「行くよ」ゼインは答えた。

「楽しみにしてる」ウィローは背を向け、中心街に向かっていった。

ゼインは途方に暮れてひとりごちた。〝大変なことになったぞ、スティール〟

〈メイシーズ〉の化粧品売り場の一角で、顧客に最新の商品で流行の顔に仕上げる方法を伝授しながら、ウィローは静かにハミングしていた。勤めている会社の化粧品は一流だ。

「ブラシに秘密があるんです」黒い仕事着のポケットに入れていたパックから滅菌マスカラブラシを取り出し、ブラックマスカラの容器に差してからミセス・ジェイムズに手渡した。使い終わったブラシはあとで処分する。「ブラシのこちらの面でまつげを長くして、こちら側で毛を太く見せつつ、ダマにならないように広げるんですよ」

「すごい機能ね……」

いつしかゼインのことを考えてしまい、ミセス・ジェイムズの声がぼんやりとしか聞こえなくなった。

ゼイン・スティール。

あの人のそばにいたら、とたんに熱に包まれ、彼がほしくてたまらなくなった。とてもすてきな香りがして、味までわかってしまう気がした。自然で、男らしい香り。それに、あの深みのある声。彼に名前を呼ばれたときは、背筋に快感が走って震えてしまった。

「なにか企んでるわね」フリージアとマグノリアの花の香りがする、ここの化粧品会社のブランド香水のにおいを漂わせて、リンダがそばを通りすぎた。「目を見ればわかるわ」目。ミセス・ジェイムズ。

「あとで話すから」ウィローはリンダに告げ、ミセス・ジェイムズからマスカラブラシを受け取ってくずかごに捨てた。「この最後の仕上げで、目元の魅力が本当に引き出されるんです」おそらく五十代のミセス・ジェイムズは、化粧のおかげで四十代初めに見えるくらい若返っていた。

ウィローは続いてチークとリップの使いかたを説明した。

そうしながらも、ゼインを思い出さずにはいられなかった。どんなに力あふれる体格をしていて、そばにいるだけでどんな気分にさせてくれたか。

間違いなく、あの人は危険な男そのものだわ。

「ウィロー？」ミセス・ジェイムズの声で白昼夢から引き戻された。白昼夢に入ってしまったのは仕事に戻ってからこれで十回以上だ。

ミセス・ジェイムズは特大の照明つきミラーの前でまつげをぱちぱちさせて、仕上がりを確かめていた。「気に入ったわ」鏡に映った姿を見て微笑み、さらにきれいになる。「信じられない。こんなに変わるなんて」

「おきれいです」ウィローも心からそう言えた。徐々にきれいになっていくミセス・ジェイムズの変化は、まるで蕾が咲き誇る薔薇に変わっていくようだった。「どの商品がお気に召しました？」

ミセス・ジェイムズはためらいもしなかった。「全部よ」

　やった。

「商品をご用意したら、お会計いたしますね」鏡に見とれ、うれしそうに目を輝かせているミセス・ジェイムズのそばを離れた。

　ウィローはついポケットから丸めた紙くずを取り出し、商品倉庫のドアの横にあるくずかごに狙いを定めていた。「ウィロー選手ジャンプ、シュート、入りました」紙くずはくずかごのど真ん中に入った。

「いまのは間違いなくスリーポイントシュートね」流行の服を着こなしたおしゃれなリンダがそう言って、先に商品倉庫へ入っていった。

「たかがシュートよ、ベイビー」ウィローは答えた。

「あのお客様に、いい仕事をしたわね」リンダは棚からリキッドファンデーションの詰まった箱をおろし、ウィローはミセス・ジェイムズに渡す商品を取り出した。「さあ、さっきの笑顔とハミングと夢でも見てるみたいな表情はなんなのか、なにもかも話して」

「今日、男の人と会ったの」ウィローはにんまりし、ウインクして言い足した。「本物の男よ」

「ふーん……」あごまでの長さに切りそろえたスタイリッシュな黒髪を前に垂らしたリンダ

は、チークのコンパクトの箱がずらりと並ぶ棚から目あての色を探している。「その人、兄弟いる？」

「突き止めてくるわ」ウィローは探していたアイシャドーの最後のひとつを見つけた。「今夜」

リンダがチークの箱を引っ張り出してウィローを振り返り、完璧な弧を描く眉をあげた。「あなたがデートするなんて」

「デートをしてなかったのは、いい男の人と出会わなかったから」ウィローは物にぶつからないよう振り返って確かめてから、リンダのほうを向いたままうしろ歩きで商品倉庫の出口に向かいだした。「今度の人は、もうちょっと探ってみようと思ってるの」

にっと笑っても美しい顔でリンダが言った。「へえ。そいつと寝たいと思ってるんだ」顔が勝手にほころび、ウィローにはどうしようもなかった。「あの人を見たら、絶対に〝そいつ〟なんて呼べないわよ」

「その〝男の人〟のお仕事はなに？」リンダが棚を離れて訊いた。

ウィローは笑い声をあげた。「シークレットサービスですって。信じられる？」

「まさか」

「ほんとよ」腕いっぱいに抱えたミセス・ジェイムズのための化粧品を落としそうになって、あたふたする。「コモンでゼインを見た瞬間、捜査官だって見抜いたんだから」

「シークレットサービスのゼイン捜査官ですって？」リンダが首を傾けた。「ほんとなの、

「明日のお昼になにもかも報告して」同僚はウィローのわきを通りすぎていった。「細かいとこまでなにひとつ見逃しちゃだめよ。だから楽しんできて。わたしも追体験して楽しませてもらうつもりだから」

まるで相手に不自由しているみたいなことを言っている。

だけど、確かに本物の男はそういない。

「彼をびっくりさせてやりなさい、ウィロー」リンダがたくさんの化粧品を持ってレジに向かいながら、振り返って告げた。

ウィローはにっこりした。

今夜は絶対にそうするつもりだ。

ゼインをびっくりさせる。

びっくりさせて……ベッドに倒れこませることになるかもしれない。

ただの危ない人じゃ――」

「絶対違う」

3

「ゼイン」RED本部にある彼のオフィスのドアの横をレクシーがたたき、ゼインは見ているふりをしていただけで実は見ていなかった機密情報の書類から目をあげた。「もう、なにぼーっとしてるの？」妹は腕を組んでドア枠に寄りかかった。「二回もノックしたのよ。ぼーっとするなんて兄さんらしくないじゃない」

「仕事に集中してたんだ」ある女性が頭に浮かんで離れない、なんて妹に言えるわけがない。「五階から二階にわざわざなにしにきた？」

REDの五階建てビルはボストンのポートランド・ストリートに立っている。五階の人身売買・性犯罪捜査課がレクシーの職場だ。四階はテロ活動・組織犯罪捜査課。三階は技術窃盗捜査課。二階はゼインが所属する麻薬・武器取引捜査課。一階は事務だが、隠れみのの通訳会社を装う役割も果たしている。

「ジョージナに会いにきたの」レクシーが振り返り、どこの階もだいたい似たようなようすの司令部に目をやった。「ここ数日、ジョージナのアパートに寄っても留守だし、私用の携帯に電話しても出ないから」

「リッツォは潜入捜査に就かせてる」ゼインは念入りに目を通していたことになっている茶色いフォルダーを閉じた。「武器取引があるという情報をかぎつけたんだ。この任務にはリッツォが適任だった」

「ジョージナが戻ってきたら、話があるって伝えておいて」レクシーが茶目っけのある笑みを見せた。「とにかく大事な話だから」

「きっとおまえのパートナーに関係のある話なんだろうな」ゼインは皮肉な顔で返した。「ドノヴァンとずいぶんしょっちゅう一緒に動いているようじゃないか」

陸軍特殊作戦部隊に所属していた妹が頬を赤らめるときがあるとすれば、いまがそうだった。「ニック・ドノヴァンとは、たまたまチームスーパーバイザーとして組まされたのよ」

「そうか」ゼインは体を前に倒してデスクに両腕をついた。レクシーがまたなにか言い出すより先に、抑えた口調で告げた。「今日、ステイシー・ランドルフの従姉妹と会ったよ」

レクシーの顔つきが引きしまり、ふざけた表情が跡形もなく消えた。ランドルフ捜査官が強姦され殺されてから、まだ数カ月だ。妹はランドルフの死にひどく打ちのめされていた。ランドルフが命を奪われる原因となった潜入捜査に、彼女を送り出したのはレクシーだったからだ。

「従姉妹のウィローね」レクシーがゆっくりとうなずいた。「ジョージナから話を聞いたわ。ステイシーの両親と一緒に暮らしているなんて、いい子よね」

ゼインはなにも言葉を返せなかった。口を開いたら〝ウィローはとんでもなく美人で魅力があって、僕は彼女を頭から追い出せない〟と言ってしまいそうだった。が、なんとか口を閉じたままでいた。

「ママが日曜はソーセージとマッシュポテトを作って待ってるって言ってたの、忘れないで」そう言うと、レクシーはからかうように笑ってつけ足した。「ウィローとデートするんなら、彼女も誘えば」

ゼインのあごが落ちそうになった。「なに――」

「妹なんだから」レクシーはさっさと背を向けていた。「遠く離れてたって、兄さんが恋してればわかるわ」

なんだ、それは。一日でふたりの女性にここまで簡単に見抜かれるようでは、捜査官を辞めたほうがいいかもしれない。

ゼインは頭のなかで、もう百回は同じ疑問を繰り返していた。いったいなんだってこのレストランに来て、バーでウィローを待っているのだろう。

そして同じく百回ほど、ウィローはなんて美しくて興味をかき立てる女性なのだろうと考えていた。

出されたジョッキから、また一口ギネスを飲んだ。カウンターに寄りかかって片ときも入り口から目を離さず、ウィローがやってくるのを待ち構えている。再会の前にビールを飲んでおいたほうがいいと考え、三十分早くここに来ていた。

あの女性にはゼインを惹きつけるなにかがあった。もう一度会ったら、あのとき心をとりこにされた知性や洞察力の鋭さは、伝わってこないかもしれない。ひょっとしたら、あのときほど美しいとも思わないかも——。

ゼインはビールを取り落としそうになった。

スーパーモデルがレストランに入ってきた。

ウィローが。

ゼインはほとんど意識しないまま空のジョッキに二十ドルを入れ、ゆっくりとウィローに向かって歩きだした。彼女は会ったときからきれいだったが、たったいま彼は〝息をのむほど美しい〟という言葉を本当の意味で知った。

ウィローは出会ったときと同じ気取りのない笑顔で、気負わない自信を漂わせている。その上いまは、しゃれた女性誌の表紙を飾っていそうな姿だ。いや、『スポーツ・イラストレイテッド』の今度の水着特集号の表紙だ。

身に着けているのは小さな黒のドレスで、あらわになっている胸元と腿にゼインの意識は集中してしまった。昼に目にしたとおりの小麦色の肌、日に焼けて筋の入った髪、すらりと伸びた脚。長い髪はさらにセクシーに波打ち、青い海の色の瞳はいっそう大きく見え、唇はいっそう欲望をそそった。

なんてことだ。

すでに困ったことになったとは思っていたが、今度は確実におぼれるほど深くはまりこんでいた。

歩きながら誰かに肩をぶつけてしまったが、なおざりにあやまる余裕もなかった。完全にウィローしか頭になかった。

前に立った彼を、ウィローは微笑んだ顔を少し傾けて見つめ続けた。身長一八八センチのゼインよりもともと八センチほど低いだけで、今夜はハイヒールをはいているから、ほとんど背の高さは変わらない。名前のとおり、柳《ウィロー》のように背が高くてしなやかだ。なぜかゼインは、この事実にいままで気づかなかった。なにひとつ見逃さないよう訓練を受けてきたというのに。

ああ、この女性のこととなると理性を失ってへまをしてばかりだ。

「席は予約してある」ウィローを見つめながら、なんとか言い終えた。彼女の香りを吸いこんで、ふたたび晴れた日の優しい潮風を思い出した。

「よかった」ウィローが彼の手に自分の手を差し入れ、指をしっかりからませた。「おなかがぺこぺこなの」

彼女と指をからめたとたん全身に勢いよく駆け巡った抑えの利かない興奮を、ゼインは無視しようとした。「スーパーモデルはあまり食べないのかと思ってたよ」

ウィローが声をあげて笑った。包み隠しのない、親しみのこもった笑い声を聞いて、またしても彼の腹の奥がおかしなことになった。「パートタイムで美容部員として働いてる大学院生よ」ふたりはメニューをふたつ持って待っている接客係のところまで歩いた。「スーパーモデルだなんてとんでもないわ」

「だまされるところだったよ」ゼインはそう答え、接客係の女性に案内されてウィローとともに角のテーブルに向かった。

ゼインに見つめられて、ウィローの背に心地よい震えが走った。彼のまなざしからあふれる感情が伝わってきた。確かに欲望もあるけれど、ウィローの外見だけでなく内面も知りたいという純粋な興味もそこにはあった。

外見といえば、ゼインはなんてすてきなのだろう。昼間に会ったときと変わらず広くたくましい肩と胸、のみで彫り出されたかのような力こぶに、鍛えあげられた腕。あの腕は女性を固く抱きしめるためにある。彼女のなかに力強く身を沈めながら。

接客係に連れられて、上品でありつつも現代的なレストランの、赤煉瓦の壁に囲まれたメインダイニングを歩いていった。

ゼインの手をきゅっと握ると、見たこともないくらいセクシーな微笑みを向けられて、ウィローはため息をもらした。ロブスターやステーキといった、おいしそうな料理のにおいでさえ、ゼインの魅力にはかなわない。

彼はダークグリーンのTシャツの上に、おそらく武器を隠すために上着がわりのシャツをはおっている。しかし、ジーンズのなかのもうひとつの武器はまったく隠しきれていない。

今夜ウィローが楽しみにしていることのために、準備万端のようだ。

ゼインの短い黒髪はかすかに波打っていて、指でくしけずりたくなる。あとで絶対にそうしよう、とウィローは思った。

接客係に案内された席は、背の高い窓の前のカップルにぴったりのテーブルだった。ロマンティックな雰囲気が漂うレストランの一角で、ウィローのなかで激しく燃えている情熱は大きくなるばかりだ。

ウィローと同じくゼインもつないだ手を離したくないようすだったけれども、離し、彼女のために背もたれの高いクッションつきの椅子を引いた。

「紳士でもあるのね」続いて席に着くゼインに言った。

接客係がメニューを置いてワインについてなにか言っていたが、ふたりともあまり聞いていなかった。

ゼインにまっすぐ見つめられる。「ハニー、たったいまこの頭のなかでどんな空想をしているか知ったら、紳士だなんて決して思ってくれないよ」

ウィローはメニューを取りあげ、とっておきの大胆な笑みを浮かべてみせた。「ということは、わたしと同じ空想をしているようね」

初めゼインはあっけにとられた顔をしたが、すぐにからかう表情になって目を輝かせた。

「見とれる胸と、見たこともないくらいゴージャスな脚の僕を空想してたってことかい？」

ウィローは笑い声をあげた。「そっちが本当に空想してたことはわかってるわ」屈んで相手に顔を近づける。「こんなレストランにいないで、ベッドにいたいと思ってたんでしょ。わたしと」

ゼインが咳払いをした。「そんなふうにできたら光栄だ」

ウィローはメニューに目を通して、その上から彼を見た。「ディナーが終わるまで、なんとか我慢できるかやってみましょう」

ゼインもメニューを取りあげ、また咳払いをする。「そこまで持つかな」

「あのね」ウィローは相手の膝に手をのせ、太腿にゆっくり指を滑らせていき、声を低くした。「ここには誰にも邪魔されない、とっても上品できれいな化粧室がふたつあるの。ドアには鍵がついてる」

ゼインがメニューから目をあげた。欲求と本能に駆られた、苦しげな表情の彼を見ながら、ウィローは本当にふれたいところへ時間をかけて指を近づけていった。

「ウエイターが来たら、前菜とワインを選んでおいて。わたしは女性用化粧室に行くわ」長く太くなっている硬いものに、指先でかすめるようにふれた。「オーダーしたら、すぐに追ってきて」

ゼインがさっとまわりに目をやってから、彼女に視線を戻した。「えっと、ウィロー――」

もう一度、彼に大胆な笑みを向けた。「受けて立つ?」

4

ウィローがあの死ぬほど大胆な笑みを見せた直後に、ウエイターがテーブルにやってきた。いっときゼインはウエイターを忘れ、立ちあがってゆったりと女性用化粧室へ歩いていくウィローの背を見つめた。

あの極めて小さいドレスにかろうじて隠されている胸と尻。空想する彼の口のなかが潤った。あの長い脚に腰を締めつけられながら一息に奥まで――。

「お客様？」ウエイターの声で、なんとか空想の世界から抜け出した。くそ。一日じゅう、こんな調子だ。ウィローを抱くまで、このままだろう。「ワインと前菜はどうなさいますか？」ウエイターが尋ねた。

「ええと、そうだな」ウィローとひとつになる光景がいきなり頭に浮かび、何度も繰り返し脳裏を駆け巡って止まらなくなった。ウィローが向かった先に視線を向けないようにして、目に留まった最初の料理を頼んだ。「牡蠣でいい。ワインは適当に選んでくれ」

「かしこまりました」ウエイターが浅くお辞儀をした。「すぐにワインをお持ちいたします」

「ゆっくりでいい」ウエイターが背を向けるなり、ゼインは席を立って化粧室を目指した。

股間のものが欲求でうずいて、いきり立っている。こんなまねをするなんてどうかしている、大事にしてやまない理性を完全になくしている、と思う反面、もうひとりの自分は理性を求める面に〝失せろ〟と告げていた。

心拍数が上昇し、火がついたように体が熱くなった。ウィローにからかわれていたのではなければいいが。すぐに彼女を抱けなければ死にそうだ。

非常に長く感じられる道のりを歩いて女性用化粧室にたどり着き、力任せにドアを開けた。室内に入った瞬間、ウィローに飛びつかれた。首に両腕を巻きつけられ、引き寄せられて、勢いよく唇を奪われた。

ゼインはかろうじてドアを閉めることを思い出して鍵をかけ、ウィローの尻をつかんで支えた。長い脚で腰を締めつけられる。

ウィローは下着をはいていない。

喉からうなり声を響かせて体の向きを変え、ウィローの背をドアに押しつけた。彼女がキスをしたまま悩ましい声を出し、顔をあげてドレスの前を引きおろし、胸をあらわにした。

彼女のすべてを味わいたくてたまらず、ゼインは目の前の乳首に舌を走らせ、吸いついた。ウィローは身をよじり、彼に腰を押しつけて揺らしている。悦びの声と悲鳴をこらえているに違いなかった。

「きみのなかに入りたい」ゼインは顔をあげ、キスをして、口づけたまま言った。「抱かずにはいられない。これ以上、待てないんだ」

「抱いて」ウィローが腰に巻きつけた脚に力を入れ、彼の肩にぎゅっとつかまった。「一日じゅう、あなたがほしかったの」

外の誰かがドアを開けようとしているらしく取っ手が揺れたが、ついに自分のいるべき場所に身をうずめようとしているゼインにとって、それ以外のことはどうでもよくなっていた。しがみつくウィローの前でジーンズのジッパーを開けた。ようやくペニスが窮屈なところから自由になっても、些細な解放感しか得られなかった。それはさらに大きく太くなり、いっそう激しくうずくばかりだった。ポケットからコンドームを引っ張り出し、きっかり二秒で身に着けた。

深く腰を突き出し、この上ない幸福に身をうずめると同時にキスをして、ウィローの叫び声を吸いこんだ。

まともな思いつきとは言えなかったけれど、ウィローはその場の感情と本能に従って生きていた。

ゼインに力強く貫かれる。同時に激しくキスをしてくれてよかった。彼の太さと大きさに驚き、快感と痛みに襲われて叫ばずにはいられなかった。貫かれるたびに、へそまで到達されている気さえする。

ゼインが勢いはゆるめず、彼女の口から唇を離した。かわりに耳に口づけられて、ウィローはあえぎ声と叫び声を出さないようにがんばった。「きみと初めてひとつになるときはゆっくり落ち着いて抱きたかったんだ、ハニー。それなのに、こうなると気がはやって抑えられない」

「いまは考えさせないで」ゼインにキスをして息も絶え絶えになり、言葉を発するのも難しかった。「大事なのは、あなたに抱かれてすごく気持ちいいってことだけよ」また叫びそうになって慌てて口を閉じる。「ゼイン。あっ、もうだめそう」

ドアの取っ手がまたカタカタと鳴った。その音を聞き、ゼインに抱かれて寄りかかっているこのドアの向こうに人がいると意識した瞬間、勢いよく一線を越えてしまった。

今度は自分からゼインの唇に飛びつくようにキスをして、人生でもっとも強烈ですばらしいオーガズムに襲われてあげた悲鳴を受け止めてもらった。揺らいで震える彼女のなかで、ゼインは止まらずオーガズムを引き延ばしてくれる。それがたまらなく心地よかった。体の中心で彼を押し包み、そこが脈打つたびに全身に興奮が走って心にまで響いた。

ゼインが達して、彼も間違いなく叫び声をこらえていた。激しく上りつめてがくりとのけぞり、歯を食いしばった険しい顔で自制心を失うまいと耐えている。

大きな彼のオーガズムの脈動と勢いをすべて感じることができた。

ゼインの胸にぐったりともたれかかり、首に両腕をまわした。体重を失い、ふわふわと漂っていく気がして、どうやったら化粧室からテーブルに戻れるだろうと悩んだ。

取っ手が揺れ、ドアがノックされた。「入ってるの？」

「ちょっと待って」ウィローは答えた。「食べたものが合わなかったみたいで」

「あら」声からして、ドアの向こうの女性はこのトイレを使うのはやめておこうと考えているに違いない。「そう。お大事に」

ウィローはゼインのシャツに顔をうずめ、ほくそ笑んだ。「本当は、すごく食べてしまいたいものを、まだ口のなかに入れられていないのよね」

ゼインがうめき、ウィローの体のなかでふたたび太く長くなっていった。「またきみを抱いてしまう前に、ここから出たほうがいい」ウィローは顔をあげ、意味ありげに笑みを浮かべて彼を見た。とたんにゼインが手で彼女の口をふさぎ、物騒なくらい目を光らせる。「挑戦はするな」

どうにか笑いをこらえているウィローのなかから彼が身を引き、彼女を床におろした。膝ががくがくし、高いヒールをはいているので転びそうになる。ゼインは彼女を支えてからコンドームを捨て、服を直した。ウィローもドレスをきちんと引っ張って元どおりにし、ドアに背を押しつけられて抱かれたばかりに見えないよう、できるだけ髪を整えた。

ふたりともきれいにして身なりを整え、精いっぱい落ち着きを取り戻したところで、ゼインが言った。「外には女性の列ができてるだろうな」

ウィローは背伸びをしてキスをした。「心配しないで。わたしがどうにかしてくる」

ウィローがドアを閉めて出ていき、どんな集団も散らせるせりふを言っているあいだ、ゼインはトイレのなかで噴き出していた。「においがひどくて……詰まっちゃって……お店の人を呼ばないと」

あきれて首を横に振り、ゼインは少し待ってからドアを開けた。ありがたいことに廊下には誰もいなかった。ウィローがうまく全員を追い払ってくれたようだ。

まだ熱情の名残が響くほてった体でテーブルに向かった。たったいま、レストランのトイレのドアにウィローを寄りかからせてセックスした。この事実に、ぼうぜんとするばかりだった。こんなに大胆なまねをしたのは、はめをはずすこともできた若いころ以来だ。あのころにしていたことでさえ、たったいまウィローと体験した出来事に比べれば、なにもかもおとなしく思えた。

テーブルの近くまで来て、ウエイターと話しているウィローを見つめた。彼女が味を見たワインをウエイターがふたりのグラスに注ぎ、ボトルを置いて離れていった。ゼインもテーブルに着いた。

ああ、ウィローはなんてきれいなのだろう。彼女のうしろ髪が少し乱れているのを見て、微笑まずにはいられなかった。〝抱かれたばかり〟といった風情は、息をのむ美しさをいっそう引き立てていた。

「趣味がいいのね」椅子を前に詰めていると、ウィローに微笑みかけられた。テーブルの中心に置かれたキャンドルの炎が揺れ、彼女の顔に光を投げかけている。彼女が一本の指でワイングラスの縁をなぞった。「二〇〇四年ヴァンサン・ジラルダン・シャルドネ」

そうだろうとも。ウエイターは店でいちばん値が張るワインを選んだに違いない。だが、そんなことはどうでもいい。大切なのは、彼が見るのをやめられないこの美しい女性だけだ。

ふたりは同時にグラスをあげたが、先に乾杯の言葉を述べたのはウィローだった。「ボストンの数あるお店のなかでも最高のレストランのトイレでした、すてきなセックスに」

まいった、この女性といると声をあげて笑って、にっこりして、にやりとしたくなる――職業柄、とりわけあまりする機会のないことばかりだ。

ふたりとも口をつけて少しだけ飲んでから、ゼインはあらためてグラスを掲げた。「僕の番だ」ウィローがグラスを近づける。「この世でもっとも美しくて誠実な女性との、コモンでの出会いに」

あのえくぼのできる笑みをウィローに向けられ、ゼインは彼女とともにときを過ごすごとに、どんどん深くはまりこんでいっていると自覚していた。要するに、ウィローともう二度と会わないなどと想像もできなくなっていた。そうできるならいつでも、ウィローにまとわりついてしまうだろう。

ゼインはワイングラスをテーブルに置き、頭の両わきをもんだ。〝くそ。深いつき合いは遠慮するんじゃなかったのか、スティール？〟

「また怖くなってるのね、ゼイン」ウィローが変わらず気楽で率直な口ぶりで言った。ゼインが目をあげると、相手は思いやりのこもった忌憚のない表情をしてテーブルの上で腕を組み、身を乗り出した。「人を深く好きになってしまいそうで不安なんだわ」

5

ウエイターが現れて前菜の牡蠣をテーブルに置いてくれたおかげで、ゼインはウィローの言葉に反応しなくてすんだ。この女性は観察力が鋭すぎて心配になるくらいだ。

ウエイターにメニューを渡している彼女から目を離せなかった。なんてきれいなんだ。しかし、外見の美しさよりも彼女の気取りのなさに、もっと心惹かれていた。彼が答えたくないことを訊いてくる、率直さにも。

ウィローがウエイターに注文を伝えるのを、ぼんやりと聞いていた。「サーモンにするわ。つけ合わせにホウレンソウのクリーム煮とマッシュルームのソテーを」

ゼインは息をのみ、急いでメニューを見て最初に目についた料理を頼んだ。「シーフードとステーキ。ステーキはミディアムレアで」ウエイターにメニューを返して告げる。「マッシュポテトとアスパラガスも」

ウエイターが行ってしまうと、テーブルの向かいに座っている美しい女性をふたたび眺めた。だめだ、じっと眺めているばかりではいけない。オーガズムの名残でまだ体がほてっていても、またあそこが硬くなりだしてジーンズが窮屈になっていても、なんとか会話をしなければならない。

「僕の職業はもう知っているね」うそをつけ。「きみの専門は?」

「ただの教育学部の人から、教育学部の博士になろうとしてるの」にっこりするウィロー。彼は問うように眉をあげた。「教育学の修士号は持っているから、今度は博士号を取ろうとしてるってわけ」

彼女が続けて説明する。「ニューヨーク大学に通って五年になる論文専修者なの。残すは論文だけ。ボストンにいるあいだに論文を仕上げてから、大学に戻って委員会に提出するつもりよ」

「ランドルフ博士」ゼインは殻にのった牡蠣の皿を相手に差し出した。ウィローが皿にふたつ取る。「いい響きだ」

自分の皿にもいくつか牡蠣を取っている彼に、ウィローが答えた。「スティール特別捜査官もすてきよ」

「公園で会ったとき、これから仕事だと言ってたね」〝こっちは、武器取引に関して情報提供者と会うところだったけど〟

ウィローが肩をすくめた。「当面のあいだ、ほぼ毎日午後は〈メイシーズ〉の化粧品売り場で働いてるの。博士号を取れたら、東沿岸地帯のどこかで働き口を探そうと思ってる」

ゼインは化粧品についてさっぱりわからず、知りたいかどうかもよくわからなかった。

「特に働きたい場所はあるのかい?」

「ボストンがすごく好き。ずっと前から」また、あのえくぼだ。「父がまだ家にいたころは、おじさんの家を訪ねるために家族でよくバッファローからボストンに来てたわ」

出会ってから初めて、ウィローの顔に悲しげな表情がよぎった。「父は……二年くらい前に、わたしより若い〝かわいこちゃん〟と一緒になるって言って家を出てしまったの」

心を痛めた表情は、ウィローが話題を変えると日陰に太陽の光が射したようにすぐに消えた。「けんかばかりしてる妹がふたりいるのよ。わたしとはかなり年が離れてて、ふたりともまだバッファローで母と住んでる」

「大学生？」

ウィローが首を横に振った。「双子だから、ふたりして高校の最高学年。ウェンディとサラは、わたしより十歳下なの」テーブルに両腕をのせ、あの、人をとりこにする、洞察力に満ちたまなざしをゼインに向ける。「あなたは長男でしょう。何人家族だとしても」

「どうやるんだ？」ゼインは青い海の色の瞳をまっすぐ見返した。「そんなふうに人のことがわかるなんて」

「目を見ればわかるわ」ウィローが首をかしげて言った。「あなたは家族のことも、ほかに好きになって大事に思ってる人のことも、すごく気にかけてる」

ゼインは咳払いをした。話の流れが避けたい内容に向かおうとしている。「うちはかなりの大家族なんだ。アイルランド系のカトリック教徒で」

「ほら！　やっぱり」ウィローがうれしそうににっこりした。「きょうだいは何人いるの？」

「男が四人に、女がふたり」ゼインも微笑み返さずにはいられなかった。あの笑顔にはものすごい伝染力がある。「母さんと父さんは四十年近く夫婦でいる」

ふたりのウエイターがそれぞれ、ゼインたちのディナーをのせた大きなトレーを手にやってきて、注文した料理をすべてテーブルに並べた。ウエイターたちが皿を並べ終えて去っていくまで、ウィローはワインを少しずつ飲んでいた。

「うーん……」ホウレンソウのクリーム煮をスプーンですくい、サーモンの隣に盛っている。「あなたの家族は全員この近くに住んでいて、普段からよく集まるんでしょ？」

「毎週日曜はたいていみんなが両親の家に集合する。いま海兵隊にいるライアンだけは別だけどね」〝レクシーや僕も潜入捜査中は顔を出せない〟ゼインは心のなかでつけ足していた。ステーキを切り、気づく間もなく勝手に言葉が飛び出した。「今週の日曜、きみもうちのランチに来るかい？」

〝相当いかれたばか野郎だな、スティール。深いつき合いはしないって誓いはどうなったんだ？　先走りすぎだぞ〟

ウィローのまぶしい笑顔が、また彼の腹の奥におかしな現象を起こさせ、さらに次から次へと笑顔を引き出したくてたまらない気分にさせた。「うれしい。日曜は休みなの」

ゼインはステーキを切った。「きみが来たら、母さんは大喜びだ」

「楽しみ」ウィローはもう一口ワインを飲んでいる。「ご家族みんなに会うのが待ちきれないわ。賭けてもいいけど、お母さんはすばらしいアイルランド料理を作ってくれるんでしょう？」

「とんでもなくうまいシェパードパイを焼いてくれる」ゼインはうなずきつつ言った。「だけどハニー、もうきみと賭けで勝負する気はないよ」

夏の夜気に包まれてふたり並んで歩きながら、ウィローはゼインの手に自分の手を滑りこませ、彼を見あげて微笑んだ。

こちらを見返すゼインの顔は——うっとりとして幸せそうだけれど、深い関係を築くことへの恐れを、変わらず目に浮かべたままだ。

確かに謎ではある。でも、これはゼインの仕事になにか関係があるに違いないと踏んでいた。ひどい振られかたをして傷ついた男性の顔ではない——そこまで誰かに深い感情を抱くつき合いは避けてきたのだろう。そこまで真剣になる前に逃げてきた。

ウィローが、そうさせないようにしなければいけないようだ。

「車はどこに停めた？」ゼインの聞いていて心地のいい深みのある声に体を撫でられ、快い震えが走った。

「タクシーで来たの」

「ウエストロックスベリーから？」

「ボストンで運転するのは嫌いなのよ」ウィローは胸のすぐ下にあてた手をゆったりと腰まで滑らせ、その手の動きを追うゼインの視線に気づいた。「それに、この格好で地下鉄に乗る気になれなかったの」

ゼインがふたたび熱情の浮かぶ目をした。「そんな格好で絶対に地下鉄に乗らないほうがいい」

歩きながら彼の肩にもたれると、ぎゅっと手を握られた。「そう?」

「そうだ」ゼインの声は心配そうで、同時に独占欲もにじませている。本人はそのことに気づいているのかしら、とウィローは思った。「おばさんとおじさんの家まで送っていくよ」

「もっといい考えがあるわ」首を傾けてゼインを見あげた。「あなたの家に行って、始めたことを終わらせるのはどう?」

ゼインは気づいているのだろうか。自分がウィローの手をものすごく強く握っていると。ウィローが息を詰めて答えを待っていると。「散らかってるんだ」

ウィローは駐車場に近い角で、彼の手を引いて止めた。相手を見あげて目を合わせ、ゼインの緑の目がもっとよく見えればいいのにと思った。「あなたの家のなかがどんなふうでも気にしないわ。知りたいのは、あなたのこと」

近くの街灯の弱い明かりで、彼の喉が動くのが見えた。それからゼインは、完全にウィローの不意を突いて握っていた手を離し、両手で彼女の顔を包みこんでキスをした。

レストランでしてくれた力強いキスのような、激しい情熱に駆られたものではない。優しく、それでいて心を奪うキスだった。声にならない声がこみあげてきて、ウィローは猫がそっと喉を鳴らすような声を発し、両手をゼインの胸板にあて、たくましい胸筋、肩、二の腕にもふれた。ゼインと舌をからめて愛撫し合い、互いを味わった。

ゼインの味は男らしく、欲求をかき立て、先ほど飲んだワインの風味も残っていた。それに、なんていい香り。ムスクを思わせるアフターシェーブローションがほどよく香る、男性そのもののにおいがする。

ゼインがウィローの下唇を軽くかじり、キスに熱をこめ、さらに強く求めた。両手でウィローのウエストをつかみ、きつく引き寄せて自分のこわばりに押しあてている。ウィローは口づけたままため息をもらし、彼の首に両腕をまわした。相手の黒髪に指を差し入れ、今晩ずっとそうしたいと望んでいたとおり、くしゃっと撫でた。

荒く上下する胸板が乳房にこすれ、乳首がすぼまって痛いほどになる。いつまでも続く激しいキスをされて、くらくらしだした。

「わかった」ゼインがキスを終わらせてウィローを見おろしてから一歩さがり、また彼女の手を握った。口を開いた彼は息を切らしたような声になっていた。「家に行こう。このまま通りで抱いてしまう前に」

「通りで？」ウィローは空いているほうの手を彼の胸にあて、激しく高鳴っている鼓動を確かめた。そのまま両脚のつけ根まで指先を滑らせていき、そこをすくいあげるように包みこむと、ゼインが鋭く息をのんだ。「そんなに悪い思いつきじゃないかも」まなざしと顔にわざといたずらっぽい表情を浮かべて言いかけた。

するとゼインがすぐさま彼女の口をふさぎ、脅かすような声を出した。「これ以上は挑んだりしないほうがいいぞ、ハニー、本気で受けて立ってしまいそうなんだ」

6

コンソールの向こうにウィローが座っている。熱い感覚が駆け巡る体で、ゼインは愛車のシボレー・シルバラードを運転してクインシーにある自宅に向かっていた。可能なかぎりの方法でウィローを抱く光景が次々と脳裏に浮かび続け、目の前の道路に集中するために歯を食いしばらなければならなかった。

ウィローにすばやく目をやる。「きみがコモンで会ったばかりの男と、その夜にベッドに行くタイプだとは思わなかった」

微笑む彼女のえくぼが、ダッシュボードの計器からの光ではっきり見えた。「友だちのリンダにも言われてるけど、わたしはデートすらしないから、知り合って間もない人とセックスするなんてありえない感じよ」

ゼインは道路に目を向けたままでいようと努力しながら、結局またちらりとウィローを見ていた。「どうして僕と？」

「あなたに見られてるって気づいた瞬間、縁を感じたの」ウィローがほっそりした両腕をあげてブロンドの筋が交ざる髪を肩にかけ、両手をまた膝の上に戻した。物怖じしない率直な目で、彼を見つめる。「いままで誰にも感じたことのない、つながりよ」

ゼインは唾をのもうとしたが喉がからからでのみこめず、道路に目を戻した。「深いつき合いには向かない人間だって言っただろう」

「どうして？」素直に知りたそうな声で尋ねられる。「なにが不安なの？」

ゼインはこんな話を女性としていることが信じられなかった。しかし相手がウィローだと、本心を打ち明ければ気がらくになると初めて思えた。

彼女に顔を向けて、また道に視線を戻した。「僕の仕事は危険だ。大切な人たちも、事実を知ったら同じように危険にさらされるかもしれない」

「本当はシークレットサービスではないんでしょう」ウィローが驚くほど落ち着いて、責めるでもなく言った。「ステイシーが働いていたのと同じ、どこかの機関の捜査官なんだわ」

ゼインはショックに襲われ、ものすごい勢いでブレーキを踏みかけた。ウィローに険しい目を向ける。「ステイシーからなにを聞いたんだ？」

「なにも」ウィローは肩をすくめた。「五カ国語を話せるといっても、ステイシーは通訳者じゃないってわかってただけ。どこかの法執行機関の秘密部署で働いてるんだって、はっきりわかってたわ」

ゼインはできるだけ道の前方に意識を集中して、正しい車線を走り、ショックでトラックを横転させそうになっていないことを確かめた。

ウィローが片方の膝の上で両手を組んだ。「一緒にランチに出かけたとき、ステイシーはいつも入り口が見える場所に座ってた。そうとは気取られないように、自分たちのまわりの物や人をなにひとつ、誰ひとり見逃さない目で観察してた。そういうところからわかったの」

なんてこった。

「ステイシーは日によってなんだか緊張感に包まれているときもあったし、リラックスして心置きなく楽しんでいるように見えるときもあった」ウィローが続ける。「リラックスしてたのは、たいてい家にいたときよ。仕事以外では、あまり外に出かけるのが好きではなかったみたい」

ゼインはなにも言えなかった。なにを言っていいかわからない。なにを言っても、すでについてきたうそをさらに積みあげるだけになりそうな気がした。

ウィローは窓の外を通りすぎていく夜の景色を見つめていた。「一度それについて訊いてみたことがあったんだけど、ステイシーはチョコレートケーキを喉に詰まらせそうになって、もちろん否定してたわ。だけど、ステイシーの目を見ればわかった。うそをついてる、不安を感じてるって——そんなことを見抜いたわたしを心配してたのよ」

ゼインが進路から車内に目を戻すと、ふたたびウィローにじっと見つめられていた。彼女のまなざしに、初めて純粋な苦悩が浮かんでいた。「ステイシーは意味もなく殺されたのではないんでしょう？　たまたま運悪くそこにいただけじゃない。ほかのことはなにも訊かないし、誰にもなにも言わないから、これだけは教えて」

どう答えればいい？　ゼインにわかるのは、ステイシーについてウィローにうそはつけないということだけだった。

心臓が二度打つあいだ、ハンドルを握って黙っていた。それからやっとの思いでウィローと目を合わせ、答えを口にした。「ステイシー・ランドルフ特別捜査官は、英雄として戦って亡くなった」

「ありがとう」ウィローがささやき、膝の上の手に目を落とした。

ゼインは咳払いをした。「僕の——いや、捜査官のひとりが、ステイシーを手にかけた野郎をとらえて当然の報いを受けさせて、復讐もした」

「よかった」ウィローがうなずいた。頬を伝っていた涙をぬぐう彼女を前にして、ゼインの胸が押しつぶされそうになった。彼女が視線を膝に落としたまま言った。「仲間の捜査官の人たちが、従姉妹を殺した犯人をどうにかしてくれると思ってた」

「まわりの人間がみんな、きみみたいにとんでもなく勘が鋭かったら」ウィローにすばやく視線を向け、つぶやいた。「僕たちはおしまいだ」

顔をあげて目を合わせたウィローの微笑みは、まだ少し悲しそうだった。「おじさんやおばさんにも本当の話を伝えられたらいいのに。ステイシーは意味もなく殺された犠牲者なんかじゃなかったって」

ゼインの全身の筋肉がはじけそうなほど張りつめた。「そんなふうになにもかも突き止めようとするのは危険だ」

「事実を少しだけ見抜いてるってことを、ほかの誰にも知らせるつもりはないわ」ウィローは両方の目をぬぐい、静かな笑い声をたてた。「拷問して引き出したりする価値がある情報までは知らないもの」

「そんな話は冗談でもしないでくれ」ゼインは歯をきしらせ、片方の手で運転しながら彼女の手を握ろうとした。

ウィローが指をからませ、手を握り返した。「わかってるわ、ゼイン。ただ、わたしに関してはなにも心配する必要はないから安心して」

「心配することしかできないよ」低い声で答えていた。


ゼインの家に着くまで、ふたりは黙っていた。運転する彼とつないだ手を、クッション張りのコンソールボックスにのせている。

ウィローはゼインとの会話を思い返し、ステイシーが送っていたに違いない危険な生活について考えていた。ゼインはいまもそんな生活を送っている。

コロニアル様式の家の前まで来るとゼインが車を停め、先におりて助手席にまわり、大きなトラックからウィローがおりるのを助けた。歩道にしっかり立ったウィローは、ウエストを両手で支えられてゼインと見つめ合っていた。

近くの街路灯のわずかな光しか届かない暗がりで、彼の目は陰になっていた。長いあいだ見つめ合ってから、ウィローは彼にキスをした。ゼインは最初、彼女を壊してしまうと思っているみたいにためらいがちだった。しかし、ウィローから進んでキスに引きこむと、彼の渇望や激しい欲求が流れこんできた。

くる。

ゼインが身を引いた。顔つきは夜の闇と同じくらい陰りを帯びて、はっきり想いを伝えてくる。

体の結びつきも欠かせないけれど。

体だけでなく、心の底から生まれる感覚だった。

ゼインを求めている。

ゼインに求められている。


リモコンで静かに車のドアをロックし、彼がウィローの手を取った。

ウィローは口を開いた。「すてきな通りね」

「僕は家を留守にしてばかりだが、近所の人たちが互いに協力して気をつけてくれている」

ゼインは玄関の前の階段を上るあいだも、つないだ手を離さなかった。「いい環境だよ」

ようやく家のなかに入る。ゼインはウィローに、ゆっくりリビングやキッチンを眺める時間をくれなかった。硬材の床、革張りの家具、御影石の調理台がちらりと見えただけで、階段の電気をつけたゼインにすばやく上の階に連れていかれた。

上階の廊下はドアが開いたままの三つの部屋に通じており、ゼインに連れられていちばん奥の部屋に向かった。通りすがりに暗いトレーニングルームと、タイル張りの狭いバスルームをのぞいた。ゼインがまた照明のスイッチを入れ、やわらかい光が間違いなく主寝室と思われる部屋を壁の両側から照らした。どこを見ても男らしい部屋。厚みのある、自然の風合いをそのまま生かした松材で作られた家具。松材の炉棚がある石でできた暖炉。木のブラインドや木の床。それらが部屋を素朴に見せていた。使われている色もゼインに合っている。寝具と、暖炉やベッドのそばの小さな敷物は森を思わせる深緑色だ。

「散らかってるとは言えないわ」ウィローは彼を見あげた。

彼は肩をすくめている。「週に一回、清掃サービスに来てもらっているから、それほどひどくならないんだ」

ベッドカバーは折り返されている。ゼインにそちらへ導かれて、ウィローの胸が高鳴った。されるがままになってベッドのはしに腰かけると、床に膝をついた彼がハイヒールをそっと脱がせてくれた。

ドレスも脱がされると思ったけれど、そうはならずにベッドに横向きに寝かされ、こちらをじっと見つめるゼインと見つめ合った。

「きみはなんてきれいなんだ、ウィロー」途方に暮れたような顔で言う。「しかも外見だけじゃない」

「信じてくれるかわからないけど、ゼイン・スティール」ウィローは静かに告げた。「あなたもよ」

見つめ続ける彼女の前でゼインはブーツを脱ぎ、上着がわりのシャツも腕から抜いた。肩からはずしたホルスターと拳銃を、ベッドわきのサイドテーブルの引き出しにしまう。

それから彼もマットレスに横向きに寝そべり、ふたりとも服を着たまま向き合う格好になった。ふれ合いもせず、ただ見つめ合う。

ウィローは視線で相手の力にあふれた体をたどった。くっきりと盛りあがる上腕の筋肉。筋張った腕。がっしりした手。豊かな黒髪に鮮やかに引き立てられている緑色の瞳。そこには熱情と温かみ、危険と興奮――それに不安が隠されていた。

この不安に、ウィローは胸を突かれた。

しばらくたって彼が肩と腕の筋肉を動かし、指先でウィローの顔にふれ、あごの線をなぞった。真剣な表情に苦悩を浮かべている。「死ぬほど不安なんだ、ウィロー」

ウィローは彼の手を上から包みこみ、手のひらで彼のぬくもりを感じた。首をまわして、頬にざらつく感触をもたらす硬い手のひらに口づけ、また目を合わせる。「怖がらないで」

ゼインが彼女の手を取って自分の胸、心臓のあるところにのせた。Tシャツを通してでも、力強く高鳴っている鼓動を感じられる。「心臓が打っているのがわかる?」つかえをのむ彼の喉が動いた。「きみに恋をして、なにかがあってきみを失ってしまったら、ここが張り裂けてしまう」

7

ゼインの告白を耳にして、ウィローの鼓動が乱れた。大切な者を失うかもしれないと恐れる彼の不安と寂しさが、体の奥までまっすぐに届いた。

思いも寄らない感覚に胸の奥がよじれる気がして、これはゼインの不安と同じものだと気づいた——ウィローも、従姉妹の身に起こったようなことがゼインの身に起こるのではないかと怯えていた。そうした不安を押しのけ、そばにいる男性に意識を集中しようとした。この人を慰めて、愛を交わしたい。

たくましい肩に手をあててそっと押し、仰向けになるゼインの筋肉のうねりを手のひらで感じた。彼の引きしまった腰にゆっくりまたがると、短いドレスがずりあがって太腿が完全にあらわになった。下着を身に着けていないから、彼のジーンズが両脚のつけ根にじかにこすれた。やわらかいひだに硬いふくらみを押しあてる。

長く見つめ合ってから、顔をさげて唇を重ねた。これまでの荒々しい奪うキスとは違う、穏やかに、エロティックに、官能を呼び覚ますキスだった。なにも奪わない、男と女が互いを知ろうとする思いやりだけがあった。

ゼインにむき出しの両腕を撫でられて肌がざわつき、ほてった。このすばらしい愛撫を体じゅうで感じたい。ふれられて、キスをされて、めまいがしそうだった。ゼインの自然な香りに満たされ、味に夢中になり、ぬくもりに包まれていた。

ウィローは顔を離して微笑んでから背中に手をまわし、ドレスのジッパーをおろしていった。やわらかく肌を滑るドレスを頭から脱ぐ。その感触はやわらかいのに、いっそう肌をざわつかせた。ドレスはシーツの上を黒い滝のようにつややかに流れていき、床に落ちた。

ゼインは驚くべき光景をまのあたりにしたかのような表情で、彼女を見あげていた。

「なんて美しいんだ。何度言っても足りない」彼が手を伸ばして、ウィローの胸をすくいあげた。「きみのどこもかしこも」

「しーっ」ウィローは彼の手が届かなくなるまでさがっていき、ジーンズの前を開け始めた。ジッパーを最後までおろす。すてき、ボクサーショーツもブリーフもはいていない。レストランのトイレでは気づかなかった。あのときは、太くて長い彼に満たされる感覚で頭がいっぱいだった。

ウィローがジーンズのなかからペニスとその下のふくらみを出すと、ゼインは粗いデニムの締めつけから解放されて安堵のため息をつきそうに見えた。けれども、ウィローがそそり立つものにあてた手を前後させ、ふくらみを手のひらで包んでそっと握ると、うめき声をあげた。

ウィローは腰を揺らし、さらにもう少しだけ下に向かった。またうめいているゼインのこわばったものの頂を、ふたりが出会ったときに食べていたアイスクリームにしていたようになめ、今度は彼に息をのませた。

「くそ」ゼインは腕を伸ばしてウィローの髪に指をくぐらせ、頂に吸いつかれて息を詰めた。視線の先にいるウィローは彼の両脚のあいだで膝をついている。彼を包んでいる唇がゆっくりとおりて、またあがるさまを見て、ゼインはうめき声を発した。ウィローに口で愛されている光景はあまりにもエロティックで、息をするのすら一苦労し、強烈なオーガズムを押しとどめるのは不可能に思えた。

「やめてほしくないんだ、ハニー」苦しげにかすれて響く声で訴えた。「それでも服を脱いで、きみのやわらかい肌をじかに感じたい」

ウィローが彼を口に含んだまま微笑み、唇をすっと滑らせてそそり立ったものを放したので、彼はまた低い声をもらした。彼女が唇をなめた。「やめさせるなんて、ずいぶんなお願いよ」からかうように目を輝かせている。

ゼインは低いうなり声を発して相手の両腕をつかんで引き寄せ、上体を起こした。ジーンズを脱がなければ。早く。

その前にウィローにキスをして、ベッドのはしに座らせた。それから靴下も、ジーンズも、Tシャツも脱ぎ捨てる。すると、彼がまたたく間もなく、ウィローがベッドの横の敷物の上で膝をつき、彼のものに指を巻きつけていた。

「なにをしてたんだったかしら……」目を合わせてウィローが微笑む。「あら、思い出した」そう言って、彼を口に入れた。

彼女になめられ、吸われて、膝が折れそうになった。ここまでの経験はしたことがなかった。ただのセックスではない。

じゃあ、なんだっていうんだ?

ほっそりした指を根元に巻きつけられ、限界まで深くのみこまれて、ゼインの頭にはウィローしかいなくなった。

温かい潤いに満ちたウィローの口にペニスを包まれる感覚は、考えつくなかでもっともすばらしい体験だった。たくさんの女性に口で愛撫された経験があるのに、この違いはなんだ?

相手がウィローだから違う。

絹に似たさわり心地のする、日焼けした筋の入った彼女の髪に両手を差し入れてくしけずりながら、彼自身がウィローの口を滑って前後するさまに見入った。頭を動かすウィローの乳房が揺れ、胸の先端とそのまわりは濃いピンク色になっている。あの硬くすぼまっている乳首に吸いつきたかったが、ウィローにいましていることをやめてほしくなかった。

ウィローがいましている行為によって、彼の役に立たない理性は吹き飛ばされそうになっていた。

快感を与えているのはウィローなのに、彼女の口からやわらかい悦びの声が発せられた。

股間に強烈な感覚が殺到していても、目を閉じた彼女の顔を見て、ゼインにもはっきりわかった。ウィローは彼を口で愛して楽しんでいる。

「やめてくれないと、このまま口のなかでいきそうだ」見つめる彼の前でウィローは一瞬動きを止めたが、すぐにいっそうさかんに口と手を動かした。「目を開けて」彼の声はひどくしゃがれた。「見てくれ」

願いどおり、ウィローが青い海の色の瞳で彼を見た。

その瞬間、ゼインは勢いよく絶頂を越えた。

快感が極まって、苦しいほど激しい感覚に襲われて叫んだ。ウィローは一滴残らず彼を飲み尽くし、彼がこれ以上持ちこたえられなくなるまで、吸いつくのをやめなかった。

ゼインの緑の目を見あげたウィローの全身に、温かさがこみあげた。彼の表情を見て、どれだけの悦びを捧げられたか確かめられた。

「おいで」彼に両腕を取られて助け起こされ、抱きしめられた。肌と肌が密着し、ウィローは彼の肩に頭をのせた。「ありがとう」ゼインがあいかわらずかすれた声で言った。「これから、お返しをするよ」

彼の目の奥にはぞくっとする輝きがあった。ウィローの体の奥で興奮が竜巻のように渦になった。うなり声をあげた彼にめまいがする速さで抱きあげられ、気づくとひんやりするシーツの上で仰向けにされていた。ウィローの頭は枕の上、ゼインの頭は彼女の脚のあいだにある。

不意にひだの割れ目からクリトリスまでなめられて、思わずはっと息をのんだ。ゼインが両手を彼女の脚の下に差し入れて持ちあげ、彼の肩にかける。ウィローは太腿とふくらはぎで、彼の背中と肩の力強い動きを感じた。ゼインの硬い手のひらのざらつく感触が、さらに彼女の肌を敏感にした。

けれども、ウィローの意識の大部分をつかんでいるのは、ゼインの舌と口だった。やわひだをなめ、クリトリスをもてあそぶ舌のせいで、いとも簡単にわれを忘れてしまう。シーツをきつく握りしめて手が痛いほどだと、かろうじて気づいた。ゼインに激しく舌で攻められるにつれ、叫び声も大きくなっていく。二本の指を突き入れられたときは悲鳴をあげそうになり、三本目も加わったときは、ほとんど悲鳴に近い声をあげた。彼自身を受け入れたときと同じように、とてもきつく満たされていて、途方もなく心地よかった。

全身のいたるところで快感が生まれて興奮が走る。ウィローは身をよじり、達したらどうなってしまうかわからないと思った。はじけ飛んでしまってもかまわない。

オーガズムが押し寄せてくるとともに、シーツを握る手にさらに力をこめ、太腿を震わせた。「もうすぐよ、ゼイン。あとほんの少し」泣いているみたいな声になる。ゼインにじらされているとしか思えなくなって、最後には叫んだ。「お願いよ！」

ゼインが指を一息に奥まで突き入れ、クリトリスに吸いついた。

ウィローは達した。

レストランで抱かれたときには抑えこまれていた悲鳴が飛び出した。全身が揺さぶられて震え、心にも体にも火花が散っている気がした。考えることなどできるはずがなく、感じることしかできなかった。

しだいにまわりを意識できるようになってきて、彼の部屋に戻ってきた。ゼインを見ると、まだ彼女の腿のあいだに顔を寄せたまま、口のはしをあげて微笑んでいた。

「すごい、大きな声が出るんだな、ハニー」ゼインが振り返り、近所をうかがうまねをしてみせてから、ウィローに視線を戻した。「近所に、きみをファックしたときの声を聞かせるのが楽しみだ」

8

「その言いかた、すごく好きよ」オーガズムをしのぐ興奮を覚えて、ウィローは彼女の脚を肩からおろしているゼインを見つめた。

「興奮した？」彼が張りのあるくっきりとした唇にぞくっとする笑みを浮かべ、ウィローに覆いかぶさって両わきに手をついた。「ファックしたいって言われて？」

「ええ」ウィローは相手の首に両腕をまわし、緑色の目に見入った。豊かな黒い髪は乱れ、肩から厚みのある胴まで小麦色の肌の下で筋肉がうねっている。「あなたの声を聞くだけで、体がおもしろいことになるの」

ゼインの黒い眉の片方があがった。「ふたりでベッドにいるときにおもしろがられて、喜んでもいいのかな」

ウィローはにっこりした。「言ってる意味はわかってるくせに」

ゼインはこれに応えて顔をさげ、張りのある唇で彼女の唇をとらえた。主導権を握り、情熱と欲望をこめてキスをする。彼に会った瞬間から、ウィローはこの男らしい香りに体の奥まで浸されて、とらわれていた。いまでは彼女の高ぶりの香りも、彼のにおいや味わいと混ざり合っている。ゼインにキスをやめられたあとも、息をするのが難しかった。なにをされても、息を奪われてしまう。

「あなたといると病みつきになるわ」目を伏せ、ゼインの肩に手をあてて指先で力こぶをなぞった。ふれられて盛りあがるそこの筋肉の動きを確かめてから、また肩に手を滑らせて、彼の目に視線を戻した。「充分一緒にいられたって、満足するのは難しそう」

ゼインに引かれてしまうのではないかと心配になった。深いかかわりを求められていると感じて、彼は尻ごみしてしまうのではないだろうか。

「頭に浮かんだことをそのまま言葉にしてるんだろう、ハニー?」ゼインがくすぐるように唇を重ね合わせ、伸び始めたひげで彼女のあごをこすった。ウィローが答えずにいると、続けて言った。「そういう女性が好きなんだ。自分の意見を持っていて、決断する力がある――ただ、できるだけ慎重であってほしい」

あいかわらずぞくっとさせる、獲物を狙う獣に似た顔つきのまま、もう一度キスをする。

ウィローはぬくもりのある男そのものの味を楽しんでから、少し顔を離して告げた。「慎重よ。普段は」わざとらしく〝ああ、そうかい〟という顔をされたので、相手の腕をぴしゃりとたたいた。「本当よ」

「きみは頭じゃなくて心で動いてる。いいかい、それが悪いわけじゃない。とんでもなくセクシーだよ。それでも、僕みたいな人間のそばにいると、命が危険にさらされるかもしれないんだ」彼の顔つきがいっそう険しく危険を帯びた表情になり、ウィローはかすかに震えた。

ゼインの頭のなかで進行しているに違いない不安の連鎖を食い止めるため、ウィローは指で相手の引きしまった腹筋をなぞり、下腹部のものに手を近づけた。手を止めると、ゼインの顔つきが悩ましげに求める表情に変わる。

「やっぱり」ウィローはため息をついた。「満足するなんて無理に決まってるわ」

さあ、どうするの。

もう一度言ってしまった。ゼインはどうするだろう？

彼の顔は欲望と不安を半々に浮かべていたけれど、こちらを見つめるまなざしは燃えていた。ウィローの本心を見極めてやろうとしているみたいだ。「きみの言いたいことは僕だってよくわかってるよ、ハニー」

「こうやって覆いかぶさられてるのは、すてきな気分」くっきりと浮き出ている彼の肩と腕の筋肉をさわって確かめた。ウィローを押しつぶさないよう体重を支えているから、張りつめている。同時に目を合わせて、相手のまなざしの奥を見つめ返した。彼には簡単に心を見抜かれているようだ。ウィローも彼の考えと感情を読み取りたかった。「さっきも……あんな感覚があるとは思わなかったわ。あなたがわたしのなかにいる感じ」

ゼインも、レストランでしたことを思い返しているようだ。「きみを抱けたらどんなにいいだろうと想像してたけど、実際はずっとよかったよ。トイレできみを抱いたときは、あれはとんでもなく興奮した」

ウィローは一本の指をゆっくり滑らせ、相手の胸筋の谷間から硬く波打つ腹筋をたどった。指をふたたび彼のこわばりに近づけ、それを指先ですっと撫でると、ゼインが固まった。歯を食いしばり、目に情熱を燃やしている。ウィローが愛撫を始めると、目はさらに熱く燃え立った。

「だめだ、ウィロー」そそり立つものを軽く引っかかれて、ゼインは一瞬目を閉じた。「時間をかけて抱きたいんだ。それなのに、きみといると気がはやってのしかかりたくなる。レストランでしたときと同じように、勢いであっという間に抱きそうになる」

下唇をなめるウィローを見て、ゼインがうめいた。彼女は濡れた唇で相手の唇をかすめた。

「どうしてそうしないの？」

「あっという間に終わるだけのセックスは、きみにはふさわしくないからだ」深みのあるかすれ声で彼が言った。「何時間もかけて愛し合いたい。きみの体のすみずみまで、なめらかな肌を味わいたい。なのに、たったいま考えられることといえば、きみのなかに入ることだけだ」

「時間をかけるのはあとでもいいわ」ゼインの首に両腕をかけて引き寄せた。「一晩じゅう楽しめるんだから」

「僕の好きにさせたら、お互いにあまり眠れないぞ、ハニー」

ウィローはキスをして微笑んだ。「あなたになら好きにされてもかまわないわ」

ゼインが野性味のある低いうなり声を発して勃起したものを彼女のひだに押しつけ、敏感になったクリトリスにふれた。たとえ止めようとしても、ウィローは喉の奥からわきあがる、かすかな声を抑えられなかっただろう。

「きみの背の高いところが大好きなんだ」頭をおろしたゼインに片方の乳首をさっとなめら

れて息をのむ。「理想の背丈だ。脚は見とれるくらい長い。僕に脚を巻きつけてくれ」

引きしまった彼の腰を太腿で締めつけ、張りのある、なめらかな尻の上で足首を組んだ。

「いいぞ」ゼインがかすれた苦しそうな声を出し、腰を前後させて自身を彼女のやわらかい脚のつけ根とクリトリスに滑らせた。「初めてきみを見たとき、こうするところを想像してたんだ」

「目を見ればわかったわ」ウィローも腰をあげ、もっと強くふれ合うようにした。「おかげで、どうしてもあなたがほしくなったんだもの」

「あのアイスクリームを使って、やけにじらしてくれた」

ウィローはにっと笑った。「そうでしょ」

「なんでも仕返しはひどいっていうぞ」ゼインが両方の乳房の先を順番になめる。

もっとなめて吸いついてほしくてウィローは悩ましげな声を出し、背をそらした。どんなに彼を求めているか叫んでしまいたい。いますぐ。早く。それでも、ゼインがせめてこのくらい落ち着いて進めたいと思っているのだとわかっていたから、黙っていた。

「もう我慢できない」ゼインが手を下に伸ばして自身を彼女の入り口にあてがい、また両手で体を支えて構えた。

ウィローは息を詰め、二拍置いてから突き入ってきた彼を迎えて叫んだ。「ああっ。とっても長くて、太いわ」

「うれしい？」ゼインが時間をかけて腰を動かし、ひどくウィローを悩ませながら訊いた。

「うーん」貫かれるたびに彼の大きさを実感しつつ、ウィローも相手の動きに合わせて腰を上下させ、彼の巻き毛に下腹部を押しつけた。「この世のどんなバイブレーターもかなわない」

顔の両わきには汗が伝い、勢いに乗って激しく抱いてしまいそうになるのをこらえて苦しいほどだというのに、ゼインは笑いだしそうになった。「バイブレーターよりいいって？」

ウィローが下でもぞもぞした。「小さな耳つきのだって敵にならないわ」

笑いをこらえようとして結局、ゼインは鼻から噴き出した。ウィローの鎖骨に額をのせる。

「きみはすごい人だな、ハニー」

「ええ、そうよ、すごくあなたをほしがってる人なの」彼女がそう言って身をよじった。

「気を失ってしまいそうだわ。あなたが早く――してくれないと――」

「ファックしないと？」顔をあげてウィローを見おろし、にやりとして尋ねた。「恥ずかしくて言えないんだろう？」

「いいから早く！」ウィローの顔の両わきを伝う汗が、悦びと苦しみの涙のように見えた。

ゼインは彼女――と自分――の願いを聞き届けることにし、激しく打ちこみ始めた。両脚のあいだのふくらみを相手の尻にたたきつけるほど強く。

「いいわ。そうよ」ウィローが体をそらし、荒い呼吸で胸を波打たせた。「こうしてほしかったの。やめないで。さもないと、暴れて痛い目に遭わせてやるから」

ゼインはまたしても噴き出しそうになって必死にこらえた。すばらしいセックスをしながら、こんなに楽しい気分になれるとは思わなかった。だいたい、やめたくてもやめられない。リズムに乗って、彼女の奥に行けるところまで身を沈めて、なめらかなきつい場所に締めつけられながら天にも昇る心地を楽しんだ。

ウィローはレストランでしたセックスよりも興奮する、強烈ですばらしい体験なんてないと思っていた。ところが、これは——これには、いままでの想像をすべて吹き飛ばされた。ゼインに抱かれていると、熱が波になって肌に打ち寄せては引いていく気がする。彼はあまりにも大きいから、突き入れられ、動かれるたび、体の奥に余さず刺激が伝わった。力強く打ちこまれているのに、もっと速く、もっと激しく動いてほしいと感じる。貫かれるごとに自分から腰を突きあげて合わせ、つながった場所でいっそうふれ合いを感じようと身をよじった。

彼と目を合わせた瞬間、全身が震え始めた。緑の目に射すくめられて、世界で大事なのはきみだけだ、というまなざしで見られた。

このまなざしと、その奥の情熱の深さが、いっそう激しいオーガズムをもたらした。燃えあがるほど熱いうねりに押しあげられて達した。

ずっと遠くまで聞こえるに違いない叫び声を響かせた——誰かが殺されたと思って、近所の人が警察に通報するかもしれない。

意識を失いかけて目の前が真っ暗になっていくなか、フランス語の〝小さな死《ル・プティ・モール》〟がオーガズムを意味するわけがわかった。

体験したこともない驚くべき感覚に浸って、意識を失うまいと闘った。何度も熱が押し寄せてきて全身が震える。ようやく意識がはっきりしたときにはあえぎ、止まらないゼインに容赦なく貫かれながら、体の芯から揺さぶられていた。

そのときゼインが「ああ、くそっ！」と叫んで引き抜いた。

一瞬、オーガズムでぼやけたウィローの頭は困惑した。ゼインがペニスをつかんで強く締めつけている。彼女の腹に温かい精液が跳ねかかって伝い、止まった。

「ピルをのんでるって言ってくれ」ゼインがそう言うと同時に倒れこむように覆いかぶさってウィローを抱え、ふたりして顔を見合わせたまま横向きになった。

シーツで彼女の腹をふきながら心配そうな目をしているゼインに、ウィローは微笑みかけた。「のんでるわ」

「僕は検査を受けているし、必ずコンドームを使うようにしてる――そうしなかったのはいまだけだ」彼が手を止めて目をあげた。「だから、そういう心配はしなくて大丈夫だ。きみに口でしてもらう前に、ちゃんと言っておくべきだった」

「わたしは二カ月くらい前に献血したばかり」ウィローはにっこりせずにはいられなかった。「だけど、ずいぶん前から誰ともつき合ってないから。二、三年セックスしていなければ、病気を移された可能性はないはずでしょ」

「なんだって？」彼女の腹をせっせとふいていたゼインが固まった。「二年もセックスしてなかった？」

「少なくともそのくらい」ウィローは肩をすくめた。「ほんのちょっとでもそうしたいと思える人にまったく会わなかっただけ」

「なのに、知り合って間もない男とその日にセックスしたのか」ゼインがシーツを離してベッドに落とし、彼女のヒップに手をあてて撫でた。「とてつもなく危険な行動だぞ、ハニー。やっぱり、きみは心のおもむくままに動いてるんだ」

「はい、はい、あなたの言うとおり」ウィローは相手のあごに指を滑らせた。感じやすくなった指先に、少し伸びたひげが引っかかる。「でも、あなたに関しては直感が完全に正しかったと確信してるの。あなたはいい人だって、わたしの心はまったく疑ってないわ。こうするのは間違ってないって」

「ありがとう」ゼインが彼女の頭のうしろに手をやって引き寄せ、熱いキスをした。「だけど、これからは知らない男を引っかけるのは禁止だからな」

ウィローは眉をあげてみせた。「そう？　誰がわたしを止めてくれるの？」

「方法は考える」ゼインはそう言って彼女を仰向けに押し倒し、また抱いた。

9

「ベッキーおばさん、本当に大丈夫だって」ウィローはゼインに送ってもらって午前三時に帰宅し、それから五時間はたっていたが、目はぱっちり冴えてうきうきしていた。紙ナプキンを丸め、キッチンのごみ箱に余裕のシュートを決める。らくらく二点獲得。「ゼインはいい人だし――」

「でも、会ったばかりの人でしょう」ベッキーが朝食用カウンターにスクランブルエッグと、つながったソーセージと、トーストののった皿を置いた。いい香りでウィローの口はよだれでいっぱいになる。カウンターのスツールに座ってくるりと回転し、おばの目を見て少ししゅんとなった。

ベッキーはふっくらした腰に手をあてていた。「初対面の男性と会ったその日に午前三時まで一緒にいるなんて、相手がどんな人でも危険よ」

ウィローとゼインが、今朝の二時半まで本当はなにをしていたかおばが知ったら……どんな反応をされるか、ウィローは知りたくない気がした。いいえ、絶対に知りたくない。

「だけど、会ってからゼインとは食事も一緒にしたし、たくさん話してお互いのことを知り合ったのよ」ずっとではないけれど、確かに話もした。ウィローはカウンターの上で腕を組んだ。「それに、ゼインはいい人だってわかるの」

ベッキーがため息をつき、白髪交じりのブロンドを頭のうしろでまとめている髪留めの位置を直した。「シークレットサービスだから？　確か、そんなことを言っていたわよね？」

ステイシーは実は国のために亡くなったのだと、おばに伝えたくてたまらなくなったが言葉をのみこんだ。みんな、ステイシーは無差別な暴力の犠牲になったと思っている。ステイシーが働いていた謎の機関の人たちしか真実を知らされないなんて、たまらなく不公平だ。

ベッキーが姿勢を正したので、ウィローはおばのはしばみ色の目を見あげた。「ここ数カ月わたしたちと一緒に暮らして、〈メイシーズ〉で働きながら手助けしてくれて、あなたは本当に優しい子よ」ベッキーが手を伸ばしてウィローの手を包んだ。「だけど、そろそろあなたも自分の暮らしに戻らないといけないでしょう」

「おばさんたちとここで一緒に暮らせて楽しいの」ウィローは心から言った。

ベッキーがぎゅっと手を握る。「そうだとしても、ウィロー、博士号を取るためにあとは論文を発表するだけじゃないの。おばさんたちと一緒に暮らすために先延ばしにしてるんでしょう。博士号を取るためにニューヨーク大学に戻らないとだめよ。博士になって自分が得意なことをできる仕事を探し始めないと。人助けができる仕事を」

ベッキーが手を引いて微笑んだ。姪を誇りに思いつつ、嘆いて、なんとかしたいと思っている顔だ。「あなたが手を差し伸べられる人たちのことを想像してみて。あなたなら、それはたくさんの人たちの未来にいい影響を与えられるはずよ」

「いまはおばさんたちのそばにいたいわ」ウィローは朝食用カウンターから、たくさんの物が置かれた広いリビングを見渡した。

ここを、おばの孫たちが走りまわることはない。ステイシーと彼女の婚約者が作るはずだった家族。ステイシーとバリーは家庭を築こうとしていた——従姉妹は〝通訳〟の仕事を辞め、未来の夫と新しい生活を始めるつもりでいた。

そんな未来は失われてしまった。祖父母の家で暴れまわり、飼い犬の気難しいプードルを悩ませる孫たちがやってくることもない。

ウィローはおばと目を合わせた。「もう帰ったほうがいい?」

「なに言ってるの、ずっといてほしいに決まってるわ」ベッキーが少し目を潤ませ、急にカウンターをふき始めた。「それでも、あなたは自分の人生を歩んでいかないといけないときに、立ち止まってしまっているでしょう」

「いまは、ここにいるのがいちばんよ」ウィローはフォークを取りあげたが、不思議と手が震えた。「どっちみち論文の発表の準備を始めないといけないし、それは午前中に集中してやって、午後は化粧品売り場で働けるわ」

「なら、これだけは約束して」ベッキーがカウンターをふいていた布巾を丁寧にたたみ、ステンレスのシンクのわきに置いた。「日課の朝のランニングのあと、平日の午前中はノートパソコンを持って必ず図書館に行くこと。そこで大作の論文を磨くのに必要ないろいろな作業をしなさい。それからニューヨークシティに戻る予定を立てて、その期限どおりに終わらせるのよ」おばのまなざしは断固としていた。「これからは仕事に行くまで、ずっとおばさんと一緒にいなくていいわ。わたしはもう大丈夫」

ウィローはおずおずと笑みを浮かべて訊いた。「土曜日はいままでどおり一緒に過ごす日でいい?」

「あなたが新しい暮らしを始めるまでは」微笑んだおばは、ずいぶん若返って見えた。「もちろんそうしてもいいわ」

「よかった」ウィローは朝食の皿に目を落とし、またおばを見た。「朝食はどう? これからもおばさんのおいしい料理を食べながら、おしゃべりしてもいい?」

「もちろんよ」ベッキーが腕を伸ばしてウィローの肩にかかる髪を撫で、手をおろした。

「あとひとつ約束して」

ウィローは首をかしげた。「なあに?」

ベッキーが冗談ではありませんからね、と告げる〝あの目〟をした。ウィローもステイシーも、子どものころは数えきれないくらい何度もこの目つきでにらまれて、すっかり震えあがったものだった。ウィローはスツールの上でもぞもぞしそうになるのをこらえた。

「これからは、コモンで知らない男の人を引っかけてはだめよ」おばがぴしっと言った。

ウィローはゼインを思い出してにっこりした。というか、ずっと彼が頭に浮かびっぱなしだ。「それはもう、別の人に言われたわ」

ゼインはウィローを送り届けてからあまり眠れず、今朝はひげをそり忘れた。オフィスのガラスの壁に映った顔をちらりと見れば、最悪の状態だとわかる。

頭からウィローの姿を追い出せなかった。さわやかな、かわいらしい格好をしてコモンの公園ベンチに座り、アイスクリームを食べていたウィロー。レストランに、スーパーモデルのような目を見張るいでたちで現れたウィロー。そして極めつけが、抱かれた直後のウィローの姿だ。顔を赤らめ、彼のキスで熟れた唇を開き、彼の枕の上にもつれた髪を広げ、悦びと信頼をたたえた海青色の目で彼を見つめていたウィロー。

信頼。ゼインはガラスの壁の向こうにある司令部に目をやった。事件の解決に取り組む捜査官たちが忙しく動きまわっている。百台くらいありそうなモニターやスクリーンの光が、室内全体を青く染めていた。まったく、ウィローは人を簡単に信頼しすぎる。いつトラブルに巻きこまれてもおかしくない。

〝だったらどうする気なんだ、スティール?〟

ゼインは指で頭の両わきをもんだ。そんな質問に答える用意はできていない。すでに答えが頭のすみに浮かび始めているとしてもだ。

どうして今日ウィローとランチにいく約束をしてしまったのだろう?

〝ウィローは一夜かぎりの相手にしていいような女性じゃないからだ、ばか野郎〟

それに、ゼインがもう一度彼女に会いたくて仕方ないからだ。ウィローの笑顔、澄んだ青い瞳に浮かぶまっすぐな心、思ったことをなんでも口に出す性格、気取らない美しさ……あ、あ、あ、ちくしょう。

昨晩、ウィローを彼女のおばとおじの家に送り届ける前に、もう少し時間をかけて親しくなっていこうと約束した。

すでに、ゼインはそんな約束をしたことをひどく後悔していた。

「トントン」

顔をあげると、オフィスの入り口にジョージナ・リッツォがいた。この捜査官は、どこから見てもイタリアの血を引いているとわかる印象的な美女だ。美貌で潜入捜査をかなり有利に切り抜けてきた。しかも美しいだけでなく、恐ろしく有能だ。

「いまいいかしら、スティール?」リッツォは信じられないくらい値段の高そうな赤いシルクブラウスと、腿のなかばまでのオーダーメイドらしき黒いスカートを着ている。波打つ長い黒髪を肩にかけ、耳には純金と思われる大きな輪のイヤリング。まさにイタリアンマフィアの愛人そのものだった。

彼女が確実に男の注意を引くしぐさで髪を払った。「無法地帯に戻る前に、ちょっと寄ってあなたに報告しようと思ったんだけど」

「なにもかも順調か?」ゼインはデスクの前の椅子を指して勧めた。

リッツォは優雅に腰かけて足を組み、くつろいだ格好で肘掛けに腕をのせた。「とりあえず、アルバーノ・ペトレッリはゴージャスな悪党よ。マフィアの副首領《カーポ・バストーン》」

「副首領の愛人の座に納まったのか?」ゼインも椅子の背にもたれた。リッツォがつけられてきたのではないかと心配する必要はない――そんなへまをする捜査官ではなかった。

「そのとおり」ジョージナはおもむろに手をあげて自分の赤いつめを眺めてから手をおろし、おもしろそうな顔でゼインを見た。「わたしにかかれば、アルバーノなんて一発でおしまいよ」

「で、武器取引はどうなってる?」ゼインは尋ねた。

「ペトレッリ一家が売ろうとしてる武器のこと?」リッツォが答える。「バレット82A1 50口径。徹甲弾も撃てるしろものよ」

高性能セミオートライフル。くそ。ゼインはさらに頭の両わきをもんだ。「よし、売り物の仕様はつかんだな。まだなのは、取引の時間と、場所と、武器の買い手だ」

「あら、それもつかんでるわ」リッツォが凄みのある笑みを見せた。「火曜日の午前一時に、クライン倉庫で」立ちあがって告げる。「アルバーノはわたしにめろめろだから、一緒にいてもかまわずビジネスの話をするの」彼女が眉をひそめた。「あと、これも聞いて。武器の買い手はヒシャム・ナスリという男に率いられているテロ集団よ」

ゼインは歯をきしらせた。「いったいいつからイタリアンマフィアがテロリストに武器を売るようになったんだ?」

「ペトレッリ一家が麻薬を売るよりテロリストに武器を売ったほうがもうかると知って、話に飛びついたんでしょう」と、リッツォ。

「この話を聞きつけたら、ほかのファミリーが黙っているはずがない」

リッツォもうなずいた。「話を広めたらいいかもしれないわね」

ゼインは相手をじっと見つめた。彼女はこの情報を得るため、どんな手段をとらなければならなかったのだろう。「まだ捜査を続けられそうか？」

リッツォがウインクを送って寄こした。「さっきも言ったとおり、アルバーノはホットなの。あの男はわたしに任せて」そう告げて体を震わせる。「コカインを吸えとか言われないだけまし。例の〈レシヴィアス〉みたいなセックス用の合成麻薬をアルバーノに打たれて、ほかの男にまわされたりしたら大変よ」

「いいほうに考えれば、そうかもな」ゼインは答えた。「上出来だ、リッツォ。抜かりなく気をつけてくれ」

ジョージナ・リッツォは腰に手をあて、ゼインに色気たっぷりのまなざしを向けた。「ベイビー、わたしにはあなただけよ」ほとんどの男をひざまずかせてしまいそうな声で言って、笑い声をあげる。「こう言えば、アルバーノはいちころ。彼にはショッピングにいくって伝えてあるの」彼女が赤いハンドバッグを掲げてみせた。ブラウスに合った色で、服よりもいっそう信じがたいほど値が張りそうに見える。「このハンドバッグと服は、アルバーノの愛人になる前に買わなきゃいけなかったのよ。経費報告書の山を見たときのウィックストロムの顔が楽しみ」ハンドバッグの口を開けている。「これを見て」傾けたバッグの中身を見せられ、ゼインはあきれて首を横に振った。ものすごい厚みの百ドル札の束が入っている。

「ベイビー、ショッピングは大好きよ。苦労だなんてとんでもない」

ディック・ウィックストロムは麻薬・武器取引捜査課担当の副管理責任特別捜査官《ASAC》で、あんな締まりやはほかにいない。

リッツォには微笑ましい気分にさせられると同時に、あきれさせられてしまう。「じゃあ、ショッピングにいってきてくれ。くれぐれも気をつけてな」

「また報告する話を仕入れたら連絡するわ」リッツォが肩越しに言い置いた。「それか、ショッピングのついでに寄ってあげる」

ついに、必要な情報が手に入った。さっそく倉庫に踏みこむＲＥＤのチームをまとめなければならない。

オフィスから出ていくジョージナ・リッツォを見送ったとたん、腹を強く殴られたようにはっとした。潜入捜査中のリッツォに会って、この仕事がどんなに危険かあらためて思い出した。ゼインは私用の携帯電話を取り出した。ウィローに電話をして、ランチの約束はなかったことにするべきだ。

それから、なんとウィローは携帯電話を持っていないという事実を思い出した。ウィローは携帯電話がいいものとは思っていないそうだ。そんな考えも、あらためさせたほうがいい。緊急のときのために、一台持たせよう。

ゼインは眉間を押さえてうなだれた。くそ。ウィローについて考えれば考えるほど、自分が守ってやらねばという気になっていく。

〝よくない方向に進んでるぞ、スティール〟

この胸のなかにあるものがなんであれ、ウィローについて考えるたびに、いちいち理性に逆らわないでくれさえすればいいのだが。

10

三日後の金曜日、ゼインはウィローと落ち合い、スクール・ストリートのデリに座っていた。ウィローは彼の妹とかなり似ていて——男の前で悪びれずに食べる。神経質な子がよくするように、あまり食べないふりをして食べ物をつつきまわしたりもしない。熱心に、うれしそうに食べている。

日焼けした筋のある髪。すべすべしたハート形の顔。ウィローはたまらなくかわいい。どんなしぐさをしても優美だ。デートをするたびに、ゼインは彼女をベッドに連れていくことを考えていた。くそ、会っていないときでさえ、頭は妄想でいっぱいだ。ウィローが彼の腰に小麦色の長い脚を巻きつけ、ほっそりとした両腕を彼の首にまわし、引き寄せてキスをしてくれる。

ああ、〝かわいい〟どころではない。〝きれい〟と言っても足りない。ウィローには魅力がありすぎて、どんなに特別な存在か、言葉では説明しきれなかった。

ともかく、ウィローがなにをしていようと見とれてしまう。

「どうしたの？」ウィローが分厚いバーベキューポークサンドイッチから目をあげた。口のはしに、ほんの少しバーベキューソースをつけている。

「ソースがちょこっとついてる」ゼインはテーブル越しに手を伸ばし、親指でソースをぬぐった。わずかでもウィローの顔にふれるために。彼がふれると、ウィローはいつでも微笑んでくれる。そして彼女に微笑まれると、ゼインの胸はいつでもおかしなことになった。切なくなってうずき、とんでもない事態になっているぞと知らせてくる。

ウィローがわずかに口を動かし、ゼインの指をくわえて吸った。彼は周囲に聞こえるほどうめきかけた。

ウィローが濡れてしまった彼の指を口から放した。「ソースを無駄にしたくないでしょ」海の色をした目をいたずらっぽく光らせて言う。

ああ、この場で彼女を抱けたら。しかし、ゆっくり親しくなっていこうと約束したから、あのすばらしいディナーとその後の一夜のあとは、毎日一緒にランチを食べるだけにしていた。ウィローが土曜日はおばと過ごすそうなので、日曜日にゼインの家族みんなと会ったあと、ようやくふたりきりになれる。

楽しみなのは、ふたりきりになってからだ。

ゼインは椅子に背を預けた。「論文発表の準備ははかどってる？」

「あなた、うちのおばさんみたい」ゼインはそう聞かされて喜んでいいかわからなかった。「おばさんにも毎日必ず訊かれてるの。論文の準備はちゃんとしてるか。サボって、おばさんによればわたしがしてばかりいる〝衝動的な〟ことをまたしでかしてないか」

「僕とデートするみたいなこと？」

ウィローの口のはしがあがった。「そう、会ったばかりの男の人とその日に午前三時まで一緒にいたなんて、おばさんはあんまりよく思ってなかったみたい。相手がシークレットサービスでもね」

「僕もおばさんの立場だったら反対するだろうな」ゼインは眉を寄せた。「きみも、もう二度としないって約束するだろう?」

ウィローがふざけて敬礼をした。「はい、捜査官!」

「それで、論文は?」

「毎日、公立図書館に通ってノートパソコンで最後の手直しをしてるわ」ウィローが足元に置いてあるハンドバッグを指した。薄い小型のノートパソコンなら入る大きさがある。

細かいところまでよく覚えている記憶力のおかげで、ゼインはそのバッグのデザインに見覚えがあっても意外ではなかった。いちばん下の妹のローリーが好きな、コーチとかいうブランドのデザインだ。レクシーは持っていそうにないしろもの——あの妹は潜入捜査でどうしても必要でなければ、ブランド物は絶対に身に着けない。

ウィローがバーベキューポークサンドイッチをまた大きくひとかじりした。「日曜日に、あなたの家族みんなに会うのが待ちきれないわ」かみ終えてから言う。「双子の妹たちしかいないから、本物の大家族に囲まれたら楽しくなりそう」

「うん、めいっぱい楽しんでもらえると思うよ」ゼインも自分のバーベキューポークサンドイッチをつかんで、かじりつこうとした。「家族がほぼ全員そろうからね。兄弟のライアンだけは海兵隊の特殊作戦部隊にいて、いまどこにいるか誰も知らない」

「八人でも、九人でも、どちらにしろ大家族だわ」ウィローが発泡スチロールのカップに入ったレモネードをストローで吸った。腕時計に目をやり、レモネードをテーブルに置く。

「あっ、急がなきゃ。もう行かないと仕事に遅れちゃう」

ウィローと同時にゼインも立ちあがり、彼女の肩をつかまえてキスをした。時間をかけて熱をこめて唇を重ねると、彼女も応える。彼はキス以上のことがしたくてたまらなくなった。キスを終え、ウィローがハンドバッグを持ってゼインにいつもの笑顔を向けた。これを向けられるとゼインは必ず腹にパンチを食らったようになり、なんて困った事態にはまりこんでしまったのだろうと考えるのだった。

「ほんとにいい〝超巨人の国〟に来ちゃった」身長一六〇センチ余りのレクシー・スティールが腰に両手をあてて、一八〇センチのウィローと、軽く一八〇センチを超える兄弟三人を眺めた。へそにつけたダイヤモンドのピアスが太陽の光を受けてきらめいている。レクシーのへそを取り巻いている漢字はなにを意味しているのだろう、とウィローは思った。

レクシーの緑色の目の輝きからして、このゼインの妹は身長が低くても本当は気にしておらず、まわりのみんなを本気でにらんでいるわけではないらしい。

職場のリンダにいい報告ができそうだ。ゼインには、本当に彼に匹敵するくらいセクシーな大人の兄弟たちがいた。

「でも、あんたたちをひとりずつワン・オン・ワンで負かしてやるわ」レクシーは本気のようだ。ゼインによると、体は小さくてもレクシーは〝半端じゃなく強い〟らしい。

「スリー・オン・スリーはどうだ？」ゼインの兄弟のトロイが言った。

ウィローはにやりとしそうになるのをこらえ、両手の汗をジーンズのショートパンツでぬぐった。午後の日差しと湿気を感じ、鮮やかなピンクのタンクトップを引っ張って胸に風を入れる。

「オーケー」レクシーが兄三人と、すでに姉の背丈を追い越している十二歳の弟を見まわした。「ゼインとウィローをとるわ。とんまなあんたたちはいらない」

ウィローはレクシーとハイファイブを決めた。「速攻でやっつけましょう」

冗談抜きだった。ウィローは中学のころから大学四年までバスケットボールを続け、女子プロバスケットボール協会《WNBA》のいくつかのチームからポイントガードとしてプレイしてみないかと誘われていたくらいだった。しかしウィローにとってバスケットボールは趣味であり、腕試しであり、勉強の合間の気晴らしで、人生の目標ではなかった。

十五分後、何度かのジャンプシュート、慎重なパスまわし、レイアップシュート、スリーポイントシュートをへて、ゼインを含む大柄なスティール家の兄弟三人全員が、別の星から来た生き物を見るような目でウィローを見ていた。

「やたら強い応援を仕入れてきたな」トロイが首を横に振ってウィローとレクシーを交互に見た。「ハンデをつけてくれ」

「あの人のチームに入りたい」十二歳の、まだそれほど背が高くない弟のショーンがゼインにねだった。「トレードして」

ゼインがウィローをじっと見て答えた。「絶対にだめだ」バスケットボール以外でも彼女のそばを離れる気はない、と言っているみたいに。

ウィローはボールを手にスリーポイントラインで立ったまま、ぽっと頬を染めた。レクシーに目をやって、大きな笑みを向けられる。

「さあ、あんたたち、もうおしまいよ」レクシーが意地の悪い笑い声を響かせた。

レクシーは一六〇センチちょっとしかないかもしれないけれど軽やかに兄弟たちのあいだを縫って動き、新たに始めたスリー・オン・スリーのゲームで何度かジャンプシュートを決めた。ゼインも妹と同じくらいうまい。

大人ふたりと小さな弟の相手チームもなかなか健闘したが、ウィローたちの敵ではなかった。

五対〇で三兄弟チームに完勝したあと、ウィローを除く全員が汗だくになっていた。ウィローはたいして息も乱さず、ほとんど暑さと湿気による汗をうっすらとかいているだけだ。あらゆるスポーツのなかでももっとも体力を使い、さまざまな有酸素運動を必要とする競技を何年も続けてきたおかげで、持久力にはずっと自信があった。毎朝の八キロランニングもかろうじて運動になるくらいで、健康のためにしている程度の軽いものだった。

ゼインに肩を抱かれた瞬間、ウィローはまわりのきょうだいたちがあぜんとしてあごを落としそうになっているのに気づいた。ゼインは気づいていないようすで、彼女だけに聞こえる声でささやいた。「次から次へと驚きを繰り出してくるんだな」

「レモネードとウイスキーパイができたわよ」ミセス・スティールが玄関から呼びかけた。

スティール家のきょうだいたちがいっせいに口を閉じ、家に向かって駆けだした。「いちばん大きいのは僕の！」ショーンが大声で言い、兄たちを抜いてポーチの階段を駆けあがっていく。

ウィローはゼインにもたれかかりたくなったけれど、相手の家族の前なので遠慮した。ゼインがデート相手を家に連れてくるのは初めてのようだ――そうと知ってもウィローはまったく驚かなかった。

ゼインを見あげて訊いた。「ウイスキーパイって？」

彼にいつもの心をとろかす笑顔を向けられる。「もちろん、アイルランドのデザートだよ。母さんはアイルランド料理を食べて育ったから、前菜からデザートまで出てくるのは全部アイルランド料理なんだ」ふたりとも階段にたどり着いた。「僕たちの誰も文句は言わない」

ゼインの両親も含めて八人のスティール家の人たちが、驚くほど長いテーブルに勢ぞろいした。いないのは海兵隊にいるという兄弟ひとりだけだ。ウィローはゼインとレクシーのあいだの席に座った。

この日、みんなが座るたびにテーブルにどっさりと並べられた食べ物の量からして、ミセス・スティールは少なくとも二、三日かけて料理をしたに違いない。今回はたっぷりのデザートがテーブルにのっている。みんながそれぞれ、自分の大皿に山盛りしても行き渡りそうな量があった。

「やった」レクシーが声をあげ、大皿に手を伸ばした。衣をつけてたっぷりの油で揚げたような、でこぼこした食べ物が盛られている。「リンゴのフリッターもある」

へえ。

家族全員がいっせいに食べ始めるようすを見て、ウィローはリンゴのフリッターとウイスキーパイの味を確かめるためには、急いで皿に飛びつかなければいけないのだと気づいた。そのとき、ゼインが彼女の皿にすばやくパイをのせてくれ、見あげた彼女にウインクをして微笑んだ。

溶けそう。

ああ、こんなふうに微笑んだときの彼は、ぼうっとさせられてしまうくらいすてき。ウィローは温められたチョコレートの気分になって、彼の全身に溶けこんでしまいたくなる。

夜が来たら。

今夜、必ずそうしなければ。

11

「あなたの家族、すてきね」ウィローはゼインと指をからめて手をつなぎ、彼の家に入った。

「バスケでうちの連中をこてんぱんにするのが気に入ったんだろ」家に入ってすぐの部屋で、ゼインにぴったり抱き寄せられる。「なんであんなにうまいのか、まだ教えてくれてない。なんだ、WNBAにいたとか？」

「惜しい」ウィローはにっこりしてつないだ手を離し、ゼインの首に両腕を巻きつけた。相手の彫りこまれたかのような凹凸のある体に、さらにぴったり身を寄せる。彼はこたえられないほど温かくて、さわり心地がよくて、すばらしい香りがする。「ニューヨーク大学に四年在籍したあと、いくつかのチームから誘いがあったわ。だけど、大学院でしっかり勉強するほうを選んだの」

ゼインが口のはしにキスをした。「ほかにはどんな秘密があるんだ？」

「自分で突き止めて」背伸びをしてキスを返した。

ゼインがキスに熱をこめ、両手を彼女の全身にさまよわせるにつれて、ウィローの体の奥にぞくぞくする感覚が押し寄せた。

「いますぐきみを抱きたくて我慢できない」ゼインが耳からあごの先まで口づけてから、彼女のジーンズのショートパンツのボタンをはずした。ショートパンツもパンティーも太腿まで押しさげてしまう。彼がウィローの肩をつかみ、リビングにある石でできた暖炉のほうを向かせた。「敷物の上に手と膝をついて」

言われたとおりにするウィローの体に興奮が駆け巡り、五感に火がついた。うしろで膝をつくゼインのジーンズが肌にこすれるのを感じ、ジッパーがおろされる音がして——。

前ぶれもなくゼインに突き入れられた。

驚いて悲鳴をあげるウィローを、ゼインが荒々しく貫き始める。「今週はずっとじらしてくれたな」彼がうしろから顔を寄せて両手を彼女のタンクトップにもぐりこませ、胸からブラジャーを押しあげた。「やっと仕返しができる」何度も激しく打ちこみながら、同じ熱意をこめて乳首をつねる。

「この仕返しは気に入ったわ」ウィローはかろうじて言葉を発した。バスケットボールをしても息はあがらないけれど、抱かれるたびになぜかゼインには息を奪われてしまう。

「こんなものじゃないぞ、ハニー」ゼインがそう言い、いっぽうの手をさげてクリトリスを撫でた。

ウィローは息をのみ、達しかけた。ゼインとした行為のなかでも、これは特にエロティックだ。膝をついて、引きおろされたジーンズのショートパンツが許すだけ腿を開いていると、官能をかき立てられた。ゼインはまだ服を着たままうしろから覆いかぶさっているから、彼のジーンズが彼女のやわらかい肌にざらつき、いっそう感覚を刺激した。

ゼインの硬いものに貫かれ、両脚のあいだの芯を愛撫されつつ、もういっぽうの手で胸の

なかった。

先端を交互に引っ張られている。こうした感覚に同時に襲われて——持ちこたえられそうに

「今週は毎日、きみのなかに入りたくて仕方なかった」ゼインが荒々しいうなり声を発する。

「だから、きみがぐったりして立てなくなるまで抱くつもりだ」

「もうぐったりよ」力強く貫かれながら、ウィローは悩ましげな声で返した。「あなたのおかげで燃え尽きそう」

ゼインに胸の頂を強くつままれて、さらに大きな声をあげる。「スリー・オン・スリーを五ゲームして息も切らしてなかっただろう。何度かいいセックスをしたってついてこられるはずだ」

ウィローは迫ってくるオーガズムを感じて震えだした。

「きつく締まって濡れてるきみのプッシーにコンドームなしで抱かれてるのが、たまらなくいい」

「ええ。たまらない」ウィローはあえぎすぎてもうろうとしてきた。興奮が一気に押し寄せてくる。そうしようとしても、まともな長い言葉を口にできそうになかった。

「そうだ、ハニー」さらに激しく震え、すぐそこまできているオーガズムの強烈さに目をむきそうになる彼女に声をかけ、ゼインがクリトリスを愛撫する手に力をこめた。「僕のために、いってくれ」

今回、はじけたクライマックスに襲われた彼女があげた悲鳴は、喉で詰まる泣き声に似て

いた。体がガラスのように砕け散り、床じゅうにきらきらとばらまかれてしまった気がする。

腕の力が抜けて倒れこんでも、まだ彼に抱かれていた。やわらかい敷物に顔をうずめて両腕を前に投げ出している。熱く溶かされたガラスのように、かたちをなくしてしまわないのが不思議だった。

体は脈打ち続け、中心から興奮が走るごとに跳ねあがった。

ゼインが身を引いた。「仰向けになるんだ」

ウィローは震える腕でどうにか動いた。仰向けになるなり、靴下とランニングシューズをはいた足からショートパンツを引き抜かれていた。

ウィローに息をつく間どころか、なにをされているか理解する間すら与えず、ゼインが彼女の足を持ちあげて膝を肩にかけさせた。尻を浮かせた彼女のなかに深々と身を沈めてくる。

ウィローは何度も鋭く息をのんだ。つい先ほどの強烈なオーガズムのおかげで感じやすくなっていたところを襲われた。

受け止めきれるかしら。

「ああ、もっと受け止めてくれ」ゼインの言葉を聞いて、自分は声に出してつぶやいていたのだろうかと不思議に思った。「初めてベッドに連れていって一回抱いたとき以来、あんなに悩ませてくれたんだから」

「何回も抱いたでしょ」

彼女の上で、ゼインもうめいて体を震わせ始めた。「きみもまたいくさ」

「どうしてそう思うの？」ウィローが荒い息を継ぎながらも訊くと、ゼインが意地悪にも見える顔で上から笑いかけ、クリトリスに親指を押しつけた。

今回は叫び声をあげてクライマックスに達し、ウィローはほとんど無意識に腰をくねらせて身をよじっていた。

「いいぞ、ハニー」さらに何度か打ちこんでからゼインもかすれたうめき声を響かせ、彼女のなかでペニスを脈打たせて上りつめた。

肩からウィローの脚をそっとおろして、ゼインが彼女の上に倒れこんだ。全体重がかからないようにしてくれている。ふたりはまだひとつになったままだ。彼の体は燃えているように熱く、セックスのにおいと男らしい香りに包まれていた。

ぐったりして横たわっているだけのウィローのなかで、ゼインがまたしても硬くなった。「次はテーブルでしてみよう」そう言われてウィローは微笑み、元気を取り戻していた。

ジョージナの情報が正しければ、これはたいした手入れになる。

一時間前から、ゼインたち捜査チームはわずかな明かりに照らされた倉庫のまわりで配置に就いていた。マフィアのペトレッリ一家がヒシャム・ナスリ率いるテロリスト集団に武器を引き渡す前に、待ち構えていなければならなかった。

ペトレッリ一家が、徹甲弾を撃てるバレット82A1 50口径ライフルをテロリストに売り渡す事態は、なんとしても防がなくてはならない。そもそも、ペトレッリ一家はどうやってあんな武器を手に入れることができたのだろう？

突き止められる人間がいるとしたら、リッツォしかいない。より深くマフィア内部にもぐりこんでもらわなければならないだろう。

ゼインは腕時計のボタンを押し、誰にも気づかれずに文字盤が見えるよう、かすかに光らせて時間を確認した。

倉庫内部および外部に、ＲＥＤのハイテクカメラや盗聴器を仕掛けて監視している。だから、どんな声も聞きもらさないはずだ。ＲＥＤは最高の技術を用いている。

正当であるかぎり、ＲＥＤはこの作戦に関してどんな手段を用いてもよい。ＲＥＤが捜査する全事件を取り扱う判事から、そうした全面的な許可を得ていた。

午前一時まで、あと十分。ペトレッツリ一家とナスリ一派がいつ現れてもおかしくない。

さほどたたないうちに、大きな黒のキャデラックが二台、冷凍トラックに見せかけた車両を引き連れて倉庫で停まった。

その数分後、三台の黒いメルセデスが到着する。

しゃれた車でテロ活動か？

しばらくたって、それぞれの車から数人の男たちがおり、互いに向き合って歩きだした。滑稽にすら見える光景だ。西部開拓時代のガンマンを気取っているかのような顔で身構える男たち。

倉庫のほの白い明かりの下で、それぞれの集団からひとりずつ男が進み出て対面した。ゼインは双眼鏡を目にあてて、ふたりの男の顔を見た。集めた情報と写真から、男たちのひとりはエンツォ・ペトレッツリで、もうひとりは確かにヒシャム・ナスリだとわかった。

ゼインの体に、アドレナリンがものすごい勢いで熱く駆け巡った。もう少しで、悪党どもをとらえられる。しかも、テロリスト集団の首謀者本人まで現れるとは――予想外の展開だった。

通信機を通して、ゼインの耳にエンツォの声が届いた。あの巨大マフィアのファミリーの一員がすぐ隣に立っているかのように、はっきり聞こえる。

あれがアルバーノ・ペトレッツリでなくて、ほっとしていいものかゼインは悩んだ。あそこにいるのがアルバーノだったら、リッツォはペトレッツリ一家への〝つて〟を失っていただろう。いっぽうで、アルバーノを逮捕してしまえば、リッツォを潜入捜査から解放してやれたのだ。

エンツォの声に耳を傾けた。「物は金と交換で引き渡せる」マフィアが白いトラックを指す。「そちらが売り物を確認するあいだに、代金を確かめさせてもらう」

テロリストは険しく鋭い顔をした男で、冷ややかで狡猾そうな表情を浮かべていた。口を開いた男の言葉には強い訛りがあった。代金は持参したケースに入っていると告げている。

それからナスリは部下にうなずき、トラックに積まれた品を調べるよう指示した。トラックの後部ドアが巻きあげられる音が夜に騒々しく響き、高々と積まれた木箱が見えた。

ゼインとチームの捜査官たちは、あの木箱の中身が武器であることを確認しなければならない……。

エンツォが手下にブリーフケースのなかの現金をあらためさせ、その間エンツォ本人とナスリはにらみ合いを続けた。

静かな倉庫に木から釘を引き抜く歯ぎしりに似た音がやけに大きく響き、重い木箱のふたが落とされる音がした。部下がナスリに大声で呼びかけ、違法ライフルを掲げた。

ナスリとエンツォが互いの手を握った。

「行け!」ゼインが通信機に号令を出すなり、RED捜査官たちが現場を囲んで「警察だ!」と叫ぶ——法執行機関があまねく使用する決まり文句だ。

エンツォとナスリの手下たちは、すぐさま抵抗をこころみた。おとなしく逮捕されるつもりはないようだ。

ゼインもチームの攻防に加わり、RED捜査官が撃たれるのを見て激しい怒りに駆られ、発砲したエンツォの手下を狙い撃ちした。

エンツォ、ナスリ、ほか数名の男たちが両手をあげた。残りの悪党たちはそのまわりで命を失うか傷を負って倒れている。

さしてたたないうちにエンツォたちには手錠がかけられ、武器も現金もすべて押収された。

ふたりのRED捜査官が倒れていた。

ゼインは捜査チームに大声で指示を出しつつ、三人の捜査官とともに撃たれた者のもとへ駆け寄った。REDの救急車二台が倉庫からそう離れていないところで待機している。ゼインが撃たれた捜査官のそばに立ったとき、ちょうど救急車が到着した。

撃たれた捜査官のかたわらで膝をつき、慎重にヘルメットをはずした。

大きく見開かれたままの目。青ざめた肌。動かない体。救急隊を待たずして、ピータースは死んでしまったのだとわかった。喉を貫通した銃弾によって脊髄が断たれ、首を覆う血の量からして、この傷と失血の両方により命を奪われてしまったのだろう。

「くそ！」ゼインは声を張りあげた。すぐさまREDの救急救命士が隣に現れた。おそらく言う必要もなかったのだろうが、告げた。「ピータースは手遅れだ」

まだ生きて手錠をかけられている悪党ども全員の頭を撃ち抜いて殺してやりたくてたまらなかったが、彼らは身柄を確保されて車に押しこまれていた。

「ジェイコブズは撃たれてるが、命に別状はない」ヤーノフが報告した。「胸にまともにあたってても、徹甲弾を使われなかったからよかった」

その点は幸いだった。それでも、ピータースの目を閉じるゼインの手は震えた。救命士たちが彼女の体を運んでいった。

ゼインは立って、チームの捜査官たちが現場に残る証拠をすべて手際よく集めていくようすを見守っていた。カメラも盗聴器も回収する。

REDは非常に強固なルートを通し、高い地位にある人々の後押しを受けて単独で行動しているため、他の法執行機関から詮索されることはない。あらかじめ地元の警察が捜査に手を出さないよう遠ざけておく手段があり、REDの捜査官たちはすみやかに、的確に、精密に〝職務を遂行〟していた。

短時間で遺体は運び去られ、血痕もすべて消し去られて、現場は取引も手入れもなかったかのように元に戻った。

タイヤで砂利をきしませて、捜査官が元どおりドアを閉じた冷凍トラックを運転していった。あのトラックは本部で処理される。そのあとに救急車と遺体運搬車が続いた。

しばらくすると、すべての捜査官が現場をあとにして本部に帰っていった。

チームスーパーバイザーであり、捜査の指揮にあたる者として、ゼインは最後まで現場に残った。最終確認を終えてようやく、ＲＥＤ支給のトレイルブレイザーを停めている場所へと歩きだした。

12

「ウィローのダブル・キャラメル・ベンティ・フラペチーノ！」バリスタが声を響かせた。おいしそう。ウィローは〈スターバックス〉の受け渡しカウンターに急ぎ、飲み物を取った。プラスチックのカップが手にひやりとする。ハンドバッグを肩にしっかりかけ直した。ノートパソコンが入っているので、いつもどおり重い。フラペチーノを飲んだらすぐに図書館に行って、論文発表の準備を進めなければいけない。

混んでいるコーヒーショップのすみで、小さな丸テーブルからふたりの女性客が立ちあがる。ウィローは空いた椅子のひとつにすとんと腰をおろした。やった。うれしくて笑い声をあげかける。それからボタンつきの白いブラウスの袖をまくって袋からストローを取り出し、フラペチーノに差した。

ひと吸いする間もなく、男性に声をかけられた。「ここ空いてるかい？」

ウィローは反射的にええとうなずいて相手を見あげた。店は混んでいるし、空いている椅子を見つけられてめっけものだったから、相席になっても別にかまわない。

目が合うと男性は微笑んだ。ウィローも微笑み返しかけたが、とたんに両腕にぞわっと鳥肌が広がった。向かいの席に座る男がこちらを見る黒い目には、どことなく不気味なところがある。

彫りの深い顔立ちに、真っ黒な髪。男が手を差し出し、「フィリッポだ」と名乗った。名前からも、訛りからも、イタリア系だとわかる。

ウィローは握手などしたくなかったけれど無理やり微笑み、男に手を取られた。乾いた熱い手にふれられた瞬間、腕にさらに鳥肌が立つ。こちらをじっと見つめる男が握り続ける手を、引かずにはいられなかった。

「きみの名前は？」男がなめらかな、訛りのある声で訊いた。

そのとき、ウィローは相手がコーヒーもなにも持っていないことに気づいた。

知らない人間に気を許しすぎてはいけないとしかる、ゼインとベッキーおばさんの声が頭のなかで同時に響いた。ウィローはいつも心と直感に従ってきた。いまはそのどちらも、早くここから逃げろと迫っている。

「あっ、いけない！」また微笑むふりをしてフラペチーノのカップを握り、テーブルを離れようとした。「トレーナーと待ち合わせしてるんだった。元フットボール選手ですっごく怖い人なのよね。追加トレーニングさせられちゃうわ」

相手になにか言われる前に席を立ち、たくさんの人のあいだを縫ってコーヒーショップの出口を目指した。

ガラスドアを開くとき、そこに映ってうしろが見えた――男が追ってくる。

心臓が激しく打って喉から飛び出しそうだ。まだ口をつけてもいないフラペチーノをドアの横の黒いごみ箱に投げ入れ、走りはせずにできるだけすばやく外に出た。

〝思いすごしよ、ウィロー。つけてくる男なんていない〟しかし振り返ってみると、男がすぐうしろに迫り、長い脚でさらに距離を詰めつつあった。

ああ、どうしよう。つけてくる。あたりを見まわしてフリーダムトレイルを歩く大勢の観光客に目をつけ、その集団のなかにまぎれこもうとした。

すぐに新たな問題に気づいた。身長一八〇センチの彼女は、少なくとも十センチは背の低い外国人観光客ばかりのなかで飛び抜けて目立ってしまったのだ。

ウィローがおろおろしているうちにイタリア系の男も観光客をかき分けてきて、乾いた熱い手で彼女の肘をとらえた。「そんなに急いでどこへ行くんだ、ウィロー？」彼がなめらかな声で言い、ウィローの腕に指を巻きつけて引き留めた。まわりでは観光客たちがふたりをよけて歩いていき、ウィローは男と取り残された。

自分の名前——教えてもいないのに知られていた名前——をイタリア訛りの声で呼ばれて、寒けが走った。

〝勇気を出して。自信を持って。死ぬほど怯えていると相手に気づかれてはだめ〟

〝うん、そうよね〟

ぐっと腕を引いて振り返り、背の高い相手をにらみつけた。「腕を放して。さもないと後悔するわよ」

男が薄く笑って腕をつかむ手に力をこめ、背後にまわった。「一緒に来てもらおう」

ウィローは十一年もバスケットボールを続けてきて、反則技の使いかたは心得ていた。

渾身の力をこめて自由なほうの肘を相手の腹にたたきこむと同時に、自分の足で相手の足を引っかけてバランスを失わせた。

男が驚きの声をあげ、ウィローの腕をつかんでいた力をゆるめる。ウィローはバスケットボールを手にいいパスを狙う要領で、片方の足を軸にすばやく回転した。ボールのかわりに重いハンドバッグを肩から腕に滑らせてつかむ。

バッグの持ち手を両手で握りしめ、勢いをつけて男の顔にたたきつけた。

命中。

「くそっ！」勢いよく振りまわされたノートパソコンの角でまともに顔を殴られて、男が叫び声をあげた。変な方向に曲がってしまった鼻から血が噴き出す。

男が歩道に倒れこんだとき、鈍い光を放つ金属でできた物が彼の手から落ちてコンクリートの上を滑っていった。

ウィローは駆けだした。

目にした事実にショックを受けていた。あの男は銃を持っていた。手から落ちて滑っていったのは銃だった。撃たれていてもおかしくなかった。どうして会ったこともない男に狙われたりするのだろう？

鼓動が異常なほど激しくなり、アドレナリンが全身にわきあがって、さらに速く走った。

角を曲がり、駆け巡る恐怖で息が乱れて荒くなった。角の向こうからタイヤのこすれる音がする。

洋品店に駆けこみ、ワンピースがかけられた背の高いラックと、ブラウスやスラックスがかけられた背の低い回転ラックに囲まれた。店員は忙しく働いていて、ウィローは身を隠すことしか考えられなかった。あの男は恐ろしい銃を持っていた。見つかるわけにはいかない。膝をつき、シャツのラックの下にもぐりこんだ。上から丸見えのラックでなくてほっとする。ラックの上は台になっていて、上半身だけのマネキンがのっていた。

服のなかに隠れてジーンズをはいた膝を胸にぎゅっと引き寄せ、ハンドバッグを抱えこんだ。息をする音に気づかれないよう、下唇をかむ。

「いらっしゃいませ」店のどこかから女性の声がした。店員だ。

それから、あのなめらかなイタリア訛りの声がした。ただ、さっきほどなめらかではなくなっている。しゃべりにくそうだ――たぶん、鼻を折ってやったからだろう。男の一言一言に鋭い怒りがにじんでいた。「女が入ってこなかったか？　かなり背の高い、ブロンドだ」

女性が答えをためらった。「いつの話でしょう？」

「いまだ」イタリア系の男は激しい怒りを声に出すまいと苦労しているようだった。「ここ二分ぐらい」

「来ていません」ウィローは安堵の声をもらしそうになった。あの女性に見られていなかった――または、かくまってくれている。

男は返事もせず、足音からすると出口に向かったらしい。それから、ひとりで話しだした。携帯電話で誰かと話しているようだ。

「逃げられた」男の声がしだいに遠ざかっていく。「いいや、どこに行っちまったかわからない。わかってたら逃がすわけないだろう」最後にかろうじて聞き取れた。「サツの……女」なにも聞こえなくなった。

金属製のラックを支える真ん中の柱に寄りかかった。男は行ってしまった。

いきなり目の前の洋服が分かれ、ウィローは叫び声をあげそうになった。前にいるのが店員の女性だと気づき、ふたたび安堵に包まれる。

「大丈夫？」女性が手を差し伸べて尋ねた。「あの男はもうどこかに行ったはずよ。警察を呼びましょうか？」

「ここにいることを黙っていてくれて、ありがとう」ウィローは女性の手を取って立ちあがった。少し立ちくらみがして、ぼうっとなっていた。アドレナリンと、さっきまで緊張してうずくまっていたせいだ。おかげで、頭が空っぽのブロンドみたいになっている。

女性の申し出をことわるためというより、頭をはっきりさせるために首を横に振った。

「ボーイフレンドが警官だから、彼に電話を」また頭がまともに働くようになってきた。ゼインと話さなければ。なぜか、助けを求める相手は彼しかいないとわかっていた。「電話を借りてもいいかしら？　携帯電話は持っていなくて」

女性には母親のような雰囲気があり、ウィローはベッキーおばさんを思い出した。彼女にうながされて店の奥へ向かう。「緊急のときのために携帯電話を持っておいたほうがいいわよ」女性が振り返って言った。「事情はよくわからないけど、さっきの男は危ない人に見えたもの。あんなふうに顔とシャツを血だらけにして、見るからに危ないわ」

「携帯電話を売っているお店を見つけしだい、必ずひとつ買うことにするわ」ウィローはハンドバッグを肩にかけ、いちばん近くの携帯電話ショップはどこだろうと考えようとしていた。考えがひとつに落ち着かず、あちこち飛びまわってしまう。「携帯を持っていれば、隠れてるあいだに助けを呼べたんだものね。それよりも、あの男につけられてるって気づいた時点で」

「どうしてつけられたの？」女性が販売カウンターのうしろにまわり、ウィローにコード電話を手渡した。「あの男を殴ったとか？　あの人、鼻から血が流れっぱなしだったわよ」

「実は、あの男が誰かも知らないの」ゼインの携帯電話の番号を打ちこむ手が震えた。「いきなり腕をつかまれたから、バッグで殴ってやったけど」ハンドバッグに目をやり、角に血がついているのを見て、さらに震える。

「よくやったわ」と、店員の女性。「見事に命中させてやったのね」女性はそう言い、ウィローがひとりで落ち着いて電話できるよう気を使って離れていった。

ゼインの「スティールだ」という声が聞こえてきたとき、ウィローは安堵のあまり泣きだしそうになった。

「ウィローよ」情けない声を出すまいと懸命に努力する。「まずいことになったの。怖いわ。話を聞いて。会いたいの」

ゼインの声が張りつめ、心配そうになった。「どこにいる？」

「ええと――」いったん急上昇したアドレナリンが引いていくなか、考えるために集中しようとした。「キングスチャペルの近くよ」そういえば、あの男に誘拐されそうになったとき、チャペルの隣の何世紀も昔からある墓地のすぐ前にいた。

「いまは安全な場所にいるのか？」

ウィローは店員の女性に目を向けた。「ここの住所は？」女性から聞いた住所を、ゼインに伝える。

「すぐそっちに行く」ゼインは必死で平静を保とうとしているようだった。「そこを動かないでくれ」

ウィローは喉をごくんと鳴らした。「わかったわ」答えるなり電話が切れた。

「ありがとう」受話器を戻して店員の女性のほうを向いた。「警官の、ボーイフレンドが――迎えにきてくれるって」

女性がうなずいた。「ここにいれば安全よ」

ウィローはずっと店の奥にいた。ドアからゼインが入ってきた瞬間、駆け寄って彼の腰に両腕を巻きつけて抱きつき、震えだしていた。

「なにがあったんだ、ハニー？」ゼインは喉を締めつけられる心地でウィローの肩に腕をまわして店をあとにし、晴れた午前中の外に出た。

仕事用のSUVをチャペルの墓地の前に違法駐車していたが、捜査目的で停めていることを示す紙をウィンドウに張りつけていた。

「知らない男」ウィローが肩を震わせている。そんな彼女を見て、ゼインは心の底から脅かされた。なにか途方もなく恐ろしい目に遭ったに違いない。「あの人――わたしを誘拐しようとしてたみたい」

「なんだって？」ゼインは動揺しきって、キングスチャペル墓地の門の前で立ち止まった。ウィローの両肩に手をのせて目を合わせた。泣いていたようすはないが、まだ瞳に恐怖を浮かべている。「なにがあったのか、くわしく話してくれ」

静かな朝の空気を銃声が突き破った。

ウィローが痛みに驚いて悲鳴をあげる。ゼインは彼女が倒れる寸前で抱き留めた。彼女の真っ白なシャツに鮮やかな赤が、血が広がった。

13

ゼインの体が瞬時に過熱状態になった。肌がかっとほてり、アドレナリンがわきあがった。ウィローのウエストを抱え、門から墓地に飛びこんで地面に伏せる。自分の体でウィローが受ける衝撃をやわらげようとしたが、それでも彼女はふたたび叫び声をあげた。ウィローがどれだけの傷を負っているかわからない。しかし、銃弾があたらない場所に避難させなければならなかった。

ゼインはすぐさまグロックを引き抜いた。片方の手で銃を構え、ウィローを固く引き寄せたまま、いくつか並んでいる古い墓石のうしろに這っていった。

拳銃を引き抜くと同時に、緊急出動を要請するホルスターのボタンを押していた。ボタンが押された瞬間、ＲＥＤの出動部隊に知らせがいく。いまごろはすでに全地球《G》測位《P》システム《S》より正確な衛星リンクによって、ゼインの位置をつかんでいるはずだ。

発砲の音がした方向から銃弾が金属のフェンスをかすめて飛んできて、人々から悲鳴があがった。弾がそれ、すぐそばの古い墓石が砕け散る。

ゼインは武者震いに襲われながら、ウィローの傷が深刻ではないようにと祈っていた。

腹の底が締めつけられる。ウィローの左胸はすっかり血に染まっていて、恐ろしいくらい心臓の近くを撃たれているように見えた。ウィローに目をやった。血に覆われた彼女の指。

血を吸ったブラウスの上から手で肩を押さえている。

傷は肩だ。胸ではない。

ウィローが地面の上で仰向けになり、食いしばった歯のあいだから声を発した。「わたしのことは心配しないで。あいつを倒して」

ふたたび銃声が鳴り響いた。

通りでもふたたび悲鳴があがる。

くそ。

ゼインは姿勢を低くしたままグロックを構え、墓石の隙間から向こうをうかがった。銃を持った男の姿を見つけ、激しい怒りに駆られた。教会の横で、鼻から血を流してあたりを見まわしている。

男がくるりと振り返り、ふたりが隠れている墓石の並びに向けて拳銃を撃った。また古い墓石が砕け、硬い破片がウィローとゼインに降り注ぐ。

うつぶせの状態でゼインはグロックを両手で構え、男を狙った。わき立つ怒りに駆られ、あの悪党を殺してしまいたくなる。だが、ウィローとともに襲撃された理由を突き止めるため、あの男を尋問したかった。それに、ＲＥＤがすぐにも現れるだろう。

すばやく二度発砲し、男の右肩と左肩を撃ち抜いた。響いた男の悲鳴は、ささやかな満足感しかもたらさなかった。男がぐらついて拳銃を落とす。銃は三メートルは離れた通りまで滑っていった。

念を入れて、ゼインは男の太腿も両方撃った。男がさらに悲鳴をあげて、血まみれの顔から先に倒れこんだ。

襲撃者はひとりだけだったのだと願いたかった。銃弾はひとつの方向からしか飛んでこなかったし、その攻撃もあの男が倒れた瞬間にやんだ。

ホルスターからREDの携帯電話を引っ張り出し、短縮ダイヤルを押した。そうするうちにも、すでにフェンスの向こうの道に車のタイヤがこすれて止まる音が聞こえてくる。「銃撃犯をひとり倒した」電話の相手に伝えた。「ほかにも武器を持っているかもしれない。尋問のために生きたまま拘束しろ。銃撃犯にほかに仲間がいるかは確認が取れていない」

ウィローに視線を向けたとたん、心臓が止まりそうになった。「負傷した民間人がひとりいる」そう告げて電話を切り、ホルスターにしまった。

ウィローの目は閉じられ、血のついた手は傷を負った肩を離れて落ちていた。出血がひどく、ブラウスの上半分はほとんど血に染まっている。心臓のどれだけ近くを撃たれたのだろう？

ふたりがいる墓地にRED捜査官たちが大勢駆けつけてくる音を聞いて、ゼインはかたわらにグロックを置いた。

「ウィロー！」大声で呼んで片方の手で彼女の頬をたたき、もういっぽうの手で傷を押さえる。

一気に恐怖が押し寄せた。こんなに血が――ち、ち、ちくしょう。意識を失わせるわけにはいかない。「起きろ、ウィロー。一緒にいてくれ」

ウィローがまぶたを震わせて開き、こんなときにかすかな笑顔を見せた。「今日は仕事をお休みしますってデパートに電話しなきゃ」


待合室を歩きまわるゼインのこめかみがうずき、腹の奥をかき乱す感覚はますますひどくなった。ウィローはREDの診療所に運びこまれた。襲撃がREDの捜査にかかわるものかもしれず、特別な警戒が必要だったからだ。

どうしてこんなに長くかかっているんだ？　ウィローの傷はどれだけひどかったのだろう？　ものすごい量の血だった。

ウィローの快活さにも、強気で挑んでくるところにも、新鮮なくらい正直なところにも、さりげない自信にも目を見張っていた。彼女がバスケットボールが得意なところを見せてくれたり、挑んできたりするたびに驚かされていたが、そうされるのが気に入っていた。

ウィローのなにもかもが特別に思えて、撃たれたのが自分であるかのように、ますます胸が痛んだ。

なぜ、ウィローが狙われたりしたんだ？

狙いは、僕だ。

「ゼイン！」

はっとして顔をあげると、待合室にジョージナ・リッツォとレクシーが本気で駆けこんできた。

「あの子はどう？」緑の目に心配そうな光を浮かべて、レクシーが尋ねた。「ガールフレンドは大丈夫なの？」

レクシーがウィローを彼のガールフレンドと呼んでいることに、ゼインはぼんやりと気がついた。「医者たちはまだなにも教えてきやしないんだ」

「ここに運びこまれてから、まだ一時間でしょう。だったら、心配することはないわ。どっしり構えてなさい」リッツォはあいかわらずマフィアの愛人として着飾った格好でタイトなジーンズ姿だったが、ハイヒールは脱いで手に持っていた。「あなたが緊急出動を要請したとき、わたしにも知らせは届いてた——ちょうど課にいたの」彼女が喉のつかえをのむ。「アルバーノが話してるのを聞いてペトレッリの人間が襲撃に出ると知っていたから、現場には行けなかった」

ゼインの全身がかっと熱くなった。「マフィアの襲撃だったのか？」

うなずくリッツォ。「わたしが耳にしたのは、この前の手入れを指揮した人間を狙うって話だけ。すぐ外に出る口実を作って、本部に向かったの。その直後に大変なことになって」

「マフィアにしゃべったのは、兄さんにやつらの情報を流してたヘンリーよ」レクシーが言った。ゼインは勢いよく妹を振り返った。血が上って耳まで熱くなりだす。ヘンリーは、ゼインがウィローにコモンで出会った同じ日に、会って話をした密告者だ。「REDの情報回収専門チームが、フィリッポ・ペトレッリを連れてきて、すぐ自白剤を使って聞き出したの」

「レクシーが報告を受けるとき、わたしも一緒に話を聞いた」リッツォが続けた。「どうやってヘンリーが密告者だと突き止めたのか、自白剤のおかげでフィリッポは洗いざらい吐いてくれたわ。あの手入れがあった翌日、ペトレッリの男たちはヘンリーを痛めつけて白状させたのよ。指を一本残らず折って、手入れを指揮した〝警官〟の話を聞き出した。そのあと、ヘンリーは撃ち殺されたわ」

「あいつらは復讐を狙ってたのよ――あの夜、ペトレッリの人間は何人も死んだでしょう」

レクシーがゼインの腕にふれた。「ヘンリーから兄さんのことを聞き出して、ペトレッリは二日前から兄さんとウィローをつけてたみたい」リッツォにちらりと目を向けてから、また兄の顔を見る。「兄さんを傷つけるために、ウィローをさらう機会を待ち構えていたのよ」

「くそ！」ゼインはこぶしで待合室の壁に穴を開けそうになった。まさにこんな事態を恐れ、深い関係を築くまいとしていた。大事に思っている人が、自分のせいで傷ついてしまう。

自分の愚かさのつけを、ウィローに払わせてしまった。「彼女と親しくして巻きこんだりするべきじゃなかった」別の壁に近づいて腕を引き、また穴を開けようとした。

「やめて」レクシーに肘をつかまれて険しい顔で振り返り、うなり声をあげかける。「兄さんはなんにも悪くない」妹が言った。

「そんなわけがあるか」ゼインはさらに言いかけたが、そのとき診療所のスライドドアが開いてドクター・ケリーが現れた。

「ウィローは大丈夫よ」まっすぐ目の前にやってきたドクターに告げられ、ゼインは心から安堵して力が抜けそうになった。

「傷の具合は？」重苦しい声で尋ねた。爆発しそうな怒りを抱えて、言いたいことが山ほどあった。

「肩を撃たれて、銃弾で骨と靭帯が損傷したの。だから、完治するまでにはしばらくかかるわ」ドクター・ケリーが続ける。「治るまでは腕に補装具をつけて、つり包帯をすることになるわね」

「ちくしょう」ゼインはいまの心情を言い表す悪態を思いつけなかった。「いつになったら会える？」

「これから個室に移すわ」ドクター・ケリーが診療所内に向かいだした。「面会は三十分後くらいね」

ゼインの人生のなかでもっとも長い一時間半だった――ウィローを診療所に連れてきてから、ドクター・ケリーに連れられてウィローのいる病室の前に来るまでの時間だ。

病室のドアの前に立ったとき、なかに入るのが怖い気さえした。レクシーに「行って」と言われ、リッツォにも「わたしたちはここで待ってるわ」と声をかけられて、息を吸った。

喉のつかえをのみ下してウィローの病室に入るなり、がくりと膝をついて許してくれとすがりたくなった。ウィローの青ざめた顔。閉じた目の下の黒いくま。点滴。やたらに大きな腕の補装具。

足は動くのをいやがったが、なんとかベッドのそばに行って座った。ウィローの手を取って握りしめる。「ハニー？　大丈夫か？」

大丈夫なわけがない。

ウィローが目を開けた。微笑んでいるが表情は弱々しく、疲れきっているようだ。「鎮痛剤を打たれたから」口を開いて言う。「いつまで起きていられるかわからないわ」

「本当にすまなかった」ゼインは彼女の手に額を押しあてた。「僕が悪かった、やっぱり――」

「黙って」怒ったようなウィローの声に驚いて顔をあげ、彼女の美しい海の色をした瞳を見た。そこにも怒りが閃いていた。「自分がどんな事態に巻きこまれるかもしれないか、そんなことはしっかりわかってたわ。やっぱりわたしとデートしなければよかった、なんて言ってばかにしたら許さないわよ」

妙な感覚が広がって、ゼインの肌がじんとした。「ウィロー――」

「〝黙って〟って言ったでしょ」ウィローはベッドから飛びかかってきそうなくらい怒っていた。「こんなことがあったからわたしを捨てようだなんて、そうはいかないわよ。ほかの理由でだったらしょうがないけど、わたしを巻きこんですまないと思ってしまうから、なんて理由はだめ」

返す言葉は頭にも浮かばず、口からも出てこなかった。どのみちなにか言おうものなら、すぐさまベッドから飛び出してきたウィローに襲いかかられそうだ。

「わたしは大人なのよ、ゼイン」ウィローの顔に血色が戻ってきていた。「いつも正しい行動をして、正しい選択をしてるとは言えないけど、あなたに関しては間違ったことはしてない。わたしと別れるつもりなら、ちゃんとした理由を用意して。こんなのは理由にもなってないから」

「まいったな――」

「その頑固な頭に、まともな考えかたをたたきこんであげないとだめかしら?」ウィローがベッドから体を起こそうとし始めた。「脅しじゃないわよ、ゼイン・スティール。あの悪いやつがどうして鼻を折ったと思ってるの? わたしは暴力も辞さないのよ」

驚くことに、ゼインは微笑みを浮かべかけていた。立ちあがってウィローの傷を負っていないほうの肩を押し、ベッドに横たわらせる。

「どうしようもないんだ。きみを愛してる」あまりにも抵抗なく言葉が出ていき、ゼインは驚いた。「きみのなにもかもを愛さずにはいられない。それなのに怖い。こういうのが怖いんだ」

ウィローが表情をやわらげ、微笑んだ。「わかってるわ」

「きみは初めて会ったときからそう言ってる」ゼインも気づけば微笑んでいた。「なんでもわかってるのかな?」

「もちろんよ」と、ウィロー。「それをずっと忘れさせないわよ」

ゼインは屈んで、彼女のひんやりしている額から髪を払って撫でつけた。「ずっと?」

「そう」彼女は枕に頭をのせたままうなずいている。「これから先ずっと、あなたのきょうだいたちをバスケットボールでやっつけてやるつもりなんだから」

ゼインはこのころには満面の笑みを浮かべかけていた。「僕にプロポーズしてるのかい?」

ウィローの笑顔は本当に輝くばかりで、ゼインの胸は高鳴ってはじけそうになった。「その顔からすると、答えはイエスかしら?」

彼は指の背でウィローの頬を撫でた。「ひとついい?」

彼女が眉をあげる。「変なことを言ったら……」

ウィローのそばにいると、こんなに笑ったことはないというくらい笑顔になってしまう。「きみは、まだ僕に愛してると言ってくれてない」

「あら、そうだったわね」ウィローがなんともないほうの腕を伸ばしてゼインのシャツをつかみ、引き寄せて熱のこもったキスをした。

ウィローの味はなんて甘くて女らしく、ぬくもりがあってすばらしいのだろう。彼女がほんの少しだけ、彼に顔を離させた。「愛してるわ、ゼイン・スティール。さあ、わたしと結婚するって言って。ここを出たらすぐ、指輪も用意してちゃんとプロポーズし直してあげるから」

ひざまずいて指輪を差し出してくれるウィローの姿を想像して、ゼインは笑い声をあげた。ウィローなら、そんなこともやってくれそうだ。

「結婚します」答えて、もう一度キスをした。「いつにする?」

「論文発表の前がいいわ」ウィローがにっこりした。「そうしたら、ランドルフ博士ではなくて、スティール博士になれる」ゼインの目をじっと見て言う。

「〝スティール博士〟か。いい響きだ」ゼインは応じた。

「でしょ？」

「方法は見つかったよ」

ウィローの片方の眉があがった。「なんの方法？」

「きみにコモンで知らない男を引っかけさせない方法」

ウィローが微笑み、またゼインを引き寄せた。「そうみたいね」

初恋の続きを見つけて／ハイディ・ベッツ

Wanted : A Real Man
by Heidi Betts

主な登場人物

クレア・キャシディ・スカボロー——————離婚協議中の女性。
リンカーン（リンク）・ラパポート————連邦保安官補。クレアの元恋人。
サラ・スカボロー——————————クレアの娘。
ジョナサン・スカボロー————————クレアの夫。

1

クレア・キャシディ・スカボローはピッツバーグ連邦保安局のビルに足を踏み入れた。心臓が喉から飛び出しそうで、手に汗をかき、いますぐ向きを変えて逃げ出してと全身の細胞が叫んでいる。

こんなことはしたくない。

それでも、こうしなければいけない。するしかない。娘のために。

速い鼓動に引っ張られて短く息を継ぎながら、いかにも役所らしい灰色のタイルが敷かれた床を歩いていった。一歩進むごとにヒールが床にあたって鳴り、銃声のように響いた。クレアの耳には、そう響いた。

最初に目についた、ここで働いていると思われる男性を呼び止め、連邦保安官補リンカーン・ラパポートの居場所を尋ねた。右手にあるエレベーターを指さされ、三階にあがった。

思考や不安が手のつけられない状態にならないよう自分を抑える。

連邦保安官補。まだ信じられなかった。子どものころから知っていた、懐かしい町の整備工場に生まれた少年が、法執行機関で身を立てているなんて。

しかも法執行機関の支流にいるのではない。小さな町の保安官でも、州警察官でもなく、連邦保安官補だ。

連邦保安局については、いろいろ読んで調べた。裁判所の警備や資産の差し押さえから証人保護や逃亡犯の追跡まで、職務は多岐にわたるらしい。リンカーンは立派になった。そう考えて頼もしく感じると同時に、怖くなった。リンカーンが必要だ——彼が築いてきた訓練と人脈と専門家としての知識が——けれども、彼に頼らずにすめばどんなにいいかと思っていた。

ほかに頼れる人がいれば、問題を解決する方法があれば、そちらに飛びついていただろう。リンカーンに再会しなくてすむなら、なんでもしていた。

いや、それはまったくの本心ではなかった。クレアは心のどこかで、いつもリンカーンにまた会いたいと願っていた——そもそも、彼から離れたくはなかった。しかし、これだけ時間がたったあとで会いにいったら彼にどんな反応をされるかわかっていたから、どうしても連絡を取る勇気が出なかった。

エレベーターのドアが開き、短い廊下に出た。左側に特徴のない金属製デスクが固まって置かれていた。それぞれのデスクの上にはコンピューターのディスプレー、電話、ばらばらの書類の束が雑然とのっている。オフィス独特の音が響いていた——電話の鳴る音、キーボードをたたく音、抑えた声。

鋭く息を吸って唾をのみ、体の内側は溶けて崩れそうになっていても、できるだけしっかりしようとした。思い切って向きを変え、まさに危険地帯と考えている場所へ歩きだした。デスクが固まって置かれた一帯のすみに立ち、忙しく働いている男女の顔を見渡した。一瞬も見誤ることはなかった。

最後に会ってから十年たっていた——長い十年のあいだに、確かにふたりとも年を取って相当変わった——が、ひと目見た瞬間、彼だとわかった。目から脳へはっきり信号が伝わらなかったとしても、胸で高鳴る鼓動でそうだとわかっただろう。

一秒間、息もできず、くるりと向きを変えて反対方向へ逃げたくて仕方なかったのに、動くこともできなかった。

しかし、臆病風に吹かれている場合ではなかった。今日はそんなわけにはいかない。前に踏み出してまっすぐリンカーンのデスクに向かい、手を伸ばせば冷たい金属のデスクにふれられる位置で足を止めた。彼は電話中だった。わずかに顔をそむけているが、人が近づいてきたことには気づいたらしく、手をあげてあと少し待ってくれというしぐさをした。

クレアは辛抱強く待った……忍耐が限界になりそうなほどだ。この短い数秒間は単なる嵐の前の静けさにすぎないと、直感は告げているのだから。

リンカーンが電話を終え、受話器を置き、椅子の上で体をひねって振り返った。

「はい、どうしました？」彼がそう言ってから、デスクの前に立っている相手の顔をまっすぐに見た。

ふたりの目が合った瞬間、リンカーンがクレアの顔をはっきり見た瞬間に、彼の顔から温かみがわずかも残らず消えた。唇をすっと薄くし、靴の底からこそげ落とさなければならない物を見るような目でクレアを見つめた。

彼女の体に震えが走った。恐れ。後悔。こんなに憎まれていては、手助けしてもらえないのではないだろうかという不安。

ところがそれだけでなく、十年離れていたにもかかわらず、彼にまだ熱情を抱き、理屈に関係なく惹かれていた。

リンカーンは、十代のころからものすごくすてきだった。背が高く、引きしまった体に均整の取れた筋肉がついていた。ゆるやかに波打つ茶色の髪。ライトブラウンとはしばみ色の中間くらいの、言い表しようのない色合いの目。クレアはずっと、彼の目は嵐を思わせるセクシーな灰色だと思っていた。

フットボールのスター選手として人気があって、女の子みんなが夢中になるタイプの少年だった。みんながリンカーンを彼氏にしたがって気を引き、追いかけまわした。それでも、彼を射止めたのはクレアだった。

別に十代の子どもっぽい誘惑が成功したのではなくて、リンカーンとは家が近所で、幼なじみだったからだ。無邪気な子どもどうしでふざけ合っていたのが、思春期にさしかかってふたりとも変わっていくにつれて、完全な恋人どうしのつき合いに発展していったのだ。

思い出が一気によみがえってきて、体じゅうの敏感な場所が彼を意識してざわめきだした。高校のころのリンカーンもハンサムだったけれど、いまの彼には及ばない。豊かなダークチョコレートブラウンの髪はミリタリーカットに近いくらい短くしている。少年らしくひょろりとしていた体はたくましくなり、波打つ筋肉に包まれていた。

この鍛えあげられた体のどこかにほんの少しでも脂肪がついていたとしても、クレアには見つけられそうになかった。どのみちクレアも——この世のどんな女性も——脂肪を探そうなんて思わない。

黒いシンプルなTシャツが第二の皮膚のように胸に張りつき、胸筋の盛りあがりも平たい腹も余さず見せつけていた。腕の力こぶは目を見張るほど太く、彼女が両手をまわしても指と指がくっつくとは思えなかった。彼が動くとそこが張りつめ、右腕を取り巻いている太い黒の有刺鉄線柄のタトゥーがうねって妙に官能をかき立てた。

クレアはごくりと喉を鳴らした。リンカーンを目にしただけで、血管のなかでかんしゃく玉が爆発したようになり、女の体の中心にまっすぐ熱が送りこまれて鋭い衝撃が走った。こんな反応はしたくなかった。

「リンク」渇いた喉とこわばってかさつく唇から、苦労して相手の名前を発した。立っていられなくなる前に、デスクの横の空いている椅子にゆっくりと腰をおろした。

「ここでなにをしてる?」尋ねるリンカーンの声は北極の風さながらに冷たく感じられた。歯を食いしばっているらしく、頬の筋肉が小刻みに動いている。

遠まわしに言っても意味はない。なにを言おうと、リンカーンの彼女に対する見かたも、氷のように冷たい態度も変わらないだろう。

それでいい。無駄にできる時間はなかった。

「助けてほしいの」

相手が大きく鼻で笑ってデスクを押し、横柄に椅子に背を預けてスプリングをきしませた。

「なんだって、おれがそんな話に耳を貸すと思う？」冷たく言い切られた。

この問いかけに返す言葉はなかった——とりあえず、リンカーンをなだめられる言葉はない——ので、クレアは答えないことにした。かわりにコーチのハンドバッグから書類の束を取り出し、相手の前に広げる……彼は書類を取りあげるどころか、それがあるほうへ目を向けようともしなかったけれど、それでも彼女は話しだした。

「いま夫と離婚しようとしているところなの。もうすぐ元夫になる人はとんでもなく裕福な家の人間なんだけど、まあまあ円満に話は進んでいるわ。向こうの家族は財産の半分を取られるんじゃないかと心配だったみたい。でも、結婚する前に婚前契約書にサインもしていたし、たとえカリフォルニアが夫婦共有財産を謳う州でも、わたしは契約どおりにすることになんの文句もないわ」

リンカーンの視線をしっかり受け止め、そのまなざしがいくら冷たく、怒りに満ち、よそよそしくなってしまっていたとしても、目をそらすまいとした。これはなによりも重要な話なのだ。なんとしても、聞いて理解してもらわなければいけない。

「離婚のたったひとつの争点は、わたしの娘なの。夫は娘と血のつながりを持つ父親ではないのに、完全な養育権を求めて争うつもりでいる。それで……」

そこで息を吸い、高鳴る鼓動を落ち着かせるために言葉を切った。喉が締めつけられ、目の奥が痛んで涙がにじむ。

「それで、夫は娘を連れ去ったの。先週の金曜日に学校から娘を連れていったきり、ふたりでどこへ行ってしまったかわからない」

リンクの表情は冷淡なままで、目を奪われるほど美しいけれど、生命は宿っていない石の彫刻そのものの顔をしていた。クレアがなにを言っても、彼の心には届かない。クレアがなにをしようと、感情に駆られた声を出そうと、目にためた涙をこぼしそうになっていようと、少しも彼を動かせなかった。

口を開いたリンカーンの声は平淡で冷えきっていた。「もう一回訊くが、なんだって、おれがそんな話に耳を貸すと思うんだ？」

耳を貸すはずがない。クレアは思った。決して。リンカーンがクレアを気にかけなければならない理由など、この世には存在しない。クレアの娘も、離婚も、彼女の人生にまつわるほかのなにもかも、気にかけなくて当然だった。十年も前に、彼がクレアに対して抱いていてくれたのかもしれない関心は消え失せていた。

クレアはハンドバッグに手を入れ、一枚の写真を取り出してデスクにのせた。

「耳を貸さなくて当然だわ」落ち着いた声を心がけ、写真に写った娘の顔からゆっくりと指をどけた。濃いブラウンの髪を長く伸ばした、隙間のある歯を見せて笑う九歳の娘。「ただ、この子はあなたの娘でもあるの」

2

顔をあげたら、デスクの隣にクレア・キャシディが立っていた。それが腹に不意打ちのパンチを食らったような体験だったとしたら、あなたには娘がいるとクレアに言われたときは、睾丸を万力で締めつけられて思い切りひねりあげられたような衝撃だった。むっとした空気が胸に詰まり、肺が新しい空気を吸おうとしなくなった。

視線をぶつけ合わせたまま、クレアはたじろごうともしないし、目をそらそうともしない。澄んだ青い目には悲しみと、後悔と、かすかな不安だけがあった。

連邦保安官補として長い経験を積んできたリンカーンは、うそをついている人間と事実を話している人間を見分けられた。クレアは自分の話していることを完全に信じきっているようすだ。

だからといって、彼はすぐさま腹を見せて相手の言葉をうのみにするつもりなどなかった。十年も会っていなかった相手――彼女がリンカーンと、ふたりで一緒に築けたかもしれない未来を捨てて姿を消してから会っていなかった。そんな女に、なにもなかったような顔で戻ってこられて、作り話をされてたまるか。どうせ狙いは……。

狙いは、なんだ？

また彼を手玉に取るため？　ゆするためか？

そんな考えを抱いているとしたら、ばかを見るのはクレアだ。リンカーンは相手がたとえダイヤモンドを山ほど持ってやってきたとしても、いまさらよりを戻すつもりはなかった。そして、ゆすりの対象になるほど稼いでいない。

そもそも、クレアがなにを企んでいるにしろ、彼との子どもがいるという話をリンカーンが信じなければどうにもならない。彼は信じてなどいなかった。信じられるはずがない。よりによって、クレアを信じるわけがなかった。

だが、好奇心には抵抗しきれなかった。クレアとにらみ合っていた視線をはずし、彼女の顔から、デスクの上に置かれた写真へ目を落とした。二本の指で写真をつまみあげ、そこに写っている少女を見る。

前髪を眉の上で切りそろえた長いブラウンの髪を、ピンクのプラスチックでできたヘアバンドですっきり押さえている。大きな笑みからのぞく前歯は少し曲がっているので、ゆくゆくは歯列矯正をしなければならないだろう。耳には小さなラインストーンの飾りをつけ、ピンク色のセーターの真ん中にある大きな黄色と桃色のデイジー模様に合わせて、小花のネックレスをかけている。

それよりも、リンカーンが呼吸できなくなったのは、この子の目と顔立ちのせいだった。この少女を見ていると、まるで母が子どもだったときの写真を見ているかのようだ。この子の顔のはしばしには、彼が毎朝鏡に向かうたびに見ている特徴がいくつもあった。

リンカーンは険しい目でクレアを見やった。あいかわらず辛抱強く、こちらを見ていた。

彼の反応を……いや、彼が罠にかかるのを待ち構えている。

彼は椅子が床にこすれる音をたてて立ちあがり、クレアの腕をつかんだ。片方の手で写真を、もういっぽうの手でクレアをつかんだままデスクを離れ、同僚に声をかける。「おい、キーガン、第一取調室に行ってる。番を頼めるか？」

答えを待たずに廊下を歩きだした。彼の怒りに満ちた大股の歩調についてくるため慌てるクレアのヒールの音が響く。先にクレアを取調室に通し、ドアをたたきつけて閉め、テーブルの下から椅子を蹴り出して「座れ」と怒鳴った。

クレアがまずライトブルーのスカートを撫でつけ、セットのブランド物のジャケットの袖を伸ばしてから座った。

リンクは思わず奥歯をかみしめ、頬を引きつらせた。激しい怒りが表に出ようと暴れ、全身の筋肉が引きつりそうだ。

説明を、いますぐに聞きたかった。それでも、この十年でクレアがいかに変わったか気づかずにはいられなかった。

まず、クレアはリンカーンの一カ月分の給料より高そうな、オーダーメイドのデザイナーズブランドのスーツを着ている。高校生のころは、服のデザイナーが存在することすら知らなかったろうに。故郷の小さな町のみんなと同じく、服といえば〈Kマート〉で買うものだった。おしゃれに決めたいときは、ブルージーンズのかわりにブラックジーンズをはいて、ロックバンドの名前が入っていないTシャツを着る。それが普通だった。

ジーンズ姿でも、クレアはセクシーだった。みずみずしく丸い尻がはき古したラングラーからはみ出さんばかりになっていたのを、リンカーンはいまだに覚えていた。彼女のジーンズのうしろポケットに両手を差し入れて引き寄せ、ゆっくり時間をかけてキスをしたときに、そのデニムがどんなに熱くなっていたかも。

十年たてば、なにもかも変わる。だが、性的関心は完全には消えなかったらしい。ジーンズのジッパーのうしろで大きく硬くなっていくものが、うずいているから間違いない。自分と、理性の利かない性欲に嫌気が差して、リンクは顔をしかめた。かつてのクレアとの記憶、彼が父親の整備工場で改造したチェリーレッドのトランザムの後部座席でふたりで過ごしたときの思い出から意識を遠ざけ、現在のクレアを注視しようとした。

高価な服と、いかにも上品なアクセサリーに加えて、髪は整ったショートボブになっていた――彼女が子どものころからずっと扱いに苦労していた、奔放に巻くふさふさした髪とは大違いだ。記憶にあるクレアは、もつれてくるくる巻く髪にしょっちゅう文句を言っていた――豊かな髪を上へ上へと逆立てながら、ヘアスプレーを大量に使わなければいけないともこぼしていた――が、リンカーンはその巻き毛一房一房をなにげなく人差し指に巻きつけるのが気に入っていた。両手をあの髪にうずめて上向かせ、むさぼるようにキスをするのも。

まだ数分しか一緒にいなくても、この女性は彼がかつて知っていた気の強い、奔放な少女ではなくなってしまったのだと、はっきりわかった。彼女は穏やかで上品な女性に変わっていた。鉄鋼労働者の娘というより、政治家の妻に見える。

この新たなクレア・キャシディについてどう考え――または、どう感じ――ればよいのかとまどい、リンカーンは眉を寄せた。そこではっとして、そもそもクレアについて考えたり感じたりする必要などないのだと思い出す。どうでもいい、気にする筋合いはない。大事なのは、この写真の真相を突き止めることだ。

クレアの前の長い金属製テーブルに写真をたたきつけ、最高の凄みを利かせて〝なにもかも吐け〟と迫る目つきでにらみつけた。

「説明しろ」きつく食いしばった歯のあいだから鋭く命じた。

クレアがさっと写真を見てから彼に視線を戻した。「この子の名前はサラよ。あなたの娘なの」

落ち着き払った声で言い切られ、リンクの内面は混乱しきった。

サラ。彼の母親の名前だ。母はリンカーンが十六歳のときに自動車事故で亡くなり、クレアも彼につき添って葬式に出席した。

リンクは職場ではとりわけ感情を抑え、決して表に出さないことを誇りにしていた。それなのに、ここ連邦保安局の取調・接見室で、自分がいかなる感情も抱いているはずのない女性を前にして膝が折れそうになり、心臓が激しく打ちすぎて胸を突き破って出てこないのが不思議なくらいの状態になっていた。

「なんでサラなんだ？」尋ねて、しゃがれたささやきほどの声しか出なかったことに心を乱す。

きらめく青い目が彼を見あげた。「理由はわかっているでしょう」

この子どもが本当に彼の娘なら、わかる。母が死んだあと泣き崩れる彼を腕で包み、クレアは最悪の悲しみが過ぎるまでそうして抱いていた。それから、結婚して自分たちの家庭を築いたら、最初に生まれた娘を彼の母親にちなんでサラと名づけましょうと言った。

リンクはテーブルのはじに手を伸ばして別の椅子を引き寄せた。わざと引きずる音をたて、視界をはっきりさせるためにまばたきしなければならず、喉のつかえを懸命にのみ下さなければならない事実を隠そうとした。

「そんな説明では足りない」クレアに告げ、冷たい金属の座面に腰をおろしてテーブルの上にいっぽうの腕を置いた。

クレアはまつげを震わせて深く息を吸い、ハンドバッグをわきに置いて、この十年の出来事を短く話し始めた。

「町を出たとき妊娠していたんだけど、そのときはわたしも知らなかった。それから、妊娠三カ月のころにジョナサン・スカボローと結婚したの。わたしと子どもの面倒を見ると約束してくれたから。あのときは、そうしてくれる人が必要だった。きっと、あなたが思うよりも」

クレアの頬がかすかに赤く染まったが、動揺する相手を見てもリンクの心はまったく動かされなかった。彼の子どもを妊娠したとわかってから、なぜバトラーに戻ってきて彼に知らせなかったのだ？　彼が面倒を見たはずだ。クレアと子ども、ふたりの面倒を。

それでも、リンカーンはまだ納得していなかった。まだだめだ。

「そのあとは……？」先をうながした。

「ジョナサンはよくしてくれたわ。わたしにも、娘にも。サラを自分の本当の子どものように扱ってくれた」

リンクが自分の娘の存在も知らぬ間に父親になりかわり、その子を育てたという男への憎しみが鋭く胸にこみあげた。なにかを殴りつけずにいるために、こぶしを握って手のひらにつめを食いこませた。

「だけど離婚することになって、彼がサラの完全な養育権を要求したの。法的にもそんな要求はできないし、実の父親でないこともわかっているはずなのに、ジョナサンはサンフランシスコの有力な家の生まれでものすごい財産を持っているから、なんとしてでも思いどおりにしようとしてる」

リンクは眉をひそめた。「DNA検査をすればすむ話だろう。それですっぱり解決するはずだ」リンク自身も可能なかぎり早くそうして、サラが彼の娘だというクレアの主張が正しいかどうか確かめるつもりだ。

「そこなの」クレアが切羽詰まった表情をのぞかせて身を寄せ、彼の腕をつかんだ。「ジョナサンはまさにそれを狙っているのよ――DNA検査の結果をでっちあげて、サラは自分の娘だと証明しようとしているの」

「少し無理があるんじゃないか？」リンクは疑いを隠そうともせずに返した。

「ジョナサンの財力と影響力を考えれば無理じゃないわ」クレアが一言ごとにあせりを募らせて言い張った。「民間の研究機関にお金を払って結果を改ざんさせて、ジョナサンか彼の父親の息のかかった判事にそれを提出すればいいだけだもの。そうなったら、サラから引き離されてしまうわ」

クレアの目にはっきりパニックが浮かび、口のはしが引きつって、彼女のつめがリンクの腕に食いこんだ。クレアが彼のデスクの横に腰をおろしてから初めて、彼は相手の話を信じ始めた。本当に、クレアは困った状況に立たされているのかもしれない。

「それが目的だと考えているんだな、相手が……サラを連れて姿を消したのは」

「ええ。あの子を——早く——見つけないと、必要な書類を偽造されて一生、娘から引き離されてしまう。わたしとあなたの娘から」

クレアがさらに身を寄せ、もういっぽうの手もあげてテーブルの上のリンクの手を握った。彼女の下まつげに涙が光っている。まだこぼれ落ちてはいないが、そうなる寸前だ。

「お願い、リンク。あなたの助けがいるの。あなたに背を向けられたら、もうどうしていいかわからない」

クレアの話の内容がすべて頭に染みこむまで、しばらくのあいだリンクは答えなかった。クレアが自分のためだけに彼を頼ってきたのだったら、迷いもせずにことわっていただろう。ここでこうしていることもなかったはずだ。現れてから二分もたたないうちに、この建物から追い出していただろうから。

しかし、クレアは自分のためだけに来たのではなかった。どうやら本当にリンクの娘であるらしい、九歳の少女のために来た。それなのに、リンクが真実を突き止める前、DNA検査をして確かめてから子どもと会う前に、別の男が娘を手の届かないところに連れ去ってしまうとしたら……。

本当に、その子が自分の娘だったら……。

ほうってはおけない。

リンクは立ちあがってサラの写真を取り、クレアにハンドバッグを持たせ、彼女につかまれている手首を振りほどきもせず告げた。「一緒に来るんだ」

「どこへ行くの?」取調室のドアを開け、廊下に出て来た道を戻るリンクにクレアが訊いた。

「おれたちの娘を捜しにいく」

3

ハンドバッグのひもを肩にかけてキャリーバッグを引き、クレアは急ぎ足でピッツバーグ国際空港を歩いていた。飛行機でサンフランシスコに戻るため、午前九時にリンクと会うことになっているゲートを目指す。

ここ十年暮らしていた街へ戻るのに緊張しているというのは、ゴールデンゲートブリッジはそこそこ長い橋だと言うようなものだった。ジョナサンや彼の家族と対決するかもしれないからではない。サラを捜すのに怖じ気づいているのでもない。一緒に旅をする相手が原因だった。

リンカーン・ラパポートのそばにいるのは、ほんの数センチ先に落ちた雷の隣にいるようなものだった。手が届くくらいそばまで近づくと必ず肌がぞくぞくし、全身の血がほてってわき立ちそうになる。鏡を見て、髪が電気で突き立っていても驚かなかっただろう。

こんな反応は記憶になかった。リンカーンに恋をして夢中になっていた記憶はあった。十六歳の少女だけが浸れる夢見心地の状態だった。けれども、リンカーンに近づくたび、こんなふうに理屈抜きに体が反応するなんて、覚えのない経験だった。

リンクに対してこんな反応をするのは、初めてだから？　それとも、昔もこんなふうに反応していたのに単に忘れてしまっただけだろうか？

これほど激しく抵抗しがたい、まさに息を奪う体験を忘れられるはずがなさそうに思える。しかし、心はすごい力を秘めている。たぶん自己防衛のため、無意識にこの記憶を押しこめたのだろう。いまのリンカーンからは、少し身を守らなければと思わずにはいられない。もしかすると、この記憶を思い出すと単純につらすぎるから、封じこめているのかもしれない。ひどく彼女の心を乱す男性が別のところにいるのに、ほかの男性と結婚して、彼の子どもがいることを隠していたと考えると胸が苦しすぎて。

鋭い罪の意識を感じて胸が締めつけられた。数えきれないほどの過ちを犯してきた。罪滅ぼしをする機会を与えられたとしても、償いきれないと思える過ちを。いままでのところリンクからどんなふうに接されているか考えれば、そんな機会を与えられる可能性はないだろう。

あまりにも大きな怒りと憎しみを抱かれている。そうされても仕方なかった。

クレアはほかにどうしようもなくなったから、彼に助けを求めた。自分ひとりの力でサラを捜そうとした。娘を取り戻すために、考えつくかぎりの手を尽くした。

ジョナサンの弁護士のところへ行って娘の居所を教えるよう、まず要求し、それでもだめだとわかると頼みこんだが、追い払われた。なんの話かわからない、自分の弁護士に相談しろと言われた。まるで彼女が自分の子どもではなく、気に入っていた花瓶をジョナサンに持ち去られたとでも騒いでいるかのように。

地元の警察にも行ったが、離婚が成立するか、あきらかに不法な行為が判明しないかぎりジョナサンにも同等な養育権がある以上、警察にできることはなにもないと言われた。実のところ、地元の警察はスカボロー家と波風を立てたくなくて、彼らと対立するようなまねはしたくないのだろう。

私立探偵にまで相談したが、娘の捜索時間がかかりすぎて手遅れになり、費用を無駄にするだけになりそうな気がした。離婚を決意する前なら大勢の私立探偵を雇う余裕があったけれど、婚前契約を結んでいたし、ジョナサンの財産をほしいとも思っていないので、自分のわずかな資金はよく考えて使ったほうがいいと思った。

慌てて必死になっていたにもかかわらず、すぐさまリンクに助けを求めようという考えは浮かばなかった。家族――クレアとリンクの過去も、サラが彼の娘であることも知っていて、クレアが別の男性と結婚し、娘についてリンクに黙っているのはよくないという考えを隠そうともしない家族――から、リンクがいまどこにいてなにをしているか、ずっと最新の情報を聞かされていた。母親はそうした話題にクレアが興味を持つだろうと思って、毎週する電話で伝えてきたり、新聞の切り抜きを送ってきたりした。

だから、リンクが高校を卒業した直後――クレアがバトラー郡を去ってカリフォルニアへ行った直後――父親の整備工場で働くかわりに、いきなり海兵隊に入隊したことも、クレアは知っていた。軍から戻ったあと、ピッツバーグへ移って連邦保安官補になったことも。

しかし、現在クレアが陥っている状況で彼が少しでも助けになってくれるかもしれないとは、母親と電話するまで考えつかなかった。電話して声をあげて泣いていた。もう二度と娘に会えないかもしれないと思い、あせりが募って怯えていた。そんな彼女に、逃亡犯を追跡するのが連邦保安官たちの仕事だと母親が告げ、助けを求められる相手がいることにも気づかないなんて情けないと暗に責めた。

クレアは母親のほのめかしに気づいた。気づかなければよかったと思ったけれど、現時点では、ほかに選ぶ道はなさそうだった。サラを取り戻すためには、ジョナサンが父娘の関係を証明する書類を偽造する前に捜し出さなければならない。さもなければ、クレアは娘からこれきり引き離されてしまう。そうならないようにするためにペンシルベニアに舞い戻り、この世の誰よりもクレアを助けたくないと思っているはずの人物、クレアと三秒以上同じ部屋にいるのすら耐えられないと考えているに違いない人物の前に、あえて押しかけなければならなかった。

とはいえ、リンクにもクレアを手助けする理由はある。彼女がサラの学校での最近の写真を彼のデスクにのせ、「見て！　あなたはパパよ！」と言うまで、彼は知らなかっただけだ。

あのときのことを思い出して胸が締めつけられ、ゲートを目指すクレアの足取りが鈍った。リンクに向けられたまなざしが胸の奥まで突き刺さっていた。

怒りや軽蔑を向けられ、ひどい扱いをされても仕方ない。とんでもない告白をしたあと腕をつかまれたときは、ひるまないようにするので精いっぱいだった。首を絞めあげられるか、少なくとも歯が鳴るほど乱暴に揺さぶられるかと思った。

それから、廊下を引きずられて誰もいない取調室に連れていかれたときは……その後、無事に部屋を生きて出られて本当にほっとした。

リンクは本音ではそうしたかったとしても、クレアを殺さなかったし、首を絞めもしなかったし、裏切ったと言って声がかれるまで責め立てもしなかった。そうせずにクレアを取調室から連れ出し、また自分のデスクの隣に座らせ、ジョナサンとサラを捜し出すためのプランを立てるべく動きだした。

リンクは部屋をまわって手を貸してくれる友人を駆り集めるあいだ、ほとんどクレアに口を利かなかった。彼女は驚きつつ、安堵して見守っていた。ほかの連邦保安官補たちはしていた仕事をすぐさま中断し、地図や書類や記録といった、捜索に役立ちそうなものすべてに目を通し始めた。

その間、リンクはクレアからの情報が必要なときだけ話しかけてきて、そうでないときは彼女が存在していないように振る舞っていた。クレアに文句はなかった。リンクが確かな手腕で捜索を進め、娘を見つける手助けをしてくれるなら、自分はどう扱われようとかまわない。

クレアはキャリーバッグをほかの旅行者にぶつけないよう引っ張って、自分が乗る飛行機の搭乗ゲートの前で止まり、待っている大勢の乗客たちを見渡した。リンクを見つけるのは難しくなかった。身長一八八センチ、体重九〇キロ近い、無駄な肉のいっさいついていない体格の彼は目立って仕方ない。とはいえ、リンクを見るたびに胃がやおら縦揺れと横揺れを起こすので、たとえ彼が巨人でいっぱいの部屋の真ん中に立っていたとしても、クレアの意識はまっすぐ彼に向かってしまうのではないかという気がした。

リンクは滑走路を見おろせる床から天井まで届く窓の前で、こちらに背を向けて立っていた。クレアはひととき彼を見つめた。体にぴったり合った黒い革のジャケットとジーンズを身に着け、ポケットに両手を入れてまっすぐ前に目を向けている。

なにを考えているのだろう。すぐに、そんなことはわからないほうが幸せだと思い直した。クレアにまつわることを考えているのかもしれない。クレアや、銃殺隊や、熱した油の大鍋にまつわることを。

クレアは歩きだし、バッグをリンクの足元に置いてある黒い小さなダッフルバッグの隣に並べ、彼のすぐうしろに立った。声をかける必要はなかった。リンクはクレアが来たことに気づいている。長身の体を不意にこわばらせ、あごの筋肉をぴくりと引きつらせたから間違いない。

この調子だと、リンクは奥歯を折ってしまいそうだ。クレアは思った。そして、サンフランシスコへの旅はとても長いものになるだろう。

「遅刻だ」二秒ほどたってから、リンクが言った。

クレアは咳払いをした。「ごめんなさい。昨日の夜は荷物をまとめに両親の家に行かなければいけなかったの。こちらに戻る道も混んでいて。まだ搭乗手続きは始まっていないでしょう？」

空港に着いてまずモニターを見、搭乗手続きはまだ始まっていないと確かめていたが、できるだけ相手を怒らせないように答えた。どんな些細な会話でもいいから続けて、リンクに黙殺するのをやめてもらおうと努力した。ところが、彼からは答えが返ってくるどころか、ちらりと目を向けてももらえなかった。ふたりのあいだにある裏切りと恨みの厚い壁を崩すには、些細な会話などではとても足りないのだ。

当然、その後もリンクは——ともかく彼からは——口を利かないまま、サンフランシスコ国際空港に着いた。それからだいぶたち、〈ハーツレンタカー〉のカウンターで受付係に書類を用意してもらっているとき、リンクが振り返って尋ねた。「こっちに自分の家があるのか？　それとも、まだスカボローの家に？」

ずいぶん長い時間リンクと一緒にいて、まったく意思の疎通がなかったので、自分が話しかけられていると気づくのに一秒ほどかかった。しかも、リンクがこちらを見ている。灰色の目は連邦保安局にいたときと変わらず、冷ややかで感情のかけらも浮かべていなかったけれど。

クレアは頭を横に振った。相手の質問に答えるためでもあり、ショックを振り払って平静を取り戻すためでもあった。「いいえ。離婚を申し立ててすぐにスカボローの家は出たの。初めのうちは友人の家にしばらく泊めてもらっていたんだけど、ジョナサンがサラを連れてどこかへ行ってしまってからは、ホテルに泊まってた」

リンクがそっけなくうなずいてカウンターに向き直り、〈ハーツ〉の受付の女性からキーと賃貸契約書の写しを受け取った。「こっちにいるあいだは、同じようにすることになる」

リンクはレンタカーの駐車場へさっさと歩きだし、クレアは自分の歩調でついていくしかなかった。歩きながら彼が携帯電話を開いて短縮ダイヤルを押し、相手が出るのを待った。

「キーガンか。ああ、リンクだ。いまサンフランシスコに着いて、これからホテルにチェックインするとこだ。ホテルに落ち着いたらまた連絡する」

連邦保安局ビルの外に停めてあったのと同じような黒い大型SUVのドアを開け、後部座席にダッフルバッグを置いている。彼はまだ電話中で、ほとんどというかまったくクレアに関心を払っていなかったので、彼女もならって自分のキャリーバッグを車にのせ、助手席に乗りこんだ。

リンクが運転席に座ってエンジンをかけ、つまみをまわしてエアコンや換気を調節した。そうするあいだも電話の向こうにいる同僚の連邦保安官補の話に耳を傾け、ときたま「わかった」とか「ああ」とか「了解」とか返している。

少したって彼は電話を切ってポケットにしまい、サバーバンのギアを入れた。クレアはノア・キーガン――ピッツバーグでいっとき顔を合わせた――の話の内容をリンクが教えてくれるのを期待して待った。

昨日、リンクたちが捜査活動に入るのを見ていたから、同僚のノアのほか数人の連邦保安官補がジョナサンの過去を調べ始めていることはわかっていた。同時にサンフランシスコ連邦保安局事務所へ、リンクが私事でそちらの街に行くが必要な場合は助けを求めるかもしれないと知らせを送り、サラを見つける手がかりも探してくれているらしい。しかし、そうした活動に進展があったとしても、リンクは進んで快く教えるつもりはないようだ。

空港の迷路に似た道を抜けて国道101号線に入ったところで、ついにクレアは我慢しきれなくなった。

「どうだったの？」

「なにが？」と、リンク。クレアを見ずに、サイドミラーに目をやって隣の車線に移動している。

クレアは一秒かけて歯を食いしばるのをやめ、呼吸を整えた。普段はだいぶ辛抱強い人間のつもりだ。母親になって忍耐を学んでいなかったとしても、ここ十年ジョナサンのお飾りの妻でいたおかげで確実に忍耐強くなっていた。

それに娘を見つけ出すためなら、どんな困難にでも立ち向かい耐えるつもりでいた。熱い石炭の上を歩き、中国の水責めを受けてもいい。情けなく故郷に戻っていって、自分を憎んでいる男性に助けを求めすらした。

ところが、リンクを相手に忍耐をあっという間に失いつつあった。こんな態度をとられても無理はないし、おそらく当然なのだろう。戻ってきたらこうなるとわかっていた。もっとひどい扱いを受けずにすんで、ほっとしているくらいだった。

とはいえ、ふたりの娘を見つけ出すための計画について無表情で黙りこまれて教えてもらえないのは、当然と割り切れなかった。クレア本人だけなら、好きなだけ邪険に扱ってくれてかまわない。けれどもサラに関しては、クレアにも状況を教えてもらう権利がある。リンクがどんな方法をとろうとしているのか。同僚たちと行っている捜査活動にどんな進展があったのか。

膝にのせた手を握りしめて穏やかな声を出した。「同僚の人はなんて言っていたの？」

リンクがあまりにも長いあいだ答えずにいるので、クレアは息を詰め、半月形の跡がつくまで手のひらにつめを食いこませていた。

「助けが必要になったときのため、おれたちがこっちに来てると地元の連邦保安局に連絡した。それに、スカボローがへんぴな場所に所有してる土地をいくつか見つけたそうだ」

リンクが低い声で早口に話し、情報をできるだけ短く伝えた。クレアとは必要最小限の時間しか話していたくないといったようすだ。

情報はありがたかった。確実に娘が見つかる場所が突き止められたわけではないけれど、リンクに助けを求めた時点よりは前進していた。

「ほかには？」相手がウインカーを出して薄汚れた平屋のモーテルの駐車場に車を入れるのにもあまり関心を払わず、クレアはさらに訊いた。

リンクの両手に一瞬力が入り、ハンドルを握る指がクレアの膝の上の手と同じくらい白くなった。

「ほかにどんな話を期待してるんだ？」リンクがつっけんどんに聞き返し、管理人室のそばの空いた駐車スペースに車を入れてエンジンを切った。「テレビドラマとは違うんだよ。何分か置きに都合よく手がかりが舞いこんで悪者が見つかって、終了時間ぴったりに事件解決なんてことにはならない」

クレアがなにか答える間もなく、彼は車のドアを開けておりていった。

クレアは座ったままでいた。しばらく頭がずきずきと痛み、鼓動が激しくなり、血圧が限界を超えて高くなりそうだった。

それから不意に力が抜けた。風船からゆっくり空気が抜けていくように、胃の底を締めつけていた感覚がやわらぎ、朝からずっとのしかかっていた重いストレスが流れていった。リンクの岩並みに固い頭に理解を求めるのはほぼ無理だと潜在意識がようやく気づき、一息入れてもいいと体に許可を与えたみたいだった。コントロールなどできるはずのないもの——あるいは人——について悩んで、胃に潰瘍を作るなんてばかげている。

ため息をついてドアを開け、ＳＵＶのわきにひとり立って、リンクが小さなぽっとしないホテルのチェックインをすませるのを待った。

ジョナサンの妻でいた十年のあいだに、ここは比べものにならない高級ホテルに滞在する生活に慣れきっていた。世界じゅうにある豪奢な五つ星ホテル。世界じゅうにある豪奢な五つ星ホテルのペントハウスやプレジデンシャルスイート。

しかし、生まれも育ちもペンシルベニア州バトラー郡の片田舎だった。普段は〈ウォルマート〉に通い、車でピッツバーグのモールに繰り出すなんていったら贅沢だった暮らし。子どものころから森や床の上で寝たこともあったし、ときどき、リンクのトランザムの狭い後部座席で眠ることもあった。このモーテルがどんなに粗末でぼろだろうと、サラが見つかるまで喜んでここに住み着くつもりでいた。

数分後、リンクが管理人室から出て、悠然とした大股の足取りで舗装道路を歩いてきた。ホテルのキー――番号つきのキーホルダーからぶらさがっている、昔ながらのやけに大きなキー――を手にサバーバンに戻ってきて、完全にクレアを無視したまま後部座席からダッフルバッグを取り出した。なにも言わずにドアを閉じ、駐車場を歩いていく。どうやら、そちらにふたりがそれぞれ泊まる部屋があるらしい。

部屋はひとつかもしれない。リンクはキーをひとつしか持っていなかった。クレアはふたたび体の奥に居座りそうになる緊張をのみこみ、自分の荷物を持ってあとを追った。

予想どおり部屋はひとつだけで、リンクがすでにドアを開け、窓のそばに置かれた丸テーブルの上でダッフルバッグを開けていた。

ともかくベッドはふたつある――リンクに続いて部屋に入るなり気づいた。

「一部屋にしたのね？」意見を述べるというより、確認するために尋ねた。

「奥様のお気に召さなかったか？」こちらに背を向けたまま、リンクがほとんど怒鳴り声を発した。ダッフルバッグからテーブルに荷物を出している。

「まったく文句はないわ」長年培ってきた感じのよい振る舞いと、対立を避けるための愛想に頼って、クレアは答えた。

「こういう場所より、さぞ上品なホテルになじみがあるんだろうな。バスローブが用意されてて、メイドが来てくれて、枕にミントがのせてあるようなところに」

クレアを傷つけようとしているなら、彼の攻撃は的はずれだった。この十年、贅沢な暮らしをしてきたのは事実だけれど、〝奥様〟として大事にされていたわけではなかった。大違いだった。

ドアを閉めてバスルームに近いほうのベッドに小さなキャリーバッグをおろし、リンクのほうを向いた。ぴったりと張りつくコットンの黒いTシャツに包まれた、見ほれるほどたくましい背中と、彼女のあいだを遮る物はない。相手の目を見られたらと願う反面、向き合っていなくてよかったと思いつつ、彼の背を見た。

胸の下で腕を組み、クレアは口を開いた。「わたしもあなたも育ちは同じでしょう、リンク。小さな町の中産階級の家で生まれた。お屋敷育ちじゃないわ。ここ何年かサテンやシルクのシーツを使ってきたけど、自分の娘を見つけられるなら釘でできたベッドでだって眠る」

サラの話が出たとたん、リンクがぴたりと動きを止めた。体の両わきでこぶしを握ったかと思うとゆるめ、二の腕の筋肉を波打たせる。それから急に振り返って怒りに体を震わせ、かろうじて押しこめている爆発しそうな感情で目をぎらつかせた。

「い、い、い、自分とおれの娘のことを言ってるのか？」

4

リンクは両手を固く握りしめて歯を食いしばった。クレアが男であれば殴り倒してやれたのに。ところがそうではないので、ふたりのあいだの六歩ほどの距離を詰めて相手の首につかみかかり、死ぬまで振りまわしそうになるのを、全力を振り絞ってこらえていた。大きな怒りが押し寄せてきて視界がかすみ、理性がくもり、抑えようがなかった。

十年前、クレア・キャシディにどうしようもなく恋をしていた。クレアのためならなんだってしただろうし、残る一生離れずに暮らしていくものだと思っていた——高校を出たらすぐに結婚し、家庭を築いて、五十年後もまだティーンエイジャーみたいに手をつないでポーチのブランコに一緒に座っていられるだろうと思っていた。

それなのに、クレアは彼を残していなくなった。ふたりで抱いていたとリンクが思いこんでいた希望も夢もすべて捨てて立ち去り、振り返りもしなかった。たいして大きくもなく、特別でもない将来を、クレアが不安に思っていたことは知っていた。リンクは学校を卒業したら父の整備工場でフルタイムで働くつもりでいたから、どこにでもいる整備士の、どこにでもいる妻になっていただろう。たいした出来事は起こらない、誰も出ていかない小さな町で、給料日を楽しみに生きる暮らしを送っていただろう。

クレアがそんな暮らしを恐れていたことは知っていた。が、リンクはそんな暮らしでいいじゃないかと思っていたので、彼女の不安がわからなかった。気にかけなかった。愚かにも、結婚したらクレアの不安はどこかへ消えて幸せになってくれると思っていた——彼の妻として、子どもたちの母親として。クレアと一緒に暮らせたらどんなに幸せだろう。そう考えて楽しみにしていた彼と同じように。

ところがクレアは消えて、すべてを台なしにした。

クレアの裏切りを乗り越えるまでには、途方もなく長い時間がかかった。

まさに裏切りだと、彼は思っていた。クレアは夢を追うために出ていった。打ち明けてくれれば、リンクも彼女の夢を一緒に追い、支えていっただろうに。彼女はそうするどころか、なにひとつ言わず真夜中に出ていった。町を去ると告げる短い書き置きだけを残して。

リンクは一字もらさず覚えていた。〈ごめんなさい。ずっとここにいるわけにはいかないの。わかって〉最後には無神経にもこう書いてあった。〈愛してるわ、クレアより〉

そもそも、この言葉の意味などわかっていなかったくせに。愛している人間になにも言わずに消えて、国の反対側まで逃げていくはずがない。言っていることとやっていることが違うはずがない。本心を隠したりするはずがない。

クレアに捨てられたショックから立ち直るまでに、恐ろしく時間がかかった。ふたたび立ちあがって新しい道を歩むまでには長くかかった。カリフォルニアへ車を走らせてクレアを追っていきたい。そう考えるのを、なかなかやめられなかったのだ。無理やりクレアを連れ戻すか、彼女がまだ愛していると言ってくれるかぎりは、自分もカリフォルニアで一緒にいたいとすら思っていた。

自分はそこまで心が弱く、情けなかった。そこまでクレアに支配されていたと思うと、吐きそうだった。海兵隊に入り、そんなくだらない考えは汗とともに流し去れてよかった。

しかし、怒りと裏切られた恨みはまだ残っていた。それどころか、またしてもうそをつかれたことで、怒りも恨みも輪をかけてふくれあがっていた。またしてもクレアに隠しごとをされ、裏切られた。

彼には娘がいた。にもかかわらず、クレアはその事実を何年もずっと隠していた。これが正当な殺人の理由にならないなら、なにがなるのだろうと思った。

だが、クレアを殺す前に肝心の娘を見つけなければならない。そのためには、クレアの協力が必要だった。そうでなければ、意地でもなにがあろうと絶対に、この女と一緒に飛行機に乗り、車を運転し、モーテルの一部屋に入ったりはしなかっただろう。

「あなたの言うとおりね」薄汚く狭い部屋に張りつめた沈黙を破って、クレアが言った。いくら優しく穏やかな響きだろうと、この声は何本もの釘で黒板を引っかくようにリンクの神経を逆撫でした。

感情を抑えようと間違いなく懸命に努力していた。激しい怒り、嫌悪、さらには望みもしないのにいまだに彼女に対して抱いてしまう欲求を、プロの捜査官としての見せかけの下へ、奥まで、つぶして押しこもうとしていた。集中しろ。捜査に徹しろ。相手のほのかな香水のにおいのせいで、ここ三十六時間、自分のものがなかば硬くなったままで過ごしている事実など無視するんだ。

「あの子をわたしだけの娘だって考えるのに慣れきっていたから」あいかわらず優しげな感じのいい口調で続ける。「だけど、サラはあなたの娘でもあるというのは、まったくそのとおりだわ。これからは、きちんとそう考えて話すことにするわね」

リンクは口のはしを引きつらせて、あざ笑った。まるで、偉そうに人生相談にでも答えているような口ぶりだ。いったいいつの間に、こんなまじめくさってお高くとまった、上流階級のお嬢様ぶった女になったんだ？

「この件でも、うそをついていないならな」吐き捨てるように言った。

一瞬だけクレアが目を見開き、ショックを受けて傷ついた表情をのぞかせてから、すぐにあきらめの漂う穏やかな顔に戻った。

「こんな大事なことで、どうしてうそをつくなんて思うの？」

リンクは鼻で笑ってダッフルバッグに向き直り、必要最低限の服や身のまわりの道具など、荷造りしてきた物を取り出した。

「思ってあたり前だろう？」言い返す。「ほかのことではなんでもうそをつかれてきたんだから」

背後でクレアが動く音がした。キャリーバッグから荷物を出しているか、単に気まずくて身じろぎしているのだろう。どちらにしろ、リンクは振り返って確かめたりはしなかった。わざわざ確かめるほど、相手を気にかけたりはしていない。

ノートパソコンをテーブルに置き、プリントアウトした書類を入れてあるフォルダーを取ろうとしたところで、いきなり背中の真ん中になにかが強くあたった。すばやく振り返って片方の腕で二度目の攻撃を防ぐとともに、もういっぽうの手は無意識に普段ならわき腹のホルスターに収まっている銃を抜こうとした。今回は武装する必要のある公務で飛行機に乗ったわけではないので、空港警備を通るため武器は携帯せずに梱包しなければならなかった。それでよかった。さもなければ、グロックをクレアの額の中心にまっすぐ突きつけていただろう。

〝いったいなんのつもりだ〟と問いただす間もなく、ふたたび今度は胸の真ん中を殴られた。「わたしがどんなうそをついたっていうの?」かっとなったクレアが声を高くして迫った。また平手で殴られ、リンクはよろめかないように踏ん張った。

クレアはそれほど力が強くない。そうしようと思えば簡単に押さえこめる。腕の一本でらくに抱えあげて手荒く振りまわせるくらいだ。が、つい先ほどまであんなに静かでおとなしかったクレアにいきなり口でも手でも食ってかかられた衝撃で、彼は凍りついて動けなくなっていた。

加えて、クレアがどこまで腹を立て、いら立ちに駆られてどれだけ大胆になるか見てみたい気もあった。

「あなたに助けを求めて」クレアが大声を出した。「サラのことを話した。サラを見つけるために役立ちそうな、ジョナサンや家族について知っていることはなんでも話した。訊かれた質問にはすべて、できるかぎり答えたでしょう。それなのに、わたしがいったいどんなうそをついたっていうの？」

クレアは一言ごとに募らせていく怒りを声や身ぶりに表し、最後にはまた手をあげた。初めの二発ほど力はこもっていなかったが、リンクがかろうじて保っていた我慢の糸を切るには充分だった。

彼は相手の手首をつかんでわきにひねり、固く押さえつけた。クレアが身を引き、青く澄んだ目の奥に初めてかすかな恐怖をのぞかせた。

リンクは彼女にのしかかるようにして鼻先がふれ合うくらいまで顔を寄せ、激しい怒りと敵意がにじむ低い声を発した。「おれを愛してると言ったときにうそをついた。おれと結婚したいと言ったときにも。おれに娘がいることを隠して、ほかの男の子どもとして育てるあいだもずっとうそをついていただろう」

かすかな苦悩がクレアの顔をよぎった……なめらかな白い肌、くっきりとした頬骨、小さな鼻、ハートのかたちをした唇。この顔に、ティーンエイジャーだったリンクは夢中になって悩むほどだった。彼は相手の苦悩をじっと眺めて楽しみ、心にぽっかりと空いた真っ黒な穴を温めようとした。その傷ついた心は、十年間ずっと裏切った相手に報復したいと願っていた。

しかし、苦しむ彼女を見て楽しめたのはほんの数秒だった。積年の復讐心を満足させるには、とても足りなかった。

かわりに記憶がよみがえってきた。ふたりが分かち合ってきた思い出と、思い出としっかり結びついていて忘れられない感情が次から次へと。一緒に木登りや石蹴りをして、姉のベッドにカエルや蛇をもぐりこませるのを手伝ってくれた、ただの近所の友だちとしてではなく、初めてクレアをキスしてみたい女の子として意識し始めたとき。四カ月近く勇気をかき集めたあと、教会のピクニックで木に隠れて初めてキスをしたとき。ふたりでしたデートもすべて思い出した――ハンバーガーを食べにいって、映画を見て……車で見晴らし台に行った。初めて愛し合ったときのことも、それ以降ともに過ごした時間の思い出もすべてよみがえった。

肺を締めつけられているかのように、リンクは息ができなくなった。さらに下半身はいっそうきつくジッパーに締めつけられていた。オフィスのデスクで顔をあげて隣に立っているクレアの姿を見て以来なかば硬くなっていた股間のものが、いまでは完全にたちあがってまぎれもない興奮をあらわにしていた。

リンクは考えなかった。考えたくなかった。だから、すぐさま顔を寄せて相手の唇を奪った。飢えた男が豪華な食事にかぶりつくようにキスをした。十年間ずっと夢に見てきたままにキスをした。寂しく終わりのない夜、怒りが弱まって消えてしまったとき、切望と後悔しか残らなかったときに夢見たように。

彼にとって、クレアだけがこの世のすべてだったときにしたように。

いっときクレアは抗い、身を硬くしてつかまれた手首を引こうとした。リンクは放さず、相手の右腕をつかむ手に力をこめ、左腕もとらえた。

つかまえた腕を両方とも相手の背にまわして押さえ、自分の体にぴったり密着するよう抱いて動けなくしてから口を大きく開いた。舌先で彼女の閉じられた唇を突破し、なかで舌と舌をふれ合わせ、からめ、官能をかき立てる闘いを繰り広げて、胸の奥からわきあがってくる偽りのない高ぶりの声を響かせた。

クレアをさらに引き寄せ、腿のつけ根に張りつめるこわばりを押しつけた。彼女の両腕を片方の腕で背のくぼみに固定したまま、別の手を彼女のヒップからウエストへ滑らせていき、濃いピンクのやわらかいセーターの上から乳房をすくいあげた。

親指で乳首を探るが、パッド入りのブラジャーをしているらしく、いくら探ってもなめらかな丸みしか感じない。いら立ちのうなり声をあげ、セーターの裾から手をもぐりこませてクレアの上半身のやわらかい肌に指を走らせ、彼を妨げていたサテン生地のブラジャーのワイヤーに突きあたった。

一瞬も無駄にすることなく胸から下着を押しのけた。確信していたとおり、手のひらに硬くしこった乳首が食いこむ。

クレアも興奮している。同じくらい求め返しているとわかって、彼はうなり声をあげた。狼がつがいの雌にするようにクレアの唇にかじりつく――かんで、印をつけて、彼女は自分のものだと知らしめる。

そうしながらも、眠れなかった無数の夜の苦しみに心を悩まされていた。

キスをやめ、胸を荒く上下させて肺に新しい酸素を送りこんだ。彼の肌に同化するように抱えこまれているクレアも、同じように息をするのに苦労しているようだった。

クレアの唇は自由にしたが、クレアの体は放さなかった。指で玉になった胸の先端をもてあそびつつ、手のひらで乳房をもみさすっていた。

「だんなともこんなふうにしてたのか？」耳障りな声が出た。自分の手でクレアをまさぐっているときに、別の男の名前を口にすることはどうしてもできなかった。その男がクレアにのしかかっているさまを思い浮かべてしまうだけでも充分ひどい――そいつがクレアにキスをし、撫でまわし、散々に抱いて乱れさせているさまを想像するのは。

「胸をさわられたのか？　やつに抱かれると考えたら、いまそうなってるみたいに、乳首を硬くしていたのか？」

彼の腕のなかで力を抜きかけていたクレアは、また身をこわばらせていた。まつげを震わせ、警戒を浮かべた目をかすかに潤ませている。「やめて、リンク。お願いよ」

か細い声の訴えを無視してリンクは乳房を放し、無骨な指の背で相手の腹からスラックスのウエストまでなぞった。巧みに指を動かしてボタンをはずし、ジッパーを途中までさげ、なかに手を押し入れた。

レースのパンティーの上からさわるような手間はかけず、すぐにその下に指を入れ、濡れてふくらみを帯びたプッシーにふれた。幅の広い手のひらで彼女を包みこみ、長い中指でかすめるように敏感な花芯にふれ、入り口のまわりを愛撫した。

「やつが相手でもこんなに濡れてたのか?」クレアの入り口に無意識に力が入ってかすかに脈打ち、リンクのペニスも反応して引きつった。「やつにふれられるだけでいったのか?」

クレアが口を開いて答えようとした――もしくは、目のはしに涙をため始めているところを見ると、この容赦ない質問攻めをやめてくれとまた訴えようとしていたのかもしれない――が、彼は指を彼女のなかに深々と突き入れ、親指をクリトリスに押しつけて相手の言葉を遮った。まさしく狙ったとおりになった。予想よりだいぶたやすく。突き入れた指をプッシーが締めつけ、手のなかで脈打ち、必死にこらえたような悲鳴を発してクレアが達した。

クライマックスに上りつめるクレアを前にし、彼女の体に繰り返し打ち寄せる震えを感じて、リンクは激しく動揺した。あまりにも大きな影響を受け、彼もまた達するところだった――ふれられてもいない彼自身は、まだズボンのなかだというのに。

ジーンズの前を開いてクレアを貫きたくてたまらなくなった。または、ジーンズの前を開いて、自分の手でかぎりなく幸せな状態に到達する。どちらにしろ、ほんの一瞬で解き放たれるだろう。

歯を食いしばって姿勢を固め、自制心を失うまいとした。クレアにふれ、味わい、打ちこんでいるときに彼女の泣き声を聞く。そうしたイメージを頭から追い出そうとした。腕のなかでクレアはくたりとなっていた。かすかな余波に打ち震えながら目を閉じ、息を乱している。

紙やすりをかけたようにざらつく喉で、彼はしゃがれる声を出した。「だんなだったやつが、こんなふうにいかせてくれたか？」

5

いいえ、ジョナサンがこんなふうにいかせてくれたことはなかった。まったく、これには及ばない。

これまでに、いまリンクから与えられたようなオーガズムを経験したことがあっただろうか……ふたりがまだ性への関心と興奮を抑えきれないティーンエイジャーだったころ、機会さえあれば裸でいちゃついてばかりいたころでさえ、こんな体験はしたことがなかった気がする。まるでリンクから怒りを向けられ、手荒く扱われたために、いっそうこの場の官能が増し、興奮が高まったかのようだった。

クレアが罪の意識を感じていて、最近まったくセックスをしていなかったことも影響しているのだろう。

けれども、リンクが彼女をおとしめるために不当に発した問いかけには、どれひとつとして答えるつもりはなかった。まず、ジョナサンとの夫婦関係については、リンクにはまったくかかわりのないことだ。加えて、リンクの〝おれ、ターザン。おまえ、ジェーン〟とでも言いたげな野蛮な行動に乗せられるつもりもなかった。

昔の過ちを深く後悔しているからといって、なにをされても黙っていられるのはここまでだった。これ以上リンクの好きにさせて、言葉でも行動でもいつまでも不当に扱われているわけにはいかない。いつまでも許せないというなら仕方がない。とはいえ、彼女のパンツに手を突き入れて指でいかせるのが、もう何年も前の仕打ちへの正当な報復になると考えているとしたら……。

いったいいつから、白目をむいて昇天してしまいそうなオーガズムが仕返しになったのだろう？

両腕を長いあいだ背中にまわされていたために肩が痛み、折れそうなほど背をそらしていたから筋を違えそうだった。が、脚のつけ根からリンクにゆっくりと手を引かれて、そんなことはどうでもよくなった。クレアの手首をつかんでいた力もゆるみ、彼が身を引こうとしている。

〝ああ、やめて、だめよ〟クレアは心のなかで言った。こんなふうに丸裸――言葉どおりではなく、比喩的に――にしておいてなにごともなかったように放り出すなんて。あとになって、これを繰り返し彼女を罰するための攻撃材料にするに決まっている。せめて男と女として向き合うときくらい、クレアは相手と対等の立場でいたかった。

両肩をまわして手を曲げ伸ばしし、かすかにしびれた腕の血の巡りをよくした。それから、リンクにこれ以上の距離を開けられる前に手を伸ばし、相手のジーンズのウエストをつかまえた。

指の背に、Tシャツの下の熱い肌がふれてやけどしそうだった。先ほどの興奮で酸素を奪われていなかったら、はっと息をのんでいただろう。

ふれられて、リンクは固まった。腹が岩のように真っ平らになっているので、クレアにも彼の硬さが感じ取れる。不意に彼がうつむき、激情を秘めた視線をクレアにつかまれている場所に据えた。

「本当に知りたいの？」クレアとリンクの両方を傷つける彼の問いかけに応じて、静かに聞き返した。「いま一緒にいるのはあなたなのに、ほかの男がわたしになにをしたか、しなかったか、本当に知りたいの？　たったいま手で撫でるだけでわたしをしびれさせたのは、あなたなのに？」小さく舌打ちをして続けた。「驚いたわ、リンカーン・ラパポート。優先させることの順序を、もう少しちゃんと心得てる人だと思ってたけど」

からかいは狙った効果を及ぼした。リンクが喉の奥から低いうなり声を発し、彼女のうなじをすばやくつかんで引き寄せ、唇を重ねた。

キスされてクレアは頭からつま先までとろけそうになり、薄汚れたモーテルの部屋に敷かれたカーペットのもうひとつの染みになりそうになった。気力と理性を振り絞ってふたりの体のあいだで指を動かし、リンクのジーンズのボタンをはずす。

きついデニムのなかで彼は大きくなっていたので、痛い思いをさせずに外へ出すのに苦労した。目を見張るほど長く伸びているものの下にそっと手を滑りこませ、もういっぽうの手でジッパーをおろしていく……時間をかけて、じらすようにしながら、こわばったペニスを撫で、握りしめた。

リンクが重ねた唇にうめき声を響かせ、両手で彼女の背を撫でおろし、すでに前が開いて隙間ができているスラックスのなかに手を入れて尻にふれた。やわらかい双丘のふくらみに指をうずめ、クレアがつま先立ちになるまで持ちあげて胸にきつく抱き寄せる。

むさぼるような口づけを続けつつ、すばやく互いの服を脱がせていった。クレアは相手のジーンズとシンプルな白のブリーフを腰からできるだけ下まで引きおろし、狙いを変えてTシャツを胸板から押しあげた。

リンクは彼女に合わせてブーツを蹴って脱ぎ、足からジーンズを抜いてから、背に腕をまわしてTシャツを頭から脱いだ。シャツをわきに放るあいだだけクレアから手を離したが、またすぐにつかまえて今度は彼女の服を脱がしにかかる。

彼がブラウスに手をかけて引っ張ったとたん、ボタンがはじけ飛んだ。クレアは靴を脱ごうとしたが、仰向けにベッドに押し倒されて、靴も脱がされる。

またたく間に、ブラジャーとパンティーだけの姿でリンクにのしかかられていた。ブラジャーはシャツの下に彼が手を入れたときから、胸の上にずれあがっている。

この感覚をいままで忘れていた……たくましい男性に組み敷かれている。硬い胸板に乳房を押しつぶされ、燃えるように熱い男性の興奮のあかしを女らしいふくらみを帯びた両脚のつけ根に突きつけられている。

もちろん、このリンクのような男性に組み敷かれたことなどなかった。ふたりが高校生になって恋人どうしになったころ、リンクはもっと細くてしなやかだった。健康的で運動選手らしい体つきをしていたけれど、いまほど筋骨たくましくも、目を見張る体格でもなかった。

ジョナサンはどうかといえば……体格でもほかの面でもリンクと比べられるわけがなかった。

喉に口づけられ、まばらに生えた腰がある胸毛で感じやすくなった乳房の先をこすられた瞬間、驚いて目の前の興奮に引き戻された。頭をうしろに倒して彼がなめたりかじったりしやすいようにし、めくるめく感覚に引きこまれた。

口づけられるだけで感覚の渦に巻きこまれて気を失いそうになる。それでも、じっとされるがままになっているのはいやだった。リンクにも同じようにしたい。十年間ずっと彼を思うたびに押しこめてきた空想が、必死で表に出ようとしていた。

リンクの腕に見とれ、指先で隆とした肩をなぞった。硬く盛りあがる力こぶもなぞり、同じく力強い腕をたどって、また撫であげる。黒いタトゥーの上で指を止め、長く伸びるセクシーな有刺鉄線の模様をなめるところを想像して舌を出した。

リンクも彼女の期待に駆られた舌の動きに気づいたに違いない。すぐさま獣じみた低いうなり声を発した彼に荒々しく唇を奪われ、つま先まで興奮が走っていた。

熱い血が全身に勢いよく送り出されていた。胸の鼓動がケトルドラムのように鳴り響き、両脚のつけ根の奥が期待にじんと脈打つ。こんな感覚は初めてで、自分は本能と欲求を満たしてくれる男性を求める女なのだと、はっきり思い知らされた。

リンクの両手が彼女の胸を包み、一度もんでからさがっていった。ウエストからヒップを撫でおり、大きな手のひらを両側から腿のつけ根にあてて、親指を細い三角形の豊かな巻き毛に滑らせ、脚を開かせた。

「待てない」唇をふれ合わせたままささやき、クレアの膝のあいだに腰を入れる。「いますぐ抱きたい」

クレアも彼がほしかった。求めるあまり、燃えだしそうなほど。手足が震えるほどに。

それでも、大事な点を思い出す理性は残っていた。

「コンドーム」キスを中断して、かすれる声を出す。「コンドームは持ってる?」

「くそ」リンクがくりとうなだれて額を重ね、目を固く閉じて息を吸い、胸を大きく波打たせた。

それから両腕の見ほれる筋肉をうねらせてベッドから起きあがった。

ほんの一瞬、クレアは相手を引き留め、コンドームなんてどうだっていいからいますぐ抱いてとすがりたくなった。このまま勢いに乗って、早く、いま、いますぐ。

しかし、クレアの考えが頭のなかでまとまる前に、リンクがダッフルバッグからひげそり道具用の革のケースを取り出してジッパーを開き、小さなビニール包装の連なりを引っ張り出した。

ひとつをちぎり取ると残りは床に落とす。クレアのもとに戻ってきながら歯で包装を開けてコンドームを取り出し、そそり立ってだいぶ太くなっているところに慎重にかぶせていく。

彼のそこに注目するのは妙な心地がしたけれど、目をそらせなかった。クレアにとってリンクはおいしいごちそうで、むしゃぶりつきたいと同時に、じっくり味わいたいと思わされる。

リンクの成長はそこにも表れていた。興奮しているから大きくなっているだけではない。昔の彼はここまで大きく、堂々としていなかった。これも体全体の見事な筋肉を鍛えるために行っていただろう、ウエイトトレーニングの成果なのだろうか。

原因はなんでも、クレアはうれしかった。手を伸ばしてふれてみたい。彼を包んで愛撫したかった。まず指で、それから口で。

とはいえ、リンクの目に燃えている熱情を見るかぎり、そうできる見こみは薄そうだった。いまのところは。

リンクはコンドームを着け終え、ふたりを完全に守った。クレアはベッドに横たわり、熱い視線にさらされて興奮を覚えた。ジャングルに棲む大きな野獣に狙われた、ちっぽけな身を守るすべのない動物の気持ちになる。

体に震えが走り、リンクに近づかれて足首をつかまれ脚を広げられると、力を抜いた。リンクはクレアの倍は体が大きく、倍の力があって、彼女を憎んでいるかもしれない。それでも、傷つけたりはしない。今夜は。

「長くはかけられない」リンクが歯を食いしばって告げた。ベッドにあがり、クレアの脚を自分の胸に沿って持ちあげていく。「一回目は長く持たない。あとで埋め合わせはする」

クレアはリンクの言葉を疑ったりはしなかったけれど、埋め合わせなど必要ないと思っていた。彼の肩に足首をのせる——間違いなく上品な奥様らしいとは言えない格好になる——

と、彼がクレアの入り口で構えた。荒々しい一突きで身を沈められた瞬間、閉じたまぶたの裏で爆発が起こった。

男性を受け入れるのはずいぶん久しぶりだけれども、とうに準備はできていた。手で目もくらむオーガズムに導かれていたからというだけでなく、もう一度リンクとひとつになれると考えて自然とそうなっていた。初恋の人。初めての恋人。ふたりとも少年少女だったころ、この人と一生ともに過ごすのだと思っていた。

驚くほど大きいのに、彼は滑るようにして入りこんだ。クレアの体は彼をぴたりと包んで受け止め、あふれるほどに満たされる感覚を味わった。リンクを受け入れるとほぼ同時に、感じやすい場所をすべて刺激された。どこまでも到達されて、Gスポットどころではなく H、I、Jスポットまでふれられた心地になる。クリトリスをきつく押され、ベッドから腰を浮かせて、またしても達しそうになっていた。

リンクは動かず、愛撫もせず、クレアが待ち構えていることを始めてもいない。それなのに、クレアはもう息をのむオーガズムを迎える寸前だった。

滑り落ちたクレアの両脚を腕にかけてリンクが屈みこみ、胸板を押しつけて彼女の唇を優しくかじった。唇と歯と舌を使ってじらしている。しかし、胸のなかで肺が絞られているかのようにクレアが呼吸を乱してしまうのは、もっと下のほうで彼がしていることが原因だった。

めまいがし、手足がぞくぞくするのは酸素が頭にいかないせいだ。そう思えたらよかったのに、こうなるのはリンクにふれられているからにほかならないとわかっていた。乳房にざらつく感触をもたらす胸板。あごから喉にかけて電気に似た刺激を残してキスをする唇。そしてとりわけ強烈なのが、彼女のなかで脈打っている、太く張りつめた彼自身だった。リンクが彼女のわきにすっと手を伸ばして両側から腰をつかみ、好みの位置に傾けた。かすかに上体を起こして歯をむき、クレアを引き寄せては押しやる。

引いては押す。

引いては押す。

しだいに彼のまぶたが閉じ、動きが速まるとともに頬の筋肉が引きつった。いつしかリンクも合わせて腰を突き出し始め、ふれ合いはどんどん強まり激しくなっていった。

クレアはあえいで息を吸い、ベッドカバーを握りしめたが、リンクから目をそらさなかった。そらせなかった。あまりにも待ち望んで、ようやくリンクをこの腕でもう一度抱けた。このひとときだけが、残る一生抱いていける思い出になるかもしれない。

一瞬ののち、リンクの目が開いた。ふたりの視線が合い、結ばれた。

「どうしてほしいか言ってくれ」彼がかすれる声を出した。

荒い声が耳にざらつき、クレアの下腹部に集まっていく強烈な緊張がさらに高まった。

クレアは特に親密なひとときでも品のない言葉を使ったことなどなかった。それなのに、このときはすぐさまリンクが望んでいるに違いない言葉が頭に浮かんだ。あからさまに相手の欲望をあおる言葉だ。〝ファックして、リンク。手加減しないで、早く抱いて。したいようにして"

心のなかでそう言うとさらにクライマックスの間近に押しあげられて、池の表面を石がかすめて飛んでいったあと波紋が広がるみたいに、リンクを包んでいる場所がわななないた。

だが、その言葉は浮かぶと同時に消えていった。これは、彼女が心から望んでいることではない。

リンクの視線をとらえたまま唇をなめ、たったひとつ心からの望みをささやいた。「あなたよ」彼に告げた。「ほしいのはあなただけ」

ほんの一瞬、ときが止まったかに思えた。リンクが息を止め、嵐に似た灰色の目の奥で渇望とかすかな驚きが渦巻いた。それから、彼がうめき——クレアの心にまっすぐ突き刺さる、情熱に駆られた、必死ささえうかがえる声——覆いかぶさってキスをした。唇に火がついて、灰になってしまうのではないかと思うまで。

クレアもキスを返し、手足を巻きつけてリンクを抱きこんだ。ともかく、この体勢でできるだけそうしようとした。

リンクも彼女を抱きかかえていた。強く引き寄せ、もっとも深く、時間をかけて快感を送りこめるよう誘導している。

クレアの脚のあいだで彼は腰を動かし、打ちこんでいた。その勢いで安モーテルのベッドカバーの粗い布地がむき出しの肌にごわつき——こすれ——クレアは少しずつベッドの上へと押しやられる。しかし、そうした些細な不快感がいっそう快感を高め、意識のすべてが全身を揺さぶる言い表しがたい興奮のうねりに引き寄せられた。

リンクの胸板がクレアの胸にぶつかり、キスをやめようとしない彼の口がふたりの息も同じようにぶつかり合わせた。リンクが大きな温かい手の片方をほとんど隙間のないふたりの体のあいだに差し入れ、濡れそぼったひだに二本の指を滑りこませて花芯を探した。

すでに崩れる寸前だったクレアは、ふれられたせつなロケットみたいに飛び立った。肌が粟立ち、閉じたまぶたの裏に小さな色彩の点が散り、混じりけのないエクスタシーが繰り返し体に押し寄せては過ぎていった。

背を弓なりにそらして相手のたくましい肩につめを埋め、口を開いて叫ぼうとした。が、ふたたびリンクに唇を奪われ、出ていくところだった金切り声をのみこまれる。彼はクレアを貫き続け、硬いままのペニスに密着する場所が波打つさなかにも、より性急に激しく腰を振り始めた。

「そうだ」息を切らしてざらつく頰をクレアの顔にすり寄せ、彼女の首に顔をうずめる。

「いいぞ、ああ、くそ、イエス」

そう言った瞬間に達し、かすれるうなり声を発してクレアのなかで激しく放出した。彼の声はクレアの耳にも、狭く薄汚い部屋にも響き渡った。このモーテルの壁は薄いだろうから、ほかの宿泊客全員にリンクの雄叫びを聞かれていたとしても不思議ではない。

クレアは気にしなかった。このときは力が抜けきり、あまりにも満たされていたので、なにも気にならなかった。

倒れこんだリンクとくたびれたマットレスに挟まれて、息をするのが難しい。にもかかわらず、体をずらしも、リンクにどいてと頼みもせず、できるだけ長くこのままでいたかった。リンクの熱と、ひしひしと伝わってくる男らしさに包まれて浸っていたい。リンクに満たされたまま、まだ自分は魅力のある求められている女なのだと感じたままでいられる興奮に浸っていたかった。

ところが、リンクがあまりにも早く彼女の上から体をどけようとした。けれども、そのことにため息をつく間もなく、クレアはウエストに腕をまわされ抱き寄せられていた。

リンクはヘッドボードの近くの枕に頭をのせ、クレアは引き寄せられるまま、温かい、くたりとした、完全に満たされた毛布さながらに、彼の上にしなだれた。体の下で恐ろしくしわくちゃになってずれたベッドカバーがむずがゆかったが、ふたりとも身動きして体を覆おうとはしなかった。

クレアがとてもとても長いあいだ経験していなかった充足感に包まれて眠りに落ちそうになったとき、頬の下でリンクが胸を震わせ、彼女の頭のてっぺんにあごをうずめた。

「くつろぐなよ」低い声でささやいた。「まだおしまいじゃない」

6

苦しみを進んでしょいこむ人間。自分はそういう人間だ。リンクは、クレアのやわらかい重みに首からすねまで覆われて横たわったまま思った。

あれほどクレアに打ちこんだ直後なのだから、疲れきっていてしかるべきだ。あんなに激しくいったのは、間違いなく途方もなく久しぶりだった。クレアの、みずから進んで温かく迎え入れてくれる体のなかで経験した強烈なオーガズムのおかげで、つま先までしびれているくらいだった。

満たされすぎ、動けなくなっていて当然だ。それなのに、体はまだ欲望を帯びていて、抑えられない熱情でほてっていた。クレアの奥深くに身を沈めている気ままなペニスが引きつり、力を取り戻し始めた。

予想外だ。ほかの女性と過ごしたときは、一回いったら横になって寝てしまうのが普通だった。もしくは、相手の女性がありもしない未来について思い巡らす前に、服をかき集めてさっさと帰っていた。

故郷を捨てて旅立ったクレアに残されて傷つき、混乱し、完全に頭にきていたとはいえ、決して女を断っていたわけではなかった。そうはいっても、クレアほど徹底して彼の心を揺さぶる恋人を見つけることもできなかった。

自分は広く浅く数で勝負する男になったのだと思っていた。右手ではどうしようもないほど女性と過ごしたくてたまらなくなったときは、出かけていって相手を探し、欲求を解消してもらった。深いかかわりも、甘い言葉も、約束もなし。

しかしクレアが相手だと、初めてキスをし、愛撫をし、心地よい彼女の体の温かさに包まれて夢中になったときと同じく、引きこまれて抜け出せなくなった。

彼はののしりまくって壁に穴を開けたくなった。このいかがわしいモーテルの小汚いランプを、いくつか部屋の向こうに投げつけてやるのもいいかもしれない。いちばんやってはいけないのが、またしても引きこまれることだ――クレア・キャシディ・スカボローを相手に、油断して気を抜くことだった。

なんとしても、決意を新たにしなければならない。心に刻んである数々のクレアの罪を思い返して怒りをかき立て、ふたたび広々とした距離を置くのだ。

と考えつつ、彼はクレアとともに横たわっていた。安モーテルの古すぎてくたびれ、ふたりの体重で真ん中が沈んでしまっているベッドの上で、クレアの腰に腕をまわしていた。胸にはクレアの頭がのっている。コンドームをつけたものは、クレアのやわらかい濡れそぼったひだのなかに埋もれている。

このいかれきった頭を検査する必要がある。クレアに移された謎の毒性ウイルスを解毒する必要がある。クレアからできるだけ遠くへすばやく離れるために、ハマーなり戦車なりガルフストリームのジェット機なりが必要だ。

だが、彼自身に離れる気があるだろうか？　クレアを押しのけ、服を着、ここに来た目的である捜査に戻る気があるのか？

本物の悪魔に股間をつかまれて引っ張られても無理だ。

後悔するに決まっている。情けなくてたまらなくなるかもしれない。それでもいましばらくは、クレアがこの腕のなかに、このベッドにいる。その状況を変える気はなかった。ともかく、クレアに対して抱いている尋常でない執着が自然に消えていくまでは動けない。それさえ消えれば、クレアのことなど考えなくなり、進み出せるかもしれない。

自分の娘である可能性が高い少女については考えないようにした。クレアの主張が正しかったとしたら、サラを通して一生クレアとの関係も断たれないのだという事実についても。そういうことはあとで考えよう。どんなときでも、一度に対処できる問題にはかぎりがある。リンクが対処したいのは、クレアの熱い体と、ふたたびうずき始めている彼の体の一部分だけだった。

クレアが彼の上で身動きすると、股間に集まりつつある圧力がさらに増した。すぐさま二回戦になだれこめれば言うことはなかったが、ひとつのコンドームの限界を試すほど愚かではなかった。もともと堅苦しいほど安全に気を使うほうではなかったとしても、昨日すでに自分が父親であるらしいと知らされて、用心の大切さをたたきこまれていた。

クレアの張りのある尻を軽くたたいて声をかけた。「ベッドの下のコンドームを全部取ってくれ」

クレアが少し体を起こして目を合わせた。青い虹彩に警戒心の名残が揺らめいていた。

「いい考えだと思う？」穏やかに訊いてくる。

「かなりいい考えじゃないか」電気や全国電話網の発明より、とんでもなくすばらしい考えだ。

クレアが顔の向きを変え、駐車場に面した、部屋にひとつしかない窓を覆う分厚いカーテンに目をやった。

「真っ昼間よ」いま時間に気づいたといったようすでつぶやく。下唇を歯に挟んで軽くかみ、鼻に細かいしわを寄せている。「調べたり……なにかするべきじゃないかしら？」

リンクは親指をなめ、その指で相手の胸の先を撫でた。濡れた指でふれられたとたん、乳首がしこってふくらんだ。

「ノアが元だんなの情報を仕入れてくれるまで、できることはたいしてない」言いながら、クレアの興奮の高まりが表れている場所から決して視線をはずさなかった。「情報が入れば、ノアから連絡がくる」

クレアはまだ迷いがあるらしく、口のはしをさげて難しい顔になりつつあった。が、リンクは相手に言い返す間も、じっくり考える間も与えるつもりはなかった。いまはだめだ。クレアを裸にして、好きにできるというこのときにそんなことはできない。

あとでならいいだろう。あとでなら、ふたりとも自分たちの行動を悔やんで、二度と互いの前に姿を現さないと誓ったっていい。責任のなすり合いをして、一時的に頭がおかしくなったのだと言い張ってもいい。おそらくふたりの心を苦しめることになる罪の意識や恥をやわらげ、気がすむのならなんでもいい。

だがそれまでは、短いあいだだけ、ふたりにはわだかまりなどなにもないふりをしたかった。裏切りも恨みも、十年分の隠しごともうそもない。力も欲望も残らず搾り取られるまで、熱に駆られた、制約のないセックスさえできればいい。

クレアをもう一度抱く、ふたりとも疲れきるまで。そう考えただけで、自分のものが火かき棒のように硬くなった。少なくともこれがクレアの気を引き、彼女は悩ましげな声を発して振り返った。

まだ下唇をかんだまま言う。「男の人は回復するまでもっと時間がかかると思ってたわ」

「どんな女にまたがられているかによって変わるみたいだ」リンクはわずかに腰を浮かせて、要点を突いた——自分の体で。

すると突然、クレアが身を引いた。リンクの膝からおりてベッドを離れていく。コンドームに覆われたものが出し抜けに宙に浮いた。リンクはすばやく上体を起こして追おうとしたが、ベッドから足をおろす間もなく、クレアが戻ってきた。マットレスをたわませてベッドの中心——そこにいるリンク——に近づいてくる。膝をついた彼女の手にはいくつも連なったコンドームの袋があった。

「ティーンエイジャーのころのあなたも、このくらい元気だったわよね」クレアが言って、リンクの体をまたぎ、今度は腰ではなく膝の上に座った。

「元気？」相手の奇妙な言葉選びに、リンクは片方の眉をあげた。両腕を差し伸べるがクレアに届かず、じれて歯がみする。

クレアがむき出しの華奢な肩をすくめ、乳房を魅惑的に揺らした。「元気、むらむらしてる、性欲があり余ってる。どう言ってもいいわ。終わったと思ったら、あなたはすぐにまた始める気になってた」

確かにそうだった。いくらクレアを抱いても、また抱きたくなった。あのころも、いまも。

「そっちから文句を言われた覚えもない」あやふやに言い返した。

クレアが同意して頭を振り、薔薇色の頬のまわりにブラウンの髪を広げた。今朝の完璧に整えられたスタイリッシュな髪形はすっかり過去のものになり、情熱のさなかにくしゃくしゃに乱されていた。こんなふうに乱れているほうがずっといい。

「ええ、文句を言ったことなんてない」クレアがささやき、指で彼の胸板を撫で、その道筋を目でじっとたどった。「あなたが大好きだったもの。あなたと愛し合って、いつでもどんなときだってあなたと一緒にいられるのが。ずっとお互いしか頭にないままひとつでいられるなら、自分は幸せ者だと思ってた」

相手のふれるかふれないかの愛撫より、言葉がリンクの体のなかに入りこんで、くねりながら進み始めた。落ち着かない感覚が腹の奥で広がって徐々に上へ向かい、不安になるほど胸に迫ってくる。

だめだ、そっちへ行くな。そこへクレアを入れるな。少し甘い言葉をささやかれ、昔を思い出させられたからといって、壁を突き崩され、クレアに対してまた無防備になるわけにはいかない。

こうしているのは単純にセックスするためだ。サンフランシスコに来たのは、自分の娘かもしれない女の子のためだ。だが、ここでベッドに入っているのは、単に、欲望にまみれた、制限なしのセックスをするためだ。興奮するのに記憶も、クレアの思い出話も必要ない……いや、それどころか、こんな話をされたら興奮をそがれる。

リンクはふたたび上体を起こそうとした。なんでもいいから相手を黙らせるために、つかみかかって唇を奪うか、仰向けに押し倒そうとして。

ところが、クレアの指がペニスの根元に巻きついて軽く締めつけ、リンクの肺から空気が勢いよく抜けていった。枕に倒れこみ、つかまれている唯一肝心な場所以外の筋肉が残らずショックと快感によりゆるんだ。

クレアが使用ずみのコンドームを二本の指でゆっくり巻きあげて先から抜き、身を乗り出してベッドの近くのごみ箱に落とした。すぐに戻ってきて、話を再開する。

「あなたについて、ほかのことも覚えてるの」ささやき程度の声だ。

リンクの声帯は凍りついてしまったかのようだった。話せるかどうかもさだかでないまま口を開くと、「へえ？　なにを？」という聞きづらいしゃがれ声が出た。

「口でこうするのを、あなたがどんなに気に入ってたか」

クレアがそう答えて屈み、そそり立っているものをすっとなめた。そこを舌が撫でた瞬間、稲妻に似たエクスタシーが背骨を震わせて駆け上り、手足の先まで伝わった。

リンクはこのひとなめで果てなかったことを驚きながら、なんとか踏みとどまれて喜んでいた。そんな彼の先端をクレアがくるりとなめてからくわえ、吸い始めた……最初は優しく、徐々に力をこめて。ペースをつかんだクレアが一定のリズムを刻み始め、リンクは昇天しそうになる。

月にまで飛んでいってしまいたいところなのに、両手でシーツを握りしめ、ベッドにしがみついていようとした。そしてこれ以上じっとしていられなくなると、手を伸ばしてクレアのやわらかくつややかな髪に指をくぐらせ、彼女の動きを助けていた。

手を貸すまでもなく、クレアの動きはすばらしかった。あともう少しで彼は屈しそうだ……懇願し、ねだり、身をよじりだしそうだ。彼女になんとでも言い、なんでもし、どんな約束でもしてしまいそうだ。

ずるずると危険なほうへ滑り落ち、このままでは愚かなことを口走ってもおかしくない。「クレア」必死に相手を傷つけまいとして歯を食いしばった。髪を引っ張りすぎてはいけない。彼女の頭を怒張した彼自身に無理やり近づけて、苦しい思いをさせてはいけない。「クレア。もうやめてくれないと、いくぞ」

クレアが目を合わせるあいだだけ彼を自由にした。しかし、唇は頂のすぐ近くにあり、そこを前後左右に軽くくすぐって興奮を冷まさせない。彼女がなにをしているか、なにをできるか、リンクに忘れさせなかった。

「そうさせたいわ」クレアが天使のように微笑んだ。けれども、リンク自身の間近に唇を寄せ、甘美な肢体を完全にあらわにしているのだから、これほど天使とかけ離れた姿もないだろう。天から堕とされた悪い天使というなら別だが。

彼女の舌がすばやく突き出てペニスの根元近くのとりわけ感じやすい場所を湿らせ、伸びてきた指が睾丸をもてあそんだ。

「ああ、くそっ！」リンクはベッドからびくりと腰を浮きあがらせた。あとものの数秒で、抗議しようとしても追いつめられた人間の哀れっぽいとりとめのない泣き言しか出せなくなるだろう。

「あなたはじっくりこつを教えてくれたでしょ？」クレアがささやいた。

リンクが答える前に、混乱した頭が彼女の言葉を理解する間もなく、クレアがふたたび彼を口に入れ、すっかり包みこんだ。

このクライマックスを押しとどめようとするのは、アイスキャンデーの棒で組み立てた防波堤で潮の流れをせき止めようとするのと同じだった。せりあがる快感も、鋭い欲求も、下腹部を締めつけ引きつらせる勢いも止められるわけがなかった。体の内側からなにもかもが自制心を振り切ってことごとくはじけ飛んでいき、彼は解放の激しさに震えることしかできなかった。

クレアも一緒になって動いていた。リンクが腰を突きあげるのに合わせて上下に揺れ、彼が差し出すしかないものをすべて受け止めた。彼が精根尽き果て、すべてを出しきるまで。

このまま昏睡状態に陥ってもおかしくなかった。たった一度のオーガズムでこんな状態になるのは初めてだった。本当に快感で正気を失いかけるのも。女性にここまで混乱しきった心地に追いこまれるのも。

この心地について深く考えるのはよそう。いまはだめだ。骨が溶けたように力が入らない彼の体に、寝そべったクレアがぴたりと寄り添っているいまはよそう。これでいいという気がするからだ。

これでいいのかもしれない。

クレアはここにいるべきなのかもしれなかった。

7

「サラの話を聞かせてくれ」リンクはクレアの耳のすぐ上で静かな声を発した。ちくちくする特徴のないシーツをかぶり、クレアがとても近くに寄り添っているから、ふたりのあいだには空気すら入りこめそうにない。いや、相手に寄り添っているのはリンクのほうかもしれない。クレアのなめらかな曲線を描く背に胸をあて、やわらかく心地いい丸みを帯びた尻に下腹部を押しつけていた。

クレアに捨てられた夫がふたりの娘を傷つける心配はない、というクレアの考えが正しいことを願っていた。週末だからスカボローがＤＮＡ検査の書類を偽造しようとしても、すぐには手に入らないだろうことも。なぜなら、こんなことをしているリンクは間違いなく、当事者のひとりとしてこの少女を見つけ出す責任を怠っているからだ。

確かに、クレアに告げた言葉は本当だ――キーガン保安官補がジョナサン・スカボローおよび親族の所有財産について情報を集めてくれるのを待っている。しかし、その間にもリンクはほかの手がかりを追えたはずだった。

ところが、訓練を受けた連邦保安官らしく街に聞きこみにいったり、コンピューターで調査をしたりするでもなく、行きあたりばったりで入った古モーテルの一室に隠れ、ポルノ俳優も顔負けの独創性に富んだ、背筋に興奮の走るセックスにいそしんでいた。クレアをいくら抱いても足りないと思えた……クレアもこれを急いで終わりにしたいなんて思っていないようだった。

先ほど、ひとしきりベッドや床の上で転げまわり、椅子の上やバスルームの戸口でも何度か熱く激しく求め合った合間に、リンクは近くのファストフードの店に走ってハンバーガーとドリンクを持ち帰った。ここへ来るまでの飛行機でも乗り継ぎ待ちのあいだもあまり食べていなかったからというのもあるし、ふたりきりで過ごせる夜の残りをどう過ごすにせよ、力が出せるようにしておきたいというのもあった。

あとのほうの目的はクレアには伏せていたが、日が落ちてからふたたび昇るまでの時間を有効に使いたいという欲求がなにより強かった。

しかし、いまのところは完全に満たされた気分で——少なくともいっときは——理性が通常の落ち着いた状態に戻って筋道の立った考えかたができるようになっており、下のほうの股間でものを考えてはいなかった。リンクがここ——カリフォルニアのよりによってこのモーテルの一室——にいるはっきりした目的はひとつしかなかった。ジョナサン・スカボローの居場所を突き止め、クレアがリンクの娘だと主張する子どもを取り戻すこと。セックスはいいが、必ずしもいい結果を生むとはかぎらない添え物だ。

さりげないとは言えない催促にクレアはどう反応するだろう。聞きたくもない事情を聞かされるはめになるのではないか。そうした不安に心臓がぎょっとして飛び跳ねたが、自分の娘であるというこの少女についてどうしても知らなければならなかった。

リンクが静かな命令を発した瞬間、寄り添っているクレアの体がこわばった。この会話がすぐに激した口論に変わると恐れているのか、彼女が身を硬くしたまま張りつめた数秒が流れた。ようやく、リンクと同様に静かな声で彼女が尋ねた。「どんなことが知りたいの？」

〝全部だ！〟リンクの心が叫んだ。サラが本当に自分の娘なら、その子が誕生したときから初めて補助輪なしで自転車に乗ったときまで、なにもかも見逃していたことになる。この喪失感で心が冷え固まり、なんでもいいから殴りつけたくなった。けれども暴力を振るっても――いくらそうして当然でも――なにも解決しそうにない。だから呼吸を落ち着け、できるうちに集められるだけの情報を聞き出すことに専念した。

分かち合ったばかりの親密な空気に包まれているこの暗い部屋でクレアから聞き出した話が、サラの居場所を突き止める手がかりになるかもしれない。そうでなくても、単純に会話することが心にぽっかり空いた穴を埋め、リンクにとって失われた十年のあいだの出来事と折り合いをつける助けになるかもしれない。

「スカボローとどうやって知り合ったか話すんだ」知りもしないのに忌み嫌っている男への軽蔑が声に出ないよう努めながら言った。「いつ妊娠に気づいたのかも」

クレアが急に深い息を吸って胸を動かした。「ロサンゼルスに来て一カ月くらいたってから、つわりが始まったの。最初は風邪を引いただけだと思ってたんだけど、ずっと続いてよくもならないから、おかしいって気づいた。病院に行くお金もなかったし、恥ずかしくて無料診療所にも行けなくて、だから、お店で手に入る安い妊娠検査薬を買ったわ。もちろん、結果は陽性だった」

話すうちにクレアの体から徐々に力が抜けていき、リンクの腕のなかでふたたびリラックスし始めた。頭は彼の太い二の腕にのっている。羽根のようにふんわりとしたコーヒーブラウンの髪が、彼の腕と頬とあごをくすぐった。

「ものすごくあせったわ。どうしていいかわからなかった。故郷に逃げ帰りたいとも思ったの——あなたや、両親のところへ。自分がよく知っていて、受け入れてくれるとわかっている場所へ」彼女はしばらく口をつぐみ、深呼吸をして胸を波打たせた。「でもそうしたら、逃げてきた暮らしに逆戻りすることになると思った。そもそも、それから逃げるためにロサンゼルスへ来たのに」

「そんなにひどい暮らしか？」暗がりで、リンクの低い声は抑えこんだ感情でかすれた。クレアが過去の決断をどんなに理にかなったものと考えていようと、彼は傷ついた。クレアは国の反対側まで行き、別の男と結婚し、リンクの子どもを隠しておくほうが、ペンシルベニアにとどまってリンクとともに家庭を築き、子どもを育てるよりましだと考えていたのだ。股間を散々蹴られても、これほどつらくなかっただろう。

「あのときは、そう思ったの」一拍置いて、クレアは認めた。「ありふれた人間になってしまうのがいやでたまらなかった。わたしたちの小さな狭い町にいたらとてもかなわない、大きくてすばらしい未来を手に入れたかった。ばかな話に聞こえるってわかってるわ。いま考えれば、あのときの決断は恐ろしく間違っていたと思う。どんなによく考えたって信じられないくらい自己中心的で、あなたにとんでもなく申し訳ないことをしたわ。ただ、あのころは若くて、怖くて、どうしていいかわからなかった」

リンクは意識して、歯を食いしばっていたあごの力を抜き、答えを求めているもうひとつの問いを繰り返した。「それでいつ会ったんだ、スカボローとは？」娘を、おれの子どもを、おれの人生を横取りした男とは。

「彼は、あのころわたしが働いていた、サンセット大通りからすぐのところにあるコーヒーショップの常連客だったの。顔見知りで、彼のテーブルを担当したときは世間話もしたわ。それから、妊娠してるとわかって、翌日になっても泣きやめなかったの。ひどい顔をしてただろうし、担当したお客さんたちは、〈ジャバジュース〉のウエイトレスが情緒不安定になってどうかしちゃってるって、怖くてしょうがなかったでしょうね。ほかのウエイトレスのみんなは家に帰ったほうがいいって勧めてくれたけど、そうしたらネズミだらけのアパートで一日じゅうたったひとりで泣いて過ごすことになるってわかってた。それに子どもを育てていくためには、できるだけお金を稼いでおかなきゃいけないと思ったし」

クレアがわずかに身じろぎし、ベッドカバーを数センチ引きあげてむき出しの肩を隠した。

「その日のお客のひとりがジョナサンで、いったいどうしたんだいってわたしに訊いたの。最初はなにも答えられなかったわ。だけど、重ねて訊かれて、たぶん……誰かに話さずにはいられなかったんだと思う。胸の内を打ち明けて、ひとりじゃないって感じたかった。だから彼のテーブルに座って、なにもかも打ち明けたの。ジョナサンはそれから毎日お店に来るようになって、わたしにちゃんとやっていけてるか尋ねて、テーブルに座って少し話そうって誘ってくれたわ。そういうふうになってから、ある日ね、休憩中におしゃべりしてたら、結婚しようって言われたの」

鼻を鳴らしたか、くすくす笑いそうになったかのような音がクレアの胸から響いた。「こんなとっぴな話は聞いたことないって思ったわ。お客さんたちのカップに涙をこぼさないようにしてた日よりも普通じゃないって。でも、ジョナサンは本気だった。大まじめに説明し始めたの。彼は裕福な家の生まれで、早く身を落ち着けろとプレッシャーをかけられてる。だから、ふたりが結婚すればわたしの問題はすべてなくなるし、彼の問題もかなり解決するって。わたしと子どもの面倒を見るって約束してくれたわ。本当の意味で夫婦にならなくてもいい、きみが陥った苦境を抜け出すための一種の手段だ、とも言ってた。何年か試してみて、立ち直ったあとでわたしがひとりでやっていきたいと思ったら、すっぱり別れてそれぞれの暮らしを始めればいいと言われたの」

クレアが咳払いをして、リンクの腕のなかでふたたび身を硬くし始めた。彼も一緒になって緊張し、相手が次になにを言うかと身構えた。「なにもかもすばらしい話にしか聞こえなくて、わらにもすがる気持ちだった。弱いところにつけこまれたのかもしれないけど、あのときは、これで一気に問題が解決すると思ったの。完璧な方法じゃないかもしれない、それでも、わたしひとりでできることよりはましだって。だから申し出を受けて、ジョナサンに連れられてサンフランシスコの彼の家へ行った。そこでご両親と会って、結婚式の準備をしたわ」

リンクはクレアと向き合っていなくてよかったと思った。顔に感情を出さずにいられるほどの役者にはなれそうになかったからだ。怒りも、嘆きも、いら立ちも――ほかの名指しできない感情もすべて表に出ていただろう。

「ジョナサンとは気持ちよく同居する仲に落ち着いたわ。しばらくたつと、最初は便宜上の夫婦だったのが、本当の夫婦になった。そのころにはサラも生まれていて、ジョナサンはあの子にそれはよくしてくれた。あなたを愛したみたいに愛してはいなかったけど、わたしも彼に親しみを感じるようになった」

「やっと寝るようになったって言いたいんだろ」憎々しげに言わずにはいられなかった。

クレアはまず黙りこんだが、すぐに小さな声で答えた。「ええ。ジョナサンはわたしの夫で、いい人で、いい父親だった。自然にそうなったの。あそこまでしてもらって、せめてわたしにできるのが本当の妻になることだった」

いっとき置いて続ける。「こう言ったからってあなたの気分がよくなるかわからないけど、彼とするのとあなたとするのとではまるで違ったわ。昔も――いまも」

「ほめ言葉のつもりか？」

クレアがふっと気負いのない笑い声を発した。会話の深刻さとは裏腹に、ついおかしくなってしまったかのように。

「もちろんよ。ジョナサンはいい人だった。だけど、ベッドをともにするときも、ほかのいろんなことをするときと一緒――堅苦しくて、きまじめで、まったく感情はこめないの。しおれたレタス一枚分くらいの情熱しか持っていなかったわ」

クレアの夫の話を聞き出してから初めて、リンクの口元に微笑みのきざしが浮かんだ。寝転がったまま肩を張り、背筋を伸ばして得意がらないようにするため、自制心を振り絞らなければならなかった。しかし下のほうではペニスが騒ぎだし、慎ましいふりをしようとしている体のほかの部分に逆らった。

「じゃあ、大女優になるって夢はあきらめたわけだ」

「そう」クレアがため息をついた。「そもそも、ばかな夢だった。バトラー郡から思い切って出ていくために、目指すものが必要だっただけかもしれないわ。といっても、故郷を離れて退屈な、なにもできないお飾りの妻になるまで気づかなかったの。小さな町に暮らして、みんながほかの住民全員と知り合いで、困ったことがあったら助け合える。そういうのが、自分が思いこんでいたみたいに悪いものじゃなかったなんて」

「お飾りの妻だって？」クレアのウエストにまわした腕に少し力をこめて抱きしめた。

「ええ、そうよ。ジョナサンが提供してくれた暮らしは安全で快適だったけど、それなりの代償もあったの。ジョナサン――もっと正確に言えば彼のお母様――に社交界で受け入れられる完璧な妻に変身させられたんだから。礼儀作法のレッスンに、テニスのレッスン、社交ダンスのレッスン……」きれいにマニキュアを塗った指で数えあげて続ける。「体育館に集められたオリンピック候補選手より、みっちり指導を受けたわ。服の選びかたも、美しい座りかたも、いつどの食器を使うかも教えこまれて、晩餐会にふさわしい話題のリストまで渡されたのよ。友人はジョナサンやお母様が認めたカントリークラブの女性たちだけ。それ以外のつき合いはなし」

「十年間、それでうまくやってたんだろう」リンクは言わずにはおけない気がして口を挟んだが、少し前ならそこにあったはずの責める響きは出せなかった。

ほとんど聞こえないほどの小さな声が返った。「まったく元の自分とは別の人間に変えられるのが、どんなものかわかる？　個性をそっくり、ほかの人が望むように作り替えられるの。最初は、そうされていることにもほとんど気づかなかった。スカボロー家の人たちがなにからなにまでしてくれたことに感謝でいっぱいで、恩返しのためになんだってしようと思ってた。でもしばらくたつと、自分がバービー人形にでもなった気がしてきて。それか、紙の着せ替え人形にでもなった気分ね。あの人たちがイメージする完璧な妻、完璧な母親、完璧な義理の娘になるよう、好きな格好に取っ替え引っ替えさせられるの」

クレアが首を横に振り、リンクの力こぶの内側に彼女の絹に似た髪が滑った。「別れようと決めるまでに、大げんかがあったわけでも、不倫があったわけでもなんでもないのよ。ただ、ある朝起きて、もうこんなふうには生きていけないと気づいただけ」

「離婚したいと伝えたら、スカボローはどう反応した？」好奇心に駆られて訊いた。

「問題ない、という感じだったわ」クレアが言葉を選んで答えた。「きっと、ジョナサンにとってもそれほど意外ではなかったんだと思うの。そうじゃなければ、あのころにはわたしと同じく彼にも結婚生活が苦痛になっていたのかもしれない。ジョナサンのほうから、弁護士に書類を用意させようって申し出てくれたくらいよ。婚前契約書にサインしていたから、離婚でわたしが得られるものとそうでないものはかなりはっきりしていたし。なのに、いきなり……」

一瞬、声が詰まってかすれ、クレアはごくりと喉を鳴らしてから続けた。「いきなり、きみは出ていってかまわないけどサラは置いていけってジョナサンが言い出したの。言い合いになって、争いが始まったのはそれからよ。娘を置いていけるわけない。だけど、ジョナサンが本気でそうしようとしたら、お金と権力でわたしと娘を引き離すくらいできるんじゃないかって」

「そんなことにはならない」リンクはすぐさま否定した。言葉に固い決意がこもっていた。ジョナサン・スカボローがどんなに金持ちで権力を握っていようと関係ない。そんなやつに彼の子どもを育てる権利を渡してたまるか。この体に息があって、愛用のグロックの薬室に弾が残っているかぎりそんなまねはさせないつもりだ。

「そんなふうに言い切れないでしょう」クレアが震える声を出す。

苦悩と不安に襲われてわななく彼女をいっそう強く抱き寄せ、リンクはふれ合う体で相手を慰め、力づけ、ぬくもりを伝えようとした。伝わっているのではないかと思ったのもつかの間、腕にしたたるものがあり、クレアが泣いていると気づいた。

「なあ」胸に迫る感情で彼もまた声を詰まらせそうになりつつ、相手のこめかみに唇を押しあてた。「泣くなよ、大丈夫だ」

「大丈夫なんて、わかるわけない」クレアが言い張った。

「いいや、わかるさ」確信をこめて言い切った。「ふたりでスカボローを見つけて、サラを取り戻す。約束だ」

「約束？」クレアが繰り返した。

「約束する。だから、いまは眠ろう」そっと言い聞かせた。「朝になったら、おれたちの娘をうちに連れて帰るためにしなければいけないことがたくさんある」

クレアをぎゅっと胸にかき寄せ、リンクは目を閉じて眠りに落ちていった。もう何年も自分を駆り立てていた怒りや、悔しさや、恨みにしがみつこうとした。ところが、いつからか思い出せないほどしばらくぶりに、クレアや、クレアにされた仕打ちについて考えても、苦々しい怒りを感じられなかった。

それどころか、心のまわりに張っていた氷が解け始めるのではないかと思え、なにやら……これでいいのだと満たされた心地さえした。こうしてクレアが自分のもとへ戻ってきたのだから、もうどこへも行かせてはならないのだという気がした。

8

捜索に取りかかって娘の居場所を突き止めなければいけない。あせりが胸に重くのしかかっているのに、リンクはあえてその考えをわきに置き、クレアと過ごす夜にできるかぎり浸っていようとした。クレアと過ごすのは、この一夜だけになるかもしれない。

何度も何度も愛し合った。ほんのいっとき眠りこんでから、また起きて求め合った。こんなことを続けていたら、もっとコンドームを買いに走らなければならないだろう。だが、たとえ短いあいだだけでも、ふたたびこの部屋を出ていくのはいやだった。ふたりが自分たちのまわりに――いっときであっても――作りあげていた心地よい、理想を包みこんだ泡を壊してしまいそうで怖かった。

もちろん、こんな泡はときがたてばすぐ自然にはじけてしまうに決まっている。リンクはため息をつき、サイドテーブルのデジタル時計に目をやった。赤く光る数字によると、もうすぐ六時だ。緑色と茶色の分厚いカーテンの隙間からかすかな朝日が射しこみ、ふたりを急かす。間もなく起きて、そもそも国を横断して四千キロ以上旅してきた目的を思い出せと。

いいや、まだほんの数分残っている。リンクは不謹慎な考えを抱いてクレアにすり寄った。やわらかいクッションに似た彼女の尻が、下腹部のものをふんわりと受け止める。徐々に力を取り戻し、起きあがりだしているものを。

手をクレアの平らな腹に滑らせて胸をすくいあげ、乳首を軽くいじるうちに、腕のなかのクレアが身をくねらせて喉の奥からセクシーな声を響かせた。リンクは彼女の首の横に口づけ、濡れた舌でやわらかい肌を耳までなめあげ、しずくのようなかたちをした感じやすい耳たぶをかじった。

「起きろよ、寝ぼすけ」ささやきかけ、もういっぽうの手をクレアの腰から両脚のあいだの温かく誘いかけてくる場所へ差し入れる。「朝のお楽しみはいかがですか?」

クレアが彼の手を迎え入れるように太腿を開き、二度目の悩ましげな声を発した。今度はさっきよりも長く、気持ちがこもっていた。「午後のお楽しみと同じようなもの?」知りたがっている。

声はかすれていた。ただ寝起きだからではなく、一晩じゅうオーガズムに導かれながら彼の耳元で叫んでいたからだ。ピッツバーグに戻るころには補聴器が必要になっていなければいいが、とリンクは思った。

「もっといいはずだ」答えつつ指を使い、すでに濡れそぼってなめらかになっているひだを分け開いた。昨日発見した、彼女が悦ぶ場所を残らず愛撫する……十年前の記憶に残る場所もいくつか。

ふくれたクリトリスにそっとふれてクレアに息をのませてから、待ち望んでいる彼女の奥に二本の指を突き入れた。「どんなふうに?」

「午後まで待たずに、いますぐ始められる」

クレアのくぐもった笑い声にみぞおちを突かれ、この場でいますぐ彼女のなかに入らずにいるので精いっぱいになった。あとほんの少し脚を開かせ、うしろから滑りこんでしまいたい。彼女をきつく抱き寄せ、豊かで丸い胸を手のひらで包みこんだまま。

コンドームが必要だ。いますぐ必要だ。このままなにも着けずに思い切って挿入してしまうといった、ばかなまねをしてしまう前に。そんなふうにしてクレアのなかで包まれたら、楽園にいる心地だろう。ふたりのあいだを邪魔する物はなにもなく、あるのは混じりけのない純粋な熱意だけの状態でじかにひとつになれるのなら、どんな犠牲もいとわない、と言いたいところだが、ここは危険を冒してはいけなかった。前回ふたりが注意を怠ったために発生したらしい事態を考えると、とてもできない。

厳しい現実を頭にしっかりたたきこみ、そろそろとクレアを押してベッドを移動し、傷だらけのサイドテーブルにのっているコンドームの残りに手を伸ばした。四角いセロファンの包みをひとつちぎり取って歯で包装を開け、いきり立っているものにすばやくかぶせた。

あと一秒、あと一呼吸、あと一センチで根元まで一気に身を沈めるというところで、携帯電話が鳴った。一瞬、本気で無視しようと思った。クレアの熱く濡れた体にくるまれ、締めつけられ、すっかり搾り取られる体験よりも重要なことがあるわけがない。

しかし、最後には過度に高まった性欲に保安官補の本能が打ち勝った。もしくは、自分の娘が別の男に連れ去られて行方がわからないと思い出したからかもしれない。娘を奪ってわがものにしてしまうためなら、どんな手段もとろうとしている男によって。

落胆のにじむ低い声をもらしてクレアの尻を軽くたたき、先にベッドを出ていかせてから、テーブルの上にダッフルバッグやノートパソコンとともに置いておいた携帯電話を取って開いた。

「ラパポートだ」眉をさげた不機嫌な顔になって大声で答えると、クレアがそっとそばを離れようとした。

リンクは彼女の手首をつかんで腕のなかに引き戻した。ベッドでしていたように抱き寄せる――クレアの背を自分の胸に、尻を下腹部にぴったりと押しつけて。

スカボロー家について突き止めた情報を報告するキーガンの声に耳を傾けつつ、クレアのこめかみに顔をすり寄せた。クレアもかたちばかりの抵抗をしてみせたが、喉の横をほっそりと走る腱に歯を立てられ、ほんの少し前にも彼女を悩ませた二本の指が絹のようにやわらかい巻き毛に滑りこみ、ふたたび途方もない感覚を引き起こし始めると、力を抜いた。

音もなくあえいで唇を開き、背をそらして尻を脈打つペニスに押しつけてくる。

くそ、興奮する。〝テレホンセックス〟という言葉に新しい意味が加わってしまった。キーガンが報告をさっさと切りあげて、事態が手に負えなくなる前に電話を切ってくれないと、同僚の保安官補相手におそらく聞きたくないであろう音声をたっぷり届けてしまうことになる。

「よし、わかった」リンクはしゃがれ気味の声で答えた。股間ががちがちに硬くなり、この世でいちばんすばらしい女を抱こうとしている寸前であると声で感づかれないよう、必死になった。「すぐノートパソコンを起動するから、こっちに情報を送ってくれよ。悪いな、恩に着る」

電話を閉じてテーブルに放ってから、もう数センチ背伸びをしてノートパソコンをつかみ取った。無線通信ができるパソコンでありがたい。いまはちょこまかとコードや接続をいじりたい気持ちも忍耐もまったく持ち合わせていなかった。

ノートパソコンの準備を終えると、彼はクレアを数歩分前に押しやった。「屈んで」指示を出す。「椅子の肘掛けをつかむんだ」

不安も疑問も抱かず言われたとおりにするクレア。リンクの体に欲求と熱望からくるすさまじい力がわきあがった。相手の背筋に沿って手を前後に滑らせ、真うしろに立って力強く腰を突き出し、一息に奥深くまで彼女を満たした。

クレアが発した高い声を股間で感じた。睾丸は期待に張りつめ、すでに体に引き寄せられている。歯を食いしばって自制心にしがみつきながら、彼はゆっくりと動き始めた。

一突きごとに、マッチに火をつけるのに似た感覚がペニスに走った。彼を締めつける場所の力を余さず感じた。熟れた果肉のようなひだも、彼を快く迎え入れている、みずみずしいクレアの中心が自然に波打つ感覚も。

「ちくしょう」どれだけ自分を抑えて持ちこたえられるかわからなくなり、悪態をついた。

いままたクレアは彼に抱かれているのだ。昨日からずっと、夜じゅうそうしていたように。みずから彼に身を寄せ、椅子の座面に頭を垂れて髪のカーテンで顔を隠しているのに、それでも片方の腕をうしろにまわして彼に手を差し伸べてきた。

「もっと強くよ、リンク。もっと激しく抱いて」

オーガズムに達してしまいそうな震えに襲われて、リンクはあごの筋肉を引きつらせた。クレアが差し出した手を取って指をからめ、力をこめて握った。そのままふたりの手をクレアの体の下へまわし、太腿のあいだの巻き毛の茂みに互いの人差し指を差し入れ、刺激を受けやすいクリトリスを転がして挟んだ。

クレアが悦びに震え、瀬戸際に追いつめられ、あとほんのかすかにでもふれられれば上りつめる。そう確信して初めて、リンクは求められたとおり激しく抱いた。できるだけ、許されるだけの力をこめて。突き入れるたびに椅子がカーペットの上を滑っていくほど強く。

達したときの絶頂感は、原子の爆発さながらに、あるものすべてを消し去っていった。クレアが叫び、彼も叫んだ。ふたりともその場で倒れこみかけ、椅子の低い背もたれに力の抜けかけた体を預けた。

クレアのなかから身を引き、彼女を椅子に座らせた。くたりとなって、快い倦怠感が生む低いハミングのような余韻に包まれている。リンクは口元をほころばせ、自分も少しハミングしたい気持ちになった。

バスルームに行ってコンドームを捨て、すばやくシャワーを浴び、一日で伸びた無精ひげをそった。小さすぎる、すり切れかけたタオルを腰に巻いて部屋に戻ると、クレアはまださっきと変わらずぐったりしていた。いちおう座り直して顔からもつれた髪の毛を払ってはいたが、椅子にもたれたままだ。

リンクはまた頬をゆるめた。今度はさっきよりは欲望が抜けている。クレアのエネルギーを奪い、もはや動けなくなって二十分も同じ場所でぼうぜんとさせるのに一役買ったのは自分だと思うと、男のプライドで胸がふくらんだ。それだけでなく、そもそもクレアが自分と一緒にここにいることへの驚嘆の念もふくらんだ。

十年。十年もの長いあいだ、リンクの感情はあらゆる方向に飛び散っていた。クレアを愛して、恋しがった。クレアを心配して、戻ってきてほしいと思った。クレアに裏切られたと思って、憎んだ。そしてしばし、クレアを忘れたと思っていた。ところがいまになって、ふたりはふたたび引き合わされた。まるで目に見えない巨大な手に、チェスの駒がわりにもてあそばれたかのように。

クレアをようやく頭から追い出し、人生を軌道に戻せたところでいきなりふたたび現れた彼女に、初めは激しい怒りを抱いていた。だが、どうやったらこのまま怒りを抱き続けていられるだろう? 一晩じゅうクレアからあれほど心を開かれ、惜しみなく身をゆだねられたというのに。

クレアはふたりに娘がいる事実をこんなにも長いあいだ隠していたのだと考えても、以前のような激しい怒りは押し寄せてこなかった。かわりに、サラを見つけて安全な場所に連れていき、この目できちんと顔を見たいという思いが募った……そして、サラが受け入れてくれるのであれば、父親として接していけるようになれたらいい。

まだ漠然としていることだらけだった。リンクが確信を持てない、どう表現したらいいのかもわかりそうにないことばかりだ。

しかし、わかっていることもあった。サラとスカボローを見つけ出すための確かな手がかりをつかめた。これが最優先事項だ。

残りは……。

彼は部屋を横切り、裸のクレアを抱きあげてバスルームへ運んだ。

残りは、あとで対処しよう。

バスタブのすぐ隣に敷かれたマットにクレアを立たせ、尻を軽くたたいてうながした。

「汗を流したら部屋に戻ってこいよ。捜査に取りかかる」

背を向けて立ち去りかけ、二歩ほど進んで戸口にさしかかったところで立ち止まり、名残惜しげにあえて振り返ってしまった。しなやかでほっそりしたクレアの裸体を目にして、真正面から見たわけでもないのに胸で息が詰まった。また彼女を引き寄せたくて指がうずうずし、ふたりのまわりにある四枚の薄っぺらい壁の外にある世界のことなどすべて忘れてしまいたくなった。

「てきぱき動け」指図する声はかすれたが、本気でとがめる響きはこもっていなかった。

「そうしてくれないと、一緒に入りたくなりそうだ。そんなことになったら、今日は絶対に、なにもできなくなる」

9

一分前は快く疲れ果て、ここから二度と動けなくても気にしないと感じていた。しかし、リンクの言葉でサラがまだ行方知れずのまま迎えを待っていると思い出した瞬間、クレアの意識は完全に目覚めていた。急いでシャワーを浴びて飛び出し、残った一枚のタオルでできるだけ体の水をふき取り、部屋に戻った。リンクは服を着てテーブルの前に座り、ノートパソコンを開いていた。まわりに書類や地図をたくさん広げて、すっかり集中しているようだ。クレアは湿ったタオルを体に巻いてはしを胸の上にたくしこみ、リンクに気づかれるまでしばらく彼を観察しようとした。でも、もしかするともう気づかれているのかもしれない。彼はどんな小さなことも見逃さないに違いないのだから。

なんてハンサムなのだろう。ひげをそったばかりのがっしりとした力強いあご。情熱でけぶる灰色の目。ほとんど黒く見える短い髪はまだ毛先が湿っていて、指でかきあげたらしく無造作に乱れていた。前日とまったく同じように、色あせたブルージーンズと黒い綿のシャツを着ている。シャツは第二の皮膚みたいに、たくましい胸と腕に張りついていた。

セクシーそのもの。クレアは思い巡らし、想像し、願わずにはいられなくなった……。可能性はあるのだろうか？　リンクは彼女を許し、過去を忘れ、一緒に未来を築いていこうとしてくれるだろうか？

そんな幸運に恵まれていいのかわからなくても、クレアはそう願わずにはいられなかった。なにも言わずに部屋をまわって服や化粧品を集め、身支度をした。髪を乾かす手間は省いた。ミセス・ジョナサン・スカボローになって以来初めて、今回だけは、髪の手入れなど忘れてどうとでもなれと思った。どのみち、新しいヘアスタイルに挑戦してみたいと思いだしていた。ここ何年も自分の人生の一部とまでなっていた堅苦しい、上品な髪形にうんざりしていた。

持っている服にもうんざり。キャリーバッグの中身を探ってみて――新たな目で見ると――なんて決まりきった物しかないのだろうと情けなくなった。残らずデザイナーズブランドの商品で、この安ホテルの部屋にあるすべての物を足したよりも値が張るにしろ、こんな服を着たら通信販売カタログの六十二ページでポーズを決めようとしている人にしか見えないだろう。

この件が解決して娘が無事に戻ってきたら、ガールズデーと銘打ってふたりでショッピングに出かけ、ママのクロゼットを新しい服でいっぱいにしよう。いままでみたいに買い物をする余裕はないかもしれないけれど、また頭からつま先までダナ・キャランで固めてひどいかたりみたいな気分を味わうよりは、古着の店で買った服でおしゃれを楽しみたい。

できるだけカジュアルな格好を目指して褐色のスラックスとラベンダー色のブラウスを着、小さなゴールドの輪のイヤリングとクロスのネックレスをつけ、ライトブラウンのパンプスをはいた。

化粧品ケースを持ってバスルームに入り、手早く歯を磨いて顔を洗い、部屋のテーブルに戻ってリンクの隣の椅子を引いた。

「それで、どうするの？」尋ねかけた。

クレアに視線だけ向けたリンクの表情は、このとき初めて険しくも冷たくも見えなかった。ふたりが汗にまみれて求め合いに熱中していた夜のあいだも、表情がやわらいでいたときがあったのかもしれないが、暗くて見えなかった。けれども、いまは見える。クレアの心の奥で、ふたたび希望が花開いた。

「オーバーンの山のなかにスカボローの両親が所有してるバンガローの地図と証書が手に入った。ノアがサンフランシスコ地区の連邦保安局の連中に頼んで、スカボロー家のほかの所有地も見てまわってもらったんだ。オーバーンよりもっと近くにあって、よく知られてる地所を。収穫はなし。で、ノアはジョナサンの自宅とオフィスに取引相手のふりをして電話をかけたそうだ。食いさがったら、ひとり——たぶん秘書だろう——がスカボローはしばらく山に行ってるって口を滑らせた。だから、別れるだんながサラを連れて隠れてるのは、どうもここが怪しいと思ってる」

クレアは地図に顔を近づけ、じっくりと場所を確かめた。「こんなバンガローのこと、なんにも知らなかったわ。オーバーンに別荘があるなんて、あの人は一度も言ってなかったと思うし」

「ここに愛人でも連れていってたのかもな」リンクが軽口をたたくように言った。

一瞬、クレアは言われたことにびっくりして、これも彼女の過去の選択、結婚、人間性に対するリンクのあてつけなのだろうかと考えた。でも、すぐに相手の口調には悪意なんてこもっていなかったことに気づいた。それにクレア自身、もう気にしてなどいなかった。結婚しているあいだにジョナサンがなにをしていようと、していまいと、本当にどうでもよかった。気にかかるのは娘のことだけ……それに、この薄汚れた狭いモーテルの部屋でほんの数センチ先に座っている男性のことだけだった。

くすっと笑って答えた。「あなたの言うとおりかもね。あの人が浮気してるか深く考えたことはなかったけど、たぶん、わたしたちが会ったその日からしてたんでしょうね。浮気に気づいてジョナサンが裏切っていたと証明できていれば、あちらが婚前契約を破っていたことになって、全財産の半分をいただいてやれただろうけど」

情けなくて首を横に振った。「とんだばかみたいね。十中八九そのとおりだったんだわ。最初の最初からジョナサンの思惑どおり。離婚したら、なにもやらずにわたしを追い出せるように仕組んでたのよ」深く息を吸って、どっとため息をついた。「やっぱり、抜け出して正解だったんだわ。そんな人と夫婦でいたくない」

リンクはかすかに唇を引き結んだが、なにも言わなかった。それから頭を前に倒して同意としか取れないしぐさをしたあと、目の前の問題に話を戻した。

「そっちがシャワーを浴びてるあいだに地元の連邦保安局に電話して、ノアと一緒に捜査を進めていてくれた保安官補のひとりと話した。非番の保安官補がふたり、例のバンガローを調べにいくのに同行してくれる」

彼がふっと目を陰らせ、驚いたことに、手を伸ばしてクレアの手を包みこんだ。大きな日焼けした手に自分の小さな白い手を握られ、電気に似た欲望をかき立てる熱がクレアの体に走った。ずっと昔からあった、これからもずっとあり続けるのではないかと思える熱情が。

「そうしてほしければ、勤務中の保安官補たちに来てもらうこともできる。ジョナサンとサラがこのバンガローにいたら、母親に黙ってサラを誘拐した罪でスカボローを逮捕できるように。それでも、おれには権限がないんだ。ここは管轄区域外だし、この件に個人的にかかわってる。それでも、権限がある人間を寄こしてもらえる。きみが、スカボローを逮捕してほしいなら」

クレアは固唾をのみ、リンクと見つめ合ったまま、どうすればいいのだろうと悩んだ。確かに、ジョナサンに報復したくてたまらない。自分から娘を引き離そうとするような人間には誰だろうと報復したい。そのいっぽうで、サラを取り戻し、こんなひどい問題にすっぱりけりをつけられさえすればいいと思っていた。

かぶりを振った。「サラさえ取り戻せればいい。ジョナサンが自分こそ父親だって証拠をでっちあげる前にサラを助けて、あなたが父親だって証明できれば、それでいいの」

張りつめた沈黙のなか、一拍置いてリンクがうなずいた。「きみがそう言うなら。手配はすべてすんでる」テーブルを押して離れ、持ち物を集め始めて言葉をつけ足す。「オーバーンまでは車で二時間だ。一時に局の前で保安官補たちと会うから、荷物をまとめて出る準備をしてくれ。途中で朝食をとっていこう」

数時間後、ＳＵＶは鬱蒼とした森に両側を囲まれている、わだちのできた泥道を揺れながら進んでいた。胃が締めつけられる。クレアはかすかに震える汗ばんだ両手を膝の上で握ったり開いたりした。

連邦保安局の本部へ向かう途中、車内でファストフード店の袋に入った朝食を手早く口に運びながら、山荘の捜索をする手順についてリンクからもう少しくわしく話を聞いていた。本部についてからも、リンクと仲間の保安官補たちが話し合うのを横で聞いて、さらに情報を仕入れた。

これは家宅捜索でも襲撃でもない。うしろから同じような黒い大型ＳＵＶに乗ってついてくる保安官補ふたりも、リンクも、争いに備えているかのように武装している。しかし、これは単に彼らの制服みたいなもので、用心のためにこんな格好をしているだけで特に意味はない、とリンクに言われた。

クレアはそのとおりでありますようにと願っていた。にらみ合いみたいな事態になったら――ジョナサンがサラをクレアから引き離して自分のものにできる、連邦保安官補たちに逆らっても無事ですむと考えるほどどうかしていて、誰かに危害が及ぶようなことになったら――どうしていいかわからない。誰かを痛めつけるのはリンクのほうで、その逆はなさそうという気がしても不安だった。

「大丈夫か?」リンクが尋ねた。

思いも寄らず声をかけられて、クレアは跳びあがった。深く息を吸い、両方の手のひらを腿にしっかりとあてて気持ちを落ち着かせ、そわそわするのはやめようとした。「早くサラを取り戻して、こんなことは終わりにしたいだけ」

リンクが不意に手を伸ばしてクレアの手に指をからめ、先ほど車内の沈黙を破ってぶっきらぼうな声をかけてきたときよりも彼女を驚かせた。少しふれられただけなのに、クレアの体は一気にほてった。欲望の熱気ではなく——確かに欲望も、リンクとならいつだってそこにあったけれど——慰めと支えと連帯のぬくもりだった。リンクが一緒に立ち向かってくれる。そう思え、娘をさらわれた日から初めて、なにもかもうまくいくと心から信じられた。

「予想どおりふたりがバンガローにいたら、長くはかからない。だが、おれたちが踏みこむとき、きみは必ずさがっていてほしい。なかに誰がいて、どんな状況になりそうか感触がつかめるまで、車のなかにいるか、車のすぐ横にいてくれ」

重ねた手にぎゅっと力をこめられて、クレアも握り返した。こうして手を取り合っていられるのが心強い。

「おれたちはこういうことを数えきれないくらい何度もしてるから、やりかたは心得てる。なにもかもうまくいくはずだ」

胸も喉も詰まりそうになったけれど、クレアは急いで自制心を取り戻した。うなずいて、まっすぐ相手に顔を向ける。一瞬、リンクが大きなくぼみだらけの道に注意を戻さざるをえなくなる前にふたりの目が合い、視線を通して心が通い合った。

「あなたを信じてるわ」静かに告げた。

「よかった。だったら、これからも話が早く進む」彼が答えた。

クレアは相手の謎めいた言葉の意味を尋ねようと口を開いたが、ちょうどそのとき道の両側を覆っていた鬱蒼とした雑木林が三十分ぶりにまばらになり始め、右側の奥まった場所に立っている、小さいけれどしっかりとした造りのバンガローが見えた。リンクがアクセルから足を浮かせてスピードをゆるめ、バンガローとあたりのようすをうかがう。クレアの鼓動が速くなった。

「あれ、ジョナサンの車よ」ささやきほどの声で告げた。バンガローに近づいて、リンクは握っていた彼女の手を放したが、今度はクレアが手を伸ばして彼の硬い腕を握った。

リンクが空いているほうの手で携帯電話を開いてから、低い声でののしってそれを放り投げた。「つながらない」

バンガローに続く短い私道には入らず、彼は道のはしで車を停めてエンジンを切った。バックミラーに目をやり、うしろのSUVも同じようにしているか確かめている。それからドアを開けて車をおり、ほとんど音をたてずに閉める。クレアも彼にならって車をおり、一台目のSUVのうしろでリンクやほかの保安官補たちと寄り合った。

「まっすぐ玄関に歩いていってノックし、どんな反応が返ってくるか見る」リンクが保安官補のウォーレンとクインタローに告げている。「きみたちは両わきにまわって窓からなかをうかがってみてくれるか。おれがなかに入る前になにかあったら、合図してくれ」

保安官補たちはうなずいた。

「きみは」リンクがまっすぐクレアを見て言った。「ここにいろ。〝危険なし〟の合図を送るまで動くなよ。わかったか？」

本当は自分がバンガローの玄関に歩いていくどころか、走っていきたいところだったけれど、うなずいた。リンクのベルトにしがみつき、なんと言われようと一緒に引きずっていってもらいたくなる気持ちを全力で抑えていた。

ふたりの保安官補がバンガローの両わきに向かって歩きだした。途中でジョナサンの車をのぞきこんでいたが、関心を引く物はなにもなかったらしく、また動きだす。

リンクはいっとき仲間の動向を見守ってからクレアに目を戻した。彼女のあごを親指と人差し指でつまみ、顔を上向かせて視線を合わせる。

「排気管にしがみついてでも、絶対ここから離れないでくれ。いいな？」

言いつけを守れない三歳児みたいに扱われるのは、いいかげんうんざりしてきた。「わかったわよ」乱暴に答えても声は小さく抑えた。「だから、わたしの心配はやめて仕事に取りかかって、連邦保安官。わたしたちの娘を見つけてきて」

クレアの言葉に腹を立てもせず、リンクはそれでなくてもハンサムすぎる顔に片頬だけでセクシーな笑みを浮かべてみせた。

「了解、お嬢さん」低い声で言って屈み、すばやく唇を押しつけて印象に残るキスをしてから、くるりと背を向けて仲間の保安官補たちのあとに続いた。

バンガローに近づいていくリンクを、クレアは息を詰めて見守った。訓練を受けた保安官でも天才でもなくたって、保安官補ふたりの合図が意味するところはわかった。確認できる範囲で、バンガローのなかにはふたりの人間がいる。大人の男と、小さな女の子。見るかぎり、武器は持っていない。

酸素を吸えないせいで肺が燃えるように痛み始め、この場にとどまっているために、本気でなにかにつめを立ててしがみつこうかと思いだした。リンクが言っていたように排気管でなくても、腰にあたっている金属製バンパーはどうだろう。無言で唇が動いて——何度も——祈りを捧げていた。サラも、リンクも、みんな無事でいてくれますように。

開けた狭い土地の向こうでリンクが階段を上ってポーチにあがり、玄関にたどり着いた。手をあげて、丈夫そうな松材のドアをノックしようとしている。いきなり見知らぬ人が現れて、ジョナサンは驚くだろう。十年も夫婦でいた妻にさえ知られていない山荘なら誰にも邪魔されず、ほぼ間違いなく誰にも見つからないと考えているに違いない。

一分たってドアが開いたが、ほんの数センチだけだった。リンクがバッジを見せて話しだしたけれども、離れているからクレアにはなにを言っているか聞こえない。

それでも、リンクのとても賢明な行動は目に入った。ジョナサンとの距離を詰め、ドアを閉められないようドアと枠の隙間にすばやく足を差し入れている。ほかのふたりの保安官補はポーチの両わきに立っていた。姿を隠しつつも、必要とあらばすばやく助けに入れるくらい近くにいる。

リンクがなにを言っているにしろ、ジョナサンはあからさまにおもしろくない顔をした。サバーバンの横にいるクレアにも夫だった男が顔を真っ赤にするのが見え、怒って声を張りあげるのが聞こえた。

リンクは相手に怒鳴り返すのではなく、これまでよりさらに毅然とした態度を見せた。長身のたくましい体をまっすぐに起こして肩をそびやかし、かなり背が高く普段は貫禄があるはずのクレアの元夫を、悠々と見おろしている。次の瞬間、リンクが幅のある手をドアの羽目板にたたきつけて押し、ジョナサンをうしろにさがらせてバンガローに踏みこんだ。ほかの保安官補たちも招かれたかのようにわきから現れてあとに続き、さらに人手と応援がついていることを見せつけた。

クレアの胸のなかで長いあいだ凍りついていた肺がいきなり過剰に動きだし、あやうく過呼吸に陥りそうになる。体のなかで胃が側転しているようで、血圧は間違いなく危険な値まで跳ねあがっていた。

そのとき、玄関からリンクが出てきた。クレアの娘を腕に抱いて。この瞬間、クレアの世界はきっかり正しい軸に戻ってまわりだし、ふたたび希望に満ちたすばらしい場所になろうとしていた。

10

「サラ！」

リンクも、彼が腰のところで軽々と抱えている幼い少女も、クレアの大きな声がしたほうに目を向けた。ここから動かないと約束したにもかかわらず、クレアがふたりに向かって走りだす。サラもリンクの腕のなかでもぞもぞし、地面におろされると駆けだした。

母娘が互いに走り寄り、子どもが母親の腕のなかに飛びこむのを見て、リンクは喉を詰まらせた。こんな愛情に満ちたやり取りを毎日そばで見て暮らせていたらどうだっただろう。サラがやっと自分の足で立って、よちよち歩き始める赤ん坊だったころから。

彼は多くを見損なってきた。見損なうはめになった理由について考えても、まったく怒りや悔しさはわかなくなったと言ったらうそになる。だが、こんな母娘のふれ合いをもっと見られるなら、自分はどんなに大きな代償でも払うだろうと思った。ささやかな父娘のふれ合いだって経験できるかもしれないのだ。

「ああ、ベイビー、会いたかったわ」クレアが言って、サラにキスできるいたるところ――頬にも、耳にも、頭にも――にキスをして、少女がまだ息ができていることにリンクが驚くほど強く娘を抱きしめた。

「あたしもママに会いたかったよ。パパはママもすぐに来るって言ったのに、全然来ないし。

うちに帰りたくなっちゃったのに、パパがここにいないとだめだって言うし」サラが身を引いて母親の顔に両側から小さな手をあて、しかめっつらをしてどこから見てもかわいらしい口元を曲げた。「ここにはテレビも、パソコンも、ゲームもなんにもないんだもん。本を読んだり、パパとトランプしたりしなきゃいけなくて、すっごくつまんなかった。もう、うちに帰れる？」

サラがほかの男を〝パパ〟と呼ぶのを聞いてリンクは歯をきしらせそうになったが、気にするな――それか、せめて気にしているのを周囲に悟らせるな、と自分に言い聞かせようとした。どうなると思っていたのだ？　これまでは、ジョナサン・スカボローがサラを育ててきた。サラにとって父親といえば、あの男しかいなかった。それでも、リンクの言い分が通るなら――間違いなく言いたいことはあった――すぐにそんな状況は変えてみせる。

クレアはサラにきちんと離婚のことを話して聞かせたときに、いろいろ説明したと言っていた。スカボローは本当の父親ではなくて、父親は別にいると。ならば、サラのこれからの人生にリンクもかかわりやすいのではないだろうか？

リンクは、現在彼の人生の中心をしめている母娘に注意を戻した。うまくいけば、これからずっと彼の人生の中心になるふたりに。

サラがバンガローでどう過ごしていたか元気に話すのを聞いて、クレアはくすくすと笑っている。「ええ、スイートハート、もうおうちに帰れるわ。ただ、ママとパパは離婚するって話したでしょう。ずっと住んでいたお屋敷には帰らないの。かわりに、ペンシルベニアにある、キャシディのおばあちゃんとおじいちゃんのうちに行きましょう。心配ないわ。おばあちゃんちにはテレビだって、パソコンだって、ゲームだって、なんでもあるから」

サラがうなずいて母親の首に両腕をまわし、またぎゅっと抱きついた。

娘の頭越しに、クレアがリンクと目を合わせた。青い瞳を潤ませている。「ありがとう」

彼女がささやいた。

リンク自身あやうく心を揺さぶられそうになり、かすかにうなずいてから咳払いをして言った。「サラを車に乗せて座らせてやったらいい。おれはまだちょっとバンガローで片づけることがある。それが終わったら、町まで乗せて帰るよ」

「わかった」クレアが小さな声で返事をした。

背を向けて歩きだそうとしたら、クレアに手首をつかまれて引き戻された。彼女が近寄ってつま先立ちになり、唇を頰にそっとすり寄せて口づけ、ふっと微笑んだ。あのモーテルの部屋で、リンクの上、下、前、横に寄り添って見せてくれたのと同じ微笑み……。この微笑みには約束が隠れていた。なにを約束されているのかは、はっきりとはわからない。それでも、彼の心の奥底に入りこみ、彼をすっかりとまどわせた。

「なにもかも終わったら、話しましょうね？」

「ああ」かすれる声で答えた。「話そう」

サラをしっかり抱いて歩いていくクレアを見送ってから、リンクは仲間の保安官補たちがジョナサン・スカボローの相手をしているバンガローに戻った。すでに充分に厄介な状況に巻きこまれてきたあとで、スカボローとクレアが対決するところをサラに見せたくなかった。

玄関でクインタローに迎えられた。「やつは、カケスみたいにしゃべりっぱなしだよ」おもしろそうに笑っている。「逮捕されるわけじゃないって、こっちが言ってやる間もないくらいだ」

聞こえてくる声からすると、スカボローはしゃべっているというより泣きわめいているようだ。すべてを正直に打ち明けるほかない状態から立ち直って、弁護士に電話する、いっさいがっさい訴えてやる、と脅すことにしたらしい。

「こいつが見つかった」クインタローが茶色のフォルダーを手渡した。

リンクはフォルダーを開き、なかの書類に目を通した。公式文書、書状、手書きのメモ、スカボローとサラの医療記録。いちばん下にサラの出生証明書があった。書類の下端に自分の名前を見つけたとたん、心臓がひっくり返り、胸を突き破って出ていきそうになった。スカボローではなく、リンクの名前が書かれていた。クレアはスカボローと結婚し、何年も彼に自分の娘の父親のふりをさせていたかもしれない。それでも、サラが誰と誰から生まれてきたかは偽らなかったのだ。

書類を閉じ、フォルダーごとジーンズのうしろの背のくぼみに差しこんだ。まだ書類の偽造は行われていなかったようだ。だが、スカボローの手元には偽造に必要な書類と賄賂にするのに充分な金があり、あやうい状況だった。いつ新しい、DNA鑑定の証明書をでっちあげられてもおかしくなかった。

「よく見つけてくれた、ありがたい。手を貸してくれて感謝する」クインタローと握手し、ウォーレンにも歩み寄って同じようにした。

「少しのあいだ、ミスター・スカボローとふたりだけにしてもらってもかまわないか？」丁寧に頼んだが、相手はふたりともこれがただの依頼ではないとわかってくれたらしかった。

「もちろん」ウォーレンが口のはしをあげてにやりとした。「外にいる。なにかあったら大声で呼んでくれ」

「そうさせてもらう、すまない」

ふたりの保安官補がポーチに出て玄関が閉まりしだい、スカボローがまたわめきだした。

「いったい何様のつもりか知らないが……」

言い始めた相手を、リンクは遮った。キッチンの片すみにでんと置かれた、丸いオーク製テーブルの横の椅子に腰かけている男にのしかかるようにして鼻と鼻を突き合わせ、唇をまくりあげて野蛮で残忍に見える笑みを向けた。

「リンカーン・ラパポートだ」ガラスも彫れそうな鋭い声で告げ、色を失うスカボローを見て気をよくした。「サラと血のつながった父親。あんたがサラの人生から切り離そうとした男だよ」

体を起こし、ブーツのつま先で椅子を引き出す。背もたれを前にしてまたいで座り、スカボローと向き合った。

「いいか、よく聞け」脅しつけるために声を低く保つ。「サラのことは忘れるんだ。あの子の父親は自分だと証明しようだなんて考えは忘れろ。そうじゃないって、お互いにわかってるんだからな。クレアのことも忘れろ。離婚条件を考え直して、十年間もあんたの妻として尽くした礼に、山ほどある財産のひとかけくらい彼女に差し出せ——おれもあんたも承知してるんだ、あんたの女遊びがひとつでもばれてたら、財産の半分はクレアのものだったと。そもそも、カリフォルニアは夫婦共有財産を謳ってる州だろう」

リンクは椅子の背もたれをつかんでいた手をあげ、その細い曲線を描く木の上で腕を組んだ。「ともかく、あのふたりが存在していたこと自体を忘れろ。電話もするな。手紙も書くな。あんたのすかした夕食会で、ふたりの名前をささやくのだってだめだ。さもないとおれがここに戻ってきて、どこまでも後悔させてやる」

スカボローが口を開く。本気で反論する勇気をかき集めていたようだ。そんなチャンスはやらなかった。

「どこまでも。後悔するぞ」それぞれの言葉が独立した意味を持つように、力をこめて区切って告げた。「はっきりわかったか？」

相手は答えない。

「〝はい〟か〝いいえ〟かどっちなんだ、ミスター・スカボロー？」椅子の上でわずかに体の力を抜き、尋ねる口調をなごやかにして剣幕を抑える。「気づいてないといけないから言っておくが、おれとポーチにいる保安官補ふたりは武器を持ってる。なんと、ふたりともおれの親友でもある。ここで今日なにが起ころうと、おれが頼めば快く話を合わせてくれるだろうな。クレアとサラは車のなかにいるから、なにが起こっても気づかない」

わきに手をやって腰のホルスターのスナップをはずし、グロックの銃床を撫でた。「事故はいつ起きてもおかしくないよな、ミスター・スカボロー。特にこんな山のなかで、男が俗世を離れて小屋に集まって、ちょっと狩りをしようってときには」

スカボローが憎々しげに目を細めた。「脅す気か？」ぎゅっと唇をすぼめて訊いてくる。「おれが自分の家族を守るためにどこまでやるか、教えてやってるだけだ」考える間も、なにを言おうとしているか気づく間もなく、言葉が出ていった。とはいえ、これでいい気がする。いいどころではない。

それに、言ったことは本気だった――クレアとサラを守るためならなんでもし、どこへでも行き、自分のバッジだろうと、主義だろうと、命だろうと捨ててもいい。

この決意が顔にもはっきり表れていたのだろう。スカボローが蓄えていたらしき闘争心が、すっかり消えていった。歯を食いしばり、頬をみるみる赤く染めている。「いいだろう」悔しげな答えが返った。

「よし」リンクは背もたれをたたいて立ちあがった。「だったら、このすてきな山で静養を続けてもらえるよう、おれたちは失礼するよ。いい週末を」

口笛を吹きながらバンガローを出て、保安官補たちふたりと大いに喜びを分かち合った。抑えた声で話していたにもかかわらず、スカボローとの会話を残らずふたりに聞かれていたらしい。ふたりと握手をし、彼らの車のかたわらで気持ちよく別れのあいさつを交わしたのち、レンタカーのサバーバンに向かった。

クレアとサラは並んで後部座席に座っていた。サラはゲームボーイで遊んでいる。クレアが娘——おれたちの娘——を取り戻したときのために荷物に入れてきていたのだろう。クレアは小さな娘の肩に腕をまわし、髪を撫で、頭のてっぺんにキスをしている。これほど長く引き離されて死ぬほど心配したあとだから、ずっと娘にふれて確かめずにはいられないかのようだ。

母娘の姿に心を揺さぶられ、リンクはこのふたりを手放したくないと思った。ふたりとも。

運転席のドアを開けて車に乗りこみ、振り返った。「お嬢さんたち、帰る準備はいいかい？」

サラがゲーム機から視線をあげ、リンクと同じ色の目で彼を見た。にっと笑って隙間のある歯を見せる。自分の娘だというだけで、すでにこの子に大きな愛情を抱いていなかったとしても、この瞬間、完全にめろめろになっていただろう。

「いいよ！」サラが歌うように答え、ゲームに目を戻した。

クレアがサラの頭に頬をのせ、今度は彼女がリンクと目を合わせた。「家に連れて帰って、リンク」

エピローグ

大きな話し声や笑い声、子どもらしい高い声がクレアの両親の家の広い裏庭に響いていた。クレアとリンクの家族たちがほぼ勢ぞろいして、七月四日の独立記念日の夕方に戸外での食事を楽しんでいる。数人の友人や近所の住民も交ざっていた。あとで日が落ちて花火があがったら、お祭り騒ぎは本番を迎えるだろう。

サラが年上の従兄弟ふたりに追いかけられて、声をかぎりにきゃーっと叫びながら駆けていく。走りまわる娘を、クレアはにっこりして見送った。

サラはもともと明るい子だったが、ペンシルベニアに引っ越してきてからはさらにたくましく成長し始め、絆の強い幸せな家族の一員としての暮らしになじんできた。たまに最新のおもちゃを買ってとねだったり、目新しい機器が手に入らないことにかんしゃくを起こしたりするときはあっても、それ以外は贅沢な暮らしから質素な中産階級の暮らしへ、すんなりと適応できたほうだった。

なかでもとりわけクレアにとってうれしかったのは、サラがリンクを実の父親としてすぐに受け入れてくれたことだった。ジョナサンのバンガローをあとにしてリンクの運転でサンフランシスコに戻り、ピッツバーグへの飛行機を待つあいだ滞在するホテルにチェックインした。前日にリンクとクレアが泊まった場所より格上のホテルだ――クレアはあのみすぼらしい古モーテルが、なんだか懐かしい気がしたけれど。

リンクは、なにも急がなくていい、落ち着いてからあらためて父親として紹介されるのを待つ、と言ってくれた。しかし、彼のまなざしや表情には一刻も早く親子になりたいとあこがれる気持ちが、はっきり浮かんでいた。それに、すでにリンクが娘と過ごせずに失ってしまった約十年という長い時間を、クレアはさらに引き延ばしたくなかった。

だから、リンクがすぐそばでなにもかも聞いているときに、クレアはホテルのベッドにサラを一緒に座らせ、もう一度すべての事情を説明した。リンクがサラの父親であり、これからは一生続く親子のつながりができたのだと理解させた。

このときはクレアでさえ、リンクがサラの――あるいはクレア自身の――暮らしにどれだけかかわろうとしているかはわかっていなかった。

いっぽう、おませなサラはその知らせを軽々と乗り越え、リンクの膝によじ登った。そうされて、たくましい強面の連邦保安官補は生まれて初めて言葉を失うほど驚いているように見えた。サラはそれから〝二万の質問〟に取りかかり、リンクとクレアの出会いから彼の好きな色まで、ひとつ残らず聞き出していた。

初めのうち、サラはリンクを〝パパ・リンク〟か、ジョナサンが〝パパ一号〟だからという理屈で〝パパ二号〟と呼んでいた。リンクはサラからパパと呼ばれるのを喜ぶいっぽう、〝二号〟という呼び名を気に入っていなかったに違いない。それでも最近はジョナサンの名前が出る機会は少なくなっていき、サラはリンクを〝パパ〟とだけ呼ぶようになっていた。

「こっそり抜け出して、花火があがるまでふたりでいちゃつかないか？」

低い声の持ち主に耳のすぐ上でささやかれて、心がほんのりと温かくなる思い出がよみがえった。ティーンエイジャーのころのリンクにもいつもこうして誘い出されて、いちゃついたり、ふれ合ったり、抱き合ったりしていた。そして、あのころと同じく、思わせぶりな誘いの言葉をささやきかけられて、クレアの背には興奮の震えが走っていた。

暑い夏の日差しが照りつけ、午後の気温は三〇度を優に超えているのに、腕にも脚にも鳥肌が広がっていく。誘惑するように彼女のショートパンツのポケットに滑りこんで双丘を包みこむ大きな手のひらに、さらに高ぶらされた。

頭を上に向けて、リンクの温かい陽気な光を宿した目と見つめ合った。「それは本物の花火のこと？　それとも、こっそり抜け出したあと、ふたりだけで打ちあげるつもりの花火のことかしら？」ふたり以外の誰にも聞こえない小さな声で問いかけた。

「どっちもだ」リンクが答え、唇の両端をあげて欲望をあおる笑みを浮かべる。

ジョナサン・スカボローの妻だったときの上品ぶったお堅いクレアなら、決してこんな誘いに乗れなかっただろう。けれども、離婚が成立してから大きく変わった。日がたつごとに、昔の自分を取り戻していくようだった。

ピクニックテーブルのベンチから腰をあげ、リンクが差し出した手を借りて席をまたぎ、彼に連れられて盛りあがっているテーブルを離れた。庭のすみ、両親の家と隣家を分けている小さな木立に入る。

人目につかなくなるなり、リンクはクレアを背の高い幹が太い木のうしろに引っ張りこんだ。木に負けないくらい堂々たる体で彼女をざらつく樹皮に押しつけ、唇を奪い、焼けつくようなキスをしてつま先まで揺さぶった。

呼吸するのも忘れるくらい引きこまれて楽しんでから一息入れるころには、ふたりとも倒れこみそうになってあえいでいた。

「うーん。クールエイドのグレープの味がする」リンクがつぶやいて彼女のヒップに両手を添え、興奮のしるしを下腹部に押しあててきた。

「あなたのお嬢ちゃんがいちばん好きな味よ」と、クレア。

リンクのまなざしが明るくなる。サラの話をすると、いつもこうだ。クレアは胸をふくらませた。リンクは飛ぶ鳥のような早さで、ぐんぐん父親らしくなっていった。サラを心から愛してくれて、過去の出来事やクレアの秘密を巡って激しい口論も何度かしたけれど、そういう問題の多くもまとめて受け入れてくれた。ふたりは過去に折り合いをつけ、家族が集まる夕食会で、また公園や映画やモールに出かけて、もう一度互いのことを知るようになった。

最初クレアとサラはバトラーにある両親の家に身を寄せて、ふたりがリンクを訪ねるために車でピッツバーグに行くか、リンクのほうがやってくるかしていた。三人はますます家族らしくなり、一緒に過ごす時間も増えてきて、サラの学校が夏休みに入ったいまでは、ほとんどリンクの家で同居していた。

クレアにはそれが幸せで、ときどき、初めからずっと離ればなれに暮らしていたことなどなかったような気がした。クレア自身がずっと前に間違った決断ではなく正しい決断を下して――バトラーにとどまって、リンクと結婚し、昔ながらの家庭を築いてきたかのように思えた。

「戻らないと」彼女は悩ましげにあえぎそうになった。向日葵色のトップスの裾からもぐりこんだリンクの両手に、腹とさらにその少し上へと撫でられ、ブラジャーのカップの下の乳首がすぼまった。「あんまり長いあいだ隠れていたら、みんなに疑われるわよ」

リンクはもてあそぶように彼女の口にキスしたあと、唇で頬をたどって耳にかじりついた。「疑ったりしない」答えて言う。「みんな、おれたちがなにしてるかなんてお見通しさ」

まったくそのとおりだ。目が見える人なら誰だって、クレアとリンクが大声をあげれば聞こえる距離に近づくたび、ほとんど無意識に情熱を燃えあがらせてしまっていると気づかないわけがなかった。ひとつの部屋にいるときはいつだって、リンクはまなざしに抑えきれない熱情を浮かべ、めったに彼女から手を離そうとしない。クレアも体をほてらせ、高ぶりを覚え、彼を求めていた。

「ピクニックが終わるまであなたがいい子でいるって約束するなら、興味津々の家族みんなと別れて」両手でリンクの硬い筋肉に覆われた背を撫で、ささやきかける。「あなたのうちに帰ったら、すごくいいことをしてあげるって約束するわ」

リンクが低いうなり声をもらし、彼女の喉のわきの脈打つ場所を優しくかんだ。

「そのことを考えてたんだ」クレアの首と肩に顔を寄せ、肌に口づけたままくぐもった声で言う。

ふれられるたびに頭がぼんやりしていったけれど、クレアはなんとか会話をつなげて尋ねた。「なんのことを？」

「おれのうち」彼は鎖骨にキスをしてから、また上に向かって唇を目指している。「そこを、いい、おれたちのうちにしたほうがいいんじゃないかって考えてた。それか、もっと広いアパートか家を探すのもいいんじゃないかって。そうしたら本物の家庭を築けるだろう。おれたちとサラのために」

唇を強く重ね合わせてキスをしてから彼が身を引き、じっとクレアの目を見た。クレアは不意に色気を抜きにした相手の態度に驚いて目をしばたたき、彼の真剣な表情に気づいた。落ち着きを取り戻してから尋ねる。「同居したいということ？　あらたまって？」

「そう」クレアの言いかたに、リンクが唇のはしをあげて笑顔になった。「でも、あらたまったふうにしたいのは住む場所だけじゃない」

彼がジーンズの前ポケットに手を入れて、四角い小箱を取り出した。ちょうど指輪が収まるくらいの宝石箱。

息が速くなり、目に涙がこみあげて、クレアは胸を詰まらせた。

リンクが箱を開けると、きれいなプリンセスカットのダイヤモンドが木漏れ日を受けて輝いた。

「結婚してくれるか、クレア？」

指輪から目をあげ、ハンサムでいとおしくてたまらない顔を見た。問いかけには偽りのない心がこもっていて、彼の顔からはノーと言われるのではないかと恐れる気持ちが伝わってきた。

「きみを愛してるんだ、ベイビー」リンクが感情をこめた声で早口に言った。「子どものころから。きみを恨んでいたときでさえ恋しくてたまらなかったから、死ぬほど苦しかった。これからやり直すんだ。十年前、そうしておくべきだったとおりに。おれの奥さんになってほしい。サラのために、ふたりで本物の家庭を作ろう。いつか、弟や妹だって作ってやれるかもしれないだろ?」黒い眉をセクシーに動かしてつけ足す。

喉のつかえをのみ、クレアは胸でどうしようもなく高鳴っている鼓動を抑えようとした。それでも、顔が大きくほころぶのは止められなかった。

「わたしも、愛してるわ」涙交じりの声で告げた。リンクの手を取って指の背に口づけ、自分の胸に彼の手のひらをあてて上から手を重ねる。「故郷を出ていかなければよかったって心の底から思う。あなたが願ってくれていたとおり、高校を卒業したらすぐ、あなたと結婚すればよかった。そうしていたら、人生がなにもかも違っていたはずよ。わたしたち、もっと幸せになれていた」

「たぶんな」リンクが応じた。「そう言ったって、もう過ぎたことだ。これはいまの話だよ。将来の話だ。で、ずいぶん前に父親になってたおれに、ようやく責任を取らせてくれるのか?」

「ええ」クレアは笑って彼の首に両腕を投げかけ、ぎゅっと抱きしめた。「ええ、もちろんよ。もう厄介払いしようとしたってだめよ」

「するわけがない」彼がいっとき身を引いて箱から婚約指輪を取り出し、クレアの指にはめるとすぐにまた抱き寄せた。「やっときみを取り戻したんだ。もう二度と離さない」

訳者あとがき

あなたがいつまでも一緒にいたいと願う理想の相手とは、どんな人でしょう。この短編集『Real Men Last All Night（本書原題）』では、人気ロマンス作家四人が描く、ずっと離れたくないと思える相手を見つけた幸運な恋人たちのストーリーを読むことができます。どの作品からも共通して伝わってくるのは、主人公たちの恋する相手に対する思いやりの深さと、人を愛するパワー。ホットなラブシーンでヒーローやヒロインが言葉を発するたびに、一見激情に駆られた言葉、ぶっきらぼうな言葉であっても、そこにこめられた思いが深く響きます。怒りや恨み、悩みや悲しみをへて、その先に許しや喜びや優しくあれる強さを見つけ、主人公たちは幸せを手に入れます。どの作品の〝Real Man〟も本当に心から強くて優しい。そして、自分ひとりだけの理想の男性をつかまえるヒロインたちもまた、負けずに強く輝いていました。

それでは、四人の作者について少しご紹介いたします。

ローラ・リーはマグノリアロマンスでおなじみの〈エリート作戦部隊〉シリーズや、〈誘惑のシール隊員〉シリーズなどロマンティック・サスペンスで人気の、力強く勢いのあるストーリーを得意とする作者です。本書収録の『秘めやかな隣人』のヒーローは元レンジャーの退役軍人クーパーですが、〈エリート作戦部隊〉シリーズの近刊『Live Wire』にも仲間の元レンジャーたちとともにちらりと名前が出ていました。どうやらローラ・リーの世界は広くつながっているようで、脇役たちのさらなる活躍も期待されます。

二作目『ルーシーを誘惑して』の作者は、日本でも多数の訳書があるローリ・フォスター。ハートウォーミングな物語で大人気のフォスターですが、L・L・フォスターの名義でダーク・シリーズ〈光の使者ギャビィ・コーディ〉も書くなど、多彩な作品を生み出しています。本書収録の『ルーシーを誘惑して』は四十歳の誕生日を目前に控えた女性と昔からの友人の男性との、大人の恋の物語。夏の湖畔の別荘の描写がとても涼やかです。

続く三作目の『捜査官との危険な恋』は、ロマンティック・サスペンスやパラノーマルのシリーズを数多く発表し、本国アメリカで人気のシェイエンヌ・マックレイによる作品です。本作品は政府の秘密捜査機関ＲＥＤの捜査官レクシー・スティールを主人公とした〈レクシー・スティール〉シリーズの番外編で、レクシーの兄ゼインが主人公となっています。ゼイン主役の本作は、捜査官の一目惚れを描いたさわやかなストーリーですが、レクシーが主役の本編（『The First Sin』『The Second Betrayal』）は緊迫感のあるアクションと刺激が持ち味の辛口シリーズです。レクシーはL・L・フォスターのギャビィや、ラリッサ・イオーネの『危険なエクスタシーの代償』に登場する女戦士テイラのように、自分自身への、悪への怒りに満ちた戦うヒロイン。そんなレクシーが本作では兄思いの妹として登場します。

最後の『初恋の続きを見つけて』は『ときめきのレッスン』などの邦訳があるハイディ・

ベッツによるストーリーです。『ときめきのレッスン』はコメディ・タッチな物語のなかにも女性ならではの悩みや本音がこめられた作品でしたが、本作品ではある事情で十年ぶりに再会したヒーロー・ヒロインそれぞれの葛藤が丁寧に描かれています。

〝おれは悪い男だぜ〟と言いつつ、かわいいものが大好きな心優しい元軍人……。想いを秘めて支え続けてくれた、本当の意味で度量の大きな男性……。危険に身を置くタフな見かけ、その裏で恋に怯え、引っ張ってくれる女性を待っていた心配性の捜査官……。嫉妬も恨みも乗り越える強い正義感と、深い愛情を持ち合わせていた連邦保安官補……。この短編集を読んでみて、あなたの理想のタイプは見つかったでしょうか。四人の作家それぞれが心をこめて描く理想の恋人は、とても個性豊か。わたしの理想の人は……と考えてみるのも楽しいかもしれません。

本書の翻訳にあたり、株式会社トランネットのN様、K様に大変お世話になりました。毎作品、助けていただき誠にありがとうございます。また、いつもすばらしい作品に出会わせてくださるオークラ出版編集部のご担当者様、ご尽力くださった皆様に心から感謝いたします。

二〇一一年六月　多田桃子

マグノリアロマンス／既刊本のお知らせ

禁じられた熱情

ローラ・リー著／菱沼怜子訳

定価／1100円（税込）

危険なかおりのする男に、
心を奪われて……。

SEALに所属する夫を持つサベラは、夫のネイサンが作戦遂行中に命を落としたと告げられた。何年たっても彼への思いを捨てられないサベラだが、夫が残してくれた自動車修理工場を手放さないためにも働きつづけた。そんな彼女の前に、危険なかおりのする男が現れた。ノアと名乗る男は、どことなく雰囲気がネイサンに似ている。ノアに魅力を感じるものの、亡き夫を裏切ることはできないと彼女は葛藤して――。

闇の瞳に守られて

ローラ・リー著／多田桃子訳

定価／1050円（税込）

死にそうなんだ、
きみがいないと死んでしまう！

実の父親に醜いと言われつづけ、十代のときには父の仲間の手で誘拐されたリサ。二十六になったいま、そのときに負った心と体の傷が癒えずにひっそりと生きるリサは、現状を打開するために恋人をつくる決意をする。友人に紹介されたのは、ミカと名乗るSEAL隊員だ。夜の闇のようにどこまでも深く黒い瞳をした彼に、リサは惹かれずにはいられない。しかし、ミカがリサに近づいたのには、理由があって……。

復讐はかぎりなく甘く

ローラ・リー著／多田桃子訳

定価／990円（税込）

ずっと君を愛し続ける
息絶えるまでだ。

両親や親友を殺されたベイリーは、名家の出で有数の富を手にしていながらも、真相を突き止めるためにCIAのエージェントとなった。だが、両親の死の陰にはウォーバックスというテロリストの存在があることを知り、捨てたはずの華麗な社交界へ戻ることにした。そんな彼女の前に、ジョン・ヴィンセントと名乗る男が現れる。ジョンは、かつてベイリーを捕らえた謎の部隊の一員であり、死んだ恋人を思わせる男で……。

マグノリアロマンス／既刊本のお知らせ

罪深き愛につつまれて

マヤ・バンクス 著／浜カナ子 訳

定価／800円(税込)

魅力的な三人の兄弟に、激しく求められて――。

結婚式当日、夫が殺人を犯す瞬間を目撃したホリーは逃亡の日々を送っていたが、カウボーイの三兄弟に助けられる。コルター家の三人は、ハンサムでセクシー。それに、ホリーに献身的に接してくれる。そんな彼らに、彼女は惹かれずにはいられなかった。一方、彼らにとってホリーは、まさに天からの贈りものだった。彼らは、自分たち三人と同時に結婚してくれる理想の花嫁を探していて……。

愛とぬくもりにつつまれて

マヤ・バンクス 著／鈴木 涼 訳

定価／870円(税込)

初めてのときは、三人一緒じゃないとだめだと思わない？

出会った瞬間に確信できる――そう、その相手が運命の人だと。コルター家の代々の男たちは、兄弟全員が同時に、たったひとりの女性にどうしようもなく惹かれてしまうように生まれついていた。三兄弟の長男であるセスは、自分の父親たちがそうだからといって、まさか自分までが同じ道を歩むとは思ってもいなかった。しかし、路上生活者のリリーとの出会いが、セスの生活を大きく揺り動かすことになって……。

彼を誘惑する方法

マヤ・バンクス 著／藪中久美子 訳

定価／800円(税込)

たった一夜のあやまちが、彼女の運命を狂わせた？

兄と親友ふたりの四人暮らしをするトニ。彼女は、ルームメイトのひとりサイモンにずっと片思いをしている。そんな彼女が、なんと妊娠してしまった！　それも、サイモンの子どもを！　でも、失恋のショックで酔ってトニとベッドインしたサイモンは、まったくそのことを覚えておらず……。子どもができてしまったという義務感からじゃなく、トニを愛しているという理由で、サイモンには父親になってほしくて――。

マグノリアロマンス／既刊本のお知らせ

時を超えた恋人

メリッサ・メイヒュー 著／瀧川隆子 訳

定価／960円（税込）

スコットランドの騎士に、

いきなり求婚されて――？

婚約者の浮気現場を目撃したケイトが結婚は取りやめよう……そう思い始めた矢先、不思議なことが起こった。エメラルドグリーンの光とともに、スコットランドの勇者の出で立ちをした男が現れたのだ。妹を救う手助けをしてくれる女性を求め、妖精の魔法の力を借りてここまで来たというその男から、十三世紀のスコットランドに来て、自分と結婚してほしいと頼まれて――。

ハイランドの守護者

メリッサ・メイヒュー 著／草鹿佐恵子 訳

定価／900円（税込）

年下で魅力的な伯爵に、

心を奪われて……。

三十八歳、ぞしてバツイチであるロマンス小説家のサラは、仕事と休暇を兼ねてスコットランドのコテージに滞在することにした。離婚した夫はサラの信託財産が目当てのうえ、彼女の「特殊な体質」も否定したいやな男で、それ以降は男性と深い関係になるのを避けるように生きてきた。だけど、そんなサラの生活を大きく変える出会いがスコットランドには待っていて……。

真実の愛は時の彼方に

メリッサ・メイヒュー 著／草鹿佐恵子 訳

定価／900円（税込）

過去へ連れていって。

わたしに宿命を見つけさせて。

十三世紀のスコットランドからタイムトラベルして、現代のアメリカで暮らすマリィ。自分の運命が定めた時代で過ごしているわけではない彼女は、魂の伴侶とも出会えないままひとりきりで生涯を送ることになるのだと、悲しみとともに思いこんでいた。そんなマリィの運命は、十三世紀へ戻ることを示していた。歴史が教えてくれた従姉妹の死の結末を変えることが、己に課された使命だと思ったのだ。

理想の恋の見つけかた

2011年10月09日　初版発行

著　者　ローラ・リー、ローリ・フォスター、
　　　　シェイエンヌ・マックレイ、ハイディ・ベッツ
訳　者　多田桃子
　　　　（翻訳協力：株式会社トランネット）
装　丁　杉本欣右
発行人　長嶋正博
発　行　株式会社オークラ出版
　　　　〒153-0051　東京都目黒区上目黒1-18-6　NMビル
営　業　TEL:03-3792-2411　FAX:03-3793-7048
編　集　TEL:03-3793-4939　FAX:03-5722-7626
郵便振替　00170-7-581612（加入者名：オークランド）
印　刷　図書印刷株式会社

定価はカバーに表示してあります。
乱丁・落丁はお取り替えいたします。当社営業部までお送りください。

ISBN978-4-7755-1753-6